녹천에는 똥이 많다

이창동 소설집
녹천에는 똥이 많다

초판 1쇄 1992년 11월 25일
초판 15쇄 2025년 3월 4일
재판 1쇄 2025년 6월 18일

지은이 이창동
펴낸이 이광호
주간 이근혜
편집 김필균 이주이 허단 윤소진 유하은 최은지
마케팅 이가은 허황 최지애 남미리 맹정현
제작 강병석
펴낸곳 ㈜문학과지성사
등록번호 제1993-000098호
주소 04034 서울 마포구 잔다리로7길 18(서교동 377-20)
전화 02)338-7224
팩스 02)323-4180(편집) 02)338-7221(영업)
대표메일 moonji@moonji.com
저작권 문의 copyright@moonji.com
홈페이지 www.moonji.com

ⓒ 이창동, 2025. Printed in Seoul, Korea

ISBN 978-89-320-4414-9 03810

이 책의 판권은 지은이와 ㈜문학과지성사에 있습니다.
양측의 서면 동의 없는 무단 전재 및 복제를 금합니다.

이창동 소설집

녹천에는 똥이 많다

문학과지성사

차례

진짜 사나이 7
용천뱅이 43
운명에 관하여 77
녹천에는 똥이 많다 137
하늘 등燈 227

초판 해설
진정한 가치를 향한 소설적 탐구·성민엽 358
개정판 해설
벌거벗은 생명의 생태학·김영찬 369
작가의 말 385

진짜 사나이

장병만 씨에 대해서 이야기하자면, 아무래도 그해 6월의, 사람들이 흔히 '6월항쟁'이라고 말하고 '민주화 대투쟁'이라고도 부르는 그 거대한 소용돌이와 열기를 떠올리지 않을 수 없다. 왜냐하면 장병만 씨와 내가 처음 만난 것이 바로 그해 6월 어느 날, 소위 닭장차라고 불리는 경찰 호송 버스 안에서였기 때문이다.

 그해 6월 어느 날이라고 했지만, 좀더 자세히 말하자면 그날은 바로 그 유명한 '6·10대회'를 며칠 앞둔 날로 거리의 분위기가 대단히 뒤숭숭하던 무렵으로 기억한다. 장병만 씨와 내가 하필이면 경찰 호송 버스 안에서, 그것도 무차별로 쏟아지는 사복 경찰의 발길질과 주먹세례 아래에서 처음 만나게 되었으니 인연치고는 기구한 인연이라 할 것이다. 어쨌든 그와 내가 첫 대면하게 된 상황이 좀 별난 만큼, 그 앞뒤의 사정에 대해서는 약간의 설명이 필요할 것 같다.

그러니까 내가 시위 가담자로 경찰에 강제 연행된 것은 그날 오후 명동 입구의 코스모스백화점 부근에서였다. 사건의 발단은 내가 우연한 일로 그곳을 지나가다 마침 대학생들이 기습 시위를 감행하는 장면을 목격하게 된 것에서 비롯되었다. 그날 오후 백화점 앞 지하도를 막 빠져나오던 나는 뭔가 이상한 분위기를 느끼고 걸음을 멈추었는데, 여느 때와 다름없이 인파로 가득 메워진 주말의 명동 거리에 웬일인지 심상찮은 긴장감 같은 것이 감돌고 있었다.

우선 눈에 띄는 것은 많은 사람들이 걸음을 멈춘 채 길 건너편의 롯데백화점 쪽을 바라보는 광경이었다. 길 건너편 백화점 앞은 주말의 흥청거리는 인파로 가득했을 뿐 얼른 보기에는 뭐 별다른 일이 있는 것 같지도 않았다. 그러나 좀더 눈여겨본즉 백화점 건물 옆에 일단의 전투경찰들이 늘어서 있는 것을 볼 수 있었다. 거리에서 전경들을 만나는 것은 예나 지금이나 조금도 놀라운 일이 아니었지만, 거의 1개 중대 병력의 경찰들이 백화점 앞을 지키고 있는 것이나 또 사람들이 한결같이 고개를 빼고 그쪽을 지켜보고 서 있다는 것은 분명 뭔가 심상찮은 일이 있음을 말해주고 있었다.

"무슨 일이 있습니까?"

나는 내 곁에 선, 반팔 와이셔츠와 넥타이 차림의 삼십대 샐러리맨인 듯한 사내에게 물었으나, 그는 경계심 어린 시선으로 나를 훑어보며 그저 "글쎄요"라고만 대답할 뿐이었다. 그때 바로 내 뒤쪽에서 누군가의 급한 목소리가 들려왔다.

"시민 여러분, 7시 정각에 학생들이 롯데백화점 앞에서 독재 타도를 위한 가두 투쟁을 시작하기로 했습니다. 애국 시민 여러분, 함께 동참합시다. 우리 함께 떨쳐 일어나 살인 고문 자행하며 민중을 탄압하는 저 군부 파쇼 일당을 타도합시다!"

고개를 돌려보았더니, 그 목소리의 임자는 앳된 얼굴의 대학생이었다. 그는 자신의 얼굴과는 전혀 어울리지 않는 당차고 선동적인 목소리로 재빨리 말하고는 사람들 틈을 비집고 서둘러 모습을 감추고 있었다. 나는 시계를 보았다. 바야흐로 거의 7시가 다 된 시간이었다.

하지만 내가 보기엔 학생들의 시위 계획은 이미 실패한 것이나 다름없는 것 같았다. 그 기습 시위의 정보를 입수한 경찰이 미리 시위 예정 장소를 점거한 채 철통같이 지키는 중이니 아무리 겁이 없다는 이 시대의 대학생들이라 할지라도 거의 가망이 없는 노릇이었다. 그러나 나는 그 자리를 얼른 떠날 수가 없었다. 학생들이 과연 약속을 지키고 그 시간에 나타날까 하는 궁금증과 어쩌면 시민들이 이렇게 많이 모여 있으니 뭔가 감동적이고 극적인 장면, 이를테면 시민들이 일시에 모두 호응해서 시위에 가담하는 일이 일어날지도 모른다는 막연한 기대감 때문이었다. 그것은 그야말로 막연하고 헛된 기대에 불과했지만, 그러나 나는 그 헛된 기대나마 붙들고 있고 싶었던 것이다. 아마 그 자리에 모여 있는 대부분의 사람들도 마찬가지였을 것이다.

몇 분이나 지났을까. 갑자기 사람들이 웅성거리기 시작했다. 그리고 누군가 큰 소리로 외쳤다.

"야, 왔다!"

그들이 나타난 것은 저 아래쪽 을지로 입구의 네거리 부근이었다. 먼발치에서도 학생들이 차도 가운데로 뛰어들어 이쪽을 향해 주먹을 쳐들며 무엇인가 구호를 외치고 있는 모습을 볼 수 있었다. 네댓 명에 불과했지만, 거리를 가득 메운 수많은 사람들의 시선을 모으는 데는 충분했다. 물밀듯이 질주해 가던 차량들의 행렬이 갑자기 혼란에 빠지고 말았다. 그 순간 나는 시계를 보았는데 정확히 7시 정각이었다. 이 살벌한 경찰의 감시에도 불구하고 그들은 정확히 시간을 지켜 나타나주었던 것이다.

롯데백화점 앞에 도열해 있던 사복 경찰들이 그쪽을 향해 돌진해 가는 것이 보였다. 그러자 길 연도에 모여 서 있던 시민들 속에서 '우우' 야유에 찬 함성이 터져 나왔고, 뒤이어 사람들 틈에 섞여 있던 대학생들이 먼저 구호를 외치기 시작했다.

"호헌 철폐, 독재 타도!"

시민 몇 사람이 그 구호를 따라 외치기 시작했고, 곧장 빠른 속도로 확산되어갔다. 그것은 확실히 전에 볼 수 없던 광경이었다. 소위 선량하고 말 없는 다수가 마침내 목소리를 내기 시작한 것이었다. 집단 속에서 사람들은 얼마든지 용감해질 수 있었다. 그들은 서로가 서로를 방패막이로 삼으면서 구호를 외치고 경찰에 야유를 보내는 것이었다. 그러다가 경찰이 다가오면 다시 선량하고 말 없는 다수 속에 섞여 들어가면 그만이었다. 나 역시 그런 사람들 중 하나였다. 시민들의 호응이 예상 외로 커지자, 길 건너편에 있던 경찰들이 우리 쪽으로 다가왔다. 헬멧을 뒤집어쓰고 방독 마스크까지 한 사복 경찰들이었다. 그들이 가까워오자, 학생들은 재빨리 모습을 감추었고, 일반 시민들 역시 슬금슬금 뒤로 물러나거나 내가 언제 구호를 외쳤냐는 듯한 표정으로 시치미를 떼고 입을 다물었다. 나 또한 말 없는 선량한 시민 같은 표정을 꾸미고서 어서 그들이 지나쳐 가기를 기다리고 있었다.

그때였다. 마악 내 앞을 지나쳐 가는가 싶던 그 사복 경찰 중 한 명이 갑자기 내게로 돌아서더니 "이 새끼 잡았다!"라고 벼락같이 소리치며 내 멱살을 틀어쥐는 것이었다. 아마 그들은 길 건너편에서부터 내가 손뼉을 치고 대학생들을 성원하는 모습을 보고 미리 나를 점찍어두었던 것이 틀림없었다.

"아니 이거 왜 이래요? 내가 무슨 잘못이 있다고 이러는 거요?"

당연히 나는 반항을 하였지만, 그러나 그들은 아랑곳하지 않고 질질 끌다시피 하며 길가에 세워둔 경찰 버스 쪽으로 끌고 갔다.

"놓아주세요. 왜 선량한 시민을 강제로 끌고 가는 겁니까?"

나는 온몸으로 버티면서 소리를 질렀다. 그리고 주위의 시민들에게 이 억울하고 기가 막힌 상황을 호소하려고 둘러보았으나 이미 내 몸은 체구가 우람한 수십 명의 사복 경찰들로 겹겹이 둘러싸여 시야가 차단되어 있을 뿐이었다.

"시민 여러분, 이럴 수가 있는 겁니까? 법치국가에서 경찰이 무고한 시민을 이런 식으로……"

그러나 나는 계속해서 소리쳤다. 그러면서도 그 순간 내가 하고 있는 저항이라는 것이 지극히 부질없는 짓임을 나 자신이 너무나 똑똑히 느낄 수가 있었다. '법치국가'니 '무고한 시민'이니 하는 말들이 내 귀에조차 유치하고 우스꽝스러운 말로 들렸을 정도였다. 내가 저항을 계속하자 갑자기 몇 걸음 저쪽에 있던 또 다른 헬멧이 몸을 날리듯 달려들더니 구둣발로 내 사타구니를 여지없이 걷어찼다. 급소를 강타당한 나는 순간 격심한 고통과 함께 땅바닥에 축 늘어지고 말았다. 나중에 어느 대학생에게 들은 이야기지만 그와 같이 급소를 발로 차는 것은 시위 가담자의 체포를 주 임무로 하는 소위 백골단의 상투적인 수법이라는 것이었다. 시위 현장에서 학생들을 붙잡을 때 반항을 하거나 도망치는 것을 미리 막기 위해 일단 그렇게 신체의 가장 예민하고 취약한 부위를 걷어차놓고 본다는 것인데, 그 말대로라면 그 수법은 내게 여지없이 적중한 셈이었다. 나는 더 이상 반항할 수 없었을 뿐 아니라 참을 수 없는 고통 때문에 땅바닥에 반쯤 널브러진 채 몸을 비비 틀고 있을 수밖에 없었다. 뒤를 이어 그들의 무자비한 구둣발과 주먹세례가 쏟아지기 시작했다. 그들은 하나같이 검은 방독 마스크로 얼굴을 가리고 있었다. 두 개의 유리 눈과 코밑 부분에 불쑥 튀어나와 있는 가스 정화통 등이 마치 무슨 사육제謝肉祭에 참가한 자들의 괴기스럽고 흉측한 가면처럼 보이도록 했다. 아닌 게 아니라 그것은 모든 잔인함, 모든 폭력과 가학이 허용된 사육제와 같았다.

  더 이상 저항을 하지 못하도록 얻어맞아서 젖은 걸레쪽처럼 완전히 늘어진 뒤에야 나는 버스에 실렸다. 버스에는 이미 많은 사람들이 실려 있었는데 얼핏 보기에도 대부분 대학생들인 것 같았다.

"대가리 박아! 대가리 쳐들면 죽여!"

사람들은 버스에 올라타자마자 그들의 지시대로 머리를 의자 밑으로 처박고 있지 않으면 안 되었다. 그 상태로 여전히 구타는 무자비하게 계속되었고, 도처에서 뼈와 뼈가 부딪히는 둔탁한 소리와 고통에 찬 비명 소리가 들려오고 있었다. 당장의 구타를 모면하려면 그들의 비위를 건드리지 않는 것이 상책이라고 판단한 나는 시키는 대로 의자 아래로 깊숙이 머리를 처박았다. 한 사내의 얼굴이 내 눈에 들어온 것은 바로 그때였다. 내 옆에 선 경찰의 다리 사이로 통로 건너편 자리에서 나처럼 두 손을 깍지 낀 채 목 뒤로 두르고 고개를 아래로 처박고 있는 한 사내와 눈이 마주쳤던 것이다.

삼십대 후반쯤으로 보이는 그 사내는, 나와 눈이 마주치자 겸연쩍다는 듯이 씨익 이를 드러내고 웃었다. 나 역시 그에게 웃어 보이려고 노력했지만, 잘되지 않았다. 그가 바로 장병만 씨였다. 물론 그의 이름은 나중에 알았고, 그 당시엔 그의 인상이 몹시 선량해 보인다는 것과 누군지 참 대단히 재수가 없이 걸렸구나 하는 생각을 했을 뿐이었다.

"야, 쪽수 세어봐."

차가 슬금슬금 움직이자, 사복 경찰 중 하나가 앞쪽에서 소리쳤다.

"스물두 놈인데."

"스물다섯까지만 채우고 넘기자구."

나머지 세 명을 채우기 위해 닭장차는 그 근방을 좀더 돌아다녔다. 그리고 그동안 우리는 계속 머리를 아래로 처박은 상태로 그들의 주먹과 발길질을 견디고 있지 않으면 안 되었다.

"야, 이 새끼들아. 너희들 군대 갔다 왔어? 안 갔다 왔지? 그러니까 데모나 하지, 이 씹새끼들아. 너희 같은 놈들은 모조리 휴전선에 끌고 가서 고생을 시켜야 되는데, 아유 이것들을 그냥!"

그런 식이었으므로 우리는 어서 세 명이 더 우리와 같은 운명의 배에 동승해주기를 기다리는 수밖에 없었다.

마침내 그들이 예정했던 숫자가 되자, 우리는 시내에 있는 모 경찰서로 인계되었다. 경찰서 마당에 내려지고 난 뒤 간단한 신상 파악이 있었는데, 25명의 연행자 가운데 대학생이 아닌 사람은 나와 아까 그 사내뿐이란 사실을 알 수 있었다. 내가 풀려날 수 있는 기회는 지금밖에 없다고 판단했다.

"저어, 할 말이 있습니다."

경찰서 시멘트 마당에 무릎을 꿇은 채 머리를 처박고 있는 대학생들 뒤에서 나는 손을 들었다. 책임자인 듯한 나이 든 정복 경관이 얼굴을 찌푸렸다.

"뭐야?"

"난 억울한 사람입니다. 나는 아무 잘못한 것도 없는데 이곳에 끌려왔단 말입니다."

나는 결코 대학생이 아니라는 것, 또한 데모도 하지 않았고 따라서 이런 곳에 잡혀 올 하등의 이유가 없는 무고한 사람이라는 것을 자못 억울하다는 듯한 표정과 목소리로 그에게 주장했다. 말을 하면서도 내가 하고 있는 말에 모순이 있다는 것을 스스로도 느낄 수가 있었다. 나는 사실은 시위에 가담했다는 사실을 속이고 있었다. 그것은, 시위에 가담했다면 이런 곳에 당연히 잡혀 올 수도 있다는 사실을 인정하는 셈이었다. 또한 내가 대학생이 아니라고 강조하는 것도, 대학생이라면 함부로 경찰에 끌려와도 된다는 논리를 받아들이는 것일 수도 있었다.

"그런데 왜 여기 왔어요?"

그가 내게 반문한 말이었다.

"왜 오다니요. 그냥 잡아 오니까 잡혀 왔죠."

"당신 직업이 뭐요?"

그가 다시 물었고, 나는 잠깐 대답을 망설였다.

"글 쓰는 사람입니다."

"글? 무슨 글을 쓰는데?"

"소설을 씁니다."

나는 일부러 당당한 음성으로 말했다. 그러면서도 그가 내 이름을 물을까 봐 은근히 켕겨왔다. 내 이름 석 자를 밝히고 나면, '뭐 이름도 없는 소설가로구먼' 하고 생각할까 약간 불안했던 것이다. 다행히 그는 내 이름을 묻지는 않았다. 이름이야 어찌 되었든, 소설가라면 뭔가 다루기가 까다로운 존재라고 생각했는지도 모른다. 잠깐 동안 그는 성가시다는 듯이 얼굴을 찌푸린 채 나를 보더니,

"그럼 가시오."

하고 말했다.

"예?"

"집으로 가시란 말이오."

체포당하던 과정과 그동안의 무수한 구타와 협박을 생각하

면 어처구니없도록 싱거운 결말이었다. 그러나 나는 더 이상 아무 말도 않고, 그의 마음이 변하기 전에, 경찰서 마당에 무릎을 꿇은 채 두 손을 얹은 머리를 맨땅에 처박고 있는 대학생들을 뒤로하고 경찰서를 빠져나왔다. 사타구니의 통증 때문에 오리처럼 약간 다리를 벌린 자세로 어기적대며 걸어야 했던 것이 지금도 기억에 남아 있다.

"저, 선생님……"

경찰서 정문을 벗어나 막 길을 건너려는데 누군가 등 뒤에서 나를 부르는 소리가 들려왔다. 돌아보았더니 경찰 버스의 의자 밑으로 보았던 예의 그 사내였다. 그 역시 대학생이 아니란 이유로 쉽게 풀려났던 모양이었다. 나는 그의 행색을 훑어보았다. 때에 절고 구겨진 셔츠와 후줄근한 바지, 그리고 장시간 햇빛과 흙먼지 속에서 일해온 듯한 거친 피부로 보아 하루 벌어 하루 먹고사는 뜨내기 노동자처럼 보이는 인상이었다.

"누가 봐도 학생같이 보이지 않는데, 왜 잡히셨습니까?"

"사실은, 길거리에서 학생들을 개 패듯이 걷어차고 때리는 걸 보고 참다 못해 소릴 질러뿌렸지요. 구타 금지! 그랬더만, 이 새끼 넌 뭐야, 하더니 우 몰려들지 않겠소."

그가 쑥스럽다는 듯이 웃으며 말했다. 그러고는 "원래 내 성질이 좀 지랄 같아서, 나서기 좋아하는 것이 고질병이재요이" 했다.

"저는 지금 배가 고파서 어디 가서 설렁탕이라도 한 그릇 먹고 싶은데, 식사하지 않았으면 같이 가시겠습니까?"

내가 그렇게 제안한 것은 단순한 인사치레가 아니었다. 나는 내게 말을 걸어오는 그의 눈빛에서 그가 몹시 이야기를 나누고 싶어 한다는 것을 눈치챘고, 나 또한 이대로 집으로 들어가기에는 뭔가 가슴이 꽉 막힌 듯 답답한 심정이었던 것이다.

근처에 있는 어느 설렁탕집의 탁자를 마주하고 앉아서 나는 비로소 그와 간단한 수인사를 나누었다. 그의 이력은 내가 짐작한 바와 크게 다르지 않았다. 이름은 장병만이었고, 나이는 서른아홉이었으며, 이것저것 안 해본 일이 없을 정도로 여러 가지 직업을 전전하면서 살아온, 명실상부한 밑바닥 계층이었다. 그는 내가 글을 써서 먹고사는 사람이라는 사실만으로 내게 면구스러울 정도로 허리를 굽신거렸다.

"아까 듣자 하니 글 쓰시는 분이라고요? 이거 영광입니다요."

"무슨 말씀을. 그저 아무도 알아주지 않는 이름 없는 글쟁이일 뿐인데요."

"그래도 글 쓰시는 거라면 사회에서 존경받는 직업인디, 우리 같은 무지렁이하고 같겠시오."

"직업이 다르고, 배운 것이 많거나 적다고 사람 값이 달라지는 게 아니지요. 그게 민주주의란 것 아닙니까. 그런 세상 만들자고 아까 그 대학생들 같은 젊은이들이 고생하는 것이고요."

"그렇게만 되믄 얼마나 좋겠습니까. 그런디 말입니다……"

그는 여전히 좀 비굴한 듯한 웃음을 띠며 조심스럽게 말했다.

"민주화네 뭐네 해쌓지만, 세상이 바뀐다고 해서 나같이 못난 백성이 살아가는 데 뭐가 달라지는 게 있을까 싶기도 한 것이 솔직한 심정이네요이. 우리네야 그저 세상이 조용하고 데모도 덜하고 해야 그래도 주위 먹을 부스러기라도 얻어걸릴 것이 아니겠나 하는 겁니다."

"민주화라는 걸 그렇게만 생각하시면 안 됩니다. 대통령을 직선으로 뽑느냐 간선으로 하느냐가 민주화의 전부가 아니고, 장형 같은 분들이 죽어라 노동하고 고생하면서도 자기가 일한 만큼 대접받지 못하는 현실을 시정하는 것도 바로 민주화지요."

"하지만 선생님, 그런 세상이 참말로 올 수 있겠습니까?"

그가 내 얼굴을 쳐다보며 반문했다.

"함께 노력해야죠."

나는 그렇게 대답했지만, 그에겐 별로 설득력 있는 대답인 것 같지 않았다. 때마침 설렁탕이 나오자 그는 말을 멈추고 숟가락을 들어 먹기 시작했다. 민주주의야 어찌 되었든 당장은 허기를 채워줄 설렁탕 한 그릇이 훨씬 반가운 모양이었다.

그런데 지금 내가 그날 장병만 씨와 나누었던 대화, 심지어 그의 사소한 몸짓과 표정까지도 비교적 자세하게 묘사하려는 것은 다른 이유에서가 아니다. 조금 뒤에 알게 되겠지만 그날 이후로 장병만 씨는 상당히 다른 모습으로 변화되어가는데, 그의 변화되는 모습을 좀더 정확히 드러내기 위해서는 내가 처음 만났던 그의 모습을 가능한 한 자세히 그려야 하리라 생각했던 것이다.

두번째로 그를 만난 것은 그로부터 며칠이 지난 6월 10일이었다. 그날은 다 알다시피 '6·10대회', 정식 명칭으로는 '박종철군 고문 살인 은폐 조작 규탄 및 민주헌법 쟁취를 위한 범국민대회'라는 것이 열렸던 날인데, 그날 오후 8시 무렵에 우연히도 나는 그를 다시 만났던 것이다. 그 시각쯤 명동성당 구내에는 어림잡아 천 명 가까운 숫자의 학생과 시민이 모여 있었다. 그들은 모두 시위 시작 시간인 오후 6시부터 시내 곳곳에서 경찰과 숨바꼭질을 하면서 산발적인 시위를 벌이다가 이심전심으로 모인 사람들이었다. 그곳에서 사람들은 바다에서 합쳐진 물처럼 서로를 반기고 껴안았다.

사람들은 몸과 몸이 밀착되어 서로 밀고 밀리면서도 끊임없이 군중이 불어나길 원했고, 그래서 자주 목소리를 합해 "애국시민 동참하라 훌라훌라"를 노래하기도 했다. 대열에 합류하고 함께 목소리를 보태고 서로 어깨를 걸친다면 그가 어떤 사람인가 확인하기 위해 굳이 얼굴을 들여다볼 필요가 없었다. 자신과 어깨를 걸치고 있는 낯모르는 옆 사람 사이에 다만 가슴 벅차도록 든든한 유대감과 공감이 뜨겁게 흐르고 있음을 생생히 느낄 수 있을 뿐인 것이다. 그리고 그 공감은 물결처럼 다른 사람에게 번져갔다.

모든 사람들이 이 순간만큼은 평등했다. 몸과 몸이 밀리는 한 치의 틈도 없는 밀집 상태에서 사람들은 옆 사람을 자기 자신만큼이나 가깝게 느끼는 것이었고 동시에 어떤 설명하지 못할 커다란 안도감을 느끼고 있었다. 평소에는 길거리에서 남과 어깨만 부딪쳐도 불쾌해하던 사람들이 이제 오히려 다른 사람들과의 공간을 두려워하며 한 치라도 더 간격을 줄이기 위해 가까이 다가가려고 애쓰고 있었다.

사람들은 끊임없이 노래 부르고 구호를 외쳐댔다. 하나의 노래가 끝나면 누군가 새로운 노래와 구호를 시작하고, 그러면 사람들은 망설임 없이 따라 부르는 것이었다. 이런 식으로 막

힘 없이 진행되던 흐름이 잠깐 어긋나버리게 되는 작은 사건이 있었다. 「우리 승리하리라」인가 하는 노래가 막 끝났을 때, 누군가 새로운 노래를 선창하기 시작했던 것이다.

―사나이로 태어나서 할 일도 많다만……

그것은 누구에게나 몹시 귀에 익은 노래 가사였고, 너무나 귀에 익었으므로 사람들은 거의 무의식중에 따라 부를 뻔했다. 그러나 사람들은 곧 그 노래가 다름 아닌, 웬만한 한국의 성인 남자라면 입에 신물이 나도록 불러본 경험이 있는 「진짜 사나이」라는 군가이며, 따라서 이런 자리에서는 결코 어울리는 노래가 아니라는 사실을 깨달아야만 했다. 군부독재를 타도하자는 시위 현장에서 군가를 불러대는 것만큼 우스꽝스러운 일이 어디 있겠는가. 그런데 딱하게도 그 사실을 깨닫지 못한 것은 그 노래를 부르고 있는 당사자 한 사람뿐인 것 같았다.

―너으와으 나으 나라 지키는 영광에 살았다으……

대단히 씩씩하고 우렁차게, 또한 나름대로 엄숙함과 진지함을 다해 노래를 부르던 그 목소리는, 그러나 더 이상 계속되지 못하고 사방에서 터져 나온 "집어치워라!"라는 야유와 웃음소리에 파묻히고 말았다.

"살인 고문 자행하는 군사독재 끝장내자!"

누군가 어색해진 분위기를 걷어차듯 쨍쨍한 목소리로 외쳐댔고 군중의 함성이 파도처럼 뒤를 이어 퍼져 나갔다.

"끝장내자, 끝장내자, 끝장내자……"

내가 뭔가 이상스러운 예감이 든 것은 바로 그때였다. 고개를 돌려 예의 그 '진짜 사나이'의 주인공을 찾았더니, 사람들의 야유에 당황해서 아직도 얼굴을 벌겋게 붉히고 있는 사내는 과연 장병만 씨 바로 그 사람이었다.

"왜, 저 사람 아는 사람이오?"

내 옆에 있던 후배가 물었다. 그날 오후 내내 나하고 행동을 같이하고 있었던 그는 1980년대 초 교도소에 들어갔다 나온 적이 있는 운동권 출신이었고, 지금은 어느 재야 단체에서 일을 하고 있는 친구였다. 내가 장병만 씨에 대해 간략하게 소개했더니, 그는 눈을 빛내며 흥미 있다는 반응을 보였다.

"재미있는 사람인데, 한번 만나볼까요?"

대열이 몇 차례 밀고 밀리는 동안 우리는 사람들 틈을 비집고 그에게로 다가갔다. 그러나 나를 알아본 그의 얼굴은 반가움보다는 뭔가 부끄러운 일을 하다가 들켜버린 듯한 어색한 표정이었다.

"오늘 일부러 나오셨습니까?"

"글쎄요, 그저 뭐 구경이나 해볼까 하고……"

내가 권하는 담배를 그는 지나치게 허리를 굽신거리며 받아들고 변명하듯 말했다. 내가 보기에 그는 이런 자리에 끼어든 자신에 대해 자격지심 같은 것을 느끼는 게 분명했다. 아닌 게 아니라 그의 행색은 대학생과 넥타이 맨 중산층 시민들이 대부분인 주위 사람들에 비해 약간 눈에 띨 정도로 초라한 것이었고, 더구나 그는 방금 용기를 내어서 노래를 선창하려다가 뜻하지 않게 창피를 당하기도 했던 것이다. 그가 뒷머리를 긁적이며 말했다.

"나같이 무식한 백성은 이런 때일수록 그저 모른 체하고 집에나 박혀 있어야 하는 건디……"

"무슨 소릴 하시는 겁니까. 선생님 같은 분이 나서야지요. 대학생 열 사람보다 선생님 같은 분 한 사람이 더 가치가 있는 겁니다."

눈치가 빠른 후배가 곁에서 얼른 그렇게 말했다.

"하이고, 선생님이라니요……"

황송하다는 듯이 손을 내저으면서도 그는 미상불 그 말에 용기를 얻었던지,

"참말로 그놈의 최루탄 겁나게 맵대요이. 나는 최루탄이라는 것이 그렇게 지독한 것인 줄 처음 알았소."

조금 기가 난 목소리로 오후 6시 하기식 사이렌이 울리고부터 지금까지 자신이 겪었던 이야기를 마치 무용담처럼 들려주기 시작했다. 그런데 그의 이야기에 후배 녀석이 이상할 만큼 흥미를 갖고 귀를 기울이는 것이었다. 그 이유를 나는 장병만 씨가 잠깐 자리를 뜬 사이에 들을 수 있었다.

그는 지금 모 출판사에서 새로운 잡지를 펴내기 위해 준비를 하고 있는 중이었다. 그러면서 그는 확고한 민중의 입장에서 민중의 목소리를 대변하게 될 그 잡지에 장병만 씨의 이야기를 싣고 싶다고 했다. 일종의 인물 소개 형식이지만 역사를 변혁시키는 주체로서의 민중상을 그려보자는 의도였고 이왕이면 그 글을 나보고 써보라는 이야기였다. 원래가 저돌적이리만큼 추진력이 있는 데다 또 끈질긴 친구였으므로 나는 그의 청을 거절하기가 어려웠다. 다만 장병만 씨를 보는 그의 시각이 너무 즉흥적인 것이 아닌가, 장병만 씨가 과연 역사의 주체로 일

어선 민중의 한 전형이 될 수 있겠는가 하고 의문을 제기해보
았지만, 오히려 장병만 씨 같은 사람이 적격자라는 것이 그의
주장이었다. 지금까지 특별히 정치나 사회의 모순에 대해 관심
이 없이 그저 열등의식에 젖어 있던 사람, 즉 남과 다를 바 없
이 가난을 자신의 운명으로 생각하고 살아온 평범한 사람이라
는 게 중요하다는 것이었다. 장병만 씨 같은 사람이야말로 사
회 전체의 민주화 열기와 함께 서서히 눈을 떠가는, 자신의 계
급적 기반, 질곡의 삶을 자각하기 시작하고 자신의 역량에 대
해서 새로운 인식을 해가는, 말하자면 역사의 주체로 일어서는
민중의 모습을 제시해줄 수 있을 것이란 이야기였다.

"하이구, 제가 어떻게 그런 자리에 나갈 수 있겠시오? 나같이
못나고 내세울 것도 없는 사람의 이야기를 잡지에 실으믄 사람
들 흉이나 살 거구만요."

우리의 뜻을 전했더니, 그가 펄쩍 뛰며 손을 내저었다. 그러
나 그의 말마따나 '남의 앞에 나서기 좋아하는' 성격 때문인지,
그를 설득하는 것은 그리 어렵지 않았다.

그의 고향은 전라북도 완주군의 어느 작은 마을이었고, 그는
그곳에서 중학교를 마친 뒤부터 줄곧 농사를 지어온 농투성이
였다. 1,200평 정도의 논과 400평 정도의 밭을 일구었는데, 그
나마 자기 땅이 아니라 소작농이었다는 것이다. 그는 농사일이
너무나 힘들고 뼈 빠지게 일해봐야 빚밖에 남지 않는 희망 없
는 일이라는 것을 깨닫고, 7년 전 그러니까 그의 나이 서른한
살 때 식솔을 이끌고 무작정 상경을 감행했노라고 했다.

"이불 보따리 하나만 달랑 들고 야간열차를 타고 오면서도

그땐 참 청운의 꿈이 있었지요이. 서울에 오면 뭔가 새 인생을 찾을 수 있지 않을까 희망이 있었으니까요."

서울에서 그는 다른 이농민들이 그렇듯 도시 빈민층에 편입되었다. 그리고 그는 무수히 많은 직업을 전전했다. 막노동은 물론이고 전철이나 버스 칸에서 때 빼는 약이니 지갑이니 하는 것을 파는 세일즈 일도 해보았고, 떠돌이 약장사를 따라다니기도 했으며, 잘만 하면 목돈을 만진다는 소문에 복덕방 거간꾼으로 뛰어보기도 했던 것이다. 실패를 거듭하면서도 그는 서울에 올라오면서 품었던, 언젠가는 자신의 인생이 지금까지와는 전혀 다른 인생이 되리라는 꿈, 이를테면 지긋지긋한 가난과 고생을 벗어버리고 자랑스럽게 가슴을 펴고 살 수 있는 가슴 벅찬 그날이 올 것이라는 희망을 버린 적이 없었다. 그러나 번번이 그 새로운 인생은 오지 않았고, 아무리 발버둥쳐도 늘 제자리에서 한 치도 벗어나지 못하고 마는 것이었다.

"그럴 수밖에 없지요. 그건 애초에 불가능한 꿈이었어요."

후배가 그에게 말했다.

"이미 엄청나게 확대되고 단단해진 이 자본주의 체제가 그런 엉성하기 짝이 없는 장 선생님의 꿈을 허락해줄 리가 없는 거지요. 아마 그 꿈이 이루어질 날은 영원히 오지 않을 겁니다. 장 선생님이 그 꿈을 이루지 못하도록 방해하는 것들과 스스로 싸우지 않는 한 말입니다."

도대체 무슨 소린지 모르겠다는 듯이 그의 눈은 꿈벅거렸다. 후배 녀석은 지금부터라도 장병만 씨를 그가 의도하는 대로 자각하는 민중의 모습으로 만들어가고자 하는 것 같았다.

그러나 결과부터 말하자면, 그를 자각시키고 일깨워주기 위해서 우리가 애써 노력할 필요는 없게 되고 말았다. 왜냐하면 우리의 도움 없이도 그는 스스로의 힘으로 변화해갔던 것이다. 그것도 우리의 상상을 뛰어넘는 놀랍도록 빠른 속도로 말이다.

그날 명동성당에 모여 있던 사람들은 그 자리에서 철야 농성에 들어가기로 결의했다. 그때까지만 해도 그것이 나중에 6월 항쟁의 불씨를 끝까지 이어갈 수 있도록 한 중요한 계기가 되고 전국적인 관심의 초점이 될 것이란 사실을 상상한 사람은 거의 없었다. 밤이 깊어지자 일부는 농성장에서 빠져나와 집으로 돌아가기도 했는데, 나 역시 후배와 함께 농성장을 빠져나왔던 것이다. 그리고 그런 도중에 우리는 장병만 씨와 헤어지고 말았다.

그에게서 전화가 걸려 온 것은 근 일주일이 지나서였다. 수화기를 통해 그의 목소리를 들었을 때, 나는 대뜸 그에게 뭔가 전과는 달라진 점이 있다는 사실을 깨달을 수 있었다.

"이 형, 나한테 술 한잔 안 사시겠소?"

그가 나를 '이 선생'이라 하지 않고 '이 형'이라 부른 것은 그때가 처음이었다. 그러나 그가 왠지 달라진 것 같다는 느낌은 그것 때문이 아니었다. 전화를 통해 듣는 그의 목소리에는 뭔가 까닭을 알 수 없는 힘과 당당함 같은 것이 느껴졌다.

"아니 그동안 별일 없었습니까? 어디에 계셨기에 그동안 한 번도 연락을 주시지 않았어요?"

"어디에 있었냐고요? 나 그동안 명동성당 농성장에 있었소."

그가 아주 당당한 음성으로 말했다. 아닌 게 아니라 그가 바로 그 명동성당의 농성자들 속에 끼어 있었다는 것은 확실히 놀라웠다.

"정말 고생 많으셨겠어요. 아주 좋은 경험 하셨죠?"

"뭐 그까짓 게 고생이랄 수 있겄시오? 나보담 바깥에서 싸워준 학생들이 고생했재."

시내에서 다시 만났을 때, 내 말에 그가 웃지도 않고 대답했다. 그의 옷차림은 지난번보다 더 후줄근하고 얼굴 역시 초췌해진 것 같았지만, 눈빛만은 마치 딴사람처럼 빛나고 있었다.

어쨌든 그에게 있어서 그 농성장에서 보낸 며칠이야말로 문자 그대로 민주주의의 산 교육장이었던 셈이다. 그에게는 더이상 내가 처음 만났을 때의 그 주눅 들고 비굴해하던 모습을 찾아볼 수가 없었다.

그는 아직도 흥분을 가라앉히지 못한 목소리로 농성장에서 있었던 일들, 시민들의 반응, 명동 일대에 근무하는 여사원들이 성금과 빵을 전해주던 일들을 들려주었다. 그는 자신이 그 일을 해냈다는 데 커다란 자부심을 느끼고 있는 것 같았다. 아마 그의 생애에 지금만큼의 자부심을 느껴본 적이 한 번도 없었을 것이라고 나는 생각했다.

"그런디 마지막 날 농성을 계속할 것인가 농성을 풀고 해산을 할 것인가 투표를 하는디 말이요. 투표하기 전까지만 해도 다들 끝까지 싸워야 한다고 그랬는디, 참 사람 마음이란 게 알 수가 없구나 생각허니께 허무한 생각이 들더구만요."

그 허무함을 잊으려고 그랬을까. 그는 그 후 계속된 시위 현장에 빠짐없이 참가했다. 그는 이미 누구보다도 치열하게 싸우는 투사로 변신해갔던 것이다. 나는 후배가 부탁한 그 글을 쓰기 위해 가끔씩 그와 만날 수 있었는데 만날 때마다 믿기지 않을 만큼 변신해가는 그의 모습을 확인하지 않으면 안 되었다. 나는 그중에서도 6·29선언이란 것이 나오고 며칠 뒤에 만난 그의 모습을 잊을 수가 없다.

그를 만난 곳은 세브란스병원의 영안실 앞이었다. 그는 팔에 완장을 차고 각목을 든 채 영안실 앞을 지키고 있었다. 그는 그곳에 누워 있는 이한열 군의 유해가 탈취당할 것에 대비한 경비조에 속해 있었다.

"나요? 민주 시민 대표로 여기 와 있는 거요. 이제 나 같은 사람도 대학생들과 같이 일하고 같이 투쟁하는 겁니다. 이게 바로 민주주의라는 거 아니겠소?"

술도 한잔 걸쳤는지 원래 흙빛이던 그의 얼굴은 시뻘건 선짓빛으로 변해 있었다. 물론 나는 이제 그가 '투쟁'이라든가 '민주주의' 같은 용어를 거침없이 구사한다고 해서 더 이상 놀라지 않았다. 다만 처음 그를 만났을 때 내가 보았던 그 어리숙하고 순박해 보이던 모습과 지금 그가 보이는 당당하고 공격적인 모습 중 어느 것이 그의 진짜 모습일까 생각해보았을 뿐이었다.

"마치 물 만난 고기 같군."

그와 헤어져 걸으면서 후배 녀석이 하는 말이었다. 그 말속에는 어쩐지 비아냥거림 같은 것이 느껴지고 있었다. 이상한 것은 장병만 씨의 모습이 그런 식으로 변할수록 후배의 태도는 매우 냉소적으로 되어갔다는 사실이다. 그는 더 이상 그 기사에 대해서도 내게 채근하지 않았다.

그날 이후, 나는 장병만 씨를 만날 기회가 없었다. 세상의 움직임도 바쁘게 돌아갔고, 특히 대통령 선거 때가 되면서 그는 더욱 바빠진 모양이었다. 그는 자신이 지지하는 야당 후보를 위해서 그야말로 열광적으로 뛰어다녔다.

그로부터 다시 전화가 걸려 온 것은 대통령 선거의 투표가 마감된 직후인 저녁 시간이었다. 수화기를 통해 들려온 그의 목소리는 매우 다급하고 흥분되어 있었다.

"이 형, 소식 들었시오? 오늘 낮에 구로구청에서 부정 투표함이 발견되았는디 시민들은 그걸 지킬라고 하고 경찰은 뺏을라고 혀서 시방 난리가 나부렀답니다. 놈들이 필시 선거에 질 것 같으니까 아주 발악을 하는갑소이. 현재 경찰하고 대치 중인 모양인디 소식을 들은 시민들이 수만 명이나 모였답니다. 나 지금 빨리 그곳으로 가봐야 할랑갑소."

그것이 그가 걸어온 마지막 전화였다. 며칠이 지난 뒤, 나는 후배에게서 그가 구속되었다는 소식을 들었다. 그것도 구로구청 사건 때문이 아니라 엉뚱하게도 어느 파출소의 순경을 두들겨 팼기 때문이라는 것이었다. 선거가 끝난 며칠 뒤 술집에서 술을 마시던 중 선거의 결과에 대해서 옆자리의 손님과 시비를 벌이다가 파출소에 연행되었는데, 그곳에서 그는 파출소 벽에 걸린 대통령 사진을 떼어내서 박살을 낸 뒤 말리는 경찰관까지 폭행했다는 것이 후배가 들려준 사건의 전말이었다. 그는 공무집행방해와 폭력행위등처벌에관한법률 위반 혐의로 구속되고 말았다.

그의 구속 소식을 듣고 나는 그의 집으로 찾아가볼 생각을 했다. 그러나 막상 주소 하나만을 달랑 들고 그의 집을 찾는다는 것은 그리 쉬운 일이 아니었다. 무엇보다 그가 살고 있는 곳이 상계동 중에서도 가장 빈한한 지역이랄 수 있는 달동네였고, 그런 지역이 흔히 그렇듯 미로와 같은 꼬불꼬불한 골목을 경계로 한 번지수 안에 수십 가구가 뒤섞여 살고 있었기 때문이었다. 거의 30분 가까이 돌아다닌 끝에 그가 세 들어 살고 있는 집을 겨우 찾아낼 수 있었다. 마침 국민학교 5, 6학년쯤 되어 보이는 여자아이가 대문 앞에 서 있었는데 자기 아버지를 쏙 뺀 얼굴이었다.

"너희 아버지 장병만 씨 맞지?"

아이는 내 물음에 대답도 않고 잔뜩 경계하는 눈초리를 보내다가, 갑자기 집 안으로 뛰어 들어갔다. 아이가 들어간 방은 담벼락으로 돌아앉은 어둡고 외진 방이었다. 아이는 여전히 경계의 눈초리를 내게서 떼지 않고서 무릎걸음으로 기어가 방 아랫목에 솟아 있는 이불 더미를 가만히 흔들며 "엄마, 누가 왔어" 하고 말했다. 그제야 나는 그 이불 더미 속에 파묻힌 것이 사람이라는 것을 깨달았다. 그러고도 그 두꺼운 이불자락이 들쳐지며 사람의 머리통이 빠져나오는 데는 시간이 한참 걸렸다. 마치 굴속에 숨어 바깥을 내다보는 짐승처럼 헝클어진 머리칼에 혈색이 몹시 나쁜 얼굴을 한 여자가 이불을 뒤집어쓴 채 나를 보았다. 그녀의 얼굴은 물에 넣은 두부모처럼 통통 부어 있어서 손가락으로 찌르면 자국이 날 것 같았고 게다가 황달이 심해 한눈에도 병색이 완연했다.

"어떻게 오셨어요?"

하고 여자가 힘없는 목소리로 물었다.

"여기가 장병만 씨 댁 맞습니까?"

"그런데……"

여자는 아까의 여자아이와 똑같은 눈초리로 나를 아래위로 훑어보았다.

"경찰에서 오셨나요?"

그들이 나를 그렇게 생각하는 것도 무리는 아닐 것이었다. 나는 서둘러 말했다.

"아닙니다. 그저 장병만 씨를 잘 아는 사람인데……"

"지금 집에 없어요."

"집에 안 계시는 줄 잘 알고 있습니다. 그냥 어떻게 지내시나 하고 걱정이 되어서 왔습니다. 고생이 많으시죠?"

그러나 여자와 아이는 쉽게 경계심을 풀지 않으려는 눈치였다.

"우리 애 아빠와 어떻게 아시는 사이신데요?"

"저…… 그저 잘 아는 사이입니다."

그러자 잠시 나를 쳐다보던 여자가 문득

"혹시 소설 쓰는 선생님 아니세요?"

하고 물었다.

"제 이야기를 들으셨나 보군요."

여자는 헝클어진 머리를 건성으로 매만지며 땅이 꺼져라 한숨을 쉬었다.

"이런 이야기를 해도 될랑가 모르겠지만 우리 그 양반, 땅을 밟는 것이 아니라 구름을 밟으며 살아온 양반이라구요."

"구름을 밟다니요?"

"한다는 생각이 노상 허황한 생각만 하니께 하는 소리지요."

여자는 신세 한탄 겸해서 넋두리처럼 이야기를 늘어놓기 시작했다.

"이럴 줄 알았으면 고향 뜨라고 했을 때 따라나서지도 않을걸 그랬어요. 서울만 가면 무슨 팔자 고칠 일이라도 있을 것처럼 그러더니⋯⋯ 서울 와서도 한 가지라도 죽은 듯이 하고 있었으면 이렇게 고생은 하지 않았을 거구만요. 이 장사 해보면 떼돈 번다더라, 저거 해보면 좋다더라. 그때마다 이번 일만 잘되면 팔자 고친다고 맨날 큰소리 뻥뻥 쳐왔지만 한 번도 잘되는 거 못 봤어요. 지금까지 한두 번 속아봤어야지."

"열심히 살아보려고 하지만, 뜻대로 안 되어서 그런 것이겠지요."

"이날 이때꺼정 허깨비 같은 꿈만 좇으며 살아온 양반이라고요. 그러더니 이번에는 갑자기 무신 바람이 불었는지⋯⋯ 정치다 뭐다 하면서 돌아다니더니 결국 저 꼴로 되어버린 거죠. 뭐 세상을 바꾼대나? 아니 자기 힘으로 세상을 어떻게 바꾼대요?"

나는 뭐라고 대꾸할 말이 없었다. 아이가 내 얼굴을 빤히 쳐다보고 있었고 나는 왠지 그 시선 앞에서 까닭 모를 부끄러움을 느껴야만 했다.

"이런 이야기는 안 하려고 했지만⋯⋯ 마음속에 품고 있던 말이니 뱉어내야겠구만요."

내가 자리에서 일어났을 때 그녀가 마지막으로 한 말이었다.

"그 양반 이렇게 된 건 암매 선생님 같은 분들 책임도 쪼까 있을 거구만요. 원망하는 건 아니니께 마음에 새겨두진 마세요."

나는 그 말이 정확히 무엇을 의미하는지 잘 알아들을 수가 없었다. 나 같은 사람이 장병만 씨에게 정치 바람을 불어넣었다는 말일까. 아니면 나 같은 사람이 세상을 이 지경으로 만들어 놨단 말인가. 그러나 그게 무슨 뜻이든 나는 아무 대꾸도 하지 못하고 그 집을 나오고 말았다. 달동네의 그 가파른 길을 내려오다 말고 나는 동네 가게에 들어가 라면 한 상자와 쌀 두 말을 사서 그 집에 보냈다. 그것으로 그녀가 말한 내 '책임'이란 것을 조금이라도 갚을 수 있으리라 생각한 것은 물론 아니었다.

내가 그 집을 다시 찾은 것은 장병만 씨가 구속된 지 석 달 만에 집행유예로 풀려난 며칠 뒤였다. 나는 일부러 그를 만나기 위해 밤늦은 시간에 찾아갔는데, 방 안에는 장병만 씨와 아이가 이불을 둘러쓰고 누워 있을 뿐 그의 부인은 보이지 않았다. 지난번에 그의 부인이 뒤집어쓰고 있던 바로 그 이불이었다.

"아주머닌 어디 나가신 모양이지요?"

"허 참, 여편네가 어디 갔는지 내가 알 게 뭐요."

그가 버럭 역정을 내며 말했기 때문에 나는 더 이상 캐물을 수가 없었다. 어쩌면 그녀는 불편한 몸을 추슬러서 파출부 일이라도 보기 위해 나갔는지도 모른다고 속으로 짐작했을 뿐이었다.

그는 동네 구멍가게에서 소주나 한잔하자며 주섬주섬 옷을 걸쳐 입었다. 시린 밤바람을 안고 걸어가는 동안 그는 한마디도 입을 열지 않았다. 바위처럼 웅크린 채 입을 다물고 걷는 그의 모습은 내게 왠지 모를 위압감을 주었다. 그가 비로소 입을 열기 시작한 것은 그 동네에 있는 허름한 선술집에서 술을 거푸 몇 잔 들이켜고 난 뒤였다.

그의 말에 의하면, 이번 선거는 사전에 치밀하게 계획된 부정선거였고, 특히 투개표 과정은 처음부터 끝까지 컴퓨터에 의해 완벽하게 조작되었으며, 이 모든 것은 어디까지나 현 군사독재정권과 미국 놈들의 합작품이라는 것이었다. 물론 그러한 것들은 그의 입을 통해서 처음 듣는 게 아니었으므로 내겐 조금도 놀라운 이야기가 아니었다.

"그래, 장 형은 이제 어떻게 하시겠습니까?"

"어떻게 하다니, 무슨 소리요? 싸워야지."

내 질문에 그는 서슴지 않고 단호하게 대답했다.

"이제 정치하는 놈이고 뭐고 믿을 수가 없어. 나 같은 진짜 민중이 나서서 싸워야 하는 거여. 두고 보시오, 내 손으로 세상을 바꾸어볼 텡께."

"싸우는 건 좋은데, 요는 혼자서 어떻게 싸우느냐 하는 겁니다. 무슨 조직이 있는 것도 아니고."

"조직? 거 말 한번 잘했시다. 조직이 중요하지. 광주항쟁 때도 나같이 가진 것 없고 배운 것 없는 밑바닥 인생들만 억울하게 죽었다고 그러니께. 긍께 형씨 말은 나보고 조직을 만들어 싸워보란 소리여, 뭐여?"

"그게 아니라 장 형이 그만큼 현실적인 힘이 없다는 이야깁니다. 그러니 장 형 같은 사람이 아무리 혼자서 싸우겠다고 돌아다녀봤자 달라지는 게 뭐가 있겠느냐 하는 거지요."

"쉽게 말해서, 나 같은 무식한 인간이 뭐가 잘났다고 망둥이

뛰듯이 날뛰느냐 이 말이여? 쥐새끼같이 끽소리 말고 처박혀서 굿이나 보다가 던져주는 떡 부스러기나 고맙다고 받아 처묵어라, 이런 말이여?"

그의 목소리가 높아졌다.

"내 말은, 장 형도 그동안 싸울 만큼 싸웠으니까 이제 한번쯤 주위를 둘러보는 여유를 가져야 되지 않겠느냐는 얘깁니다. 장 형 자신의 모습도 한번 돌이켜보고."

"나 자신을 보라니? 내 모양이 뭐가 어쨌다는 거야?"

그가 버럭 소리를 질렀다. 나는 그 순간 나를 똑바로 쏘아보는 그의 눈빛이 예사롭지 못한 서슬로 번쩍이는 것을 보았다. 나중에 돌이켜보건대 그것이 내게 향한 그의 마지막 적색 신호였다. 따라서 그쯤에서 내 이야기를 대충 수습했더라면 아마도 곧이어 벌어진 불상사는 막을 수 있었을 것이다. 그러나 나는 그때까지도 그가 아무리 듣기 거북해하더라도, 또 그가 그동안 아무리 정치의식의 세례를 받았다 하더라도 내가 그를 위해 몇 마디 인간적인 충고의 말을 해줄 수 있으리라는 턱없는 우월감 같은 것을 품고 있던 성싶다. 그것이 나의 실수였다.

"장 형 형편이 내가 보기에 딱하니까 그러지요. 하루 벌어 하루 먹고살기에도 힘든 양반이 그렇게 가족들 생계 문제는 내팽개치고 밖으로만 나돌아다녀서야 되겠습니까. 민주주의도 좋고 운동도 좋지만 식구들이 오늘 당장 먹을 것이 없어서 굶고 있는 판국이니 장 형 자신부터 살고 봐야지요. 아까 장 형이 한 말마따나 가진 것 없고 배운 것 없는, 한낱 막벌이꾼에 불과한 장 형 같은 양반이 민주주의 외치다 감방에 들어갔다 나왔다고 누구 하나 알아주는 사람 있는 줄 아세요? 알아주기는커녕 아마 다들 미쳤다고 그럴 겁니다."

너무 심했구나, 말을 마치기도 전에 나는 그렇게 느꼈다. 마지막 말은 하지 말았어야 했다. 아니나 다를까, 그가 탁자를 걷어차버릴 듯 벌떡 일어서며 소리 질렀다.

"보자보자 하니까, 이 쓰발놈이!"

다음 순간 나는 뺨에 일격을 맞고 뒤로 나자빠지고 말았다. 그가 내 얼굴을 후려친 것이었다. 미처 비명을 지를 틈도 없이 술집 바닥에 쓰러져 올려다보는 내 얼굴에 이번에는 차가운 것이 철썩 끼얹어졌다. 그가 앞에 놓인 맥주잔을 내 얼굴에 끼얹었던 것이다.

"이제 보니까 이 자식 순 전두환이 앞잽이 같은 놈 아냐? 야, 인마. 지난번 내가 감방에 들어갔을 때 검사란 작자가 무슨 소릴 했는지 알어? 방금 니가 한 소리하고 똑같은 소릴 했어. 내 애초부터 니놈도 결국 그 나물에 그 밥, 똑같은 놈이란 걸 벌써 알아봤어. 그래, 나보고 찬물 먹고 속 차리라 이건데, 헛소리들 하지 말어. 속 차릴 놈은 내가 아니라 대가리에 먹물 들었다는 바로 니들이여. 너, 얼마 전에 우리 집에다 라면 몇 봉지 던져놓고 갔다는디, 누가 너보고 그따위 짓 하라고 그랬어? 니 눈에는 이 장병만이 너 같은 놈한테 동정이나 받고, 아이구 선상님 고맙습니다요, 할 그런 인간으로 보였어? 웃기지 마라, 이거여. 대체 니놈의 정체가 뭐여? 소설가? 홍, 소설가 나부랭이면 쩌어그 강남 룸살롱 같은 디 가서 술집 기집들 씹 파는 얘기나 주워듣고 앉았지 뭐 빤다고 이런 데 와서 기웃거리고 다녀? 여긴

니 같은 놈들이 올 데가 아니여. 소설거리 찾으려거든 딴 데 가서 알아보란 말여, 내 말 알아들어?"

 나는 한마디 대꾸도 하지 못했다. 대꾸는커녕 얼굴에 축축하게 흘러내리는 술을 닦을 생각도 못 한 채 쉴새 없이 퍼부어대는 그의 말을 고스란히 듣고 있을 수밖에 없었다. 어이없이 당한 일이긴 하지만 나는 이상하리만큼 조금도 화가 나지 않았다. 도리어 나는 마치 이런 식의 결말을 미리 예상이나 하고 있었던 것 같은 기묘한 느낌에 사로잡히고 있었다. 믿기지 않을지 모르나 그때 나는 얼굴에 맥주를 흠뻑 덮어쓰고 머리 위에서 퍼부어대는 온갖 모욕적인 말을 들으면서도 차라리 어떤 설명하지 못할 쾌감 같은 것까지 느끼고 있었던 것이다. 그가 마지막으로 말했다.

 "뭐, 남들이 어떻게 보겠느냐구? 인마, 니놈들이나 남들 눈치 요리조리 살피면서 마르고 닳도록 잘 먹고 잘 살아라. 이 독재정권의 똘마니, 양키의 졸개 같은 놈아!"

 그리고 그는 술집의 유리문을 왈칵 열며 나가버렸다. 낡은 유리문을 요란하게 열어젖혀지는 소리가 그가 남긴 말끝에 아주 효과적인 감탄 부호를 찍어주는 것 같았다. 열린 문을 통해 차가운 밤바람이 사정없이 밀려들었다. 나는 술집 앞 지저분한 골목길을 뒤도 안 보고 걸어가는 그의 뒷모습을 지켜보고 있었다. 그는 약간 비틀대긴 했지만, 그러나 가파른 언덕배기 달동네의 시린 밤바람을 온몸으로 밀고 가듯 거침없이 걸으면서 돌연 골목이 쩌렁쩌렁 울리는 큰 소리로 노래를 부르기 시작했다.

 ─5월! 그날이 다시 오면 우리이 가슴에 붉은 피 솟네……

그리고 그는 이어 주먹을 불끈 쥔 손을 쳐들더니 악을 쓰듯 외쳐댔다.

─붉은 피! 피! 피!

"아이고, 이 일을 우짜겠노? 좋은 술 잘 마시고 와 주먹질이고, 주먹질은."

술집 주인아주머니가 뒤늦게 달려 나오며 호들갑을 떨었다.

"내 보기에는 점잖은 선상님 같아 보이는데, 마 너그럽게 이해를 하시이소. 한 자를 배워도 더 배운 사람이 참아야지 우짜겠십니꺼. 저 양반 요새 암매 지 정신이 아닐 끼구마. 마누라는 도망을 가뿌맀제……"

"부인이 도망을 갔다구요?"

"모르셨능교? 벌써 한 열흘 되었을 끼구마요. 남편이 형무소에 들어가 있을 때만 해도 고생고생하민서 기다렸는데 형무소에서 나온 뒤에도 달라지는 기색은 보이지 않고 전보다 더 설쳐대니께 그마 참을 수가 없었는 모양이라요. 내가 할 말은 아니지만도, 여자가 그래도 지금까지 많이 참은 기라요. 입에 풀칠하기도 어려운 사람이 지 분수도 모르고 무신 정치를 한당가 뭐를 한당가 하면서 형무소 신세까지 졌으니 어느 여잔들 좋아하겠습니꺼."

주인아주머니의 말에 나는 아무런 대꾸도 하지 못했다.

"그 양반 이제 진짜로 허황한 꿈을 꾸고 있는 거라구요."

문득 지난번 그의 아내가 절망한 표정으로 내뱉던 말이 떠올랐고 그와 함께 "내 손으로 새 세상을 한번 만들어볼 것이여" 하던 그의 말이 동시에 떠올랐을 뿐이었다. 어쨌든 그것이 그해 내가 장병만 씨를 마지막으로 본 모습이었다.

 내가 장병만 씨를 다시 만난 것은 며칠 전, 그러니까 그로부터 2년 가까운 세월이 지난 뒤였다. 그리고 그 장소는 공교롭게도 그와 내가 처음 만났던 바로 그 명동 거리였다.
 지금도 나는 명동 거리를 걸을 때면, 뭐랄까 마치 잃어버린 옛사랑의 추억이 서린 장소를 다시 찾는 듯한 느낌에 사로잡히곤 한다. 무의식적으로 그 추억들의 흔적을 더듬어보지만 그러나 그해 6월로부터 2년여의 세월이 지난 명동 거리는 이미 열정이 사라져버린 거리, 그 빛나던 신화가 퇴색한 거리에 불과했다. 그런데 며칠 전, 그 거리에서 나는 사람들이 길을 막고 빽빽이 둘러서 있는 광경을 보게 되었다. 무슨 일인지 길가에는 보기 흉하게 철망이 씌워진 경찰 호송 버스가 세워져 있었고 투구를 덮어쓴 전투경찰들이 진을 치고 있었다. 사람들 틈을 비집고 들어가서야 나는 이 명동 한복판에서 무슨 일이 벌어지고 있나를 알 수 있었다. 철거 반대의 시위를 벌이는 노점상들을 전경들이 버스에 강제로 싣고 있었다. 전경들에게 끌려가면서도 그들은 목이 터져라 구호를 외쳐대고 있었고, '생존권 보호하라!' '빈민도 사람이다, 살인 철거 웬말이냐'는 등의 플래카드가 어지러이 길바닥에 흩어져 있었다. 그런데 놀라운 것은 그 노점상들 중 한 사내의 모습이었다. 그는 쇠사슬로 자신의 몸을 친친 동여매고 그것을 다시 자신의 리어카와 연결해두고 있었던 것이다. 그의 리어카엔 사과·귤 등의 과일이 빈약하게 늘어져 있었을 뿐이지만, 아무도 그의 사지를 잘라내지 않는 한 그 리어카를 그의 몸에서 떼어놓을 수는 없었다. 그런데 그의 얼굴을 본 순간 나는 숨이 막히는 것 같았다. 그는 장병만 씨 바로 그 사람이었던 것이다.

"어머나, 끔찍해라. 사람이 어쩌면 저럴 수가 있나!"

어느 젊은 여자가 혀를 차며 탄식했다. 정말이지 그것은 인간의 모습이라곤 할 수 없었다. 땅바닥에 드러누운 채 질질 끌려가는 그의 모습은 마치 땅을 기면서 리어카를 끌고 있는 한 마리 짐승의 모습을 연상시켜주었다. 이상한 것은 다른 노점상과 달리 그는 한마디도 입을 열지 않고 있다는 사실이었다. 그는 단지 눈을 부릅뜬 채 마치 무서운 고통을 감수하고 있는 수도자처럼 아무런 저항도 없이 끌려가고 있을 뿐이었다. 나는 온몸으로 흐르는 전율을 느꼈다. 그는 지금 끌려가고 있는 것이 아니었다. 오히려 그는 스스로 끌어가고 있었다. 온몸을 맨바닥에 던져 이 세상의 무게를 혼자 힘으로 떠밀어 가고 있는 것이었다. 나는 그가 어디로 가고 있는지 알 수 있을 것 같았다.

이제 이 시시한 글을 마무리해야겠다. 그에 관해서 글을 쓰겠다는 약속을 나는 늦게나마 지킨 셈이다. 물론 장병만 씨가 이 글을 읽는다면 결코 만족한 반응을 보이진 않으리라. 하지만 이런 식으로밖에 쓰지 못하는 것이 그의 말마따나 대가리에 먹물 든 소설가 나부랭이의 한계이자 또 그만큼의 진실인 것을 어쩌겠는가. 마지막으로 한 가지, 사족에 불과한 이야기지만 처음 그의 이야기를 잡지에 실으려고 했던 그 후배는 지금은 어느 유명 여성 잡지사에 취직하여 민완 기자로 활약하고 있는 중이란 사실을 덧붙이고자 한다.

용천뱅이

> ……살아 견뎌야 하는 것이라면, 살아 견디면서
> 새 세상의 그날을 기다려야 하는 것이라면,
> 세상 사람 누구도 건드리지 않는 용천뱅이가 되는 것밖에
> 또 무슨 방법이 있겠소.
> ―김성동의 「바람 부는 저녁」에서

 문을 두드리기 전에 나는 잠깐 숨을 가다듬었다. 그러나 두어 번 심호흡을 거듭해도 긴장이 쉬 풀리는 것 같지는 않았다. 두꺼운 문 안쪽에서 인기척이 들리고 나는 조심스럽게 문을 밀었다.
 "어떻게 오셨죠?"
 문 가까운 쪽의 책상에 앉은 여직원이 그렇게 물었다. 생각보다 방은 그리 넓지 않았다. 나는 문에서 똑바로 보이는 곳에 창을 등지고 앉은 사십대 남자가 이 방의 주인일 것이라고 짐작

했다.

"검사님을 뵈러 왔습니다."

"누구신가요?"

"저…… 김영진이라는 사람입니다. 어제 전화 연락을 받은……"

"아, 거기 좀 앉아서 기다리시오."

여직원 대신 그 옆자리에 앉은 사내가 말했다. 검찰 서기인 듯싶은 그 사내의 말투는 그렇게 생각해서 그런지 몹시 퉁명스럽고 딱딱했는데, 물론 나는 말투 따위에 불쾌감을 느낄 겨를이 없었다. 나는 그들의 맞은편에 놓인 의자에 엉덩이를 붙였다. 검사는 누군가와 전화로 이야기를 하고 있는 중이었다. 뒤로 젖혀 앉은 의자를 이리저리 돌리면서 가까운 친구와 잡담을 나누는 것처럼 부드러운 목소리로 이야기하고 있었다. 법 절차, 영장 집행, 공소 유지 등의 단어에다 선후배의 유대라든가 무슨 술집이니 마담의 서비스가 어떠니 하는 이야기가 섞이기도 했다. 그러나 검사의 말소리 외에는 아무 소리도 들리지 않았고, 그래서 전체적으로 방 안의 분위기는 엄숙하게 느껴질 정도로 조용했다.

"당신이 김학규의 아들이오?"

검사가 전화를 끊고 자리에서 일어나며 말했다.

"네, 처음 뵙겠습니다. 김영진이라 합니다."

나는 지나칠 정도로 허리를 굽히며 검사가 내민 손을 잡았다. 그리고 방금 그가 아버지의 이름을 '김학규 씨'라고 부르지 않았음을 떠올렸고, 아버지의 이름 석 자가 이미 경칭조차 붙여지지 못할 범법자의 이름이라는 섬뜩한 실감이 가슴을 파고

들었다.

"시골 학교에 계신다는데 일부러 올라오라고 해서 미안합니다."

"처, 천만에요. 오히려 이렇게 만나뵙게 해주셔서 고맙게 생각합니다. 저도 그동안 어디 알아볼 데도 없고 해서 무척 답답했습니다."

나는 검사가 건네는 명함을 공손히 받아 들고 자리에 앉았다. 그는 머리를 단정하게 빗어 넘기고 안경을 끼었달 뿐, 겉보기론 별 특징 없이 평범하게 생긴 얼굴이었다. 그러나 그 평범한 인상은 내가 느끼는 불안과 긴장감을 덜어주는 데는 아무런 도움도 주지 못했다.

"투사의 집안이구먼."

앞에 놓인 두꺼운 서류철을 뒤적거리다가 한참 만에 검사가 고개를 들고 말했다.

"동생은 가끔 연락이 옵니까?"

"무슨 말씀이신지……"

"김 선생의 누이동생 효선이 말이오. 노동판에서는 제법 이름이 났다고 합디다? 지금 수배 중이고 경찰의 속깨나 썩이는 모양이던데."

"글쎄요. 전 시골에 있어놔서…… 그 애를 못 본 지 1년이 넘습니다. 전 그 애가 그런 일에 뛰어들 줄은 정말 몰랐습니다. 집안 형편이 어려워서 학교는 제대로 못 다녔습니다만, 마음이 아주 여리고 착한 애였거든요."

검사는 더듬거리는 소리로 늘어놓는 내 이야기를 듣고 있다

가 무슨 뜻인지 모를 웃음을 입가에 매달며,

"그건 뭐 아무래도 좋습니다. 효선이 건으로 만나자고 한 건 아니니까."

그리고 다시 서류를 들여다보며 물었다.

"김 선생, 이름이 두 개라고 하던데 맞습니까? 영진이라는 이름 외에도 막수라는 다른 이름이 있다고 그러던데."

"다른 이름이 아니라 그건 어릴 때 이름이었습니다. 나중에 이름을 바꾸었지요."

"이름을 왜 바꾸었습니까?"

"그건…… 막수라는 이름이 별로 부르기 좋은 이름이 아니잖습니까. 어릴 땐 그것 때문에 친구들에게 놀림도 받고 그랬습니다."

변명하듯 구차하게 대답하면서, 나는 '결국 이렇게 되고 마는구나' 하는 무력감에 빠져들고 있었다. 막수라는 지난날의 이름이 여전히 지워지지 않는 내 이름이듯, 내가 그토록 벗어나고자 애를 써도 결국 아버지의 문제로부터 한 뼘도 벗어날 수 없으리라는 새삼스러운 깨달음 때문이었다.

내가 아버지의 소식을 처음 들은 것은, 보름 전 내가 근무하던 학교로 고모가 전화를 걸어와서였다.

"김 누구요? 그런 사람 없는데요. 글쎄 김 선생이 한둘이라야죠. 네? 아, 김영진 선생요. 진작 그렇게 말씀하셔야죠. 잠깐 기다리세요."

고모는 처음 막수란 이름으로 나를 찾았다가, 전화를 받은 교감이 몇 번이나 되물어서야 겨우 제대로 된 이름을 기억해낼 수 있었던 모양이었다.

"여보세요. 김 선생 좀 바꿔주이소. 김영진 선생 말이라요……"

내가 전화를 넘겨받은 뒤에도 전화선 저쪽에선 억센 경상도 억양의 목소리가 다급하게 소리를 질러대는 중이었다.

"누구세요? 제가 김영진인데요."

"아이고, 영진이…… 아니, 막수야. 니 참말로 막수 맞나?"

그제야 나는 어딘가 귀에 익은 그 억센 경상도 억양의 늙은 여자 목소리가 고모의 것임을 알아차렸다.

"고모님, 웬일이세요? 거기가 어딥니까?"

"어디긴 어디고, 서울이제. 그런데 막수야. 이 일을 우짜문 좋겠노. 너거 아부지가…… 너거 아부지가 잡혀 들어가싯데이."

"네, 뭐라구요? 그게 무슨 말씀이세요?"

"너거 아부지가 잡혀 들어가싯단 말이다. 아이고 우짜문 좋을꼬. 세상에…… 30년도 더 지나가지고…… 마른하늘에 날벼락 떨어진 기제."

"좀 차근차근히 말씀해보세요. 아버지가…… 가시다니요, 어디로요?"

나는 당황한 중에도 '잡혀가시다니요'란 말은 하지 않았다. 교무실 내의 다른 선생들이 듣고 있으리란 생각이 들었고, 또 아까부터 교감이 뿔테 안경 너머로 작은 눈을 깜짝거리며 쳐다보고 있었던 것이다.

"글쎄, 경찰도 아니고 정보분강 안기분강 하는 무신 기관이라 안 카나. 벌씨로 들어간 지가 며칠이 지났다는데 나는 오늘에사 겨우 알았다. 참말로 인자 끝장나부맀능갑다. 이 일을 우짜면 좋겠노, 어여?"

"잠깐만요, 고모님. 지금은 자세한 이야기를 할 수 없겠군요. 이따가 다시 통화하도록 하시죠. 아시겠어요? 오후에 학교 마치고 제가 전화를 드리겠습니다."

나는 그렇게 말하고 송수화기를 놓고 말았다.

"김 선생 친척되는 분이시오? 처음에 김 선생을 찾는데 김 뭐라든가 하는 딴 이름을 댑디다. 어지간히 당황한 목소리인데 집에 무슨 일이 있습니까?"

"아, 네, 뭐 별다른 일은 아닙니다."

교감에게 그렇게 얼버무린 뒤 나는 내 자리로 돌아와 털썩 주저앉았다. 담배를 꺼내면서 분필 가루가 하얗게 묻은 손끝이 나도 모르게 떨리고 있었다. 어릴 때 나는 '막수'란 이름을 싫어 했다. 이름치고는 좀 괴상한 느낌이어서 동네 아이들은 그 이름을 놀림감 삼아 내게 '목수'니 '막걸리'니 하는 별명을 붙여 부르기도 했었던 것이다. 그러나 내가 그 이름을 진짜로 증오하게 된 것은 더 나이가 든 뒤 아버지가 왜 내게 그런 이름을 붙였던가를 알고 난 후였다. 아버지가 당신의 그 실패한 과거의 끔찍스러운 껍데기를 내게 뒤집어씌워놓았다는 것이 견딜 수 없었던 것이다. 군에 입대하기 전 대학 2학년 때 나는 내 혼자 힘으로 복잡하고 까다로운 행정 수속을 밟아 이름을 바꾸고 말았다.

"김 선생은 부친의 과거에 대해 얼마나 알고 있소?"

검사가 말했다.

"과거라면…… 어떤 과거를 말씀하시는 겁니까?"

"아버지가 옛날 남로당에 가담한 공산주의자란 것 정도는 알고 있겠죠?"

'역시 그 이야기로구나' 하고 생각했다. 그리고 마음속으로 긴장이 풀어지지 않도록 애를 썼다.

"자세히는 모릅니다만, 대강 알고는 있습니다. 그 때문에 육이오 전후 형무소 생활을 하다 나오신 것도……"

나는 일부러 그가 질문한 이상의 것을 약간 내밀어보았다.

"잘 알고 계시누만. 그런데 김 선생은 그런 아버지의 과거 행적이라든가, 사상에 대해 어떻게 생각하시오?"

검사는 나를 똑바로 쳐다보며 말했다. 나는 마른침을 삼켰다.

"저는 이곳에서 휴전 이후에 태어나 철저한 반공 교육을 받고 자란 세대입니다. 지금이라도 저는 만약에 이북과 이남 두 체제 중 어느 하나를 택해야 하는 경우가 생긴다면, 그럴 리가 없겠지만 만약 그렇다면 말입니다, 전 당연히 이남을 택할 수밖에 없습니다. 왜냐하면 제가 가진 정신이나 사고방식, 생활 습관 등, 제 삶의 모든 뿌리는 이 체제하에서 형성된 것이기 때문입니다. 그리고 무엇보다 저는 지금 실제로 아이들에게 반공 교육을 하고 있는 교사가 아닙니까."

나는 등허리로 식은땀이 흐르는 것을 느꼈다. 내 대답이 검사를 어느 정도 만족시켜준 것인지 알 수가 없었다. 검사는 여전히 아무런 표정도 보이지 않고 있었다. 나는 입안이 바싹 타는 듯한 갈증을 느끼며 검사를 올려다보았다.

"그런데…… 도대체 저의 아버지가 무슨 혐의로 구속이 되었습니까?"

검사가 서류를 뒤적거리던 손을 멈추었다.

"아직 모르고 있었소?"

"네, 어제 전화를 하신 분이 그냥 '보안법 위반'이라고만 하면서 자세한 건 직접 만나서 이야기하겠다고 했습니다."

그러자 무엇인가 쓰고 있던 검찰 서기가 슬쩍 고개를 들고 나를 보았다. 나는 어제 학교로 전화를 해서 매우 딱딱하고 위압적인 목소리로 이야기하던 사내가 바로 그 서기임을 짐작했다. 검사는 잠깐 말없이 내 얼굴을 보고 있다가 짤막하게 입을 열었다.

"간첩죕니다."

나는 갑자기 할 말을 잃고 말았다. 검사는 여전히 아무 표정이 담기지 않은 얼굴로, 그러나 자신의 말에 대한 내 반응을 놓치지 않으려는 듯이 내게서 시선을 떼지 않았다.

"그, 그럼…… 저의 아버지가 간첩이란 말입니까?"

"당신 아버진, 북괴의 대남 공작을 위한 지령을 받으면서 암약해온 고정간첩 혐의로 체포되었어요."

검사는 감정 없는 억양으로 말했지만, 나는 내 귀를 의심할 수밖에 없었다. 처음 아버지가 연행되었다는 소식을 고모로부터 들었을 때부터 나는 그것이 아버지의 과거 행적과 연관이 있으리라는 것을 직감했다. 그러나 아버지가 구체적으로 어떤 범법 행위를 저질렀으리라는 것은 생각할 수 없었다. 그저 어느 선술집에서 취중에 해서는 안 될 소리를 함부로 지껄였거나, 아니면 지난날의 일로 다시 조사를 받아야 할 일이 생겼을지 모른다고 짐작했을 뿐이었다. 어쩌면 나는 아버지가 지난날 당신의 불순한 사상과 행적 때문에 지금도 어느 날 갑자기 연행되거나 며칠씩 조사를 받을 수도 있으리라는 사실을 은연중에 용인하고 있었는지도 모른다. 그러나 간첩죄라니. 이 땅에서 태어나고 교육을 받은 다른 모든 사람들과 마찬가지로 나 역시 어릴 때부터 교실에서, 거리의 표어와 신문 지상에서 무수히 그 말을 보고 들었지만, 그것이 나하고 직접 관련이 있는 말이 되리라곤 한 번도 상상하지 못했다. 그리고 지금 이 순간까지도 도저히 실감이 가지 않는 말이었다. 신문의 사회면에 대문짝만 하게 실린 '간첩단 일망타진'의 표제, 이리저리 화살표가 그려진 도표, 그리고 난수표와 무전기 등의 증거 물품과 함께 실린 아버지의 초췌한 얼굴, 그것은 생각만 해도 끔찍한 일이었다. 나는 간신히 입을 열었다.

"저, 절대로…… 그럴 리가 없습니다."

"어째서 절대로 그럴 리가 없다고 생각하시오?"

그는 회전의자의 높은 등받이에 몸을 젖혀 앉은 채 안경 너머로 주의 깊게 나를 보며 말했다.

"비록…… 과거에 좌익 사상을 가지셨지만 그건 이미 30여 년 전 일이고…… 또 아버진 결코 그런 일을 할 수 있는 분이 아닙니다."

"그래요? 그렇다면 김 선생은 그런 일 할 수 있는 사람은 어떤 사람이라 생각하시오?"

"글쎄요…… 성격이 독하고 모질지 않고서는 할 수 없는 일이 아니겠습니까. 아버진 의지도 약하고…… 생활에서도 폐인에 가까웠습니다. 이건 아버지를 아는 모든 사람이 증언할 겁니다."

나는 지난 겨울방학 때 마지막으로 보았던 아버지의 모습을 생각했다. 몇 달 만에 내가 종암동 언덕바지에 있는 단칸 셋방에 찾아갔을 때 아버지는 부엌문 앞에 매달린 수도꼭지 밑에서 구부정하게 등을 굽힌 채 쭈그리고 앉아 손수 속옷을 빨고 있었던 것이다. 내가 작년 여름 강원도의 시골 중학교에 자리를 얻어 서울을 훌쩍 떠난 후 누이동생인 효선이만이 토끼 굴 같은 단칸 셋방에서 아버지를 모시고 있었다. 그러나 지난가을부터인가. 누이가 경찰의 수배를 받고 집에 들어오지 못하게 되면서 아버지에게는 밥 한 끼, 빨래 한 가지도 제대로 돌보아줄 사람이 없게 되고 말았던 것이다. 나는 주인집에 매달 얼마씩 돈을 얹어주고 아버지의 식사와 빨래를 부탁했었지만 그들이 제대로 아버지를 돌보아주리라고 기대하기는 어려운 일이었다. 누이가 없는 사이 집 안은 폐가처럼 형편없이 방치되어 있었다. 이불은 늘 그대로 깔려 있는 모양이었고 옷가지가 여기저기 함부로 내버려져 있는 데다 방구석에는 빈 소주병들이 뒹굴고 있었다. 그 어둡고 더러운 방에서 아버지는 마치 제가 싼 똥을 스스로 뭉개고 있는 늙은 짐승처럼 혼자 생활하고 있었던 것이다. 방에는 무언가 심하게 부패해가는 듯한 악취가 배어 있었다. 나는 그것이 아버지의 냄새라는 것을 알았고, 이제 아버지는 썩어가는구나, 하는 생각을 했었다.

"아까 김 선생 어릴 때의 이름이 막수라고 했지요?"

검사가 말했다.

"그 얘긴 조사받는 과정에서 김학규, 그러니까 당신 부친이 자진해서 한 소리요. 그만큼 자신의 이념이 투철하다는 것을 증명하기 위해서 말요. 마르크스의 이름을 따서 아들의 이름을 지을 정도니까."

"그건 저도 알고 있었습니다만…… 그런데 그건 젊은 날 한때의 부질없는 꿈 같은 것이 아니었겠습니까?"

"꿈?"

"당신의 실패한 인생에 대한 보상 심리라 할까요. 그만큼 즉흥적이고 자기과시적이란 것은 오히려 간첩 행위 같은 무서운 일을 해내기엔 적합하지 못하다는 반증이 될 수도 있지 않겠습니까?"

"김 선생은,"

검사는 입가에 야릇한 웃음을 띠며 말했다.

"아버지를 상당히 냉정하게 분석하고 계시구만."

"부끄러운 얘깁니다만…… 어릴 때부터 전 아버지를 한 번도 존경해본 적이 없었습니다. 아버진 가장으로서의 권위나 능력을 보여준 적이 없었고, 저희들 눈에 비친 것은 철저히 무능력하고 파괴적인 모습뿐이었지요."

나는 얼굴이 달아올랐다. 그리고 견딜 수 없는 수치심과 동시에 누구에겐지 모를 분노를 느꼈다. 아버지가 간첩 행위를 할 만한 인물이 아니라는 것을 증명하기 위해서 나 자신의 입으로 아버지의 온갖 허물을 검사 앞에 이야기해야 하는 비참한 지경에 빠진 것을 깨달았던 것이다.

"어쨌든 사실 여부는 조사를 해보면 밝혀질 거요. 그것보다, 어때요, 김 선생? 아버지를 한번 만나보겠소? 내가 특별한 면회를 시켜줄 테니까."

나는 얼떨떨한 표정으로 검사의 얼굴을 쳐다보았다.

"사실 내가 김 선생을 일부러 보자고 한 것도 김 선생 부친과 면회를 시켜주려는 목적에서였소. 지금 부친은 구속 송치되어 구치소에 들어가 있는데 일반 면회는 허용되지 않아요. 그렇지만 내가 김 선생과 또 부친을 위해 특별히 두 사람이 만나도록 해주겠다는 거요."

"고, 고맙습니다. 그런데……"

"그런데 내가 왜 이런 식의 특별 면회를 일부러 주선하느냐 의아해하는 모양인데."

그리고 검사는 간략하게 아버지가 관련되었다는 사건을 이야기하기 시작했다. 최근에 북괴의 대남 간첩 조직망이 대공 기관에 의해 적발, 일망타진되었다. 이번 간첩단은 옛날 남로당이나 빨치산에 가담했던 잔존 세력으로서 대부분 60~70세가 넘은 고령자들로 구성된 것이 특징이다. 이렇게 병약한 노인들까지 간첩 조직에 이용하는 것은 적화통일을 위해서는 수단과 방법을 가리지 않는 북괴의 악랄성을 다시 한번 입증하는 것인데, 이들은 10여 년 전부터 지령에 따라 주요 정보를 수집·보고해왔고, 검거 당시 난수표, 공작금, 단파 라디오 등 부인할 수 없는 각종 증거품까지 압수되었다.

"그런데……"

거기까지 말한 검사는 잠깐 말을 끊었다.

"문제는 김학규 바로 이 사람한테 있어요. 다른 사람들은 모두 범죄 사실을 구성할 확실한 증거가 있는데, 이 사람은 조금 애매한 점이 있단 말요."

"애매하다는 것이 구체적으로 무슨 뜻입니까?"

"다시 말하면 확실한 증거가 없다는 거요. 이번 조직이 옛날 남로당의 일부 지방 조직망을 그대로 유지하고 있다든가 관련자들이 지금도 김학규 이 사람과 친분 관계가 두텁다든가 하는 정황으로 봐서 심증은 가는데, 다만 물증이 없다는 겁니다. 더구나 다른 가담자들은 한결같이 김학규 이 사람만은 관계가 없다고 진술하고 있어요."

"그렇다면 아버지는 당연히 죄가 없는 것 아니겠습니까?"

"그런데, 문제는 그게 아니란 거요. 김학규 본인이 극구 자기도 가담했다고 주장한단 말이오."

"그, 그럴 리가 있습니까."

"처음에 수사기관에서 김 선생 부친을 연행할 때는 중요한 참고인 정도로 생각하고 있었어요. 본인도 처음엔 무슨 영문인지 모르는 것 같았고. 그런데 수사 과정을 자세하게 말할 순 없지만, 어쨌든 수사를 받으면서 사건 전모를 대강 알게 되자 갑자기 자기도 가담을 했다고 주장하기 시작한 거요. 무조건 자기도 간첩질을 했으니 잡아 가두란 식이오."

도무지 믿기지 않는 이야기였다. 검사의 말대로라면 아버지가 자청해서 당신이 간첩이라고 주장한다는 것인데, 어떻게 그런 일이 있을 수 있단 말인가. 나는 혼란에 빠져서 검사의 얼굴을 쳐다보았다.

"물론 전 법률에 대해 잘 모릅니다만, 유일한 증거가 아버지 스스로 간첩질을 했다는 자백뿐이라면, 그것만으론 죄가 성립되지 않을 것 같은데요."

"대공 관계에선 꼭 그렇지만은 않아요. '나 공산주의자요' 하는 말 한마디도 죄가 되니까. 또 간첩 아닌 사람이 '나 간첩이오' 하는 경우를 상상할 수 있습니까? 미치지 않았다면 말이오. 어쨌든 김 선생, 내가 왜 당신한테 부친과의 면회 기회를 특별히 만들어주려는지 알겠소?"

검사의 이야기는 그러니까 내가 직접 아버지와 만나서 이야기를 들어보라는 것이었다. 어떤 이유로 아버지가 증거도 없는 간첩 행위 사실을 주장하는지 적어도 아들 앞에서는 진심을 털어놓지 않겠느냐는 것이 검사의 생각인 듯했다.

"고, 고맙습니다. 아마 틀림없이 뭔가 잘못되었을 겁니다. 아까도 말씀드렸듯이 아버진 결코 그런 짓을 할 양반이 아닙니다."

"그거야 더 조사를 해봐야 아는 거고. 나한테 고마워할 것은 없어요. 내가 알고 싶은 것은 사실뿐이니까."

"면회는 언제 하게 됩니까?"

"내일 오전 중에 합시다. 아침 9시까지 이리로 다시 나오시오. 나하고 함께 구치소로 갑시다."

나는 검사의 방을 나왔다. 검찰청 건물을 나서자 목을 조이던 긴장이 풀려나서인지 갑작스러운 현기증이 온몸을 휩쌌다. 바깥에는 2월 하순의 때늦은 진눈깨비가 뿌리고 있었다. 나는 잠시 그 자리에 서서 이리저리 어지럽게 흩날리는 눈발을 망연히 바라보고 있었다.

"막수야, 여기다, 여기."

수위실 옆에서 팔을 휘저으며 소리치고 있는 사람이 있었다.

그제야 나는 고모에게 검찰청 앞 다방에서 기다리라고 했던 약속을 생각해냈다. 얼마나 오래도록 눈을 맞고 서 있었던지 고모의 어깨는 축축하게 젖어 있었고, 얼굴은 시퍼렇게 얼어 있었다.

"다방에서 기다리시지 왜 여기 나와 계십니까."

"속이 타는 거 같아서 어데 앉아서 기다릴 수가 있어야제. 욕봤다. 얼릉 어데 조용한 데 찾아서 들어가자."

고모는 흥분한 목소리로 말하고, 마치 누군가에게 쫓기는 것처럼 연신 주위를 곁눈질하며 내 팔을 잡아끌었다. 그러나 나는 고모의 그러한 지나친 흥분과 불안을 보자 까닭 모르게 짜증과 울화가 치밀어 올라왔다.

"뭘 그렇게 겁을 내세요? 누가 잡으러 오는 것도 아닌데. 우리가 무슨 죄를 지었나요."

"와 죄가 아이고? 목숨 부지하고 사는 게 다 죄고 욕이다."

가까운 친척이라곤 거의 없는 내게는 하나뿐인 고모였다. 젊은 시절엔 시장 바닥을 웬만한 남정네 이상으로 설치고 다니면서 안 해본 장사가 없다 할 정도로 온갖 고생 다 하면서 아버지 없는 3남매를 키워낸 억척스러운 양반이었지만, 이젠 노쇠와 병고를 숨기지 못하는 초라한 늙은이에 불과해 보였다. 우리는 길가에 있는 중국집 2층으로 올라갔다. 중국집 홀 가운데는 연탄난로가 놓여 있긴 했으나 썰렁하게 추웠다. 고모는 사람들이 앉아 있는 난롯가를 피해 나를 구석 자리로 끌었다.

"그래, 우째 됐노? 검사가 무신 소리 하더노? 너거 아부지를 대체 무슨 죄로 잡아넣었다 카더노?"

자리에 앉기가 바쁘게 고모는 성급하게 물었다. 물론 누가 들을세라 목소리를 잔뜩 낮추고 연신 주위를 힐끔거리며 하는 말이었다. 나는 검사에게 들은 얘기를 대충 옮겼는데, '간첩'이라는 말이 나오자 고모의 얼굴이 금세 핼쑥하게 질려버렸다.

"우째 이런 일이 생긴단 말이고. 아이고, 참말로 살 떨리는 일이데이. 암만 캐도 너거 아부지한테 무슨 귀신이 덮어씌웠는갑다."

"아직 절망할 때는 아닙니다. 검사도 내가 보기엔 일을 제대로 처리하려고 애쓰는 눈치구요…… 여하튼 내일 아버질 만나보면 사정을 좀 알게 되겠지요."

"그래, 우짜든지 니가 너거 아부지 잘 구슬려보거라. 당신도 생각이 있으문 자식 장래를 망치는 짓이야 할 수가 있겠나. 나는 그저 막수 니만 믿는대이."

"고모님, 이제 절 막수라 부르지 마세요. 저 이름 바뀐 거 아시잖아요."

"참 그렇제. 영, 영진이제. 맨날 부르던 이름이라 입에 붙어뿌리서 안 그러나. 그런데 니는 참 속도 편하다. 지금 이 판국에 이름 갖고 따지는 거 보이."

고모는 꽁꽁 뭉쳐서 쥐고 있던 손수건으로 눈두덩을 찍어 눌렀다. 고모의 눈자위는 어느새 붉게 충혈되어 있었다.

"너거 아부지도 참 지지리 박복하고 불쌍한 양반이다. 청년 시절엔 좌익인가 머신가 한다꼬 발 한번 제대로 못 뻗고 지내다가 형무소 생활까지 했제. 30년 동안 낙인찍혀서 찬바람 맞으며 살아온 양반 아이가. 너거 남매가 장성하면 옛말하며 지내게 될 줄 알았띠이마는…… 70이 다 된 노인이 밥 지을 손 하나 없이 혼자 살고 있으며 밤중에 소리 한번 지르지도 못하고 끌려간들 누가 알 끼며, 누운 자리에서 숨넘어가신다 캐도 누가 알 끼고."

고모의 말에는 평소에 내게 품었던 원망과 섭섭함이 깔려 있었다. 사실 고모에게 나는 늙은 아버지를 홀로 내팽개쳐두고 있는 몹쓸 조카인 셈이었다. 보름 전 아버지의 소식을 처음 전해주었을 때도 고모는 내가 곧장 상경해주기를 바랐지만 나는 올라오지 않았었다.

"사람이 우짜든 그렇게 모질고 매정하노?"

그 뒤 몇 번이고 전화를 걸어오면서 서울로 올라와보라고 말하는 고모에게 이런저런 변명을 늘어놓으며 미루기만 하자 고모는 노골적으로 섭섭한 감정을 털어놓았다.

"미우니 고우니 캐도 느그 아부지 아이가. 이웃집 영감이라 캐도 그렇게 모른 척하지는 못할 끼다. 그래, 명색이 지를 낳아준 아부지가 잡혀 들어가 며칠이 지나도록 소식이 없는데도 죽었는지 살았는지 관심도 없단 말이가. 효선이 같으면 안 그럴 끼다. 고년은 그래도 인정이 있고 효심이 있으이까네. 짐승도 지 부모, 새끼는 알아보는 법인데 니가 우째 그럴 수가 있노."

그러나 고모의 말처럼 내가 그동안 아버지 문제로 인한 불안과 두려움에서 완전히 벗어나 있던 것은 물론 아니었다. 사실은 오히려 나 스스로 그 두려움을 키워가고 있었는지 모른다. 때때로 자취방에서 혼자 책을 읽으며 나를 에워싼 밤의 적막함에 귀를 기울이다가도 문득 견딜 수 없는 두려움과 절망감에 빠져들곤 했던 것이다.

지난 2년 동안, 지도에도 제대로 나와 있지 않은 초라한 산골인 그곳에서 나는 평안함과 안식을 누릴 수 있었다. 산비탈을 일구어 겨우 마늘이나 고추를 생산해내는 그곳은 바람이 많았고 흙먼지가 자주 날렸다. 그곳의 흙먼지는 정말 지독했다. 내 자취방 부엌에 걸린 칫솔은 늘 새까맣게 먼지에 덮여 있어서 매일 아침 양치질을 하기 위해선 몇 번씩 물에 헹구어야만 했다. 수업 시간 중에 교실 창문으로 바라보면 저 멀리 개천을 넘어서 진군해 오는 먼지바람을 볼 수 있었다. 그것은 운동장을 단숨에 뒤집어놓곤 했고, 수업을 마치고 교무실로 돌아오면 먼저 책상 위에 자욱이 앉은 모래 알갱이들부터 손바닥으로 훔쳐내야만 했다. 그리고 교무실에 놓인 톱밥 난로. 아랫부분에 작은 구멍이 송송 뚫린, 모래시계처럼 톱밥이 시나브로 푸석푸석 무너져 내리는 양철로 된 원통 난로가 있었다. 나는 늘 그 구멍 속으로 담뱃불을 붙였고, 그래서 담배 연기를 빨아들이고 나면 예외 없이 눅진눅진한 톱밥 냄새가 혀뿌리에 감겨왔다. 시골학교 교사로서 내게 특별한 사명감 같은 것은 없었다. 장난이 심한 시골 아이들과의 수업에 대해서는 반체념 상태였고, 대개가 얼굴이 검은 농사꾼인 그곳 주민들 역시 나를 둘러싼 단조로운 풍경의 한 부분쯤으로 대하고 있었다. 단지 내가 좋아한 것은, 모르는 사이에 먼지가 하얗게 쌓여가는, 또는 모래시계처럼 연통 난로의 톱밥이 소리 없이 푸석푸석 무너져 내리는 그곳의 단조로움과 평안함이었다. 나는 아무것도 원하지 않았고 오직 고여 있는 물 같은 내 생활을 누군가 흔들어놓지 않기만 바랐다. 내가 세 들어 있는 집은 가난한 농사꾼의 집답게 허술하기 짝이 없는 구식 변소가 있었는데, 허물어져가는 슬레이트 지붕이 그나마 허리를 펼 수 없을 만큼 낮아서 여자처럼 앉아서 소변을 볼 때마다 마치 내가 거세되어버린 듯한 자학적인 쾌감을 느끼곤 했다. 그러나 그것이 무슨 대수란 말인가. 그곳은 모든 것으로부터 절연된 곳이었다. 서울의 그 번잡함과 떠들썩함으로부터, 다시 떠올리기도 싫은 쓰라린 과거의 기억으로부터, 그리고 무엇보다 아버지로부터 멀리 떨어진 곳이었다.

"여하튼 너무 걱정 마세요, 고모님. 아무 일 없이 곧 나오실 겁니다. 그렇게 믿고 마음을 편히 잡수셔야죠."

"글쎄 그렇게만 되면 얼마나 좋겠노. 30년도 더 지나가지고 이기이 무신 업보고 말이다. 지난 세월 동안 마른땅을 디디도 행여 꺼질까 마음 못 놓고 살아왔는데 인제 와서 결국 이런 꼴을 당하고 말다이……"

기어코 고모는 중국집 구석 자리에서 숨죽여 울음을 터뜨리고 말았다.

30년도 더 지나가지고. 중국집을 나와 고모와 헤어진 뒤에도 고모의 그 쉰 목소리가 귀에서 떠나지 않았다. 그 말에는 30여 년이란 긴 세월을 통해서도 벗어날 수 없었던 고모의 두려움이 있었고, 지워지지 않은 상처의 흔적이 있었다. 고모는 아버지의 이번 사건이 30여 년 전의 과거와 연결되어 있음을 굳게 믿고 있는 것이었다. 30여 년 전 고모는 남편과 생이별을 할 수밖에 없었다. 육이오 직후 좌익에 대한 일제 검거령이 내렸을 때 고모부는 홀연 자취를 감추었고 지금까지 생사조차 알지 못하고 있었다. 그리고 이 땅에서 의지하며 살아온 단 하나밖에 없는 오라버니는 30여 년 동안 낙인찍혀 살아야 했던 것이다.

  지난날 우리 가족의 삶은 언제나 하루하루의 목숨을 유예하는 것 같은 아슬아슬한 날의 연속이었다. 빚 독촉, 떨어진 양식, 집세, 학교 납부금 등으로 언제나 내일은 절망적이었고, 그러면서도 용케 그 절망을 그다음 날로 미루어놓곤 했다. 그러나 아버지는 그러한 생활의 모든 고통에 철저히 무관심했으므로 아버지를 포함한 우리 네 식구의 삶은 전적으로 어머니의 어깨에 매달려 있을 수밖에 없었다. 그러나 어머니는 아버지 앞에서 절대로 돈 이야기를 꺼내지 않았다. 어쩌다가 아버지 앞에서 무심결에라도 돈 걱정을 하게 되면 아버지는 불같이 화를 내며 미친 듯이 소리쳤다.

  "돈! 돈! 돈! 나한테 돈 소리는 입 밖에 꺼내지 마라. 돈이 다 뭐꼬! 나는 돈 같은 거 모르는 사람이다. 나는 돈벌레가 아니란 말이다. 어림도 없다. 이 김학규가 죽으면 죽었지 돈을 위해 살지는 않는단 말이다!"

  자신이 돈벌레가 되기 싫다면 자신을 위해 누군가 대신 돈벌레가 될 수밖에 없다는 사실을 왜 모르는지 도무지 이해할 수 없는 일이었다. 그리고 그 누군가란 불쌍한 어머니였고, 그가 무책임하게 세상에 내던져놓은 자식들 역시 삶의 참혹한 밑바닥에 빠진 또 다른 돈벌레가 될 수밖에 없었던 것이다. 철이 든 다음에야 나는 아버지가 과거에 공산주의 사상을 가졌었고 좌익 운동을 했으며, 3년 반 동안 형무소 생활을 한 전력이 있는 인물이란 사실을 알았다. 그러나 나로서는 아버지 같은 사람이, 그것이 무엇이든 어떤 신념을 위해서 한때나마 몸을 내던지고 싸울 수 있었다는 것을 도저히 납득할 수가 없었다. 그러면서도 아버지는 철저히 이 사회의 제도와 규범을 애써 무시하는 사람이었다. 내가 대학에 진학하려고 했을 때도 아버지는 이해할 수 없을 정도로 화를 내며 반대했다.

"전 대학에 진학해서 문학을 공부하고 싶습니다."

대학에 가서 도대체 뭘 하겠다는 것이냐는 아버지의 질문에 내가 그렇게 대답하자 아버지는 버럭 소리를 내질렀다.

"문학? 인마, 문학은 꼭 대학에 가야만 하는 줄 아나? 대학이니 뭐니 책 보고 공부해서 하는 문학이 무슨 문학이고? 그거는 배때기 부른 놈들이 하는 미친 개수작이다. 문학은 공장에서, 노동판에서, 삶의 현장에서 땀 흘리가미 하는 기다. 그기 진짜 문학이란 말이다. 막심 고리키도 식당에서 접시 닦으며 글을 썼어. 요즘 거 작가네 교수네 하는 자식들, 막심 고리키의 발가락 새 때보다 못한 놈들이 문학이 어떠네 예술이 어떠네 떠들어대지. 이놈아, 하루 끼니 때우기도 어려운 형편에 생활 전선에 나설 생각은 안 하고 뭐 대학이 어째? 그런 썩어빠진 사고방식을 가지고 뭘 하겠다는 기고, 이 미친 자식아. 차라리 나가 죽어삐리라!"

그때 나는 막심 고리키가 누군지도 몰랐고, 관심도 없었다. 그러나 아버지 같은 사람의 입에서 삶의 현장이니 생활 전선이니 하는 말이 나오다니 참으로 가소롭다고 생각했다. 물론 나는 당시의 우리 집 형편에 대학에 진학한다는 것이 무리라는 것을 잘 알고 있었지만, 내가 대학 진학을 포기할 수 없었던 것은 어머니 때문이었다. 어머니는 내가 어렸을 때부터 입버릇처럼 말했던 것이다.

"수야, 나는 니가 나중에 커서 학교 선상님이 되었으면 좋겠다. 장사해서 돈을 어구같이 버는 것도 싫고, 출세해서 이름 날리는 것도 안 바란다. 그저 착실한 학교 선상님이 되거라. 떼돈 벌 일도 없고 이름 날릴 일도 없지만 학교 선상이 세상에서 제일로 좋은 직업이다. 내 말 꼭 명심하거래이."

어머니는 당신의 자식이 이 사회에서 탈락하지 않고 가장 안전하게 편입할 수 있는 길이 학교 선생이 되는 것이라고 생각했던 것이다. 그것이 이 사회에서 일종의 금치산자로 취급받은 아버지로 인해 고통과 궁핍과 생존의 위협 속에서 살아오면서 어머니가 나름대로 터득한 생존의 지혜요 마지막 희망이었다. 이 사회에서 가장 충실하게 순종하는 것은 아마 공무원이 되는 것이었겠지만, 어머니의 경험으로는 공무원이란 직업이 그리 안전하지 못할 뿐 아니라 오히려 더 위험할 수 있다고 생각했을 것이었다. 나는 결국 어머니가 원한 대로 사범대학에 진학했다. 문학의 꿈은 아직까지 이루지 못했지만, 그러나 그것은 사실 별 상관이 없는 문제였다. 내가 어린 시절에 글쓰기를 좋아했던 것은 그것이 고통스러운 현실로부터의 도피 수단이었기 때문인데, 지금까지 나는 이름 없는 시골 중학교 선생으로 있으면서 현실로부터 충분히 떨어져 있을 수 있었던 것이다. 그러나 자식이 학교 선생이 되기를 그토록 바랐던 어머니는 내가 대학에 입학하던 봄, 세상을 떠나고 말았다.

그날 밤, 나는 쉽게 잠을 이룰 수가 없었다. 내가 떠나온 작은 산골 마을을 생각했다. 아침에 시외버스를 타고 읍내 거리를 빠져나올 때 본 낯익은 풍경들, 이를테면, 녹슨 양철 지붕의 방앗간 건물이라든가 회칠이 벗겨진 초라한 읍사무소, 제재소 마당에 쌓인 붉은 톱밥 무더기가 스산하게 뿌려지는 진눈깨비들에 파묻히며 멀어져가던 모습을 기억해냈다. 그곳에서 서울이 비현실적으로 느껴졌듯이, 지금은 내게 그곳이 까마득한 먼 곳에 있는, 다시 돌아갈 수 없는 비현실일 뿐이었다. 나는 여전히 지난날의 그 고통스러운 현실 속에 갇혀 있었다. 나는 몇 달 동안 어디에 있는지 소식 한 장 없는 누이를 생각했다. 그리고 마지막으로 나를 잠자지 못하도록 한 것은 어머니에 대한 기억이었다. 어머니는 거의 십수 년을 속앓이로 시달려야 했다. 한번씩 속앓이가 도지면 발작하듯이 옷깃을 쥐어뜯으며 방 안을 빙빙 돌 정도였다. 그래도 어머니는 병원에 한번 가보지 못하고 약 한 첩 제대로 먹지 못하면서 하루에도 몇 번씩 솟구치는 아픔을 견뎌내곤 했다. 어머니가 유일하게 복용하는 것은 소다였다. 어떤 화학작용인지는 알 수 없어도 그 독한 소다가 위벽을 헐어내는 아픔을 일시적으로 삭여주는 진통제 구실을 했다. 아픔이 시작되면 어머니는 깡통 뚜껑을 열고 소다를 한 숟갈씩 입에 털어넣곤 했는데, 나는 두 눈을 질끈 감고 쓰디쓴 소다를 삼키는 어머니의 일그러진 얼굴과 그 소다 깡통의 빡빡한 양철 뚜껑이 열리는 소리를 아직까지도 생생하게 기억해낼 수 있다.

 어머니가 세상을 버리게 된 것은 결국 그 속앓이 때문이었다. 병원에서 엑스선 사진을 들여다본 의사는 이미 손을 쓸 단계가 넘었다고 했다. 단순한 위궤양이 너무 오래 방치되어서 위암으로 진행되었고, 지금까지 목숨을 유지한 것만도 기적에 가깝다는 것이었다. 어머니는 두 달을 자리에 누워 있다가 세상을 떠났다. 어머니가 그 끔찍한 고통과 처절한 사투를 벌이던 마지막 두 달 동안에도 아버지는 매일 술에 취해 있었다. 아니 단 한 순간도 온전한 정신으로 있지 않겠다고 작정한 사람 같았다. 좁은 방 한구석에 만취해 쓰러져 잠든 아버지에게서 풍기는 술 냄새를 맡으며, 그리고 시시각각 빈도를 더해가는 어머니의 신음 소리를 들으며 나는 밤새 이를 갈았고, 아버지를 결코 용서하지 않으리라고 수천 번 되뇌었다.

문이 열리고 교도관과 함께 죄수 한 사람이 들어왔다. 나는 자칫하면 그가 아버지인 줄 몰라볼 뻔했다. 조금 헐렁해서 몸에 맞지 않는 듯한 푸른 죄수복 차림에 수갑이 채워진 두 손을 앞으로 모으고 있는, 초췌한 늙은이가 나의 아버지라곤 도저히 실감이 나지 않았다. 32번, 아버지의 왼쪽 가슴에 씌어진 수인 번호였다. 교도관에게 떠밀리다시피 탁자 앞까지 와서야 아버지는 비로소 나를 발견했다. 흠칫 놀라서 굳어진 얼굴이 실룩거리더니 한참 만에, "니, 니가 여기 웬일이냐?" 하고 말했다. 검사가 교도관에게 수갑을 풀어주라고 지시했다. 수갑이 풀린 다음 아버지는 의자에 앉혀졌다.

"몸은…… 괜찮습니까?"

나는 겨우 그렇게 물었다.

"음…… 괜찮다."

아버지가 짤막하게 대답했다. 나는 무슨 말을 어떻게 이어야 좋을지 알 수가 없었다. 두 볼은 움푹 패었고 제대로 깎지 못한 희끗희끗한 수염이 얼굴을 더 초췌하고 늙어 보이도록 했다. 그러나 놀라운 것은 아버지의 태도였다. 아버지는 당신이 걸친 그 흉측스러운 죄수복엔 어울리지 않을 정도로 침착하고 당당한 모습이었다. 늘 허리를 구부리고 흐트러진 자세로 몸을 가누지 못하던 아버지가 지금은 마치 일부러 그러는 것처럼 가슴을 내밀고 앉아 있었다. 그러나 내게는 평소와 다른 아버지의 그 모습이 왠지 어색한 연기를 보는 듯 안쓰럽기조차 했다.

"김학규 씨, 아들이 걱정 많이 합디다. 나이도 드실 만큼 드신 양반이 이젠 자식 생각도 해야지. 그렇게 자식들 걱정이나 끼치고 해서 되겠소."

침묵을 깨고 검사가 말했다. 마치 어린아이를 나무라는 것처럼 부드러운 목소리였지만, 또한 피의자를 다루는 평소의 위압감을 감추지 않은 말투였다. 그리고 검사는 "교도관, 못 본 척해 주시오" 하더니 아버지에게 담배를 권했다. 교도관에게 양해를 구하는 것은 나름대로 자기들끼리의 규칙과 직책을 존중하기 위해서였겠지만, 한편으로 피의자에게 정도 이상의 친절과 선심을 베풀고 있음을 보여주려는 것 같기도 했다. 그러나 아버지는 별 고마워하는 기색도 없이 담배를 받아 물었다.

"내가 일부러 당신 아들더러 오라고 했어요. 그러니 지금부터 하고 싶은 말을 솔직하게 다 털어놔보시오. 우리한테 못 한 이야기라도 아들 앞에서는 할 수 있을 게 아니오."

그러나 아버지는 아무 말도 하지 않았다. 무겁고 답답한 침묵 속에서 담배 연기만 뿜어내고 있을 뿐이었다.

"아버지, 도대체 어떻게 된 일입니까?"

내가 먼저 입을 열었다. 그제야 아버지는 천천히 시선을 내게로 옮겼다.

"그렇게 됐다."

그뿐이었다. 나는 말이 막혔고, 그러면서도 억제할 수 없는 무언가가 속에서 치밀어 오르는 것을 느꼈다.

"간첩 혐의를 받고 계시다던데 제가 보기엔 뭔가 잘못된 것 같습니다. 만약에 아버님이 조사받는 도중에 어쩔 수 없는 이유로 그렇게 말하셨다면 제게 모든 걸 털어놓으십시오. 저는 아버님이 절대 그런 짓을 할 분이 아니라고 생각합니다. 이건 뭔가 잘못되어도 크게 잘못된 겁니다."

"잘못되긴 뭐가 잘못됐노. 잘못된 거 하나도 없다."

아버지는 여전히 같은 어조로 말했다. 뻔뻔스러울 정도로 흔들림 없는 태도였다.

"그럼 진짜 간첩 행위를 하셨단 말씀입니까?"

"했지."

"검사님 말로는 증거가 없다고 하던데도 말입니까."

"증거가 왜 없어. 같이 잡혀 온 사람들이 다 증거지."

"그 사람들도 아버지만은 가담을 하지 않았다고 증언을 하고 있다지 않습니까. 그런데도 왜 아버지 혼자 우기시는 겁니까."

"그 사람들이야 일부러 그러는 거 아이가. 나한테는 빠져나갈 구멍이 있어 보이니까 한 사람이라도 구하자는 거지."

나는 말문이 막혔다. 아버지는 분명 달라져 있었다. 아버지의 그 당당함과 자신만만함은 지금까지 내가 한 번도 보지 못한 낯선 모습이었다. 아버지의 말투나 눈빛은 자기 확신에 가득 차 있는 사람의 그것이었고, 마치 어떤 고통도 받아들일 각오가 되어 있는 순교자처럼 보일 정도였다. 그러나 내가 보기에 그러한 것들은 너무나 어리석고 우스꽝스러운 모습이었다. 나는 자리에서 일어났다. 그리고 아버지가 앉은 의자 앞으로 다가가 아버지의 손을 잡았다.

"아버지, 도대체 왜 이러시는 겁니까. 지금이라도 아버진 죄가 없다고 말씀하십시오. 그러면 검사님도 선처해주실 겁니다. 같이 들어간 사람들에 대한 의리 때문입니까. 아니면 도대체 무슨 이유로 이러시는 겁니까."

아버지의 손을 붙들고 거의 애원하듯 말했지만 아버지는 입을 다물고 있었다. 다른 사람, 즉 검사와 검찰 서기, 교도관은 마치 냉정한 구경꾼처럼 우리를 지켜보는 중이었고, 나는 그들의 시선 앞에서 우리 부자가 아주 끔찍스러운 희극을 연출하고 있다는 수치감을 참을 수가 없었다.

"넌 모른다."

아버지가 비로소 입을 열었다.

"뭘 모른다는 겁니까?"

"넌 몰라."

그 순간 나는 와락 일어서고 말았다. 지금까지 간신히 억눌러오던, 가슴속에서 치밀어 오르는 충동을 막을 수가 없었던 것이다.

"그게 뭔지 난 알고 싶지도 않아요. 아버진 무슨 신념을 갖고 계신지 모르겠지만, 그게 그리 대단한 겁니까. 지금까지 가족을 고생시키고 고통을 준 것으로 족하지, 이제 와서 우리가 또 아버지 때문에 피해를 입고 고통을 받아야 하는 겁니까. 그 잘난 사상과 신념 때문에? 어머니가 한평생을 어떻게 살다가 어떻게 돌아가셨는지 설마 잊어버리신 건 아니겠죠. 그게 누구 때문입니까. 효선이가 왜 공장에 나가 고생을 하고 지금은 저 지경으로 도망다녀야 합니까. 그래, 효선이 등에 이제 간첩의 딸이란 낙인까지 찍고 싶다, 이 말입니까?"

"너거들한테는…… 내 미안하게 됐다."

"미안하다구요? 나는 그 말을 믿지 않아요. 아버진 한 번도 가족을 생각하신 적이 없어요. 아버지야말로 철저한 이기주의자였죠. 아버지가 가졌다는 그 이념이란 것도 아버지의 삶과는 아무 관계도 없는 허공에 뜬 신기루 같은 것이었어요. 그러니 마음대로 하십시오. 그 신념과 사상이 시키는 대로 하시란 말입니다. 간첩이 되든, 뭐가 되든!"

다리가 후들후들 떨려왔다. 그리고 금방이라도 쓰러질 것 같은 현기증을 느꼈다. 더욱 견딜 수 없는 것은 부끄러움이었다. 이 무슨 추태란 말인가. 푸른 죄수복을 걸치고 앉아 있는 아버지 앞에서 고작 이렇게 유치한 모습으로 나 자신을 드러낼 수밖에 없었던가 하는 혐오감으로 나는 당장에라도 문을 박차고 달려 나가고 싶었다.

"용천뱅이란 말이 있다……"

그때 아버지가 꽉 잠긴 목소리로 입을 열었다.

"미친 사람이란 뜻도 되고 천형의 문둥병자들을 그렇게 부르기도 했다. 여하튼 성한 사람이나 보통 사람들과는 어울리지 못하는, 세상으로부터 버림받은 존재들이라 할까……"

마치 독백이라도 하듯 허공에 시선을 던진 채 아버지는 천천히 말을 잇고 있었다.

"전쟁이 끝나자 갑자기 그 용천뱅이들이 부쩍 늘어났었다. 시골이고 도시고 간에 짐승만도 못한 취급을 받던 용천뱅이들이 떼를 지어 다니곤 했는 기라. 전쟁 후에 용천뱅이들 숫자가 와 그렇게 갑자기 늘어났는지 나도 잘 모른다. 하지마는 분명한 거는, 개중에는 제 스스로 용천뱅이가 된 자들도 있을 기라는 사실이다. 따지고 보면 이 애비 역시 그중에 한 사람이었고……"

그리고 아버지는 잠시 말을 쉬었다. 여전히 허공 어딘가에 시선을 보내고 있는 아버지의 모습에는 묘하게 범접하지 못할 분위기 같은 것이 있었는데, 그럴수록 나는 알 수 없는 초조함에 쫓겼다.

"옛날에 우리는 혁명을 위해 싸웠다."

아버지가 다시 입을 열었다.

"그러다가 전쟁이 일어났고 결국 당은 패배했으며 혁명은 실패하고 그 조직은 산산이 부서졌다. 그 뒤에 그 사람들은 다 어디로 갔으며 어떻게 되었나? 빨치산이 되어 최후의 항전을 벌이다가 마지막 한 사람까지 다 죽고 말았나? 우리가 섬긴 이념대로라면 죽지 않은 이상 이곳에 남아서 새로운 혁명을 준비하기 위해 다시 기나긴 싸움을 시작했어야 했제. 그러나 나는 그렇게 못 했다. 그렇다고 이곳 체제에서 돈을 벌고 출세하며 가정의 안락을 지키지도 못했고. 이렇게도 저렇게도 할 수 없는…… 그저 용천뱅이의 삶을 살 수배끼 없었능 기라."

아버지는 다시 말을 멈추고 길게 한숨을 내쉬었다.

"내가 인제 살면 얼매나 더 살겠노. 너거한테는 못할 짓이지만…… 나는 결심을 했다. 죽을 때까지 용천뱅이 신세로 살지는 말자꼬. 내 할 말은 이것뿐이다……"

아버지는 더 이상 입을 열지 않았고 그래서 방 안에는 잠시 무겁디무거운 침묵이 흘렀다.

"그래서, 그래서 말입니다. 이제 용천뱅이가 그만 되겠다는 말입니까. 용천뱅이의 삶을 벗어나겠다는 것이 그래 고작 간첩죄를 뒤집어쓰는 것이란 말입니까. 그것이 아버지의 지나간 삶을 구제할 단 한 가지의 길이라는 겁니까. 그렇지만 그게 과연 무슨 의미가 있습니까. 그런다고 지금까지 살아온 아버지의 삶이 바뀌어집니까. 그것이야말로 아버지의 삶을 철저히 속이고자 하는 바보짓이 아니고 무엇이냔 말입니다. 그건 제가 생각하기엔 미친 짓에 불과합니다. 또 다른 용천뱅이가 되는 것이란 말입니다."

정신없이 말을 뱉어내던 나는 갑자기 입을 다물고 말았다. 믿을 수 없게도, 아버지의 얼굴에 흐르고 있는 물기를 보았던 것이다. 여전히 허공을 바라보는 아버지의 주름지고 초췌한 얼굴에 소리 없이 눈물이 번져가고 있었다. 나는 더 이상 입을 열 수가 없었다. 그 대신 나의 꽉 잠긴 목구멍으로 한 덩어리의 설움 같은 것이 비집고 나오려 하고 있었다. 나는 온몸의 힘이 탈진해버린 것처럼 그 자리에 주저앉고 말았다.

결국 내가 그 방을 나올 때까지 아버지는 더 이상 한마디도 하지 않았다. 검사는 따로 아버지를 더 취조할 것이 있는지 나보고 먼저 가라고 말했고, 그래서 나 혼자 구치소를 걸어 나와야 했다. 나오기 전에 검사에게 아버지의 문제를 한 번 더 사정해볼 수도 있었겠지만 나는 결국 단념하고 말았다. 아버지가 설사 하지 않았던 간첩죄를 시인하고 형을 받게 된다 하더라도 그것이 지금보다 더 불행하다고 말할 수는 없을지도 모른다는 생각이 들었다.

 정문까지 혼자 걸어 내려가다가 나는 문득 몸을 돌렸다. 그리고 온통 잿빛뿐인 높디높은 담장, 감시탑, 그 뒤로 물러서 있는 인왕산의 거대한 바위들과 차갑게 반짝이는 잔설 등을 한참 동안 바라보았다. 그리고 다시 걸어가다 말고 나는 갑자기 걸음을 멈추었다. 중얼거림, 또는 잇새로 새어 나오는 신음 소리, 무엇인가 목구멍이 터져라 외쳐대는 고함 소리 같은 온갖 종류의 음향들이 뒤섞여 마치 노호하는 파도 소리처럼 밀려왔던 것이다. 그러나 그것은 순간적인 환청일 뿐이었다. 다시 돌아보았을 때 그 거대한 건물은 여전히 무덤 같은 정적 속에 빠져 있었다. 나는 멀리 보이는 출구를 향해 천천히 걸어 나갔다.

운명에 관하여

제가 선생에게 해드리고 싶은 이야기는 제 기구한 운명에 관한 이야기랍니다. 선생은 소설을 쓰신다니까 지금까지 별의별 인간의 별의별 이야기를 다 들어보셨겠지요. 하지만 모르긴 몰라도 나 같은 인간처럼 기막힌 팔자도 따로 없을 겁니다.

　선생은 혹시 사주 관상이니 토정비결이니 하는 것을 믿으십니까? 그런 걸 믿는 사람들의 말을 들어보면 인간의 운명이라는 것은 태어날 때부터, 아니 세상에 나기도 전부터 마치 치부책에 적혀 있는 것처럼 미리 정해져 있는 것이라고 하더군요. 제아무리 발버둥이 쳐봤자 인간이란 결국 제 손바닥에 새겨진 운명의 손금을 따라 이루어지지 않는 것이 없다고 말이지요. 한데 난 그런 소릴 들을 때마다 도무지 이해할 수가 없더란 말입니다. 그게 사실이라면, 도대체 사람의 운명이란 것이 얼마나 불공평한 것이겠습니까.

　가령 재벌의 외동아들로 돈방석에 태어나는 팔자 좋은 인간이 있는가 하면, 자기를 낳아준 부모가 누군지도 모르고 제 이름 석 자도 알지 못한 채 길바닥에 버려지는 인간도 있지 않습니까. 그런데도 그 불쌍한 고아는 마치 노름판에서 화투패를 집어 들듯이 자신의 운명을 군소리 못 하고 받아들여야 하는 겁니다. 예수를 믿는 사람들은 인간의 타고난 팔자에도 다 하느님의 뜻이 있다고 말하지요. 재벌 집의 삼대 독자야 그 말을 좋아라고 믿겠지만 길거리 비렁뱅이로 태어난 놈으로서는 참으로 억울한 노릇이 아니겠습니까. 안 할 말로 내게 대체 무슨 잘못이 있어서 하느님한테 콱 찍혔느냐는 겁니다.

  내가 왜 이런 이야기를 하는고 하면 말씀이죠. 나 자신이 바로 부모 없는 고아 출신이기 때문입니다. 물론 하늘에서 떨어진 것이 아닌 다음에야 내게도 틀림없이 부모가 있었겠지만, 내가 길바닥에 버려진 것은 겨우 네댓 살 무렵의 일이라 내 부모가 어떤 사람인지, 어떻게 해서 고아가 되었는지조차도 제대로 기억하는 것이 없답니다. 그저 그때가 육이오 무렵이었으니까, 전쟁통에 부모를 잃어버린 게 아닌가 짐작할 뿐이었지요. 이름이 김홍남이란 것만 겨우 내가 기억할 수 있는데, 그나마 그 성이니 이름조차도 정확한 것인지 자신이 없습니다. 나는 사실 내 나이까지도 정확히 모르고 있으니까요.

  내가 자란 곳은 남해안 어느 항구 도시의 바닷가에 있는 작고 초라한 고아원이었습니다. 그 고아원은 전쟁 때 군용 막사로 쓰이던 낡은 바라크 건물을 개조한 것이었는데, 창문에 유리창 하나 제대로 끼워진 것이 없는, 아주 형편없는 곳이었습니다. 고아원의 원장 선생은 허구한 날 술이나 마시는, 전쟁 중에 다리 하나를 잃어버렸다는 상이군인이었지요.

 원장은 밤중에 술에 취하면 느닷없이 '비상, 비상!' 소리를 지르며 자는 아이들을 깨워서 군대식 훈련을 시키는 버릇이 있었지요. 그러다가 잠에 취한 아이들이 비실비실 몸을 제대로 가누지 못하면 짚고 다니던 목발로 무지막지하게 두들겨 패는 것입니다. 하지만 매를 맞는 것은 그곳에서 자라는 아이들에겐 밥을 먹거나 똥을 싸는 것과 다름없는 기본적인 일과였지요. 아이들이 정말로 못 견뎌 한 것은 맞는 것이 아니라 배고픔이었습니다.

 학교에 갈 나이가 된 아이들은 바닷가 긴 방죽을 따라 걸어서 근처에 있는 국민학교에 다녔는데, 때때로 방죽 위에 널어놓은 말린 고기를 훔쳐 씹으며 허기를 달래기도 했죠. 고아원 출신이라는 이유로 다른 아이들로부터 꼭 문둥이 자식들처럼 따돌림과 해코지를 당했기 때문에 우리는 언제나 서너 명씩 꼭 붙어서 다니곤 했답니다.

 그런데 국민학교 5학년 때였던가, 그해 겨울 난 학교에서 열리는 학예회에 출연하게 되었습니다. 학예회 무대에 올려질 연극은 아마도 「두꺼비가 된 왕자님」인가, 뭐 그런 것이었을 겁니다. 내가 맡은 배역은 바로 그 주인공인 불쌍한 왕자의 역이었지요.

 연극의 줄거리는 선생도 아시겠지만, 어느 못된 마술사의 저주를 받아 흉물스러운 두꺼비로 변하고 만 왕자의 이야기였지요. 왕궁의 뒤뜰에서 징그러운 몰골로 꽥꽥 울어대는 두꺼비가 실은 마술에 걸린 이웃 나라의 왕자라는 사실을 아무도 알지 못하는 겁니다. 불쌍한 왕자는 사람들의 발에 밟혀 죽거나 쫓겨나지 않기 위해서 언제나 사람들의 눈에 띄지 않는 어두운 곳으로 숨어 다니지 않으면 안 되는데, 그 불쌍한 왕자에게 어느 날 아름답고 착한 공주가 동정의 눈물을 흘리며 입맞춤을 해주는 겁니다. 그리고 공주의 입술이 닿는 순간 마술은 풀리고, 두꺼비는 잃었던 왕자의 모습을 되찾게 된다는 그런 이야기였어요.

나는 어린 마음에도 연극 속에서의 그 불쌍한 두꺼비가 어쩐지 나 자신의 운명과 닮았다는 생각을 했던 것 같습니다. 그 불쌍한 두꺼비처럼, 부모를 모르는 사생아로 길바닥에 버려진 내 운명 역시 저주의 껍데기를 덮어쓰고 태어난 것이니까요.

공주의 역할을 맡은 여자아이는, 여러 척의 배를 가진 그 동네에선 제일 돈 많은 선주의 딸이었습니다. 그 당시 배급품으로 나오던 미제 우유 가루처럼 얼굴이 뽀오얀 데다 속눈썹이 긴 아이였고, 이름도 성당에서 지어줬다든가 해서 '마리아'라고 불렀어요. 한마디로 고아원 출신인 나로서는 말 한마디 붙여보기 어려운, 하늘의 별 같은 상대였지요. 연습을 하면서 공주가 입맞춤을 할 때가 가까워오면, 난 너무나 긴장해서 오금이 저리고 난데없이 오줌이 마려워 찔끔찔끔 쌀 지경이었지요. 하지만 그 애는 연습 때는 한번도 진짜로 입맞춤을 하지는 않았고 그저 시늉만 했었어요.

"얘, 학예회 날에는 진짜 뽀뽀를 해야 하는 거야. 알았지?"

연습을 시키던 선생님이 그렇게 말하면, 그 애는 한껏 경멸이 담긴 시선으로 날 힐끔 쳐다보곤 했어요. 그러나 난 자존심이상한다는 생각 같은 건 눈곱만치도 하지 못했습니다.

지금도 나는 그때 그 연극을 지도한 선생님이 왜 하필이면 내게 그 왕자님 역을 맡겼는지 알지 못하겠어요. 어쩌면 징그러운 두꺼비가 된 왕자와 불쌍한 고아인 내가 비슷한 신세라고 생각했는지도 모르겠습니다. 어쨌든 평소에 다른 아이들로부터 늘 따돌림을 당하고 놀림이나 받던 불쌍한 고아원 아이가, 비록 연극 속에서이긴 하지만 예쁜 부잣집 여자아이로부터 입맞춤을 받을 수 있게 된 것은 정말이지 너무나 과분한 일이었지요. 그것은 단순한 입맞춤이 아니었습니다. 눈을 감고 그 여자아이의 입술이 다가오기를 기다리는, 그 숨 막히도록 긴장된 순간, 나는 어쩌면 나 자신이 부모도 모르는 천하고 불쌍한 고아가 아니라 왕자처럼 고귀한 몸으로 다시 태어날지도 모른다는 황홀한 꿈속으로 빠져들곤 했던 것입니다.

드디어 학예회 날이 되었습니다. 교실 두 개의 칸막이를 떼어내서 강당을 만들고, 무대는 아름다운 왕궁의 정원으로 꾸며졌습니다. 그날따라 발목이 푹푹 빠지게 눈이 내렸습니다. 어깨에 쌓인 눈을 털며 많은 사람들이 자리를 채웠는데, 목발을 짚은 원장 선생도 보이더군요.

나는 장막이 쳐진 무대 뒤의 어둠 속에서 그 모든 것을 숨어 보았습니다. 그것은 한 장의 낡은 군용 모포로 네댓 명이 몸을 붙이고 자야 하는, 또는 한밤중에 배가 고파 잠이 깬 뒤 창문을 무섭게 흔들어대는 밤바다의 파도 소리를 혼자서 들어야만 하는 그 지긋지긋한 현실 세계와는 너무나 다른, 눈부시게 아름다운 세계였습니다. 나는 아마 그때 난생처음으로 인생의 아름다움이란 무엇인가 하는 것에 대해 어렴풋하게나마 느꼈던 모양입니다.

 객석에 불이 꺼지고, 낡은 축음기에서 흘러나오는 음악과 함께 드디어 연극이 시작되었습니다. 나는 등에 얼룩덜룩 흉측한 껍질을 덮어쓴 두꺼비가 되었고, 공주는 잠자리 날개처럼 새하얀 옷을 입었습니다. 두꺼비 모습을 하기 위해 내가 덮어쓴 것은 미국 구호품인 밀가루 부대였습니다. 영어로 커다랗게 '유, 에스, 에이'라고 찍혀 있는 그 부대를 덮어쓴 모습은 정말 볼만했을 겁니다.

 내가 그 껍질을 뒤집어쓰고 무대에 나가자 모두들 우습다고 난리더군요. 특히 같은 고아원에서 함께 학교를 다니는 성만이란 놈이 있었는데, 그놈의 웃음소리가 제일 크게 들리더군요. 내가 두꺼비처럼 꽥꽥 괴상한 소리를 지르며 무대를 엉금엉금 기어다닐 때마다 녀석을 시종 낄낄거리며, 죽는다고 바닥에 발을 구르기도 했지요. 하지만 나는 참 열심히 연기를 했습니다. 아무리 사람들이 웃어대도 상관하지 않았습니다. 내게는 이제 곧 왕자님으로 다시 태어날 황홀한 순간이 기다리고 있었으니까요. 그 한순간을 위해 나는 목이 쉬도록 꽥꽥 소리를 지르며 마룻바닥을 기어다녔습니다. 얼마나 열심히 기었던지 나중엔 무르팍이 까져서 피가 나올 지경이었는데도, 아픈 줄도 몰랐어요.

 마침내 운명의 시간, 공주가 두꺼비의 얼굴에 입을 맞추는 순간이 왔습니다. 나는 공주의 가슴에 안겨서 공주의 두 눈에서 맑은 눈물이 불빛을 받아 보석처럼 반짝이는 것을 보았고, 내

가슴의 고동이 천둥 소리처럼 크게 들리는 것을 들을 수 있었어요. 공주의 입술이 마악 내 눈앞에 다가왔을 때였습니다. 그런데 이게 웬일입니까. 갑자기 세상이 깜깜해지면서 암흑 천지가 되고 말더군요.

정전이 된 것이었습니다. 무대 위에서도 객석에서도 당연히 일대 소동이 일어났습니다. 그 당시엔 정전이란 무척 흔한 것이었습니다만, 사람들은 참을성 있게 기다려주지 않더군요. 불은 다시 켜지지 않았고, 물론 연극도 더 이상 계속할 수가 없었습니다.

사람들이 걸상을 자빠뜨리고 큰 소리로 떠들며 몰려 나간 뒤에도, 나는 여전히 무대 위 어둠 속에 혼자 웅크리고 있었답니다. 아무도 불쌍한 아이의 마술을 풀어주지 않은 채 어둠 속에 혼자 남겨두고 떠나가버렸던 것이었습니다.

그날 밤, 나는 쏟아지는 눈발을 맞으며 혼자서 밤길을 걸어 고아원으로 돌아와야만 했습니다. 그것은 너무나 멀고 외롭고 고통스러운 길이었습니다. 온몸을 채찍질하듯 휘감는 눈발을 맞으며, 방죽을 물어뜯는 것처럼 달려드는 성난 파도 소리를 들으면서, 나는 이제 영원히 마술의 사슬이 풀리지 않은 채 흉측한 두꺼비로 남아 있어야만 한다는 절망감에 몸을 떨어야만 했던 것입니다.

내게 있어서 운명이라는 것은 바로 그런 것이었습니다. 언제나 희망의 빛이 어렴풋이 보일 것 같은 순간이면, 그래서 가슴을 조이며 막 문턱을 넘으려는 순간이면 어김없이 암흑의 장막이 눈앞을 가로막고 마는 것이었지요.

나는 그 이후로 고아원에서나 학교에서 '두꺼비'라는 별명으로 불렸습니다. 그 별명을 붙여준 것은 바로 그 성만이란 놈이었지요. 특히 먼발치에서라도 마리아란 그 계집아이만 보이면 녀석은 큰 소리로 내 별명을 부르며 놀리는 것이었습니다. 나는 그 별명이 견딜 수 없이 싫었지만, 그때나 지금이나 난 약골이었고 녀석은 나보다 힘도 세고 덩치도 훨씬 큰 녀석이었기 때문에 체념할 수밖에 없었습니다. 마치 내 운명에 체념하듯이 말이지요.

그런데 그다음 해이던가요. 내 운명을 시험해볼 수 있는 기회가 다시 찾아왔습니다. 겨울 햇살이 따스하던 어느 일요일 아침, 우리는 갑자기 손발을 깨끗이 씻고 방 안에 집합하고 있으라는 명령을 받았습니다. 아이들은 모두 긴장하고 흥분했습니다. 갑자기 그런 명령이 떨어질 때면 고아원에 손님이 찾아오는 날이라는 것을 알고 있었기 때문이었지요.

지시대로 얼굴과 손발을 깨끗이 씻고, 흘러내리는 콧물을 연신 들이마시면서 잔뜩 긴장한 얼굴로 앉아서 기다리고 있는 우리 앞에 나타난 손님은 의외로 허름한 옷차림의 중년 부부였습니다. 우리는 조금 실망했지요. 대개 고아원을 찾아오는 손님들은 좋은 옷을 입고 성경책을 옆구리에 낀 사람들이거나, 아니면 선물을 한 아름 안은 양코배기들이었거든요. 하지만 그날 찾아온 두 사람은 좀 특별한 손님이었습니다.

우리는 그들이 입양아를 데려가기 위해 온 사람들이라는 것을 금방 알아차렸습니다. 고아들이란 무엇보다 눈치 하나는 비상하게 발달하는 법이지요. 두 사람은 원장 선생과 함께 줄지어 앉은 우리 앞을 천천히 지나가면서 한 사람씩 꼼꼼히 살펴보기 시작하더군요. 남자는 반질반질한 대머리에다 기름때가 묻은 당꼬 바지를 입고 있었는데, 우리를 훑어보는 눈초리가 왠지 사납게 느껴졌어요. 하지만 초라한 행색으로 남편의 뒤에 붙어 있는 아주머니는 마음씨가 좋아 보였습니다. 아주머니는 우리 한 사람을 볼 때마다 불쌍해 죽겠다는 듯이 그저 "아이고 시상에, 아이고 이상에" 하는 말만 되풀이하더군요. 그런데 갑자기 남자의 발걸음이 내 앞에 멈춰졌습니다.

"너 나이가 몇 살이고?"

"여, 열 살입니다……"

나는 너무도 긴장해서 눈물이 다 날 지경이었습니다. 남의 집에 양자로 들어간다는 것은 한편으로는 두려운 일이었지만, 그러나 고아원에서 자라는 아이라면 누구나 품고 있는 꿈이기도 했습니다. 그것은 굶주림과 냉대로 가득한 지긋지긋한 고아원 생활을 끝내고 미지의 세계를 향해 떠난다는 뜻이었고, 무엇보다 아버지와 어머니가 새로 생긴다는 뜻이었습니다. 그런데 내게도 바로 그 꿈이 실현될지도 모르는 순간이 찾아온 것입니다.

그들이 아이들을 한 사람씩 둘러보고 난 뒤, 나는 원장실로 불려 갔습니다. 알고 보니 그 사람들은 나와 비슷한 나이 또래의 사내아이를 원하고 있었던 모양이었습니다. 하지만 원장실에서 다시 한번 꼼꼼하게 나를 뜯어본 그 남자는 내가 그리 마음에 들지 않는 모양이었습니다.

"우째 아 자슥 꼬라지가 사흘에 피죽도 한 그릇 못 얻어묵은 거 같노? 저래가지고는 맨날 병치레나 하고 빌빌거리는 거 아이가?"

그 남자의 마음에 들도록 나는 가능한 한 씩씩하게 보이기 위해 허리를 꼿꼿하게 세우고 어금니를 힘주어 다문 채 내가 할 수 있는 최상의 연기를 했지만, 별로 만족스럽지 못했던 것 같았어요. 그러나 아주머니는 내게 마음이 끌린 눈치였습니다. 그녀는 아주 부드러운 목소리로 내게 이것저것 묻더군요. 이름은 무엇이고 좋아하는 음식은 뭔가. 공부는 잘하는가.

나는 그때마다 힘을 다해서 또랑또랑한 목소리로 대답했습니다. 그러자 아주머니가 날 자기 곁으로 와서 앉으라고 하고는 머리를 쓰다듬고 손을 잡아주었습니다. 지금도 난 그때 그 아주머니의 손에서 느껴지던 따스한 체온을 기억할 수 있답니다.

"니, 우리 집에 가서 살고 싶나?"

아주머니가 다정한 목소리로 물었습니다. 그 말을 듣자, 그때까지 열심히 하고 있던 연기를 나는 그만 순간적으로 잊어버리고 말았습니다. 그 아주머니의 다정한 목소리에서 밤이나 낮이나 내가 늘 그리워하던, 얼굴도 모르는 엄마를 느꼈던 것입니다. 대답 대신 나는 그만 입을 실룩거리며 울음을 터뜨리고 말았습니다.

"별일이대이. 사내 자슥이 울기는 와 우노?"

남자는 영 탐탁지 않은 듯이 혀를 찼지만, 오히려 아주머니는 내게 더욱 동정심을 느끼게 된 모양이었습니다.

"저렇게 약해빠진 놈을 델꼬 가서 어디다 써먹겠노?"

"그래도 심성은 착한 아같이 보이누만요."

그 남자는 썩 내키지 않은 모양이지만, 마침내 부인의 뜻대로 나를 데리고 가려고 결정을 한 것 같았습니다. 그들이 원장과 입양 수속에 따른 사무적인 이야기를 나누는 동안 나는 허리가 뻐근하도록 꼿꼿이 앉아 있었는데, 숨이 막힐 것 같은 긴장과 불안감으로 가슴은 걷잡을 수 없이 뛰고 있었습니다. 내 마음 속에는 어쩨 모든 것이 너무나 잘 풀려간다는 듯한 생각이 들었고, 이런 행운이 이토록 쉽게 나한테 찾아올 리가 없다는 불길한 예감이 머릿속을 채우고 있었던 것입니다.

 결국 내 예감은 맞았습니다. 바로 그 순간 운명의 화살은 엉뚱한 곳으로 빗나가버리고 말았던 것이지요. 원장실의 문이 열리더니 성만이란 놈이 들어섰던 것입니다. 성만이는 그때 배가 들어오는 시간이면 부두에 나가 일을 하고 있었지요. 물론 원장이 시킨 일이었어요. 덩치가 이미 웬만한 어른만큼 컸으니까 나가서 밥값을 해와야 한다는 이유에서였지요.

 성만이가 원장실에 들어서자, 그 남자의 눈빛이 갑자기 달라지더니 성만이의 몸을 아래위로 훑어보는 것이었습니다.

 "저눔아도 이 고아원에 있는 놈입니꺼?"

 그가 원장에게 묻더군요.

 "예, 그렇습니다."

 "그런데 아까는 와 쟈를 보여주지 않았능교?"

 "일하러 나가고 있지요. 나이가 든 놈들은 차차 지 밥벌이를 하는 법을 가르쳐줘야 하니까요."

 "맞십니다. 내 생각도 똑같구마. 사람이라믄 지 밥벌이는 지가 해야지."

남자는 몇 번이나 고개를 끄덕이더니, 문간에 서 있는 성만이에게 가까이 오라고 손짓을 하는 것이었어요. 그리고 그 애의 손도 만져보고 팔뚝이나 어깨의 뼈마디도 만져보는 것이었습니다. 내가 그때 무엇을 할 수 있었겠어요? 그저 영문도 모른 채 몸을 내맡기고 있는 성만이 녀석을 원망에 가득 찬 눈으로 쳐다보고 있을 수밖에요. 마침내 그 남자가 결론을 내렸습니다.

"이눔아가 좋겠심다. 우리가 필요로 하는 거는 바로 이렇게 건강하고 사내답게 생긴 놈입니다."

성만이 녀석이 양부모를 따라 고아원을 떠날 때, 원장을 비롯해 고아원 식구들이 모두 문밖까지 따라 나가 작별 인사를 했지만, 나는 컴컴한 바라크 건물의 한구석에 틀어박힌 채 철철 흘러내리는 눈물을 닦으며 소리 없이 울었답니다. 그리고 다음 날, 나는 그 고아원을 도망쳐 나와서 서울행 밤 기차에 올라타고 말았지요.

그 후 내가 얼마나 고생을 했던가를 어찌 말로 다 할 수가 있겠습니까. 서울에 올라온 뒤 한동안은 용산역 앞에서 깡통을 들고 거지 짓도 했고, 몇 달 동안은 양아치들의 뒤를 따라다니기도 했습니다. 그 후에도 껌팔이, 구두닦이, 넝마주이, 신문팔이 등등을 전전하면서 때로는 발길에 걷어차이고, 때로는 욕설과 가래침을 얼굴에 덮어쓰면서도 이 거친 세파에 떠밀려 가지 않으려고 발버둥이 쳤습니다. 그때부터 겪은 고생의 이야기만 해도 흔히 하는 말로 책을 써도 몇 권이나 쓸 수 있을 겁니다만, 지금은 대충 생략하겠습니다.

그럭저럭 나는 나이가 들었습니다. 그리고 어떻게 하면 이 낯설고 각박한 세상에서 적어도 내 목숨 하나 부지하고 살아남을 수 있는가 하는 요령도 차츰 터득하게 되었습니다. 하지만 때때로 허기진 배를 안고 밤거리를 헤매고 있을 때, 하늘의 별처럼 반짝이는 무수한 불빛 중 어느 것 하나 훈훈한 온기로 나를 받아주는 곳은 없다는 사실에 얼마나 외롭고 서러웠던지요. 그 외로움과 설움을 이겨내는 길은 하나밖에 없었습니다. 바로 돈을 모으는 일이었습니다. 어디에서 날아왔는지 모를 이름 없는 풀씨처럼 이 땅 위에 내동댕이쳐진 내게는 돈이야말로 세상에 발 붙이고 살 수 있다는 자격증과 같은 것이었습니다. 떨어진 옷 하나로 몇 달을 버티고, 하루 세끼를 3백 원짜리 가락국수나 라면으로만 때우면서도 나는 악착같이 돈을 모았어요. 그리고 모은 돈은 한 푼도 쓰지 않고 은행에 넣었습니다. 김홍남이라는 내 이름 석 자로 된 통장에 한 푼 두 푼 쏠쏠하게 불어나는 그 액수가 참으로 대견스러웠습니다. 그것은 내가 이 땅에 살아 있고, 또 살아갈 수 있다는 증거이고 약속인 것처럼 느껴졌습니다. 밤에 혼자 누워서 남몰래 속주머니 깊은 곳에 넣어둔 예금통장을 손끝으로 몇 번이고 만져보노라면, 나는 더없는 위안과 용기를 얻곤 했었습니다.

내 인생에 새로운 기회가 찾아온 것은 내 나이 스물여덟 살 때였습니다. 나는 그때 서울 퇴계로에 있는 어느 여관의 종업원 노릇을 하고 있었는데, 그 여관 2층 구석방에는 나이 지긋하고 점잖게 생긴 신사가 한 사람 장기 투숙을 하고 있었죠. 아침저녁으로 그 양반 방을 드나들며 청소도 해주고 여러 가지 소소한 심부름도 하다 보니, 어느덧 서로 이야기도 나누게 되고 그 양반이 어떤 사람인가도 알게 되었습니다. 처음에 나는 멀쩡하게 생긴 사람이 어째서 혼자 여관에서 생활하는가 이상하게 생각했는데, 알고 봤더니 그 사람은 미국에서 30년을 살다가 고국에 찾아온 교포라는 것이었습니다. 그래서 그런지 한국말도 약간 어색하고, 담배도 늘 양담배만 피웠습니다.

"아임 쏘리. 양담배를 피워서……"

담배를 꺼내 피울 때마다 그는 내게 싱긋 웃으며 말했습니다.

"미국에서 반평생을 살았지만 아직도 그놈의 미국 음식보다는 된장찌개를 더 좋아하는데, 이 담배만은 양담배에 길들여진 입맛을 영 바꿀 수가 없단 말이야."

미국에서 온갖 고생을 다 경험한 뒤에 이제 돈도 모을 만큼 모았는데, 왠지 날이 갈수록 사는 맛이 없어지고 미국 생활이 싫어지더라는 것이었습니다. 그래서 가족이고 사업이고 다 팽개치고 훌쩍 서울로 찾아왔다고 하면서, 비록 이렇게 여관방 신세를 지고 있지만 그래도 마음은 그렇게 편할 수가 없다고 했습니다. 사람들이 그리웠는지, 그는 밤이면 자주 나를 자기 방으로 불러 함께 이야기를 나누었습니다.

나는 그 사람에게 지금까지 내가 얼마나 고생을 하면서 살아왔는가 하는 신세 타령을 했습니다. 그 옛날, 고아원을 찾아왔던 아줌마에게 어머니를 느꼈듯이 그때 난 그 사람에게서 얼굴도 모르는 아버지를 연상했는지 모르겠습니다. 그것이 바로 그 운명이란 놈이 내게 던져준 미끼라는 것을 나는 모르고 있었죠. 어느 날 밤늦게 그의 방으로 찾아갔더니, 그 양반이 무엇 때문인가 몹시 걱정을 하면서 안절부절못하고 있더군요. 내가 몇 번이고 물어서야 겨우 내게 그 까닭을 이야기해주었습니다.

"그동안 서울에서 생활하다 보니까 참으로 내 조국 내 땅이 좋다는 생각이 들더구만. 짐승도 죽을 때면 고향을 찾는다고 했는데, 역시 그 말이 틀린 게 아니야. 그래서 이번에 내 결심을 했지. 미국 생활을 청산하고 고국에서 아주 정착을 하고 살아야겠다구 말이야."

그래서 그는 한국에서 사업을 하나 시작하기로 했다는 것이었습니다. 자기가 미국에서 팔던 물건을 한국에 들여와 파는 것인데, 없어서 못 파는 물건이라고 했어요. 그런데 그 일을 시작할 사무실까지도 구해놓았는데, 미국에서 부친 돈이 서류 절차가 늦어져서 찾지를 못하고 있다는 사정이었습니다.

"한국에서는 관청에서 하는 일이 왜 이렇게 늦어지는지 모르겠구만. 내일 당장 사무실 잔금을 치러야 하는데, 이거 계약금도 못 찾고 사무실도 놓치게 되었으니 큰일이 아닌가. 한국에서 마음먹고 살아보기로 했는데, 시작부터 이런 어려움이 있을지 누가 알았겠는가?"

그 양반은 눈물까지 글썽이며 나를 쳐다보았습니다. 그 딱한 모습을 보자 나는 몹시 마음이 아팠습니다. 그래서 용기를 내어 혹시 내가 도와줄 게 없겠느냐고 물었지요.

"고맙지만 그만두게. 자네가 도와줄 일이 뭐 있겠는가. 돈이 문제지. 이런 일로 고국에서 살려는 내 뜻이 꺾이다니 참 하늘이 야속하네."

술잔을 기울이며 창피한 줄도 모르고 훌쩍훌쩍 울고 있는 그 양반을 나는 한참 동안 바라보다가, 속주머니 깊숙이 지니고 있던 예금통장을 내놓았습니다. 그 사람이 깜짝 놀란 얼굴로 나를 쳐다보았습니다.

"이게 뭔가?"

"별로 큰돈은 아닙니다만, 제가 그동안 푼푼이 모아온 제 전 재산입니다. 선생님께 빌려드릴 테니 이걸로 잔금을 치르시지요."

그가 잔금을 치르는 데 모자란 돈은 3백만 원이었고, 마침 내 통장에 예금된 돈도 꼭 맞춘 듯이 그 액수쯤 되는 돈이었습니다. 통장을 들여다본 그 사람은 내 손을 덥석 잡았습니다.

"고마우이. 자네가 내 은인이야. 앞으로 나는 자넬 내 아들로 생각하고 살아야겠어."

그렇게 해서 10년 동안 단 한 순간도 내 몸을 떠나지 않았던 그 통장이 내 손을 떠나게 된 것입니다. 다음 날 나는 그 양반과 함께 은행에 가서 돈을 찾았고, 그 양반이 사무실을 구해두었다는 명동에 있는 어느 고층 건물로 함께 갔습니다. 그 사람이 잔금을 치르기 위해 사무실로 들어간 뒤 나는 혼자 밖에서 기다리고 있었지요. 그런데 아무리 기다려도 그가 나오지 않는 것이었습니다. 기다리다 못해 사무실 안으로 들어가보았더니, 그 사람의 모습은 눈에 띄지 않았어요. 뒷문을 통해 사라졌던 것입니다. 사람들한테 물어보니까, 그 건물 어느 방도 세를 놓은 적이 없다고 하더군요. 나는 깨끗이 속고 만 것이었습니다.

내가 그 작자를 너무 믿었던 게 탈이었습니다. 하긴, 내가 너무 어리석고, 너무 세상 물정을 몰랐던 탓이겠지요. 나중에 알고 봤더니, 그 작자는 아주 전문적인 사기꾼이라는 것이었습니다. 나처럼 그에게 어리숙하게 걸려든 사람이 한둘이 아니더군요. 물론 재미 교포라는 것도 새빨간 거짓말이었구요. 미국은 구경도 못 해봤고, 그저 육이오 때 미군 통역관으로 따라다니며 주워들은 영어 몇 마디 할 줄 아는 게 고작이었던 것입니다.

그래도 그렇지, 어떻게 이런 일이 있을 수 있단 말입니까. 그 돈이 어떤 돈인데, 그 돈을 먹고 달아난단 말입니까. 그때부터 나는 미친 듯이 그 작자를 찾으러 다녔지요. 가방에 미제 라이터나 손톱깎이, 병따개, 만년필 등을 넣어서 팔고 다니면서 온 서울 바닥의 여관과 다방을 다 뒤지고 다녔습니다만, 넓은 천지에서 그를 찾아낸다는 것은 쉬운 일이 아니었습니다.

내가 그를 만난 것은 그로부터 2년이 지난 어느 날 밤, 어느 술집 앞에서였습니다. 취객들로 붐비는 술집 골목을 지나가는데, 어느 집 앞에선가 사람들이 몰려 서 있는 것이었습니다.

"야, 이 빌어먹을 자식아. 돈도 없으면서 왜 술은 처먹니, 응? 거기다 비싼 안주까지 시켜가면서. 이 새끼 멀쩡하게 생겨가지고 순 사기꾼 같은 놈 아냐, 이거?"

한 중년 사내가 술집 작부의 손에 잡혀 이리저리 흔들리고 있는 모습이 눈에 들어왔습니다. 그런데도 그 사내는 혀 꼬부라지는 소리로 "아임 쏘리, 아임 쏘리"만 연발하고 있더군요. 이상스러운 예감으로 그를 자세히 보았더니, 아니나 다를까 바로 그 작자였습니다.

나는 사람들을 헤치고 들어가 그의 앞에 섰습니다. 여전히 양복 차림에 넥타이를 매고 있었지만, 한눈에도 몹시 초라해 보이는 행색이었습니다. 그가 초점 없는 눈으로 나를 쳐다보았습니다. 내 얼굴조차 제대로 알아보지 못하는 것 같더군요. 머리 끝으로 피가 거꾸로 솟구치는 걸 느꼈습니다. 나는 당장 그의 멱살을 붙들었습니다.

"이 자식, 드디어 만났구나. 내놔, 어서 내 돈 내놔……"

사실 그건 어리석기 짝이 없는 일이었습니다. 술값도 없어서 술집 작부한테 멱살잡이를 당하고 있는 작자에게 무슨 돈이 있겠습니까. 그는 여전히 초점이 없는 흐릿한 눈으로 쳐다보며 같은 말만을 되풀이했습니다.

"아임 쏘리, 아임 쏘리……"

그 혀 꼬부라지는 소리가 나를 더 이상 참지 못하게 만들었습니다. 마침 그때 내가 팔고 다니는 물건 중에 미제 등산용 칼이 있었고, 나는 그것을 꺼내 그를 찔러버리고 말았습니다. 그 순간 나는 그 작자도 죽이고 나도 죽어버릴 생각을 했지요.

내 칼에 찔린 그 작자는 죽지 않았습니다만, 그 대가로 나는 경찰에 잡히고 말았습니다. 돈은 찾지도 못하고 교도소 신세를 지게 된 것입니다. 난생처음 손목에 은팔찌라는 걸 차고 보니 정말 한심한 생각이 들더라구요. 이 넓은 하늘 밑에서 머리 둘 곳 하나 없는 고아의 신세로 서울 바닥에 올라와서 그래도 내 딴에는 성실하게 살아보려고 온갖 발버둥을 다 쳤는데 결국 이 지경이 되다니, 더 이상 세상을 살아갈 의욕을 잃어버리고 말았던 것입니다.

보기만 해도 섬뜩한 푸른 옷이 내게 입혀졌습니다. 그리고 간수의 손에 떠밀려 감방 안으로 들어섰습니다. 내 뒤쪽에서 철커덕 쇠문이 닫히는 소리가 들리는데, 그 순간 음습하고 퀴퀴한 냄새가 훅 콧구멍을 쑤셔오더군요. 그리고 어두운 공간에서 나를 올려다보고 있는, 꼭 굶주린 짐승처럼 번뜩이는 눈초리들을 볼 수 있었습니다. 나도 모르게 두 다리가 후들후들 떨렸습니다.

그때였습니다. 그 살벌한 눈초리들 중에서 갑자기 누군가의 목소리가 들려오는 것이었습니다.

"어라, 일마 이기 누고? 니 두꺼비 아이가?"

나는 정말이지 내 귀를 의심하지 않을 수 없었습니다. 나를 '두꺼비'라는 별명으로 부를 사람이 이 세상에 단 한 사람을 제외하고 또 누가 있겠습니까? 고개를 들어보았더니, 얼굴이 새까맣고 역시 푸르죽죽한 죄수복을 입은 녀석이 달려들더군요. 아무리 세월이 지났어도, 그리고 아무리 흉측한 죄수복을 입고 있어도 나는 녀석을 한눈에 알아볼 수가 있었습니다. 지난날 고아원에서 내 행운을 가로채 간 바로 그 성만이 녀석이었습니다.

그렇게 해서 우리 둘은 다시 만났습니다. 고아원에서 헤어진 지 15년 만이었습니다. 녀석은 화물 트럭 기사로 일하다가 교통사고로 사람을 죽이고 감방 신세를 지고 있다고 하더군요.

그동안의 사정 이야기를 들어본즉, 그 역시 나만큼이나 험한 길을 걸어왔더군요. 그때 운 좋게도 나 대신 남의 집 양자로 들어갔지만, 막상 가보니 양자가 아니라 머슴살이 신세였다는 것이었습니다. 성만이를 데리고 간 그 남자는 부산 변두리에 있는 어느 철공소 주인이었는데, 허구한 날 짐승처럼 일만 시키더라는 이야기였습니다.

"말이 좋아서 양자라 캤지. 사실은 돈 안 들이고 일 시킬라꼬 데리고 갔던 모양이더라. 일을 시켜도 지대로 밥이라도 주고 시켜야 될 거 아이가? 밥은 굶기면서도 맨날 농땡이 부린다고 두들겨 패기만 하고…… 오죽하면 고아원 시절이 천국이었다는 생각이 들었으이께 말 다 했재."

"그 아줌마는? 그 아줌마도 널 그렇게 구박했었나?"

나는 내게 처음으로 따스한 체온을 전해주던 그 여자의 기억을 떠올렸습니다.

"그 여자는 그래도 인정이 있었재. 내가 그래도 그 집에서 이태나 버틴 것도 다 그 여자 때문이었는데, 고마 무슨 몹쓸 병이 들어 덜컥 세상을 뜨고 말았는 기라. 그라고는 나도 그 집을 뛰쳐나오고 말았다."

성만이 역시 나처럼 팔자가 사나운 인간이었던 것입니다. 그 집을 나온 뒤, 녀석은 나하고 조금도 다를 바 없이 이 사회의 밑바닥에서 어떻게든 살아보려고 발버둥 치다가 결국 여기까지 흘러들어온 것이지요.

어쨌든 그렇게 해서 우리는 감방 생활을 함께하게 되었습니다. 말하자면 '고아원 동기'가 '빵간 동기'가 되어버린 거지요. 감방 고참인 성만이 덕분에 교도소 생활을 조금이라도 수월하게 할 수 있었던 것은 내게는 참으로 다행한 일이었어요. 녀석은 세상 살맛을 잃어버린 나를 달래기도 하고, 용기를 넣어주려고 애를 쓰기도 했습니다.

"야, 우리라꼬 언제까지 이렇게 살으란 법이 있겠나? 언젠가 기회가 오면 우리도 크게 한탕해서 팔자 고칠 날이 있을 끼란 말이다."

녀석은 끊임없이 밑바닥 생활로부터 날아오를 헛된 꿈을 안고 있는 것이지요. 하지만 나는 그럴 수가 없었습니다. 그런 행운이 나를 찾아올지도 모른다는 꿈 같은 것은 아예 꾸지도 않았습니다.

난 애당초 행운이라는 것과는 거리가 먼 인간이라는 걸 너무나 잘 알고 있었습니다. 물론 내게도 늘 나쁜 일만 있었던 것은 아니었지요. 실패만 거듭해온 인생이었지만, 그래도 가끔 내게 좋은 일이 찾아오는 때도 있긴 했습니다. 이를테면, 내가 지금의 마누라를 만날 수 있었던 것이 나 같은 놈에게는 둘도 없는 행운일 것입니다.

마누라는 아무 볼품없는 여자지만 그래도 나 같은 처지에 그만하면 과분하다고 생각하고 있습니다. 감옥에 들어가기 직전에 나는 창신동 산 위에 있는 어느 집에 월 2만 원짜리 골방을 얻어놓고 있었는데 그 여자는 바로 내 옆방에 들어 있었습니다. 보아하니 술집 작부인 모양으로 밤에만 나갔기 때문에 나하곤 말은커녕 얼굴 한번 마주치기가 어려웠지요. 어느 날 나는 방 앞에 쪼그리고 앉아 저녁밥을 짓고 있는 여자를 보았습니다. 그런데 어떤 냄새가 내 후각을 강렬하게 찔러오는 것이었어요. 10여 년 전 처음 서울에 올라와 용산역 앞에서 며칠을 굶은 채 헤매고 있을 때, 나는 어느 집 담벼락 밑에서 그 냄새를 맡았지요. 허기진 배를 참을 수 없이 자극하던 그 냄새를 나는 그 이후에도 잊을 수가 없었습니다.

"저어…… 그게 무슨 냄새지요?"

그녀는 그을음이 피어오르는 낡은 석유곤로를 피우느라 눈물이 질금거리는 얼굴을 들어 나를 보았습니다.

"……이거 청국장이에요."

"청국장이요?"

"청국장 모르세요?"

"한 번도 먹어본 적이 없습니다."

그녀는 내 말을 믿지 못하는 눈치였어요. 나는 옛날 내가 겪었던 청국장에 얽힌 이야기를 들려주었는데 이야기를 듣고 난 그 여자는 우는 것도 웃는 것도 아닌 바보 같은 표정으로 말없이 나를 쳐다보더군요. 그날 나는 그 여자에게 난생처음 그 음식을 얻어먹었습니다. 그 후로도 그 여자는 가끔씩 청국장을 끓여 내 방문을 두드리곤 했습니다. 그러나 청국장 그릇만 내밀고는 말 한마디 않고 달아나버렸기 때문에 이야기 한번 제대로 못 해보았지요. 그리고 내가 구속되면서 청국장은 못 먹게 되었습니다. 물론 그 여자도 만날 수 없게 되었구요. 그런데 내가 교도소 생활을 시작하고 한 달쯤 되었을 때, 누군가 면회를 왔다는 것이었어요. 처음에 간수가 그렇게 알려왔을 때 난 그 말을 믿지 않았어요. 나 같은 인간에게 면회 올 사람이 누가 있겠습니까. 면회실에 들어갈 때까지도 난 그게 착오일 것이라고 생각하고 있었지요. 그런데 면회실 안에 들어가보니, 놀랍게도 바로 그 여자가 나를 기다리고 있는 게 아니겠습니까.

"홍남 씨한테 줄라고 청국장 해 왔는데, 음식은 못 넣는다고 하니 어쩌죠?"

그 여자가 예의 그 웃는 것도 우는 것도 아닌, 바보 같은 표정을 지으며 하는 말이었어요.

우리는 내가 감옥에서 풀려난 지 보름 만에 결혼했습니다. 결혼이라고 해봐야 예식장에서 정식으로 식을 올린 것도 아니고, 우리끼리 그저 방을 합한 것뿐이었지요. 비록 월세 5만 원짜리 단칸방이었지만, 그래도 가정이라는 걸 가지면서 나는 다시 살아볼 용기를 가지게 되었습니다. 하지만 사고무친한 고아 출신인 데다 학력도 없고 가진 돈도 없고, 게다가 교도소 들어갔다 나왔다는 딱지까지 붙은 인간이 일자리를 찾기란 그리 쉬운 일이 아니었습니다. 여기저기 헤매고 다니다가 간신히 자리 잡은 곳이 어느 아파트 관리사무소였습니다. 정식 직원도 아니고 그저 어느 집 변기가 막혔다고 하면 뚫어주러 다니는 임시직이었지만, 그래도 감지덕지하고 열심히 일을 했습니다.
　나는 세상을 살면서 내가 가진 것 이상의 다른 욕심을 내지 않으리라 마음먹었습니다. 나처럼 운이 없는 놈이 내게 주어진 이 초라하고 작은 몫만이라도 잃어버리지 않고 붙들고 있는 게 어디냐고 스스로 위로를 하면서 말입니다. 하지만, 그 후에도 내게는 크고 작은 실패와 불운이 끊임없이 이어졌습니다. 뒤로 자빠져도 코가 깨진다는 것은 나 같은 놈을 두고 하는 말일 것입니다. 괜찮은 일자리가 생길 것 같았는데 결정적인 순간에 일이 틀어져버리는 것도 한두 번이 아니었고, 임신 5개월 된 아내가 유산을 해버리기도 했고, 하다못해 다 같은 지하 셋방이라도 옆방은 괜찮은데 꼭 우리가 살고 있는 방만은 연탄가스가 새거나 방바닥에 제대로 불이 들어오지 않는 것이지요. 그런 예는 헤아릴 수 없이 들 수가 있을 겁니다. 물건을 사도 하필이면 불량품만 사게 된다든가. 심지어 아침저녁으로 출퇴근을 할 때 꼭 내가 버스 정류장에 도착하면 눈앞에서 차가 떠나버리는 것까지 말입니다.

언젠가 아내는 내게 점쟁이를 한번 찾아가보자는 이야기를 했습니다. 미아리고개에 사람의 신수를 아주 귀신같이 알아맞히는 장님 도사가 있다는 이야기를 누구한테 듣고 온 모양이었습니다. 하긴 나처럼 지지리 재수가 없는 인간을 남편으로 두고 있는 여자라면 그런 생각을 할 법도 한 일이지요.

"장님이 사주를 보고 점친다는 이야기는 들어봤지만, 장님이 손금 보고 관상 본다는 이야기는 처음 듣는군. 제 앞도 못 보는 사람이 어떻게 손금을 보나?"

"그러니까 귀신같다는 거죠. 우리 반장집 아주머니가 늘 몸이 아파 골골하고 누웠잖아요? 그 도사한테 가보았더니, 전에 병든 시어머니 구박한 적 있지, 하고 대번에 족집게처럼 집어내더란 거예요."

그러면서 마누라가 하는 말이, 내가 이렇게 재수가 없고 무슨 일을 해도 잘 안 되는 것은 틀림없이 무슨 곡절이 있다는 것입니다. 이를테면 조상의 묏자리를 잘못 썼다든가, 억울하게 죽은 귀신이 구천을 헤매고 있어서 꼭 그 한을 풀어줘야만 한다든가. 그러지 않으면 무슨 일을 해도 제대로 풀릴 리가 없다는 것이었습니다. 말하자면 화장실 변기의 파이프가 막혔는데 아무리 물을 들이부은들 제대로 내려가겠는가 하는 것이지요.

"그건 다 헛소리고 미신이야. 설사 조상의 묘를 잘못 썼다는 것을 알게 된다 한들 내 조상이 누군지도 모르는 판국에 무슨 소용이 있어? 조상은커녕 낳아준 부모가 누군지도 모르는 판에."

하지만 나는 결국 마누라 손에 끌려 그 장님을 찾아갔습니다. 버스에서 내려보니, '처녀 점쟁이'니 '솔잎점' '거북점'이니 '운명철학관'이니 하는 간판을 내붙인 점쟁이 집들이 다닥다닥 수도 없이 많더군요. 아무리 세상이 전자 시대다 우주 시대다 해도 이런 집들이 지금도 날로 번창하는 걸 보면, 참 희한한 일이 아닐 수 없었습니다. 마누라가 들고 있는 쪽지의 약도를 따라 어느 집에 들어가자, 과연 괴상한 복장을 하고 앉은 장님 영감이 도사 행세를 하고 있더군요.

"손 이리 내봐."

도사는 처음부터 내게 반말이었습니다. 난 두말없이 손을 내밀었지요. 눈 멀쩡히 뜬 인간이 앞 못 보는 장님에게 장래 일을 보여달라고 손을 내맡기고 있는 꼴이라니, 그거 기분이 참 묘하더군요. 어쨌든 그 장님 점쟁이는 한참 내 손바닥을 주물럭거리고 나더니,

"지금까지 고생깨나 했구만. 뭐 하나 되는 일이 없었어."

하는 겁니다. 나는 가슴이 뜨끔했지요.

"하지만 걱정 없어. 에…… 봉황이 알을 품으니, 천지에 향기로운 냄새가 가득하다."

"그게 무슨 말씀이에요?"

아내가 무릎을 당겨 앉았습니다.

"부모를 잘 만나서 큰 부자가 되겠다는 이야기야."

기가 막히더군요. 하늘 아래에 돌아볼 곳 없는 천애 고아를 보고 부모 덕분에 부자가 된다니요. 나는 당장 그 돌팔이한테 욕이나 해주고 일어서려 했지요. 그러나 마누라는 달랐어요. 마

누라는 점쟁이가 하는 말에 갑자기 눈을 빛내며 좀더 자세히 이야기해달라며 복채를 더 얹어놓기까지 하더군요. 아무리 허황된 이야기라도 당장 듣기 좋은 이야기면 귀가 솔깃해지는 모양이었어요. 그러자 그 점쟁이는 몸을 좌우로 흔들고 눈을 껌벅이며 흰자위를 희번덕거리더니, 머잖아 내가 부모로부터 큰 유산을 물려받을 거랍디다. 갈수록 가관이었지요.

"에이, 여보쇼. 엉터리도 유분수지 그따위 소릴 누가 믿겠소? 부모 얼굴도 모르는 고아더러 유산이라니? 지금 누굴 놀리는 거요, 뭐요? 아무리 책임 없이 지껄이는 소리라도 씨가 먹힐 소리를 해야지. 어이, 그만 가자구."

나는 마침내 그렇게 쏘아주고는 마누라의 팔을 잡아 일으켰습니다. 하지만 마누라는 마지못해 내게 이끌려 그 집을 나오면서도 그 엉터리 점쟁이의 말에 한 가닥 미련을 버리지 못하는 것 같더군요.

"여보, 누가 알아요? 당신을 낳아준 진짜 부모님이 큰 부자가 되어 나타날지."

"이것 봐, 그런 바보 같은 소리 좀 하지 마. 누구 복장 지를 일 있어?"

"아니 왜 화를 내고 그래요? 그럴 수도 있다는 건데, 사람이 꿈도 못 꿔요?"

그런데 그 마누라의 허황된 이야기가 얼마 있지 않아 사실로 나타나고 말았다면, 믿으시겠습니까? 이야기를 계속하기 전에, 잠깐 숨 좀 돌려야겠군요. 이젠 다 지난 일이라고 생각했는데, 그때의 일을 다시 떠올리기만 해도 가슴이 뻐근해지는군요.

내가 교도소를 나와 결혼을 하고 산 지 3년쯤 지났을 무렵이었을 겁니다. 그러니까 이산가족 찾긴가 뭔가 해서 한창 세상이 시끄럽던 해였지요. 사건의 시작은 어느 날 성만이가 내게 전화를 걸어오면서부터 비롯되었습니다. 그 친구와는 교도소를 나와서도 가끔씩 만나는 처지였지요.

"어이, 지금 당장 홍남이 니 좀 만나야 되겠다. 아주 중요한 일이 생겼단 말이다. 무슨 일인가는 내 만나서 이야기하꾸마."

어쩐지 성만이의 목소리는 몹시 흥분해 있는 것 같았어요. 나는 녀석을 그동안 오래 만나지 못하기도 했고, 또 녀석이 무슨 일로 이렇게 흥분해 있나 궁금하기도 해서 시간에 맞춰 약속한 다방으로 나갔습니다. 다방 안에는 사람들이 한창 '이산가족 찾기'인가 뭔가를 방송하고 있는 텔레비전 앞에 몰려 앉아 있었고, 성만이 녀석 혼자만이 다방 한쪽 어두컴컴한 구석 자리에서 열심히 손을 흔들어대고 있었습니다.

"이게 무슨 난리야? 다방이 아니라 꼭 영화관 같구나."

나는 자리에 앉으면서 그렇게 빈정거렸습니다. 아닌 게 아니라 다방을 가득 메운 손님들은 마치 극장에라도 온 듯 한쪽 벽에 붙은 대형 텔레비전을 향해 돌아앉아서 눈시울을 벌겋게 붉히고 있었고, 개중에는 손수건을 꺼내 들고 본격적으로 눈물을 흘리는 순정파들도 더러 눈에 띄더군요. 기억나시겠지만, 그 무렵 TV에서는 흔해빠진 연속극이니 스포츠 중계니 하는 것들도 모조리 중단하고 밤이고 낮이고 지겹도록 그 눈물의 대행진을 틀어대고 있었지요.

"야, 저런 걸 우째 시시한 영화 같은 데 비교하겠노? 저거는 우리 민족이 아니면 경험하지 못할 비극이고 상처가 아이겠나?"

나는 녀석이 도대체 웬일로 그런 소릴 다 하는가 싶어 새삼스럽게 그의 얼굴을 쳐다보았습니다.

"민족의 비극? 야, 네가 그런 말을 다 할 때가 있냐? 다시 봐야겠구나."

"무슨 소리고? 나라꼬 모른 척할 수 있나? 나도 한국 사람인데 모름지기 민족의 아픔을 함께 나누어야 되지 않겠나 하는 말인 기라."

성만이 녀석은 나의 빈정거리는 말투에도 아랑곳하지 않고 평소의 그답지 않게 진지한 얼굴을 꾸미고 그렇게 대꾸하더니,

"그런데 전에 니 발등에 있던 흉터, 아직도 붙어 있나?"

문득 허리를 굽히며 은근한 목소리로 물어오는 것이었어요. 나는 녀석의 속셈을 점점 더 알 수가 없어졌습니다.

"아니 갑자기 웬 흉터 타령이야?"

"글쎄, 옛날에 니 왼쪽인가 오른쪽 발등에 동전만 한 흉터가 안 있었나. 그거 아직도 그대로 붙어 있나 말다."

"그럼 흉터가 뭐 우표딱진 줄 아냐? 뗐다 붙였다 하게?"

"옳지러, 아직도 그 흉터가 이상 없이 건재하고 있다 이거재."

남의 발등에 흉터가 있다는 것이 뭐가 그리 신이 나는지 성만이 녀석은 득의의 미소를 짓더니, 갑자기 목소리를 한껏 낮춰 말하는 것이었어요.

"잘만 하면 말이다, 팔자 고치게 생겼다 아이가."

또 시작이구나. 나는 날라 온 엽차를 마시며 얼굴을 찌푸렸지요. 3년 전 서대문 교도소에서 다시 만난 이후로 나는 녀석에

게 벌써 수도 없이 이런 이야기를 들어왔던 것입니다. 잘만 하면 말이다, 팔자 고치게 생겼는 기라…… 그러나 한 번도 끝까지 잘된 일은 없었고, 물론 팔자 고칠 일도 없었지요. 팔자를 고쳤다면야 내가 이때까지 아파트 관리사무소에서 남의 집 화장실 변기나 뚫으러 다니진 않을 것이고, 녀석 또한 남의 자가용이나 모는 신세에 머물러 있진 않을 것이 아니겠습니까.

"저것 좀 봐라, 눈물 없이는 볼 수 없는 장면 아이가?"

때마침 통곡 소리가 터져 나오고 있는 텔레비전 화면에 눈길을 던지면서 성만이 말을 잇더군요. 30년 만에 상봉했다는 가족이 서로 부둥켜안고, '맞다, 맞다'를 연발하며 눈물바다를 만들어내고 있었어요. 그러나 성만이 녀석은 눈물은커녕 무슨 신바람 날 일이 있는지 시종 들뜨고 상기된 얼굴이더군요. 나는 그제야 뭔가 짚이는 것이 있었어요. 아까 민족의 비극에 동참해야 한다느니 어쩌느니 하는 평소의 그답지 않은 말이 그러고 보니 단순한 농담이 아니었던 것입니다.

"니도 알재? 내가 입이 마르도록 이야기한 우리 꼰대 말이야, 그 자린고비 같은 구두쇠."

마침내 녀석이 입을 열었습니다. 녀석이 몰고 다니는 자가용의 임자는 일흔이 다 된 영감이었습니다. 해방 직후에 이북에서 단신 월남한 소위 삼팔 따라지이며, 그동안 피가 나도록 돈을 모아 지금은 수십억을 헤아리는 알부자가 되었다는 영감인데, 지금도 커피 한 잔 값에 발발 떠는 구두쇠라는 이야기를 나는 녀석에게 지겹도록 들었지요. 종로 어디엔가 건물을 몇 채 가지고 있으면서 집세를 받아먹고 또 여기저기 돈을 빌려주고 이자를 받아먹는 고리대금업자이기도 한 모양이었습니다. 하지만, 녀석이 영감의 욕을 하는 것은 다른 게 아니라 자신의 월급을 제때에 올려주지 않는다는 불만 때문이었어요. 월급뿐만 아니라 식사 시간에 차를 대기시켜놓고 기다리게 할 때에도 식사 값은 꼭 짜장면 한 그릇 값만 주지 백 원도 더 주지 않는다는 것이었습니다.

"야, 말도 마래이. 짜장면 곱빼기도 아이고 꼭 한 그릇 값인기라. 나 세상에 그렇게 지독한 구두쇠는 소문도 못 들었다꼬."

성만이 녀석은 늘 그런 식으로 불평을 늘어놓았지만, 신기한 것은 그런데도 녀석이 그 구두쇠 밑에서 떠날 생각은 하지 않고 몇 년째 운전대를 붙들고 있다는 사실이었습니다. 언제나 일확천금의 요행수만 꿈꾸고 있는 녀석으로는 참으로 이해할 수 없는 일이었습니다.

"모르는 소리 마라. 이 장성만이도 마 다 생각이 있단 말이다."

언젠가, 왜 더 나은 일자리를 찾아 떠나지 않고 그 구두쇠 밑에 붙어 있느냐고 내가 물었을 때, 녀석이 대답한 말이었어요.

"그 영감쟁이는 처자식은커녕 일가붙이 하나도 없는 사람인기라. 부모 형제는 이북에서 죽었는지 살았는지 모르고, 이남에 내려온 뒤 여자 하나를 만나서 결혼을 했는데 고마 전쟁통에 피란을 가다가 죽었다 안 카나. 다섯 살인가 묵었던 아들 하나 있던 것도 피란길에서 잃어버리고 말았고. 그러이 그 영감이 지금 당장 죽는다 캐도 제삿상에 찬물 한 그릇 떠 놔줄 사람이 없는 형편이란 말이다. 부인이 죽고 난 뒤에 새로 여자 하날 얻어서 데리고 살았던 적도 있었던 모양인데, 그 여자가 영감 성미가 하도 고약해서 보따리 싸 들고 나간 뒤로는 마 재혼은 아예 꿈도 꾸지 않은 모양이라. 이만하면 내가 와 그 자린고비 영감 밑에서 갖은 수모를 참으며 붙어 있는지 알겠나? 이 장성만이도 다 속셈이 있다 이건 기라. 잘만 하면 팔자 고치게 될지도 모른다는 희망이 있단 말이다. 생각해봐라. 아무리 돈이 많아도 죽을 때 그 돈을 짊어지고 갈 수는 없는 거 아이가?"

그러니까 성만이 녀석은 그 영감이 죽기 전에 혹시나 떡 한 조각이라도 떼어 줄지도 모른다는 희망을 품고 있다는 이야기였습니다. 그야말로 감나무 밑에 누워서 감 떨어지기를 기다리는 것과 조금도 다를 바 없는 이야기가 아닐 수 없었습니다. 녀석은 영감에게 조금이라도 잘 보이려 무진 애를 쓰는 모양이었지만, 영감은 녀석의 그러한 속내를 훤히 들여다보고 있었는지, 아니면 녀석의 말대로 '인정머리라곤 쥐새끼 눈곱만큼도 없는' 사람이기 때문인지 도무지 말 한마디 탐탁하게 하는 적이 없는 모양이었어요. 익지도 않은 풋감이 떨어질 리가 만무하니 아예 싹수가 글렀다고 투덜거리던 녀석이 이제 갑자기 무슨 또 다른 묘수가 떠올랐다고 남의 흉터까지 찾고 있는지 나는 그것이 자못 궁금했어요.

"그런데 말이다, 이 영감이 요새 들어와가꼬, 저놈의 이산가족 찾긴가 뭔가 바람에 밤마다 잠을 못 잔다 아이가?"

녀석이 눈빛을 빛내며 이야기를 시작했습니다.

"매일 밤 소주잔을 앞에 놓고 테레비를 보며 눈물을 철철 흘리는 기라. 그 찔러도 피 한 방울 안 날 것 같던 영감탕구가 말씀이라."

"그런데 그게 내 발등의 흉터와는 무슨 상관이 있다는 거야?"
"글쎄, 들어보라꼬. 그 영감쟁이가 피란길에서 마누라 죽고 하나배끼 없는 아들까지 잃어버렸다고 안 했나. 틀림없이 죽어버렸을 끼라고 단념해왔지만, 요새 넘들이 이산가족 찾기다 뭐다 하고 떠들어싸니께네 혹시나 하고 희망이 생기는 모양이라. 만약에 그 아들이 지금 어딘가에서 살아서 나타난다고 해보라꼬. 하루아침에 팔자 고치게 될 거 아이가? 수십억 재산을 고스란히 물려받게 되는 거니까."
"그래서? 그런다고 네가 신이 날 게 뭐가 있나. 내 입에 떨어졌으면 싶은 감이 남의 입으로 들어갈 판인데."
"이야기를 끝까지 잘 들어보란 말이다. 내 말은, 홍남이 니가 바로 그 영감의 아드님이 된다는 기라, 어떠노?"

녀석이 주위를 둘러보며 더욱 목소리를 낮추고 하는 말이었어요. 나는 어이가 없어서 입을 벌린 채 녀석의 얼굴을 멍청하게 바라보기만 했어요.

"다섯 살 때 잃어버렸다니까 그 영감도 아들을 제대로 기억할 리가 없재. 그런데 어저께 나한테 우연히 하는 이야기로 그 아들 왼쪽 발등에 흉터가 있다는 기라. 그 말을 듣는 순간 번개같이, 뭐라 카노? 영감이라 카는 기 머리에 탁 떠오르더란 말이다. 옛날에 니 발등에서 보았던 흉터가 생각이 나면서, 이거야말로 하늘이 내려준 기회가 아이고 뭐겠노 싶은 기라."
"어이, 그래도 이름이 다르잖아. 난 엄연히 김홍남이라구."
"야, 일마야. 니 와 그래 헷또가 안 돌아가노? 사람이 출세를 할라카믄 이 헷또를 잘 돌리야 되는 기라."

녀석은 답답해 죽겠다는 듯이 손가락으로 제 머리를 돌리는 시늉을 했어요.

"이름쯤이야 고아원에서 바뀌어졌다 카믄 안 되나? 일가친척 하나 없는 신센데 누가 아이라꼬 나설 끼고? 안 그러나?"

"너 지금 진심으로 하는 이야기야?"

"어떠노, 아파트 관리소에서 궂은일 하는 것보다야 낫겠재? 나중에 혹시 아니라고 밝혀지더라도 밑져야 본전이란 말씀야. 이런 일로 사기죄라꼬 고발할 사람은 아무도 없을 테니까."

"그러니까 내 왼쪽 발등의 흉터를 팔아먹자는 말이지? 내 엉덩이엔 그것보다 더 큰 흉터가 있어. 그것도 팔아먹을까?"

"어허, 와 이래 떠들어쌓노? 목소리 좀 낮추거라."

녀석은 누가 들을까 황급히 내 입을 막는 시늉을 했습니다.

"들어보래이. 오죽하면 내가 이런 궁리를 다 냈겠나? 사실은 지금 사정이 바쁘게 됐단 말이다. 우리 영감한테 마누라가 생기게 된 기라."

"마누라라니? 일흔이 다 되었다는 영감이 이제 와서 새장가라도 들었다는 건가?"

"그게 우찌 된 사정인고 하면 말이다. 원래 우리 영감이 심장이 좀 약하거든. 그래서 몇 년 전부터 식모 겸 간호원으로 쓸라고 과부 하나를 데려다 놨단 말이다. 그런데 그 여자가 밤낮으로 마누라같이 영감 곁에만 붙어 지내더니, 나중엔 영감 대신 건물세니 일숫돈이니 하는 것도 받으러 다니고 완전히 진짜 마누라같이 행세하기 시작한 기라. 내 보기에도 아주 보통 여자가 아니라. 암매 영감이 여자한테 상투를 잡히도 단단히 잡혔구나 싶두만. 그런데 이 여자가 영감을 우째 구워삶았는지, 내 며칠 전에야 알았는데, 영감 호적에 자기 이름을 턱 올려놓았는 모양이라. 혼인신고를 해놓았다는 이야기란 말이다. 10년 공부 도로아미타불이라더이, 내가 그동안 공들인 기 말짱 허사가 되게 생겼으이 그래 복장 터질 일이 아이고 뭐꼬?"

"그러니까, 마누라도 새로 만드는 판에 아들 하나 더 만드는 게 어떠냐 이 말이군?"

"농담할 때가 아이다. 니는 내 이야기를 말도 안 되는 수작이라고 생각하는 모양인데, 지금 저 테레비에서 벌어지고 있는 꼴들을 좀 봐라. 어차피 이놈의 땅에 사는 우리네 인생이란 기, 말도 안 되게 뒤죽박죽이고 한심한 꼴이 아이고 뭐꼬? 그리고, 그 영감쟁이 머잖아 죽을 목숨인데 그 재산을 누가 묵을 끼고? 그 여우 같은 여편네한테 몽땅 돌아가고 말 거 아이가? 그걸 우리도 묵어보자는 기 뭐가 나쁜 일이고?"

나는 아무 대꾸도 할 수 없었습니다. 너무 터무니없는 이야기이기도 했지만, 한편으론 왠지 가슴이 답답해지면서 말로 표현 못 할, 무슨 울분 같기도 하고 슬픔 같기도 한 응어리가 바윗덩어리처럼 무겁게 가슴을 짓누르는 것 같았기 때문이었어요.

사실 이산가족 찾기의 방송이 나간 뒤, 나도 방송에 나가서 부모를 찾아보아야 하지 않느냐고 마누라가 몇 번이나 이야기하더군요. 하지만 나는 전혀 그러고 싶은 마음이 없었습니다. 오히려 나는 방송에서 사람들이 헤어졌던 부모 형제를 만나는 장면을 보면 더욱 울분이 치미는 것이었습니다.

아무리 전쟁의 북새통이라고 하지만 자식을 내버릴 때는 언제고, 또 30년이 넘도록 그냥 있다가 이제 와서 저렇듯 아우성치며 울고불고하는 것은 또 무엇인가. 제 목숨 건지기도 힘든 전쟁 때문이었다고 해도 자기 부모 형제와 자식들을 제 목숨만큼 생각했더라면 이렇게 많은 이산가족이 생겨났을 리가 만무하다고 생각했던 겁니다. 그래서 헤어졌던 가족을 확인하자마자 금세 울고불고하는 광경을 보노라면 괜히 속이 뒤틀리는 심정이었던 것입니다. 30여 년을 헤어져 생판 남처럼 살아오다가 이제 새삼 무슨 육친의 정이 있어서 눈물이 나오는지 정말 알다가도 모를 일이었습니다. 그리고 흉터 하나 보고 제 자식이라고 대뜸 부둥켜안고 통곡을 하다니, 아니 그 자리에 흉터 있는 사람이 어디 한둘입니까. 그래서 난 아예 방송을 보지 않으려 했고, 낮이고 밤이고 텔레비전 앞에 붙어 앉아서 눈물을 짜고 있는 마누라와 몇 번 싸움을 하기도 했습니다.

마누라는 그런 나를 도대체 이해할 수가 없다는 눈치였습니다. 하긴 나도 나 자신을 잘 알 수가 없었습니다. 내 마음속에 내게는 그런 행운이 결코 오지 않으리라는 생각에 더욱 거부감을 갖고 있었는지도 모르죠. 내 이름이니 나이도 정확한지 모르는 판국인데, 무슨 근거로 부모 형제를 찾는단 말입니까.

다음 날 아침 일찍, 난 여의도 방송국으로 나갔습니다. 결국 성만이가 시키는 대로 그 해괴한 연극을 하기로 한 것입니다. 지금도 나는 그때 무슨 생각으로 그 연극을 할 마음을 먹었는지 알 수가 없습니다. 어쩌면 내 마음 한구석에 성만이처럼 일확천금을 노리는 허황한 꿈이 숨어 있었는지도 모르겠습니다. 아니면 이산가족 찾기니 뭐니 하는 이 모든 소동을 마음속으로 비웃어주고 싶었는지도 모릅니다. 여하튼 난 방송국에 나갔다는 이야기를 마누라한테도 숨겼고, 아파트 관리소에는 몸이 아파서 출근을 못 하겠다는 식으로 적당히 핑계를 댔습니다. 나중에 그들이 텔레비전에서 내 얼굴을 보게 될지 모르지만, 그때에는 또 적당히 둘러대면 되리라 생각했습니다.

이름을 모르는 부모를 찾습니다. 육이오 때 피란길에서 부모를 잃은 것 같음. 아들 김광일. 나이는 37(?)세. 특징: 왼쪽 발등에 흉터 자국이 있음.

역시 성만이 불러준 대로 나는 커다란 글씨로 그렇게 썼습니다. 마침 나이는 내 나이와 비슷했고, '김광일'이란 성만이가 가르쳐준 영감의 진짜 아들 이름이었습니다. 내가 텔레비전에 그 글을 들고 나가는 시간에 영감이 방송을 볼 수 있도록 텔레비전 앞에 앉혀둔다는 것이 성만이 녀석이 짜둔 각본이었습니다.
그러나 막상 여의도 광장의 그 기나긴 줄 사이에 끼어 차례를 기다리는 동안 차츰 나는 그 수많은 사연들, 그 엄청난 한숨과 눈물을 지켜보면서 가슴속에서 점점 저려오는 두 가지 감정에 시달리고 있었습니다.
하나는 내가 들고 있는 피켓의 내용이 사기극을 벌이기 위한 거짓말이 아니라 사실이었으면 하는 헛된 소망이었고, 다른 하나는 그럴수록 마음 한구석에서 자리를 넓혀가는 양심의 가책이었습니다. 나는 그 자리에서 피켓에 씌어진 김광일이란 이름을 지우고 김홍남이란 나 자신의 이름을 큼직하게 고쳐 쓰고 싶은 충동을 느껴야 했던 것입니다. 하루 종일 서서 기다린 끝에 마침내 내 차례가 왔을 때, 나는 그 자리에 쭈그리고 앉아 이름을 고쳐 쓰려고까지 했습니다. 그런데 하필이면 그때 담당자가 내 차례라고 번호를 불러대더군요. 결국 나는 그 가짜 이름으로 가짜 아버지를 찾을 수밖에 없었습니다.

방송이 나간 다음, 이상하게도 진짜 얼굴도 모르는 친아버지의 연락을 기다리는 것처럼 가슴이 뛰고 입안이 타는 것 같더군요. 영감에게서 연락이 온 것은 방송이 나간 그다음 날이었습니다.

"여보세요, 거기 김광일 씨 댁입니꺼?"

"김광일? 자식, 너 성만이구나."

나는 처음에 성만이 녀석이 장난을 하고 있는 줄 알았지요. 그러나 성만인 시치미를 떼고 계속 천연덕스럽게 말하는 것이었어요.

"예, 테레비 방송에 나왔던 김광일 씨 맞다고요? 전화 바꿔드릴 테이께 잠깐 기다려보소이."

나는 어떤 사정인지 재빨리 눈치를 챘습니다. 뒤이어 수화기를 통해 흘러나온 것은 조심스러우면서도 카랑카랑한 이북 사투리였습니다.

"나…… 테레비 보구 전화한 사람인데…… 당신 이름이 김광일이라고 하는 게 참말이오?"

"그렇습니다. 제가 바로 김광일입니다."

의외로 걱정했던 것과는 달리 내 입에서 말이 술술 나와서 스스로도 놀랄 정도였습니다.

"그렇다믄 내 아들하고 이름이 같기는 한데…… 왼쪽 발등에 흉터가 있는 것도 틀림없소?"

"그럼요, 제가 왜 그런 거짓말을 하겠습니까?"

"다른 건 기억나는 게 없구?"

"네, 별로…… 너무 어릴 때가 되어서……"

"그럼 우리 한번 만나보오다."

"어디에서 만나야 합니까? 방송국에서 기다릴까요?"

"아니, 방송국에서 만나는 거는 좋지가 않아요. 아직 확인이 되지도 않았는데, 괜스레 카메라를 들이대고 소동을 벌이면 곤란하이까…… 그럴 것 없이 내 있는 곳으로 좀 찾아와주시겠소? 내가 차를 보낼 테이까."

나는 그러겠다고 대답했습니다. 오히려 내게도 그게 더 잘된 일일 테니까요. 물론 영감의 승용차를 타고 나타난 사람은 성만이 녀석이었는데, 녀석은 벌써부터 흥분을 감추지 못하고 있었습니다.

"봐라, 절대로 날 알은척하면 안 된데이. 이번 일은 니가 얼마나 연기를 잘하는가에 달려 있는 기라. 테레비에서 본 대로 영감을 붙들고 한번 그럴듯하게 울어보라꼬."

차를 몰고 가면서 성만이 녀석이 열심히 주워섬겼지만, 나는 아무래도 자신이 없었습니다. 어차피 이런 우스꽝스러운 사기극은 금방 들통이 나버릴 것이라는 불안감과 함께, 그러면서도 한편으로는 어쨌든 갈 데까지 가보자는 묘한 심사에 빠져들고 있었을 뿐이었지요.

"특히 내가 전에 말했던 그 여편네를 조심해야 된데이. 문제는 그 여편네인 기라. 욕심은 순 놀부 마누라 같은데, 눈치는 또 귀신같이 빠르거든. 전에는 오씨 아줌마라고 불렀는데, 요새는 오 여사라고 불러주지 않으면 사람 잡아묵을라 칸다. 하여튼 보통 여편네가 아이라."

성만이가 날 데려간 곳은 종로 뒷골목에 있는 어느 낡고 우중충한 4층 건물이었습니다. 중국음식점과 다방, 기원 등의 간판들이 지저분하게 걸려 있는 그 건물은 겉보기와는 달리 서울 한복판의 노른자위 땅이라 상당히 값이 나가는 건물이라고 하더군요. 성만이의 말에 의하면, 그 영감에게는 그런 건물이 두어 채는 더 있다는 것이었습니다. 하지만 값이야 어찌 되었든 그 건물로 올라가는 나무 계단은 금방 내려앉을 듯이 삐걱거렸고, 대낮인데도 굴속처럼 어두컴컴하더군요. 나는 녀석의 뒤를 따라 그 좁은 계단으로 그 건물의 맨 꼭대기 층으로 올라갔습니다. 합판으로 칸막이 쳐진 여러 개의 방 중에서도 창고처럼 허름하게 생긴 구석방이 그 건물의 주인인 영감의 사무실 겸 살림집인 모양이었습니다.

"니, 똑똑히 기억하고 있어야 된데이. 니 이름은 김홍남이가 아이고 김광일이란 말이다. 김광일. 알았재?"

사무실 문 앞에서 성만이 낮은 목소리로 내게 다시 한번 확인을 했습니다. 녀석의 그 초조한 눈빛과 심각한 태도가 왠지 우습게 느껴져서 나는 그만 피식 실소를 흘리고 말았습니다.

"야, 일마야, 웃을 일이 아이다. 니하고 내하고 인생이 걸린 문제란 말이다. 정신 똑바로 차리고 잘해야 된다. 모든 기 니한테 달려 있다는 걸 명심하래이."

녀석이 한 번 더 내게 다짐을 주고는 조심스럽게 문을 두드렸습니다. 문을 열자 두어 평 정도의 좁은 사무실이 나타났는데, 방은 비어 있었습니다. 거리로 향한 조그만 창문엔 하얗게 먼지가 내려앉아 있었고, 책상 하나와 철제 캐비닛, 때 묻은 가죽 소파, 그리고 벽에는 작은 흑판이 걸려 있을 뿐 초라하고 좁은 사무실이었습니다. 사무실 한쪽에 또 찌그러진 방문이 달려 있는데, 아마도 영감은 그곳에 거처하고 있는 모양이었습니다. 성만이 그쪽에 대고 "사장님 다녀왔습니다" 하고 소리치자 방문이 열리면서 키가 자그마하고 안경을 쓴 노인네가 나타났습니다. 첫눈에 보기에 수십억 재산을 가졌다고는 도저히 믿기지 않을 만큼 초라하고 꾀죄죄하게 늙은 영감이었습니다. 마침 책상이라도 닦을 심산이었던지 물에 젖은 걸레를 손에 들고 내 얼굴을 쳐다보던 그 첫 모습이 지금도 생생하게 기억이 나는군요. 머리칼은 거의 희끗희끗했고, 얼굴빛도 그리 건강해 보이지 않았는데, 생쥐같이 작은 눈만은 나이에 어울리지 않게 반짝거리고 있었습니다.

"자네 이름이 김광일이 틀림없나?"

영감은 안경 너머로 도무지 믿기지 않는다는 듯이 작은 눈을 깜박거리며 나를 요리조리 뜯어보았어요. 나는 심호흡을 하며 침착하려 애를 썼습니다.

"네, 다른 건 기억에 없지만 이름만은 기억하고 있습지요."

"그래? 그럼 어디 양말을 좀 벗어보게나."

영감은 조끼 주머니에서 안경을 하나 더 꺼내서 두 개나 걸쳐 쓰고는 내 발등에 있는 흉터를 아주 꼼꼼하게 들여다보더군요. 그러고는 고개를 쳐들고 의심에 가득 찬 눈초리로 묻는 것이었습니다.

"다른 데는 또 흉터가 없나?"

"그…… 글쎄요, 뭐 별로……"

나는 엉겁결에 그렇게 대답했지요. 하지만 나도 모르게 얼굴이 붉어졌습니다. 내 엉덩이에 있는 또 다른 흉터를 숨겨야 될지 어떨지 당황했던 것입니다. 일이 어째 심상찮게 돌아간다는 것을 느꼈는지 영감의 등 뒤에 서 있던 성만이 녀석이 안절부절못하며 초조해하는 모습이 시선에 잡히더군요. 녀석은 그러면서 손짓으로 내게 뭔가 열심히 신호를 보냈는데, 아마 영감을 부둥켜안고 눈물을 쏟는 연기라도 해보라는 뜻인 것 같았어요. 하지만 그런 짓을 하기에는 난 너무나 몸이 굳어져 있었어요. 고아원 시절 이후 나는 한 번도 연극 따위는 해본 일이 없었으니까요.

"이봅세, 강 기사. 자네는 이따가 부를 테이까 밖에 나가 있게."

영감이 성만이에게 하는 말이었어요.

"분명 광일이라는 이름이 자네가 어릴 때부터 기억하는 이름인가?"

성만이가 불안한 표정으로 방을 나가자, 영감이 허리를 펴며 다시 물었습니다. 안경 너머의 작은 눈은 더욱 의심을 품은 채 깜박거리고 있었어요. 나는 얼른 대답하지 못했습니다. 나를 찌르는 듯이 보고 있는 노인의 시선과 마주치자, 내 마음이 약해지기 시작했던 것입니다. 이 터무니없는 속임수가 성공할 리 만무하다는 생각이 가슴을 파고들었고, 설사 요행히 성공한다

하더라도 이런 일로 남을 속인다는 건 용서받지 못할 죄악이리란 생각이 들었습니다. 차라리 노인한테 이 모든 것을 털어놓고 용서를 비는 것이 낫지 않을까. 아니 이대로 아무 소리 하지 않고 달아나버리는 게 좋지 않을까. 내가 어찌할 바를 모르고 있을 때, 다시 영감이 말했습니다.

"광일이란 이름은 내 아들놈의 호적에 올라 있던 이름이야. 자네가 진짜 내 아들이라면 그 이름을 기억할 수는 없을 텐데. 그놈아가 어렸을 때 집에서 부르던 이름은 따로 있었지비. 내 월남하기 전에 살던 고향이 저 유명한 함경도 흥남부두야. 그래서 그 이름을 따서 불렀지비."

흥남부두? 그 이름을 따서 불렀다고? 나는 갑자기 머릿속이 휑하게 비워지는 것 같아 영감이 지금 무슨 소리를 하고 있는지 제대로 알아들을 수가 없었어요. 삽시간에 온몸의 힘이란 힘은 모조리 빠져나가는 것 같더군요. 텅 빈 머릿속으로 영감의 말소리가 가물가물 들려왔어요.

"미안하지만 자네 바지를 좀 벗어보게나. 내 아들놈이 두 살 때 화덕 위에 엉덩이를 크게 덴 적이 있었지비. 그러이 자네가 내 아들이라면 발등에만 흉터가 있는 게 앙이라, 필시 엉덩이에도 더 큰 흉터가 나 있을 텐데……"

나는 그저 몸을 부들부들 떨고 있었을 뿐 꼼짝도 하지 못했습니다. 내 태도가 이상했던지 영감이 고개를 처들고 묻더군요.

"무슨 일인가? 어데 아픈가?"

"제 이름이…… 제 이름이 바로 흥남입니다."

나는 간신히 그렇게 대답했지요. 목소리가 덜덜 떨려서 말을 제대로 뱉을 수가 없었어요. 그래서 그런지 영감은 내 말을 얼른 알아듣지 못하더군요.

"무시기? 이름이 어드렇게 되었다구?"

"제 이름이 홍남이라구요. 제 진짜 이름이 김홍남입니다."

영감은 잠깐 동안 입을 쩍 벌리고 멍청하게 내 얼굴을 쳐다보고만 있더군요. 흡사 터무니없는 농담이라도 듣고 있는 듯한 표정이었습니다.

"절대로 거짓말이 아닙니다. 이것 보십시오."

나는 그 자리에서 바지 혁대를 풀기 시작했습니다. 그리고 엉덩이를 영감에게 훌렁 까 보였지요. 나는 그때 이미 제정신이 아니었거든요.

"흉터가 보이지요? 틀림없이 흉터가 있지요? 이거 가짜 흉터가 아니고 진짜 흉터예요. 내가 만들어낸 것이 아니란 말씀입니다. 어릴 때부터 거기 그 자리에 있었어요. 난 그게 어떻게 해서 생긴 흉터인지 몰랐는데, 이제 보니 그게 불에 덴 자리였던 것 같습니다. 맞아요, 틀림없이 그럴 겁니다. 불에 데지 않았다면 어떻게 그런 흉터가 생겼겠습니까?"

나는 내가 무슨 소리를 하는지도 모르고 그저 정신없이 지껄이고 있었지요. 아마도 난 그때 지나치게 흥분하고 있었던 모양입니다. 하긴 내 잘못만도 아니지요. 그런 경우에 제정신을 차리고 있을 사람이 얼마나 되겠습니까? 정신이 없기는 그 영감님도 마찬가지였어요. 막상 내 엉덩이에 있는 흉터를 확인하자, 영감은 마치 중풍에라도 걸린 것처럼 온몸을 부들부들 떨기 시작하더군요.

운명에 관하여

"이, 이봅세, 나는 지금 자네 말이 무슨 소린 줄을 통 모르겠네. 그러이까 좀 차근차근 이야기해봅세……"

"제가 바로 김흥남이란 말입니다. 김광일이란 말은 거짓말입니다. 사실 전 김광일이란 이름은 알지도 못해요. 어릴 때부터 내 이름은 김흥남이었지요. 고아원에서 지어준 이름도 아니고 내 진짜 이름이었다구요. 내 말 아시겠습니까, 영감님? 아니, 아버님?"

"그러이까 자네는…… 지금 자네가 내 아들 김흥남이라구 주장하고 있는 것인가?"

"주장이 아니라 사실입니다. 이것 보십시오. 제 주민등록증입니다. 여기 분명히 김흥남이라고 박혀 있는 게 보이지요?"

노인은 내 주민등록증을 받아 들고 뚫어져라 들여다보았습니다. 혹시 가짜 주민등록증이 아닌가 의심스러운 듯 몇 번이고 앞뒤를 뒤집어가며 살펴보기까지 했어요. 이윽고 영감의 얼굴에서 서서히 핏기가 사라지면서 종잇장처럼 창백하게 변하더군요.

"가, 가만…… 자리에 앉아서 조금 쉬어야겠구만. 내 심장이 약해가지구서리……"

노인은 갑자기 극심한 현기증에 사로잡힌 듯 비틀비틀 의자로 걸어가 털썩 주저앉고 말았습니다. 그리고 한참 동안 아무 말 없이 뚫어지게 내 얼굴을 쳐다보고 있었어요. 그것은 이상하게도 초점이 맞지 않는 것 같은 시선이었습니다. 나를 보고 있긴 했지만, 그러나 그 시선은 내 얼굴을 지나 내가 모르는 아득히 먼 어느 곳에 닿아 있는 것 같은 느낌이었습니다. 나는 영감이 별안간 정신이 나가버린 것이 아닌가 하고 와락 불안감이 들기도 하더군요.

그런데 한참 만에 보여준 영감의 행동은 참으로 엉뚱한 것이 었습니다. 영감은 중풍이라도 걸린 것처럼 부들부들 떨리는 손으로 서랍을 열더니 시계를 하나 꺼내는 것이었어요. 누리끼리하게 금 색깔이 나는, 손때 묻은 낡은 손목시계였습니다. 영감은 그 시계를 손으로 만지작거리며 더듬더듬 힘들게 입을 열었어요.

"이 시계가 이래 빼도 내게는 특별한 시계지비. 35년 전 고향 떠나올 때 이 시계 하나만 달랑 들고 나왔지 않았겠슴메······"

노인은 마치 넋두리라도 하는 듯한 말투로 느리게 이야기하기 시작했습니다. 나는 그가 왜 느닷없이 시계 이야기를 꺼내는지 알 수가 없었습니다. 아들이냐 아니냐 하는 순간에 그까짓 시계가 무엇이란 말입니까. 나는 어쩌면 영감이 갑자기 얼이 빠져서 자신이 지금 무슨 이야기를 하고 있는지조차 의식을 못 하는 것이 아닌가 하는 의심이 들기도 했습니다.

"내 우리 집안에서 삼대독자였지비. 그런데도 아바이한테 씻을 수 없는 죄를 짓고 말았재이캤니. 내 해방되기 전에 서울에 사는 처녀와 서로 요즘 말로 연애라는 거르 했는데, 그만 삼팔선이 딱 막혀버렸으니 오도 가도 못 하게 되지 않았겠슴메. 집안에서는 다른 여자와 결혼을 하라구 성화를 해대구······ 그래 생각다 못해서 무작정 서울로 내뺄 생각을 했던 거야. 그런데 내게 무슨 돈이 있었겠슴메? 하는 수 없이 눈 딱 감고 우리 아바이 시계를 훔쳐 나온 거야. 그때 당시엔 시계가 흔치 않았으이까는 제법 값이 나가는 재산이었구, 또 늘 아바이가 애지중지하던 것이었지. 그때 생각으로는 내 서울로 내려와 돈을 벌게 되면 나중에 집에 가서 아바이한테 이 시계를 돌려드리고 용서를 구할 생각이었는데, 전쟁이 터지구 영영 그런 기회가 사라지고 말았어. 아바이 옹마니한테 불효를 씻을 기회를 영영 잃어버리구 만 게지비……"

영감은 새하얗게 핏기가 사라진 얼굴로 가쁜 숨을 쉬고 있었습니다.

"처음 월남을 해가지구는 이 시계 덕을 톡톡히 보기도 했지비. 한창 어려울 때 두 번이나 잽혀먹었으니깐두루. 하지만 돈을 좀 벌고부터는 이때까지 한번도 내 손에서 놓지를 않았당이. 언젠가 이 시계를 아바이한테 다시 갖다드리구 용서를 빌어야 했으이께이……"

먼지 낀 더러운 창문으로 희미한 저녁 햇살이 비쳐들고 있었습니다. 노인의 가쁜 숨소리만 들릴 뿐 방 안에는 아무 소리도 들리지 않았습니다. 나는 전혀 입을 열 수가 없었습니다. 도대체 내가 무슨 말을 할 수가 있겠습니까. 난 그때 내가 겪고 있는 것이 그저 무슨 꿈을 꾸는 것처럼 실감이 나지 않았을 뿐이었습니다.

"내가 이날 이때까지 이남에서 혼자 살면서 피눈물 나게 고생한 이야기를 어찌 말로 다할 수 있겠습메? 마누라도 죽고 하나 있던 아들마저도 잃어버리고 나니 세상 살맛을 잃어버리고 말았지비. 허지마는 어찌하겠습메? 돈이 내 가족이구 부모 자식과 같았단 얘기야. 그런데…… 나이가 들구 공동묘지에 갈 시간이 다가오니께는 차츰 허망한 생각이 들지 안캤나…… 이렇게 피눈물 나게 모아놓은 재산이 다 쓸모가 없다는 생각이 들구 말이야……"

　노인의 목소리는 어느새 물기에 젖어 있었습니다. 그러나 노인의 이야기는 더 이상 계속되지 못했습니다. 그때 문이 열리더니 어떤 여자가 들어섰던 것입니다. 50이 다 되어 보이는데, 나이에 어울리지 않는 짙은 화장을 하고 있는 여자였습니다. 나는 성만이가 말한 바로 그 오 여사란 여자가 틀림없다는 것을 직감적으로 느낄 수 있었습니다.

　"아유, 정말 이 짓도 못 해먹겠어. 도대체 인간들 얼굴을 봐야 돈을 받아먹든지 말든지 하지…… 돈을 쓸 때는 곧 죽을 것 같다가도 가져가놓고는 아예 갚을 생각은 하지도 않는다니까."

　아마도 이잣돈이라도 받으러 나갔다 오는 길인 것 같았습니다. 방 안에 들어서면서부터 큰 소리로 떠들어대던 여자는 문득 방 안 분위기가 이상하다고 느꼈던 모양으로 내게 의심스러운 시선을 던졌습니다.

　"이 사람은 누구예요?"

　"아, 아무도 앙이야. 그냥…… 뭐 부탁할 일이 있어 찾아온 모양인데……"

　왠지 노인은 몹시 당황하는 것 같은 눈치였습니다. 그리고 내게 서둘러 말했습니다.

　"이봅세, 그 일은 아무래도 나 혼자서 곰곰이 생각을 좀 해봐야겠네. 그러이까 내일 아침에 다시 와주게나, 알겠지비? 내일 아침……"

나는 노인이 그 여자에게 우리 사이의 이야기를 숨기려고 한다는 것을 눈치챌 수 있었습니다.

"그렇게 하겠습니다. 내일 꼭 다시 오겠습니다."

아버지, 하고 말하고 싶은 충동을 나는 속으로 억눌렀습니다. 그 여자의 사나운 눈매가 내 시선에 잡혀왔던 것입니다. 나는 노인에게 깊숙이 머리 숙여 인사를 하고는 문간으로 걸어 나왔습니다. 다리가 후들후들 떨리더군요. 내가 문을 열고 나서자 노인은 문밖으로 따라 나와 목소리를 낮춰 말했습니다.

"오늘 있었던 일은 누구한테도 입을 열지 말게. 우리가 다시 만나서 확인을 해보기두 해야 할 거구, 또 잘못 말이 나면 일이 틀어질 수도 있으이까…… 내 말 알겠지비?"

노인의 작은 눈이 불안과 의심, 그리고 말하지 못할 간절한 무엇으로 깜박이는 것을 바라보았어요. 나는 고개를 끄덕였지요. 나는 그를 충분히 이해할 수 있을 것 같았고, 그래서 그 약속을 지키기로 마음먹었습니다. 그래서 계단 입구에 숨어서 기다리고 있던 성만이 녀석이 내 팔을 붙들며 어떻게 되었느냐고 물었지만, 나는 아무 말도 하지 않았던 것입니다.

"야, 우째 됐노 말이다. 그냥 돌리보내는 거 보이께네 제대로 안 된 모양이재? 영감이 뭘 물어보더노? 설마 우리가 사기 친 거를 눈치채지는 않았겠재?"

녀석이 숨 가쁘게 던지는 물음에 나는 한마디도 대답하지 않았습니다. 그러고는 내일 다시 연락하자는 말만 하고 녀석을 뿌리치고 말았습니다. 그 어두컴컴한 계단을 빠져나오자, 여름 저녁의 기울어진 햇살이 눈을 찌르더군요. 나는 길게 숨을 내

쉬었지요. 마침 30년 동안을 갇혀 있었던 길고 긴 어둠 속에서 빠져나온 듯한 느낌이었습니다.

그날 밤, 나는 통 잠을 이룰 수가 없었습니다. 빨리 잠이 들어야 어서 내일이 올 텐데, 아무리 애를 써도 도무지 잠이 들지 않는 것이었습니다. 참 미칠 지경이더군요. 내 곁에는 세상모르게 잠이 든 마누라와 아이의 새근거리는 숨소리가 들려오고 있었어요. 나는 당장 마누라를 깨워 그날 있었던 일을 이야기하고 싶은 충동이 솟구치는 걸 수없이 억눌러야만 했어요.

어둠 속에서 잠을 청하려고 애를 쓰고 있자니까, 왠지 자꾸만 어린 시절의 학예회 생각이 떠오르는 것이었습니다. 난 그 불길한 생각을 머릿속에서 쫓아버리려 애를 썼죠. 이건 분명 연극이 아니라 현실이니까요. 하지만, 영 안심이 되지 않는 것이었습니다. 이런 일이 어떻게 현실에서 실제로 일어날 수 있단 말입니까. 더구나 다른 사람 아닌 나한테 말입니다. 나는 그전에 복권에 1등으로 당첨되면 어떤 기분일까 하고 자주 상상에 잠겨보곤 했었죠. 그럴 때마다 난 만약 내게 그런 경우가 오면 미쳐버릴 것이라 생각했었습니다. 그런데 지금 내게 찾아온 이 사건은 그까짓 복권에 당첨된 것에 비할 수조차 없는 일이 아니겠습니까. 심지어 나는 혹시 내일 아침엔 해가 뜨지 않는 게 아닌가 하는 의심까지 했답니다. 오늘 밤 갑자기 지구의 종말이 오는 게 아닌가 하고 말입니다.

고아원 시절부터 지금까지의 온갖 고생하던 장면들이 연속적으로 눈앞으로 스쳐 가더군요. 환상과 현실이 마구 뒤섞이는데, 정말 이러다가 내가 미쳐버리는 것이 아닌가 덜컥 겁이 나기까지 했습니다.

그러다가 아마 잠깐 선잠이 들었던 모양입니다. 꿈속에서 나는 20여 년 전의 고아원 시절로 되돌아가 있었습니다. 학예회를 하고 있었고, 나는 여전히 흉측한 껍질을 덮어쓴 두꺼비였어요. 그런데 내게 입맞춤을 해주기로 되어 있는 공주가 가만히 보니 공주가 아니라 바로 그 영감, 아니 내 아버지였습니다. 나는 가슴이 조마조마하고 공포에 질려 있었습니다. 왜냐하면 아버지가 내게 입맞춤 해주기 전에 연극이 끝나게 될까 겁에 질려 있었던 것입니다. 옛날하고 다른 것은 정전이 될 것을 걱정하는 게 아니라 꿈에서 깨게 될 것을 걱정하고 있었다는 것이었어요. 나는 꿈속에서도 그게 꿈이라는 걸 알고 있었고, 내가 왕자가 되기 전에 꿈이 깰까 봐 정말 마음이 급했습니다. 그래서 아버지에게 빨리 마술을 풀어달라고 소리를 질렀지요. 그러나 웬일인지 내 목구멍에서는 제대로 소리가 빠져나오지 않는 것이었어요. 그러다가 결국 내가 걱정하는 그대로 되었습니다. 아버지가 마악 내게 힘들게 한 발짝씩 다가오는 순간, 갑자기 꿈의 테이프는 잘려나가고 만 것입니다.

나는 소스라쳐 잠에서 깨어났습니다. 어둠 속에 전화벨 소리가 요란하게 울리고 있었습니다. 하지만 선뜻 전화를 받을 수가 없었어요. 그 요란한 전화벨 소리와 함께 불길한 예감이 무섭게 나를 난타질하고 있었습니다. 시계를 보았더니 새벽 2시더군요.

"여보세요? 어이, 홍남이가? 나다."

수화기에서 흘러나온 것은 성만이 녀석의 목소리였어요.

"웬일이야? 이 밤중에."

"내 지금 대학병원 응급실에 와 있데이. 우리 영감쟁이가 갑자기 심장마비를 일으켜뿌렸는 기라."

가슴속에서 무엇인가 엄청난 무게로 떨어지는 것 같았고, 한순간 숨이 멎을 것 같았습니다. 전화기를 든 내 손이 덜덜 떨리기 시작했습니다.

"글쎄, 어제저녁, 그러이끼네 니가 다녀간 뒤부터 왠지 얼굴이 안 좋고 숨이 가쁜 거겉이 보이더만 새벽녘에 갑자기 발작을 일으켰는 기라. 병원에 싣고 왔는데, 의사가 이미 틀렸다고 하네. 사람 목숨은 알 수가 없는 거라 캐도 이렇게 허무할 수가 있나. 일이 이렇게 되고 보이까, 우리가 아들이네 어쩌네 하고 쇼를 부린 것이 그 영감한테 너무 심한 충격을 준 게 아닌가 좀 양심이 찔리기도 하구마."

"어이, 성만이, 너 지금 거짓말하고 있지? 날 놀리려고 거짓말하고 있는 거지? 그렇지?"

"야가 무슨 소리 하노? 내가 한밤중에 나한테 전화해가지고 와 거짓말을 해? 못 믿겠으마 병원으로 와보마 알 거 아이가?"

전화기를 놓으며 나는 마른 짚단처럼 그 자리에 맥없이 주저앉고 말았습니다.

"여보, 대체 왜 그래요?"

잠이 깬 마누라가 놀라 나를 붙들었습니다. 하지만 내가 무슨 말로 마누라에게 그 모든 것을 설명할 수가 있었겠습니까. 나는 미친 사람처럼 자리에서 일어나 병원으로 달려갔습니다. 노인은 이미 차가운 시신으로 변해서 영안실로 옮겨져 있었어요.

그 영감은, 아니 이제 아버지라고 해야겠군요. 아버지는 더 이상 이 세상 사람이 아니었던 것입니다. 나는 성만이에게 영감이 죽기 전에 남긴 말이 없었는가고 물어보았습니다. 혹시 내가 당신의 아들이라는 사실을 단 한마디라도 했을지도 모른다는 한 가닥 희망을 가지고서 말입니다. 그러나 성만이 녀석의 대답은 절망적이었습니다. 영감은 말 한마디 남기지 못하고 갑자기 발작을 일으켜서 병원으로 옮겨졌는데, 병원에 도착했을 때는 이미 숨을 거두었더라는 것이었습니다.

나는 영안실의 차가운 시멘트 바닥에 엎드려 울음을 터뜨렸습니다. 한번 눈물을 터뜨리기 시작하니까 무너진 봇물처럼 끝없이 터져 나왔습니다. 30년 만에 단 한 번 만난 아버지에게 무슨 큰 정이 있다고 그렇게 울었겠습니까. 나는 다만 내 팔자가 원통하고 우리 아버지의 인생이 불쌍해서 울었던 것이지요. 생각해보세요. 세상에 이런 기막힌 일도 있을 수 있단 말입니까.

사람들은 내가 왜 그처럼 서럽게 우는지 이상하게 생각하더군요. 그도 그럴 것이, 내가 그의 하나밖에 없는 혈육이었다는 사실은 죽은 사람과 나밖에는 아무도 모르는 비밀이었던 것입니다. 내가 그의 아들이었다는 것을 증명할 수 있는 길은 이제 어디에서도 찾을 수 없었어요. 불은 꺼지고 연극은 갑자기 중단되고 말았습니다. 20년 전의 그날 밤과 마찬가지로 나는 아직도 그 저주의 마술이 풀리지 않은 채 어둠 속에 혼자 남아 있는 것입니다. 그 징그럽고 흉측한 두꺼비의 껍질을 덮어쓰고서 말입니다.

하지만 그대로 포기하기에는 너무도 억울했습니다. 그래서 사람들에게 내가 바로 그 영감의 아들이노라고 이야기했지요. 발등과 엉덩이의 흉터, 그리고 김홍남이라는 내 이름 석 자가 그 증거라고 열심히 설명했습니다. 하지만 사람들의 반응은 냉담했습니다. 우선 성만이 녀석까지 내 말을 믿지 않는 것이었어요. 사람들은 나를, 그 영감의 재산을 탐내서 터무니없는 이야기를 꾸며내고 있는 사기꾼으로 취급할 뿐이었어요. 무엇보다 영감의 호적에 올라 있다는 그 오 여산가 뭔가 하는 여자가 길길이 날뛰는 것이었어요. 나를 사기꾼이라고 경찰에 고발하기도 하고, 심지어 깡패를 시켜서 나를 두들겨 패기까지 했어요. 그 여자 주변에는 갑자기 정체를 알 수 없는 인간들이 수없이 나타났는데, 내가 보기에는 하나같이 깡패들이고 사기꾼 같은 자들이었습니다.

그래도 나는 진실을 밝히기 위해서 무진 노력을 했습니다. 생전에 노인과 조금이라도 가까웠다는 사람은 다 찾아다니고 정부의 높은 양반들에게 수없이 진정서를 띄우고, 신문사니 방송국이니 하는 데마다 편지를 써서 도움을 청했습니다. 그러나 내 노력은 번번이 좌절되었습니다. 마치 약속이나 한 듯이 어느 누구도 내 말을 믿지 않는 것이었습니다. 사람들은 하나같이 나를 영감의 재산이나 노리는 놈으로 치부해버리는 것이었어요.

물론 내가 그렇게까지 아버지의 아들이라는 것을 증명하려고 했던 이유 중의 하나는 재산 때문이기도 했습니다. 법적으로는 그 많은 재산이 모조리 그 여자한테 돌아가게 되어 있었는데, 나로서는 도저히 눈 뜨고 볼 수 없는 일이었으니까요. 내가 그 재산을 꼭 차지하겠다는 것보다는 아버지가 평생을 모은 그 재산을 그처럼 허무하게 빼앗겨버리는 것이 견딜 수 없었기 때문이었어요. 만약에 그 재산이 무슨 사회단체 같은 데나 기증이 되었다면, 내 마음이 조금은 위안이 되었을지도 모릅니다. 그런데 그것이 어디서 굴러먹던 여자인지 모를 그 못된 여자한테 몽땅 돌아가다니, 말이 되는 소리입니까?

그러나 내가 아버지의 아들이라고 주장할수록 사람들은 나를 뻔뻔스러운 사기꾼이거나, 정신병자 취급을 하더군요.

"야, 일마야, 니 도대체 와 그라노? 인자 지발 그만 좀 하그라이. 니 심정은 내 알 만하지만도, 인자 다 끝난 일 아이가? 사람이 헛된 꿈도 너무 집착하면 진짜같이 여겨지는 수가 있다 카더라. 니 암만 캐도 병원에라도 한번 가봐야겠다."

원통한 것은 성만이 그 녀석까지 내 말은 전혀 믿으려 하지 않고 오히려 날 이상한 놈 취급을 하고 있는 것입니다. 그뿐이 아니었습니다. 난 내 아내에게마저 정신병자 취급을 받게 되고 말았습니다.

"여보, 이제 제발 정신 좀 차리세요. 우리 가족은 어쩌라고 이러는 거예요? 이젠 남들 눈이 창피해서라도 못 견디겠어요. 아무래도 당신 병이 들어도 단단히 든 것 같아요."

그쯤 되자 나 스스로도 내 머리가 어떻게 된 것이 아닌가 하는 의심이 생기기도 하더라구요. 그날 그 영감과 단둘이 만났을 때, 우리 두 사람 사이에 있었던 일들은 모두 현실이 아니라 환상에 불과한 것이 아닌가 하는 의심이 드는 것이었습니다. 내가 헛것을 보고 듣고는 그것을 실제로 있었던 일이라고 믿고 있는 것이 아닌가 하고요. 그렇게 생각하자 나는 어디서부터 어디까지가 진실이고 거짓인지 정말 알 수가 없어지고 말았습니다.

그리고 시간이 지나면서 나는 차츰 진짜 병을 앓기 시작했습니다. 세상 모든 일에 자신이 없어지고 의욕도 사라지고 만 것입니다. 직장에 나가는 것은 물론이고, 사람들과 만나는 것이나 심지어 밥 먹는 일까지도 싫어졌습니다. 나는 결국 아파트 관리소에서도 쫓겨나고 말았습니다. 하지만 집안 꼴이 어떻게 되든 상관이 없었고, 그저 산다는 것이 지긋지긋하게만 느껴졌을 뿐이었어요. 차츰 나는 말을 잃어갔습니다. 하루 종일 우리에 갇힌 짐승처럼 방 안에 틀어박혀서 허공만 바라보고 있게 된 것이지요.

생각다 못한 마누라가 나를 끌고 정신과로 데려가서 진찰을 받게 했습니다. 의사에 말에 의하면 내가 심한 우울증을 앓고 있다고 하면서 입원을 권유하더군요. 하지만 내게는 입원을 해서 병을 고치고 싶은 생각도 없었고, 또 그럴 형편도 못 되었습니다. 내가 집 안에 들어앉게 된 뒤부터 마누라는 파출부니 식당 종업원이니 닥치는 대로 하면서 살림을 꾸려나가는 눈치였지만, 그날그날 살아가기도 힘이 드는 처지였습니다. 아이들 밥벌이를 해야 하는 아내로서는 하루 종일 방 안에 틀어박혀 입 한 번 열지 않은 채 짐승처럼 먹고 싸기만 하는 내가 참으로 처치 곤란한 존재였을 겁니다. 하루는, 세 살 난 딸아이가 배가 고팠던지 누워 있는 내 머리를 흔들며 울더군요. 나는 나도 모르게 아이를 발로 걷어차버렸습니다. 정신을 차리고 보니, 아이가 방 한쪽에 처박혀서 새파랗게 질린 채 숨을 제대로 쉬지 못하고 있었습니다. 그 순간 나는 나 자신이 참을 수 없을 만치 두려워지더군요.

그 일이 있고 나는 서울에서 멀리 떨어진 어느 기도원이란 데로 옮겨지게 되었습니다. 그러나 그곳에서도 내 마음의 병은 쉽게 고쳐지지 않았습니다. 계절이 바뀌고, 바람이 불고, 꽃이 피어도 나하고는 아무 상관 없는 일이었습니다. 그런데 그곳에서 1년쯤 지났을 때였을까요. 어느 날 마누라가 아이를 데리고 왔더군요. 기도원 앞 풀밭에서 아내가 싸 온 김밥을 멍청하게 집어 먹고 있을 때였습니다. 문득 아내가 차고 있는 손목시계가 눈에 들어왔는데, 첫눈에 몹시 낯익은 것이라는 느낌이었습니다. 자세히 보니 누렇고 손때 묻은 그 시계는 바로 아버지가 내게 보여주던 그 시계가 틀림없었어요. 나는 덥석 그 시계를 잡았습니다.

"이 시계, 이 시계가 웬 거지? 이 시계가 어떻게 당신 손에 들어와 있는 거야?"

"이거 말예요? 당신 친구 성만 씨 있잖아요. 그 양반이 주고 간 거예요. 외국으로 나가기 전에."

성만이가 얼마 전 중동 사우딘가 하는 데로 취업을 하러 나갔다는 이야기를 나도 들은 기억이 있었습니다.

"이야기를 들어보니깐요. 그 영감님이 늘 애지중지하던 시계였대요. 그래서 영감님이 죽고 난 뒤에 성만 씨가 그 집에서 나올 때 슬쩍 집어 들고 나온 것인가 봐요. 아마 영감님이 아끼던 거니까 제법 값이 나가는 금시계라도 되는 줄 알았던 모양이죠. 그런데 시계방에 가보았더니, 그저 금메끼를 입힌 고물 시계라고 하더래요. 그 양반 지난번 외국 나가면서 그 영감 물건이니까 당신한테나 주라면서 놓고 갔어요. 기분 나빠서 내버릴까 했지만, 마침 시계도 고장이 나고 해서 차고 있던 거예요. 고물 시계지만 시간은 잘 맞더라구요……"

아내가 변명이라도 하듯이 말했습니다. 나는 아내의 손목에서 그 시계를 풀어 내 손에 쥐고 들여다보았습니다. 그 상태로 오랫동안 꼼짝도 않고 앉아 있었습니다. 숱한 생각들이 머릿속을 지나가면서 나도 모르게 눈물이 얼굴을 적시며 흘러내리고 있었습니다.

"여보, 당신 왜 그래요?"

아내가 겁먹은 목소리로 물었습니다. 그도 그럴 것이, 그 눈물이 몇 달 동안 내가 처음 보여준 감정 표현이었던 것입니다.

자, 이게 바로 그 물건입니다. 이것이 내 아버지가 내게 남긴 유일한 유산인 것입니다. 그런데 참으로 이상한 것은, 이 시계가 내 손에 들어오면서 나는 그때까지 그처럼 내 마음을 끓게 만들었던 마음의 병을 차츰 잊어버릴 수 있었다는 것입니다. 지금은 거의 잊어버릴 수 있게 되었습니다.

요즘 신문이고 방송이고 금방 통일이 될 것처럼 떠들어대고 있더군요. 정말 통일이라는 것이 이루어질지 나 같은 놈이 어찌 짐작이나 하겠습니까만, 만약 통일이 된다면 나한테도 한 가지 작은 소망이 있습니다. 아버지의 고향 땅인 그 흥남이란 곳을 찾아가서 얼굴도 모르는 할아버지의 무덤 앞에 이 시계를 풀어놓고 절이라도 하고 싶습니다. 아버지를 대신해서 말입니다.

하지만 나는 설사 통일이 된다 하더라도 아버지의 인생이, 그리고 나 같은 인간이 겪은 고통이 보상받을 수 있다고는 절대로 생각지 않는답니다. 무식한 소린지 모르겠지만, 통일이 된다고 사람살이라는 것이 얼마나 달라질까요? 유식한 사람들은 역사니 뭐니 하고 떠들어대는데, 그 역사라는 것이 아버지의 이 고물 시계에 대해서 도대체 무엇을 알겠습니까.

언젠가 만났던 어떤 대학생은 내게 그런 말을 하더군요. 운명이라는 것도 다 인간이 만드는 것이라고요. 그 대학생의 말에 의하면 옛날엔 운명을 신이 만들었는지 모르지만, 지금은 나 같은 힘없는 인간의 운명이 돈이니 권력이니를 쥐고 있는 가진 자들의 정치 놀음이나 또는 미국이니 소련이니 하는 외세에 의해서 만들어진다는 겁니다. 하긴, 그것도 영 틀린 말은 아니라는 생각이 들더군요. 내가 고아가 된 것도 그놈의 전쟁 때문이었는데, 그 전쟁은 누가 일으킨 것입니까? 바로 인간이 일으킨 것이 아닙니까?

그런데 난 아무래도 그것만으로는 뭔가 미흡하고 허전하다는 생각이 듭니다. 만약에 운명의 신이란 것이 없다면 아버지가 남긴 이 유일한 유산이 내 손에 들어오게 된 것을 어떻게 설명할 수가 있겠습니까? 이 고물 시계가 내 손에 들어온 것이 어쩌면 피할 수 없는 운명이 아니었을까요? 그리고 이게 하느님의 뜻이라면, 과연 그 뜻이 무엇인가를 나는 곰곰이 생각하고 있답니다. 선생은 어떻게 생각하십니까?

녹천에는 똥이 많다

1

"다음 역은 녹천, 녹천역입니다. 내리실 문은 왼쪽입니다."

으, 으, 으…… 준식의 옆자리에 앉은 민우의 입에서 신음 소리 같은 것이 흘러나왔다. 이 무덥고 복잡한 전철에 끼어 앉아 졸고 있으면서도 무슨 악몽이라도 꾸고 있는 모양이었다. 군데군데 매달린 낡은 선풍기가 힘없이 날갯짓을 하고 있을 뿐 냉방 장치가 제대로 되어 있지 않은 차내는 숨이 막힐 듯이 무더웠다. 준식의 어깨에 고통스럽게 고개를 얹고 입을 반쯤 벌린 채 잠들어 있는 민우의 얼굴에는 기름 같은 땀이 번질번질 흐르고 있었다.

이 녀석이 과연 내 동생인가. 준식은 마음속으로 그렇게 반문했다. 며칠이나 세탁을 못 한 건지 구지레하게 땀에 전 하늘색 셔츠에서는 시쿰한 땀 냄새가 풍겨오고 있었고, 햇빛에 시커멓게 그은 얼굴에는 턱수염이 함부로 삐죽삐죽 돋아나 있었다. 짙은 눈썹이라든가 곧게 날이 선 코 언저리에는 분명히 옛날의 모습이 그대로 남아 있는 것 같았다. 그것은 또 지금은 땅속에 묻혀 있는 아버지의 얼굴을 판에 박은 듯이 닮은 모습이기도 했다. 그러나 너무 오랜 세월 만에 다시 만난 탓일까. 준식에게는 이상하게도 동생의 얼굴이 자세히 들여다보면 볼수록 생판 모르는 사람처럼 낯설게 느껴지는 것이었다.

"이번 역은 녹천, 녹천입니다. 내리실 문은 왼쪽입니다."

전동차가 속도를 줄이기 시작했다. 준식은 민우의 어깨를 흔들었다. 으윽, 가위눌린 것 같은 외마디 소리를 내며 민우는 소스라치게 놀라 눈을 떴다. 그리고 잠깐 여기가 어딘가 하는 표정으로 주위를 둘러보더니, 준식과 눈이 마주치자 겸연쩍은 듯이 웃어 보였다.

"무슨 잠을 그렇게 곤하게 자나? 여기서 내려야 돼."

"여기서 내린다고? 여기가 형이 사는 동네란 말야?"

녀석은 믿을 수 없다는 듯이 창밖을 바라보며 눈을 껌벅거렸다. 그도 그럴 것이 창밖으로 보이는 것이라곤 불빛 하나 찾을 수 없는 캄캄한 어둠뿐이었던 것이다. 그러나 때마침 전철의 문이 활짝 열렸으므로 그에게 자세한 설명을 해줄 겨를이 없었다.

요란하게 바람을 일으키며 전철이 떠나간 뒤, 녹천역에 남은 사람들은 그들 두 사람뿐이었다. 마치 황량한 들판 가운데 내버려진 것 같은 적막한 어둠이 그들을 둘러쌌다.

"우리가 제대로 내리긴 한 건가?"

민우는 아무래도 미심쩍다는 표정으로 주위를 둘러보았다.

"난 형이 아파트에 산다기에 제법 그럴듯한 중산층 동네일 거라고 기대했는데."

"아직은 공사 중이니까 그렇지, 여기도 머지않아 그런 곳으로 변할 거야."

준식이 앞장서 출구 쪽으로 걸어갔다. 민우가 미심쩍게 생각하는 것도 무리는 아닐 것이었다. 역 주위는 온통 땅을 파고 다져서 아파트를 지어 올리는 공사장뿐이라, 황량하기 그지없었다. 한창 골조 공사를 하고 있는 기괴한 시멘트 구조물을 지나면 공장 폐수가 흐르는 시커먼 개천이 있고, 그 개천을 건너야 준식이 일주일 전에 새로 이사 온 아파트 단지가 있었다. 그러나 여기서는 아직 그 아파트 단지가 보이지도 않았다.

"녹천이라. 이름 한번 시적인데?"

민우가 역사의 꼭대기에 붙어 있는 간판을 쳐다보며 중얼거렸다. 준식도 고개를 쳐들어 어둠 속에서 환히 불을 켜고 있는 그 간판을 보았다.

녹천鹿川. 준식이 이 전철역을 처음 이용하기 시작한 것은 일주일 전, 그러니까 이 동네에 이사를 오고 난 뒤부터였다. 그때도 그는 이곳이 어째서 마치 시 구절에라도 나올 것 같은 고상한 지명을 갖게 되었는지 이해할 수 없었지만, 그 의문은 지금까지도 해결하지 못하고 있었다. 주위를 아무리 둘러보아도 그 이름의 유일한 흔적이라곤 전철역 가까이에 흐르고 있는 초라한 개울뿐인데, 그나마 공장 폐수와 오물이 뻑뻑하게 괴어 있을 뿐 이미 죽은 지 오래였다. 까마득한 옛날엔 더러 노루 몇 마리가 개울까지 내려와 무심히 물을 마시곤 하던 적이 있었는지 모르지만, 지금에 와서는 그 지명이 지독히 역설적이고 풍자적인 의미를 갖게 된 것임에 틀림없었다.

"어디로 가야 해? 길이 없잖아?"

"날 따라오기만 하라구."

전철역의 계단을 내려오면 바로 불빛 하나 보이지 않는 캄캄한 아파트 공사장이었다. 준식이 먼저 그 어둠 속으로 걸음을 내디뎠다.

"형, 그나저나 이 동넨 무슨 냄새가 이렇게 지독해?"

민우가 코를 실룩이며 주위를 두리번거렸다. 아파트 공사장에 들어서자, 후텁지근한 공기 속에서 참을 수 없이 불쾌한 악취가 풍겨왔기 때문이었다. 그것은 엄청난 양의 쓰레기가 부패하는 냄새이거나 시궁창의 냄새 같기도 했고, 공장 폐수의 냄새 같기도 했으며, 혹은 그 모든 것을 한데 결합한 냄새 같기도 했다. 그리고 한 가지 빼놓을 수 없는 것이 있었다. 그것은 바로 똥 냄새였다. 지금은 어두워서 보이지 않지만 알고 보면 녹천역 주위엔 온통 똥이, 좀 과장해 말해서 지천으로 깔려 있다는 것을 준식은 알고 있었다. 전철역 가까이에는 아파트 공사장의 현장 사무실로 쓰는 가건물과 인부들에게 술과 식사를 대주는 함바집, 그리고 초라한 포장마차 등이 모여 있지만, 무슨 이유에선지 생리적 용무를 해결할 시설은 제대로 준비되어 있지 않은 것이 분명했다. 전철역으로 가기 위해 공사장 뒤편으로 걸어가다 보면 으슥하고 후미진 곳이면 어김없이 인간의 배설물들이 널려 있는 것이 눈에 띄었던 것이다. 그러니 이처럼 지독한 냄새를 풍기는 것도 무리는 아니었다. 더구나 오늘처럼 무더운 날이면 냄새는 더욱 심해지기 마련일 것이었다.

멀리 공사장 한구석에 켜둔 외등의 불빛이 두 사람의 그림자를 길게 드리우고 있었다. 형제치고 두 사람은 별로 닮은 데가 없었다. 우선 키부터 대조적이었다. 준식은 작은 키에 삼십대 중반의 나이인데도 벌써 배가 나오고 있었다. 그런가 하면 팔과 다리는 가늘고 허약해서 전체적으로 그의 체구는 어딘지 위태롭고 불균형하다는 인상을 주었다. 준식에 비하면 그의 동생은 머리 하나 정도는 더 컸고 호리호리한 체격이었다. 준식은 어둠 속에서 말없이 걷고 있는 민우의 얼굴을 쳐다보았다. 그는 아직도 녀석에 대해서 모르는 것이 너무 많았다. 아니 아는 것이 거의 없다고 하는 편이 정확할 것이었다. 10년 만에 갑자기 불쑥 나타난 동생이니 그럴 법도 한 일이었다.

"동생이시라는데요." 오늘 낮 전화를 바꿔준 급사 아이가 그렇게 말했을 때도, 그리고 수화기에서 "형, 나야. 정말 오랜만이네" 하는 목소리가 흘러나왔을 때까지도 준식은 상대가 민우일 것이라고는 전혀 예상하지 못했다. 어쩌면 그는 요 몇 년 사이 자신에게 동생이 있다는 사실조차 까마득하게 잊고 있었는지도 모를 일이었다.

준식이 동생과 헤어진 것은 그가 열다섯 살 때, 그러니까 그가 집을 뛰쳐나와 서울로 무작정 올라왔을 때였다. 그리고 그 후에 그는 동생을 딱 두 번 만났을 뿐이었다. 한 번은 아버지가 세상을 떠났다는 소식을 듣고 장례를 치르기 위해 집에 내려갔을 때였고, 또 한 번은 그가 군대 생활을 하고 있을 무렵에 동생이 휴전선 근처에 있는 부대에 면회를 와주었을 때였다. 그때 동생은 한국 최고의 명문 대학 배지를 가슴에 달고 있었다. 그로부터 근 10년이 지났으니까, 지금쯤 동생은 당연히 재벌 회사의 엘리트 사원이 되어 있거나 고급 공무원이라도 되어 있어야 했다. 그러나 준식이 처음 동생의 전화를 받고 다방에 나갔을 때, 그의 앞에 나타난 모습은 정말 뜻밖이었다. 흡사 방금 어느 건축 공사장에서 빠져나온 막노동꾼 같은 모습이었던 것이다. 그들은 다방에서 함께 차를 마셨고, 가까운 음식점에서 고기를 구워놓고 저녁 식사와 함께 술까지 마셨다. 그런데도 동생이 자신에 대해 준식에게 이야기해준 것은 아무것도 없었다. 단지 그동안 벌여놓았던 조그만 사업이 문제가 생겨서 갑자기 형편이 어려워졌다는 설명뿐이었다.

공사 중인 건물들 사이를 빠져나오자, 마침내 개천 건너 멀리 아파트 불빛들을 볼 수 있었다. 개천 너머는 이미 공사가 완료되어서 입주까지 마친 지역이었던 것이다. 민우가 물었다.

"저긴가?"

그들은 잠시 걸음을 멈추고 그 불빛들을 바라보고 있었다. 어둠 속에서 무수히 불을 밝히고 늘어서 있는 그 건물들은 마치 무슨 거대한 무대장치처럼 비현실적인 느낌을 주었는데, 불야성을 이룬 그 수많은 불빛 중 하나가 바로 준식이 살고 있는 곳이었다.

"아, 드디어 진짜 우리 집에 왔네."

일주일 전 이삿짐을 실은 트럭을 타고 아파트 앞마당에 도착했을 때, 그의 아내가 내뱉은 첫마디였다. 정말이지 그들은 너무나 멀고 험한 길을 돌아서 이제 마침내 '진짜 우리 집'에 도착했던 것이다. 그들이 얻은 집은 이른바 상계동 신시가지라 이름 붙은 대규모 아파트 단지의 한쪽 끝에 위치하고 있었는데, 15층이나 되는 고층 아파트의 맨 아래층 귀퉁이에 있는 집이었다. 맨 아래층 귀퉁이 집이라는 것은 아는 사람은 다 알겠지만 같은 동, 같은 평수의 집 가운데서도 가장 집값이 떨어진다는 뜻이었다. 그러나 집값이야 어찌 되었든, 중요한 것은 그의 집이 아내의 말마따나 '진짜 우리 집'이란 사실이었다.

아홉 번의 실패 끝에 가까스로 아파트 추첨에 당첨되었을 때, 준식은 갑자기 졸부가 된 기분이었다. 태어나면서부터 지금까지 불행에 너무 길이 잘 들여져 있었으므로, 자신에게 닥친 이 행운이 도저히 믿기지 않을 정도였다. 그가 처음 서울에 올라와서 학교의 급사로 일할 때는 학교 한구석에 있는 계단 밑 방에서 잠을 잤다. 그리고 나중에는 학교에서 얼마 떨어지지 않은 달동네의 월 3만 원짜리 사글셋방에서 자취를 했다. 비가 오면 천장에서 비가 줄줄 새는 방이었다. 결혼한 뒤에도 그들 부부가 얻은 첫 보금자리는 남의 집 지하 셋방이었다. 그 방은 유달리 천장이 낮아서 아내가 결혼할 때 가지고 온 장롱이 들어가지 않아 다리를 잘라내야만 했는데, 아내는 장롱의 다리를 자르는 것을 자기 신체의 일부를 자르는 것만큼이나 상심해했다. 그곳에서 이태를 살다가, 좀더 나은 집으로 옮겼다. 이번에는 남의 집 2층이었다. 그러나 그 집과 처마가 붙어 있다시피 한 옆 건물의 2층에 하필이면 교회가 세 들어 있어서 날마다 스피커를 통해 들리는 찬송가 소리와 회개하라고 외쳐대는 목사의 설교와 '아멘' 소리를 들어야만 했다. 또한 방바닥엔 제대로 불이 들어오지 않아서 젖먹이였던 딸아이에게 감기가 떨어지는 날이 없었고 한때는 폐렴까지 걸려서 이마에 주삿바늘을 꽂기까지 했다. 그러나 그 모든 셋방살이의 고통은 이제 옛말이 되었다. 마침내 수도꼭지에서는 뜨거운 물이 항상 쏟아지고 방이 세 개에다 조그만 거실까지 있는 23평 아파트가 준식 자신의 소유가 된 것이었다. 수돗물을 많이 쓰고 집 안에서 떠들고 다녀도 누구 하나 잔소리할 사람도 없고 눈치 볼 일도 없었다. 물론 집세 올려달라고 할까 걱정할 일도 없어졌다.

"왜 이렇게 늦었어?"

문이 채 열리기도 전에 아내의 목소리가 먼저 튀어나왔다.

"오늘도 빈손으로 왔네. 또 잊어버린 거지? 자기 참 왜 그렇게 정신이 없어? 정신이 없는 거야, 성의가 없는 거야? 아침에 내가 그렇게 얘기했는데……"

그녀는 준식이 뭐라고 대꾸할 틈도 주지 않고 정신없이 잔소리를 퍼부어댔다. 준식이 잊어버렸다는 것은 금붕어를 키우는 유리 수족관이었다. 새 아파트로 이사 오면서 준식의 아내는 세 가지의 목표를 세워놓고 있었다. 그것은 거실에 수족관을 설치하는 것이었고, 그다음은 비디오와 오디오 세트를 갖추는 것이었다. 그 세 가지는 갖추어놓아야 아파트 거실이 남들 못지않게 그럴듯해 보인다는 것이었다. 사실 지금까지는 남의 집 좁은 셋방을 돌아다니며 살았으므로 집 안을 가꿀 생각 같은 건 엄두도 내지 못했지만, 이제 어엿한 아파트 주민이 되었으니 여성 잡지의 화보에 흔하게 나오는 것처럼 실내 인테리언가 뭔가를 하면서 살 때도 되었다는 것이었다. 비디오와 오디오 세트야 준식의 형편에 당장 들여놓기가 어렵지만, 수족관을 사들이는 것은 지금이라도 어렵지 않게 실현시킬 수 있는 목표였다. 그러나 이 아파트 단지 근처에는 아직 상가가 제대로 들어서지 않아서 수족관을 구하려면 준식이 직장 근처에서 직접 사 들고 와야 할 형편이었다. 준식이 오늘 그것을 사 오지 못한 것은 아내의 당부를 잊어버려서가 아니라, 민우를 만났기 때문이었다.

"들어와."

준식이 대답 대신 등 뒤에 서 있는 민우에게 말했다. 아내의 두 눈이 크게 뜨이며 목소리가 달라졌다.

"누가 왔어?"

"안녕하세요? 형수님, 처음 뵙겠습니다."

"어머, 누구세요?"

아내는 몹시 놀라고 당황한 얼굴이었다. 결혼 후 지금까지 준식이 한 번도 누굴 집으로 데려온 적이 없었던 데다, 생판 본 적 없는 낯선 사내가 형수님 어쩌고 했으니 놀라는 것도 당연한 일이었다.

"내 동생 민우야."

"무슨 소리야, 동생이라니?"

"왜 내가 이야기한 적 있었잖아? 내게 오래전에 헤어진 동생이 있었다고."

"아……"

아내가 희미하게 고개를 끄덕였다. 그러나 그 여자의 얼굴은 아직도 뭐가 뭔지 모르겠다는 듯 혼란에 빠진 표정이었다.

민우가 집 안에 들어서자, 아내는 얼굴을 찌푸리며 코를 싸쥐었다. 그의 발에서 풍기는 지독한 고린내 때문이었다. 준식의 아내는 발 고린내라면 질색을 하는 여자였다. 민우 녀석의 양말은 며칠 동안이나 갈아 신지 않았는지 시커먼 땟국이 얼룩져 있었고, 게다가 엄지발가락 하나가 비죽이 비어져 나와 있었다. 그러나 민우는 그런 눈치쯤 아랑곳하지 않고 조금도 거리낌 없는 태도로 이 방 저 방의 문을 열어보았다. 오히려 괜히 어색해서 허둥대는 것은 준식과 그의 아내 쪽이었다. 녀석은 잠자코 있는 준식의 딸아이 얼굴을 들여다보며 입을 맞추기도 했고, 아내에게 농담을 건네기도 했다.

"형수님, 생각보다 아주 미인이시네요. 우리 형 알고 보니 보통 수완이 아니네."

"별말씀을 다 하세요."

아내는 얼굴을 약간 붉히긴 했으나 그리 불쾌한 표정은 아닌 것 같았다. 준식 역시 그가 그렇게 자연스럽게 구는 것이 고맙게 느껴지면서도 왠지 그 '생각보다'란 말이 묘하게 가슴에 걸려왔다.

"그럼 늦었으니까 어서 주무세요. 작은방에 자리 해놓았어요."

아내가 그렇게 말하고 방으로 들어간 뒤에 두 사람은 잠시 말없이 앉아 있었다. 민우가 그의 집에 찾아와서 이렇게 마주 앉아 있다니, 생각해보면 감개무량한 일이 아닐 수 없었다. 그동안의 숱한 이야기들이 쌓여 있을 것 같은데, 이상하게도 막상 마땅히 할 말이 없는 것이었다. 그건 민우 녀석도 마찬가지인 것 같았다. 그가 새삼스레 주위를 둘러보며 입을 열었다.

"집이 꽤 넓어 보이네. 몇 평이나 돼?"

"분양 평수는 스물세 평이라고 되어 있지만, 실제는 열여섯 평이라던가 열일곱 평이라던가."

잠시 말을 끊었다가 준식이 덧붙였다.

"이래 봬도 오랫동안 이게 내 꿈이었어. 난 이제 그 꿈을 이루었지."

"이 동네가 아파트 짓느라고 원주민들을 강제 철거시켜서 시끄러웠던 곳이지?"

"그랬지. 하지만 그렇다고 내가 이 동네 아파트를 싫다 할 순 없잖아?"

"그냥 생각이 나서 해본 소리야. 그 꿈을 이루어서 축하해, 형."

민우가 웃으면서 말했다. 녀석은 어쩌면 아파트가 오랜 꿈이었다는 준식의 말을 유치하다고 생각하는지 모를 일이었다. 그러나 녀석이 어떻게 생각하든 준식에게는 그것이 한 푼의 에누리도 없는 사실이었다. 두 사람은 다시 말없이 앉아 있었는데, 문득 녀석이 입을 벌리며 하품을 했다.

"자, 그럼 피곤할 텐데 어서 자라구."

준식은 자리에서 일어났다. 그가 안방에 들어가자 아내는 벽 쪽으로 돌아누워 있었다. 그는 그녀의 기분이 그리 좋지 않다는 것을 짐작할 수 있었다.

"미리 말도 않고 손님을 갑자기 집에 데리고 들어오면 어떻게 해?"

그가 아내의 곁에 몸을 눕혔을 때, 자는 것처럼 돌아누워 있던 아내가 갑자기 입을 열었다. 준식은 그게 자신의 잘못이 아니라 동생이 예고도 없이 갑자기 찾아왔기 때문이라고 변명을 했다. 그리고 그는 민우가 손님이 아니고 동생이라고 덧붙였다.

"그래도 전화 한 통화 정도는 해줬어야잖아?"

준식은 미처 전화할 틈이 없어서 그랬노라고, 미안하다고 말했다. 준식이 사과를 하자 그녀는 말문이 막힌 듯 잠시 말이 없다가 한참 만에 다시 입을 열기를, 동생이 대체 무슨 일을 하는 사람이냐고, 꼴이 왜 저러느냐고 물었다.

"글쎄 말이야. 난 저놈은 꼭 출세를 할 줄 알았는데. 어렸을 때부터 똑똑하다고 소문난 놈이었거든. 친구하고 무슨 사업을 벌였다가 실패하고 지금은 저렇게 고생을 하고 다니는 모양이야."

그는 동생이 앞으로 당분간 이곳에서 지내게 될 것이란 이야기를 할까 말까 망설였다.

"동생이라면, 어떻게 그동안 전혀 내왕이 없었어?"

"나하곤 배다른 동생이니까. 옛날에 우리 아버지가 학교 선생으로 계실 때 동료 여교사와 연애를 한 모양인데, 그때 태어난 애가 민우야. 처음에는 자기 친어머니가 키우다가 재혼을 하면서 우리 집에 왔었지. 나하곤 그때부터 몇 년간 같이 지내다가 헤어졌어. 우리 어머니가 세상을 뜬 뒤에 자기 친엄마가 데려갔거든. 그래서 형제라 해도 지금은 서로 성姓도 다르다구."

"이제 보니 자기 집안 참 골치 아픈 가정이었네."

아내는 그렇게 말하고 더 이상 아무 말도 하지 않았다. 준식은 왠지 좀체로 잠을 이룰 수가 없어서 어둠 속에서 혼자 몸을 뒤척거렸다. 그의 머릿속에 오랜 기억 속의 한 장면이 빛바랜 사진처럼 떠올랐다. 국민학교 2학년이었던 어느 날이었다. 학교에 갔다가 돌아왔을 때, 왠지 집 안이 전에 없이 이상스러운 분위기에 싸여 있는 듯한 느낌을 받았다. 시장에 나가 장사를 하고 있어야 할 어머니가 마루 끝에 앉아 멍청하게 허공에 시선을 보내고 있는 것도 이상한 일이었다. 다음에 눈에 띄는 것이 마루 밑에 놓인 낯선 신발이었다. 예닐곱 살짜리가 신을 만한 아주 작은 신발이었는데, 당시로서는 흔치 않은 고급 운동화였다. 준식은 마루 위에 가방을 집어 던지고 방문을 열었다. 그리고 흠칫 놀라고 말았다. 방 안에는 며칠 동안 집을 나가 있던 아버지가 돌아와 있었고, 그 앞에 말똥말똥한 눈빛의 낯선 아이가 앉아 있었던 것이다. 얼른 다시 문을 닫고 나오려는 준식의 뒤통수를 아버지의 카랑카랑한 목소리가 붙들었다.

"이노무 자식, 아부지를 봤으면 인사를 해야지. 어데를 도망가노? 이리 들어오너라."

준식은 입을 다문 채 아버지에게 고개를 숙이며 아이를 곁눈질했다. 피부가 희고 얼굴은 계집애처럼 예쁘게 생긴 아이가 잔뜩 경계하는 눈초리를 힐끔힐끔 밀어 보내고 있었다. 반바지에 무릎까지 오는 양말을 신고 있었는데, 준식은 그때 남자 아이가 종아리가 드러난 반바지에 여자처럼 무릎까지 오는 긴 양말을 신은 모습을 난생처음 보았다. 그리고 그처럼 얼굴도 이쁘고 부잣집 아이처럼 차려입은 아이가 자신의 동생이라니, 도저히 믿기지 않는 일이었다.

"저 방 안에 있는 아가 진짜로 내 동생이가?"

방을 빠져나온 그는 마루 끝에 앉아 있는 어머니에게 달려갔다. 어머니는 말없이 고개를 끄덕였다.

"내 동생을 엄마가 안 낳고 와 아부지가 데리고 오노? 다리 밑에서 주워 왔나?"

어머니는 땅이 꺼지게 한숨만 쉬었을 뿐 아무 말도 하지 않았다. 준식은 어머니의 표정에서 뭔가 심상치 않은 비밀이 있는 모양이라고 짐작했지만, 더 이상 물을 수가 없었다. 그때 마루 한구석에 놓인 책가방 하나가 눈에 띄었다. 금방 산 것 같은 가죽 책가방이었다. 뚜껑을 열었더니 안에는 전부 새걸로 된 필통과 공책, 책받침 등 학용품들이 가득 들어 있었다.

"내 거야, 만지지 마!"

그때 갑자기 아이가 밖으로 쫓아 나오며 소리를 질렀다. 그리고 녀석은 가방을 빼앗아 들더니 갑자기 아앙 소리를 질러대며 우는 것이었다. 꼭 울음을 터뜨릴 구실을 기다리고 있었던 것처럼 녀석이 느닷없이 울기 시작하자, 방문이 덜컥 열리고 아버지가 달려 나와 준식의 머리통을 사정없이 쥐어박았다.

"이노무 자식, 동생을 잘 데리고 놀아야 된다고 그랬는데 와 울리노? 이 못된 노무 자식!"

준식은 어둠 속에서 담배를 피워 물었다. 가슴 한쪽이 누구에게 쥐어박히기라도 한 것처럼 묵지근하게 아파왔다. 아버지는 이미 땅속에 묻힌 양반이었지만, 그는 아직도 아버지에게 하고 싶은 말이 많았다. 자기의 속에 맺혀 있는 말을 토해낼 기회를 주지 않고 세상을 떠나버린 아버지가 원망스러웠다.

"아이, 담배 좀 꺼!"

자는 줄 알았던 아내가 짜증스럽게 내뱉는 말이었다.

2

 준식은 화장실 문을 열고 들어서다가 마침 교장이 서서 용변을 보고 있는 것을 보자, 자신도 모르게 발길을 돌려 되돌아 나오려고 했다. 그러나 문을 채 나오기도 전에 등 뒤에서 들려온 교장의 목소리가 그를 붙들었다.
 "어이, 홍 선생."
 준식은 비로소 교장을 처음 발견한 듯 깜짝 놀라며 황망히 고개를 숙여 인사를 했다. 정식 교사 발령장을 받은 지 3년이 지났지만, 그는 아직도 교장이 자기를 '홍 선생'이라고 부르면 송구스러움을 느껴야 했다. 교사가 되기 전에 그는 이 학교에서 5년간 서무과 직원으로 일하며 야간대학을 다녔고, 그 이전에는 급사로 일했다. 물론 그 시절에는 교장이 그를 '홍 군'으로 불렀다.
 "홍 선생 지금 바쁘시오?"
 "뭐 별로…… 바쁜 건 없습니다."
 "그럼 나하고 지금 이야기 좀 합시다."
 사실은 학기 말 성적 전표도 만들어야 하고 출석 통계도 오늘 중으로 마쳐야 했다. 그리고 성적 전표나 출석 통계보다도 더 바쁜 것은 지금 당장 화장실에 들어가서 용무를 보는 것이었지만, 그는 교장에게 잠깐만 기다려달라고 말할 수가 없었다.

교장은 뒤도 안 보고 복도를 걸어가기 시작했다.

교장실까지 가려면 교무실 옆을 지나야 했다. 교장의 뒤를 따라가면서 그는 열린 창문을 통해 동료 선생들이 자기가 교장과 함께 가는 것을 보고 혹시 이상하게 생각하지나 않을까 은근히 걱정했다. 그러나 다행히 이쪽으로 시선을 주고 있는 선생은 아무도 없는 것 같았다.

"홍 선생 이번에 아파트에 입주하셨다면서? 늦었지만 축하해야겠구먼."

"고맙습니다."

"이리 앉으시오."

그들은 소파에 마주 앉았다. 교장실 안은 에어컨이 가동 중이어서 초가을 날씨처럼 시원했다. 벽 쪽에는 커다란 장식장이 놓여 있었는데, 그 속에는 각종 트로피, 상패 등이 진열되어 있었다. 지난 십수 년간 학교 운동부가 따 온 그 트로피들은 마치 새것처럼 반짝거렸다. 준식은 교장이 시간이 날 때마다 손수 그것들을 닦아 광택을 내는 일을 취미로 삼고 있다는 사실을 잘 알고 있었다. 창문은 모두 닫혀 있었다. 넓은 창문을 통해 한눈에 내다보이는 운동장에는 아이들이 뜨거운 여름 햇살 아래에서 체육 수업을 받고 있었는데, 마치 소리를 죽인 영화 화면처럼 이곳에서는 아무 소리도 들리지 않았다. 교장실은 너무나 조용해서 침 넘어가는 소리까지 들릴 것만 같았다.

"그래 몇 평짜리 아파트요?"

"스물세 평짜리 조그만 아파틉니다."

"아직 젊으니까, 그 정도도 뭐 살 만하겠지. 앞으로 열심히 살다 보면 차차 넓혀갈 수 있을 거요."

그는 무릎을 모으고 앉아서 교장의 다음 말을 기다리고 있었다. 교장이 자신을 데리고 들어온 것이 기껏 아파트 이야기나 하기 위해서가 아닐 것임은 분명한 일이었다. 아까부터 그의 가슴은 까닭 모를 불안과 긴장감으로 심하게 두근댔고, 게다가 뱃속에 불쾌한 통증까지 전해져왔다. 요즘 들어 그는 과민성대장증후군이란 증상에 시달리고 있는데, 특히 긴장을 느낄 때는 그 증세가 더 심해지는 것이었다.

"홍 선생, 요즘 교무실 분위기가 어떤 것 같습니까?"

갑자기 교장의 목소리가 낮아졌다.

"글쎄요, 제가 보기엔⋯⋯ 좋은 것 같습니다."

"그런 막연한 대답이 어디 있소? 뭐 특별히 눈에 띄는 사람은 없소? 학교에 대해 불만을 이야기한다든가⋯⋯"

"그런 사람은 없는 것 같던데요."

준식의 손이 자꾸 엉덩이 밑으로 파고들어 가려고 했다. 원래 그는 불안하고 긴장할 때면 자신도 모르게 손을 감추는 버릇이 있었다. 양복을 입고 있을 때는 손이 소매 속으로 기어 들어갔지만, 반팔 와이셔츠를 입고 있는 지금은 두 손을 엉덩이 아래로 자꾸만 집어넣었다.

"김동호 선생은 어때요?"

"요사인 별로 말도 없어졌고, 그저 학교 일에 충실한 것 같습니다."

"요즘은 전교조 일을 안 하는 것 같습니까?"

"제가 보기엔⋯⋯ 지난번 탈퇴 이후에는 전혀 관여를 않는 것처럼 보였습니다."

"이번 여름방학 보충수업 말이오. 자율화니 뭐니 해서 희망하는 학생들이 과반수가 넘을 경우에만 하라고 지시가 내려와 있는데, 그것도 다 담임이 하기 나름이란 말이야. 희망하면 하라니, 방학 중에 학교 나와서 공부하고 싶은 놈이 어디 있겠소? 또, 교사들 중에서도 보충 수업을 싫어하는 사람이 많다는 걸 나도 알고 있어요. 하지만 집에서 놀면 뭐 하나? 나와서 한 자라도 가르치는 게 선생의 보람이지. 이번 여름방학 보충수업 계획이 잘되도록 홍 선생이 적극 노력해주시오."

교장이 안경 너머로 준식을 똑바로 쳐다보았다. 준식은 교장의 그 눈길을 피하고 싶었지만, 마땅히 눈을 둘 곳이 없었다.

"홍 선생, 나는 홍 선생을 다른 교사들과 다르게 생각하고 있어요. 누구보다 홍 선생을 믿고 있어요. 홍 선생이야말로 우리 학교를 내 집처럼 생각할 분이라고 믿고 있다는 이야기요. 내 말 알아들었어요?"

그는 교장의 말을 충분히 알아들었다. 따지고 보면 그가 이 학교 교사가 될 수 있었던 것도 순전히 교장의 덕이라고 할 수 있었다. 지금으로부터 15년 전에 그를 이 학교에 급사로 취직시켜준 것도 당시 교감이었던 바로 이 교장이었고, 그 후 서무과 직원으로 일하며 야간대학에 다니게 배려한 것도 교장이었다. 물론 그동안 준식도 열심히 일했으니 공짜로 그렇게 해주었다고 말할 수는 없지만, 어쨌든 이 교장이 없었으면 오늘의 자신도 없었으리라는 건 부인할 수 없는 사실이었다. 그러니까 교장의 말은, 한마디로 요약해서 은혜를 저버리지 말라는 이야기였다.

"잘 알겠습니다, 교장 선생님."

"새집에 입주를 했으니 사모님도 아주 기뻐하시겠구만. 사모님한테 축하한다고 인사나 좀 전해주시오."

그가 교장실을 물러 나올 때 교장이 웃으며 하는 말이었다. 자기가 준식의 가족과는 남달리 돈독한 친밀감을 가지고 있다는 것을 확인하기라도 하는 것 같은 말투였다. 준식은 교장이 그의 아내를 예전처럼 '정 양'이라고 부르지 않고 '사모님'이라고 말하는 것이 어색하기만 했다. 그는 교장이 위선자라는 것을 잘 알고 있었다. 그러나 그가 다른 사람보다 특별히 더 위선적이라고 말할 수는 없다는 것도 잘 알고 있었다.

교장실 문을 나서자, 마침 서무실에서 경리 직원과 이야기를 하고 있던 양구만 선생과 눈이 마주쳤다. 양구만은 누구보다 눈치가 빠른 사람이었다. 그는 준식을 보고 뭔가 안다는 듯이 씨익 웃음을 보냈다. 준식의 얼굴이 순간적으로 확 붉어지고 말았다.

교장실을 나와서 서둘러 화장실까지 다녀온 뒤, 준식은 자기 자리로 와서 앉았다. 맞은편 자리에 앉은 김동호는 혼자 고개를 숙이고 책을 읽고 있었다. 언제부터인가 그는 교무실 안에서 늘 몹시 우울한 얼굴을 하고 좀체 입을 여는 법이 없었다. 지금도 그는 건성으로 책을 읽고 있는 것 같았고, 무슨 괴로운 상념에 사로잡힌 듯 짙은 눈썹이 송충이처럼 꿈틀거렸다. 그 짙은 눈썹이 준식에게 동생인 민우를 연상시켰다.

그날 아침 집을 나설 때까지 그는 동생이 앞으로 그의 집에서 당분간 같이 기거를 해야 한다는 사실을 아내에게 알리지 못했다. 아내의 성미로 보아 그 사실을 알았을 때 어떤 반응을 보일지 두려웠던 것이다. 그러나 그가 이야기하기도 전에 아내는 벌써 눈치를 챈 것 같았다. 그가 서둘러 출근 준비를 하고 막 문을 나서려 할 때 아내가 그에게 눈짓을 보내고는, 먼저 딸아이 방으로 들어갔다. 따라오라는 신호였다. 방에 들어가자, 아내는 방문을 잠그고 만만치 않은 서슬로 입을 열었다.

"도대체 저 사람 누구야?"

"누구긴 누구야. 이야기했잖아, 내 동생이라고."

"그런데 저 사람이 왜 우리 집에 왔지?"

"허 참, 동생이 형 집에 오는 데도 꼭 이유라는 게 필요한가?"

"좋아, 그건 뭐 그렇다 치고. 여하튼 저 사람 우리 집에 아주 눌어붙으러 온 거 아니지?"

"눌어붙다니, 무슨 말을 그렇게 하나?"

"그럼 왜 날이 바뀌었는데도 갈 생각을 하지 않는 거야?"

"허, 밖에서 들겠어. 왜 큰 소릴 내고 그래."

"들으라지, 뭐."

"사정이 있어서 며칠간 묵어 가겠대. 어제 그렇게 부탁을 하길래 내가 그러라고 했어."

"나한테 물어보지도 않고?"

"물어볼 시간이 어디 있었어야지."

"전화라도 했어야 하잖아. 자기야 사람을 데려오기만 하면 그만이지만, 밥 차려 먹이고 이것저것 신경 써야 하는 건 바로 나야. 그리고, 자기 출근하고 나면 나 혼자 있는데 불편해서 어떻게 지내? 날씨도 더운데."

"하지만 사정이 이렇게 됐으니 어쩌겠어? 며칠간만 참고 잘 좀 대해줘. 그래도 나한테는 하나밖에 없는 동생이니까."

"아이, 난 몰라. 난 모르니까 알아서 해."

준식이는 자리에서 일어났다. 아무래도 집에 전화라도 걸어 보는 게 좋을 것 같았다. 그러나 이상하게도 신호는 가는데, 아무도 전화를 받지 않았다. 한 시간 수업을 하고 다시 걸어도 마찬가지였다. 아내가 시장에라도 간 것일까. 그러나 시장에 갔다 하더라도 그 시간이 너무 길었고, 또 동생이라도 집에 있어야 할 것이었다. 그런데 다들 어디 가고 집을 비운 것인지 알 수가 없는 일이었다.

퇴근해서 집에 돌아왔을 때에도 현관문은 잠겨 있었다. 몇 번이고 초인종을 눌렀지만, 대답이 없었다. 그날따라 그의 호주머니에는 아파트 열쇠가 들어 있지 않았다. 그 자리에 난감하게 서 있자니, 까닭 모를 불안과 당혹감이 준식을 사로잡았다.

그는 다시 내려와 경비실 앞에서 망연히 기다리고 서 있었다. 아파트 앞에는 넓은 도로가 나 있고 그 너머는 황량한 공터인데, 그 공터 위 하늘에 여름 저녁의 타는 듯한 노을이 깔리고 있었다. 그런데 그 저녁노을을 배경으로 한 가족이 공터를 가로질러 걸어오는 것을 준식은 보았다. 삼십대 초반의 젊은 부부가 딸아이의 양손을 하나씩 잡고 걸어오는 모습이 마치 한 폭의 그림 같다는 느낌이었다. 너무도 평화롭고 단란한 가족처럼 보여서 준식은 부러움마저 느끼며 그들을 바라보았다. 비록 아주 짧은 순간이었지만, 왜 그런 착각을 했는지 알 수 없는 일이었다. 그들은 바로 준식 자신의 가족이었던 것이다. 단지 그가 있어야 할 자리에 민우가 있었을 뿐이었다. 민우는 어젯밤과는 딴판으로 깔끔해져 있었다. 더구나 그가 입고 있는 감색 셔츠는 자세히 본즉, 다름 아닌 준식 자신의 옷이었다. 무슨 재미있는 이야기를 하고 있는지 아내는 고개를 쳐들고 웃고 있었는데, 엉뚱하게도 준식은 아내의 얼굴을 발갛게 물들이고 있는 노을빛이 무척 곱다고 생각했다.

"아빠, 우리 오리 봤다, 오리."

준식을 맨 먼저 발견한 것은 딸아이였다. 아이는 준식에게 한달음에 뛰어오며 신이 나서 떠들었다.

"상미가 하도 산보를 가자고 졸라서 저기 녹천역 너머까지 갔다 왔는데, 그쪽은 완전히 시골이야. 상미가 얼마나 좋아하는지……"

아내가 어색하게 변명을 늘어놓았다.

"학교에서 몇 번이나 전화를 했는데 안 받길래 얼마나 걱정했다고. 그 바람에 수족관도 못 사 왔잖아……"

"별일이야, 걱정할 게 뭐 있어?"

그녀는 갑자기 준식에게 화가 난 듯한 표정을 지으며 고개를 휙 돌리고 걸어가는 것이었다. 준식은 그녀가 왜 갑자기 화를 내는지 얼떨떨했지만, 어쨌든 동생과 사이가 좋아진 듯 보이는 것이 무엇보다 다행한 일이라고 생각했다. 하루 사이에 민우에 대한 아내의 태도는 확실히 달라져 있었다. 저녁을 먹고 나서 준식이 민우와 함께 거실에서 텔레비전을 보고 있을 때는, 맥주 두 병에 간단한 안주를 곁들인 조촐한 술상까지 차려서 가져오는 것이었다. 아침까지의 냉랭한 태도에 비하면 놀랄 만한 변화였다.

"형수님도 한잔하시죠."

동생이 인사 삼아 권하자, 아내는 "아이, 난 술 못하는데. 그럼 딱 한 잔만 할게요" 하며 맥주잔을 들고 앉았다. 오늘따라 아내의 태도는 부드럽고 상냥했다. 그것은 준식에게 보여주던 평소의 모습과는 다른 것이었다. 술상을 사이에 두고 제법 오붓한 분위기가 감돌았다. 열린 창문으로는 서늘한 바람이 불어오기도 했고, 건너편 아파트의 불빛들이 평화롭게 내다보이기도 했다.

"어머, 삼촌은 어쩌면 손이 그렇게 예쁘세요?"

술을 따르던 준식이 아내가 유리컵을 들고 있는 민우의 손을 보며 작게 탄성을 질렀다. 아닌 게 아니라 민우 녀석의 손은 여자처럼 가늘고 길었다. 그러나 민우는 슬그머니 손을 아래로 감추며,

"평생 노동이라곤 못 해본 손인 것 같죠? 손이 이렇게 생겨먹어서 어딜 가서 함부로 내놓기도 창피해요."
하고 겸연쩍게 웃었다.

"어머, 그 손이 어때서요? 난 삼촌처럼 손가락이 가늘고 긴 남자가 좋더라."

준식은 자신의 손을 내려다보았는데, 구태여 확인해볼 것도 없이 그의 손가락은 짧고 뭉툭했다. 그러니까 아내는 적어도 손가락만 보자면 준식과 같은 남자는 싫어한다는 이야기였다. 무엇을 좋아하고 싫어한다는 것은 순전히 개인적인 취향이니까 곁에서 참견할 문제가 아니었다. 하지만 그걸 지금 구태여

밝혀서 어쩌자는 건가?

"아까 그 얘기 계속해주세요. 그래서 그 여학생의 반응이 어땠어요?"

아내가 무릎을 당겨 앉으며 민우를 쳐다보았다. 아마도 아까 두 사람이 나누었던 이야기의 연장인 모양이었다.

"물론 깜짝 놀라더군요. 밤중에 갑자기 길을 막고 서서 시詩를 들어달라고 했으니, 웬 미친놈인가 했겠지요."

민우는 자기가 고등학교 다닐 때 있었던 일을 이야기하고 있었다. 어느 날 그가 학교 도서관에서 밤늦게까지 입시 공부를 하고 있는데 갑자기 견딜 수 없이 답답해져서 숨이 막힐 것 같더라는 것이었다. 내가 지금 왜 여기서 이러고 있는가, 공부가 뭔가, 산다는 건 또 뭔가. 그러자 갑자기 미칠 듯이 시가 쓰고 싶었고, 이상하게도 가슴속에서부터 시상이 끊임없이 솟아나와서 노트 한 장을 단숨에 시로 가득 채웠다는 것이었다. 그런데 막상 시를 쓰고 나니까 그 시를 들어줄 사람이 없었다. 그래서 그는 시가 씌어진 종이를 찢어 들고 학교를 나왔다고 했다. 캄캄한 골목길에 서 있는데, 저쪽에서 한 여학생이 걸어오고 있었다. 그는 다짜고짜 그 여학생의 앞을 가로막았다. 저, 죄송합니다만…… 전 지금 방금 시를 썼습니다. 누군가에게 이 시를 들려주고 싶습니다만, 들어줄 사람이 없습니다. 댁이 잠깐만 지금 제 시를 들어줄 수 있겠습니까?

"그래서 그 여학생이 그 시를 들어주던가요?"

준식은 민우를 쳐다보는 아내의 눈빛이 묘하게 반짝이는 것을 보았다. 아내가 누군가의 이야기에 그처럼 눈을 빛내면서 열중하는 모습을 보는 것은 처음이었다.

"아뇨. 겁이 난 목소리로 '내일 만나서 들어드리면 안 될까요?' 그러더군요."

"그래서요?"

"'알겠습니다. 내일은 필요 없으니 그냥 가십시오' 했지요. 그랬더니 살았다는 듯이 마구 도망가더라구요. 전 혼자 집으로 걸어왔어요. 결국 그 시는 아무한테도 보여주지 못했구요."

"어머, 안됐다. 나 같으면 들어줬을 텐데……"

아내가 나직이 한숨을 내쉬며 말했다.

"그 시 지금도 기억나세요?"

"다 잊어먹었지요. 그중에, 시간은 허무의 그림자를 끌고…… 뭐 그런 구절만은 어렴풋이 기억나는 거 같아요."

"이야기를 더 들었으면 좋겠지만, 난 피곤해서 들어가 자야겠어. 요즘은 학기 말이라서 얼마나 일이 많은지……"

준식은 하지 않아도 좋을 변명까지 늘어놓으며 자리에서 일어났다. 그의 아내 역시 하는 수 없다는 듯 따라 일어나며,

"시간은 허무의 그림자를 끌고…… 참 좋은 말인 것 같네요."

하고 준식을 흘끗 쳐다보았다. 거의 무의식중에 던진 시선이었지만, 한순간 준식을 흘겨보던 그녀의 두 눈은 그의 머릿속에 박힌 듯이 남아버렸다. 그녀의 두 눈이 담고 있는 것은 참을 수 없는 지겨움, 냉담함 바로 그런 것처럼 느껴졌던 것이었다.

방에 들어와서 아내는 화장대 앞에 앉아 있었다. 그녀는 거울에 비친 자신의 얼굴을 쳐다보며 무슨 생각엔가 깊이 빠진 것 같았다. 그 화장대는 아내가 결혼할 때 가져온 가구 중에 그

녀가 가장 애착을 갖고 있는 것으로 다른 가구들과는 달리 그것만은 자개가 박힌 제법 비싼 물건이었다. 그것은 또 지금까지 그들 부부가 전전한 좁은 단칸 셋방에는 어울리지 않을 만큼 지나치게 크고 번쩍거리는 물건이었고, 그래선지 언제부터인가 두 사람은 서로의 얼굴을 똑바로 마주 보기보다 화장대의 거울을 통해 보는 것이 버릇이 되어버리고 말았다. 준식은 지금도 바로 그 화장대의 거울을 통해 아까부터 자신을 유심히 보고 있는 아내의 시선을 느꼈다.

"이상해. 아무리 배다른 형제라지만 그래도 피를 나눈 형제인데 당신하고 삼촌은 어쩌면 그렇게 닮은 데가 없을까?"

거울 속에서 그와 시선이 마주치자 아내는 한숨을 내쉬며 그렇게 말했다.

"쟤는 아버지를 닮았어."

그는 가슴속에서부터 은근히 치밀어 오르는 불쾌감을 억누르며 대꾸했다.

"나는 우리 엄마를 닮았고."

"삼촌 나이가 몇 살이라고 했지?"

"나보다 두 살이 적은 나이지."

"그런데 아직도 꼭 대학생 같아 보이던데? 거기 비하면 자기는 벌써 한물간 늙은이 같애."

"무슨 소리야? 나도 아직 한창이야."

준식은 불을 끄고 그의 곁에 와 누운 아내의 등에 팔을 얹었다. 그러나 그녀는 신경질적으로 그의 손을 뿌리쳤다.

"아유, 더워. 귀찮게 하지 마."

그리고 그녀는 그에게로부터 휙 몸을 돌려 돌아눕는 것이었다. 잠옷 밖으로 허옇게 드러난 아내의 등을 잠자코 보고 있자니까 뭐라고 표현할 수 없는 분노의 감정이 부글부글 끓어올랐다. 자기와 동생이 닮지 않았다는 아내의 말이 무엇을 뜻하고 있는가를 준식은 잘 알고 있었다.

옛날부터 그랬다. 준식이 민우보다 나은 것은 하나도 없었다. 준식의 어머니는 남자처럼 광대뼈가 나온 넓적한 얼굴에다 코는 뭉툭했고, 지독한 안짱다리여서(그 모든 신체적 특징들을 그녀는 고스란히 그에게 물려준 셈이었다) 한마디로 여성다운 섬세함이나 아름다움과는 거리가 먼 사람이었다. 거기에 비하면 그의 아버지는 지금 생각해봐도 상당한 미남이었고, 누구에게나 호감을 주는 얼굴이었다. 또 어머니는 국민학교도 제대로 못 나온 일자무식이었는데 아버지는 전직 교사에다 남들이 알아주는 지성인이었다. 한마디로 그의 부모는 천생연분이라는 말과는 거리가 멀어도 너무나 멀었다. 어쩌면 그의 아버지 같은 유식하고 고상하고 잘생긴 분이 그의 어머니 같은 여자와 결혼했다는 것은 아무리 봉건시대의 유습에 의한 것이었다 해도 정말이지 지독한 불운이라고 해야 할 것이다. 아니 오히려 지독한 행운이었다고 해야 할까?

대구 시내에 있는 어느 국민학교 교사로 근무하던 아버지는 어느 날 갑자기 사표를 내고 학교를 그만둔 모양이었다. 나중에 알게 된 것이지만, 같은 학교에 근무하던 여교사와의 관계가 문제가 되어서 더 이상 학교에 있을 수 없었던 것이었다. 그 여교사가 바로 민우의 생모였다. 어쨌든 아버지가 하루아침에 실업자가 되었으므로 식구들을 먹여 살리는 것은 전적으로 어머니의 책임이었다. 당시에는, 요즘도 그렇긴 하지만, 넥타이를 매고 양복을 입고 다니던 사람이 갑자기 직장을 잃었을 때는 달리 식구를 먹여 살릴 방법이 마땅치 않았다. 세상 돌아가는 이치를 누구보다 잘 알고 있고, 당시의 정치 상황이라든가 한국 사회의 구조적 모순 같은 것에 대해서는 밤을 새워 이야기해도 모자랄 만큼 유식하기도 하지만, 막상 그런 사람들이 하루 한 끼의 양식도 해결할 능력이 없는 수가 많은 법이었다.

그래서 식구들의 일용할 양식은 물론이고 집세, 연탄값, 아버지의 용돈, 심지어 여름이면 아버지가 누워서 책을 읽기에 좋은 풀 먹인 모시 적삼까지도 오로지 어머니 혼자 힘으로 만들어지는 것이었다. 이를테면 시장 바닥에서 채소 장수가 팔다 남은 배춧잎을 주워 모아서 국을 끓이는 것은 어머니가 가진 가장 기본적인 재주에 속하는 것이었다. 아침에 끼니가 떨어졌어도 점심때 손님이 찾아오면 어머니는 마치 무에서 유를 창조하는 마술사처럼 그럴듯한 상을 차려내곤 했다. 또 손님은 왜 그렇게 자주 찾아오는지!

아버지처럼 대부분 넥타이를 맨 양복 차림의 그 손님들이 오면 준식은 동생과 함께 방에 들어가 절을 했는데, 이상하게도 그들은 모두 준식보다는 동생인 민우에게 더 관심을 표시하고 귀여워해주었다. 동생에 비하면 준식은 늘 찬밥 신세였다. 지금 생각해보면 민우가 비련의 사랑에서 태어난 아이란 것, 그리고 생모와 어쩔 수 없이 헤어져 살게 된 불쌍한 아이라는 이유 때문에 아버지의 친구들이 더 연민의 정을 표시했는지도 모른다.

어쨌든 그런 동생에 비해, 준식은 어린 시절부터 지금까지 한 번도 남들로부터 인정을 받지 못했고, 스스로 자기 자신에 대해서 자부심 같은 것을 느끼지 못했다.

사람들은 그가 열일곱 살 때부터 혼자 서울에 올라와서 학교의 급사 생활을 하며 야간 고등학교를 다니고, 다시 서무 직원이 되어 야간대학을 마친 뒤 마침내 교사 자격증까지 취득했다고 해서 입지전적인 인물이라고 말하곤 했다. 그러나 사람들이 그런 말을 할 때면, 존경보다는 오히려 경멸이나 냉소에 더 가까운 감정을 담고 있다는 것을 준식은 알고 있었다. 한마디로 지독한 인간이라는 것이었다. 그의 아내도 마찬가지였다. 준식이 학교의 서무과 직원으로 일할 때, 그녀는 같은 서무과 직원이었다. 여상을 나와 정식 서무 직원이었던 그녀는 급사 출신인 준식을 늘 경멸했었다. 나중에 두 사람이 어쩌다가 결혼을 하게 되고, 또 준식이 야간대학을 졸업한 뒤 서무 직원에서 기술 담당 교사가 된 뒤에도 그녀는 그에 대해 갖고 있었던 첫인상을 조금도 수정하지 않았다.

다음 날 아침, 준식은 아내의 모습에서 중요한 변화가 일어난 것을 보았다. 그녀의 얼굴에 화장기가 있었던 것이다. 분홍색 입술연지를 바르고 엷은 눈화장까지 하고 있었다. 어쩌다 외출을 할 때를 제외하고 아내가 집에서 화장을 한 모습을 본 것은 그의 기억으로는 한 번도 없었다.

3

"형님 벌써 아랫배에 전대를 차셨구랴."

민우가 웃으며 말했다. 준식이 퇴근해서 돌아와 막 땀에 젖은 옷을 벗고 러닝셔츠로 갈아입은 참이었다. 이틀 사이에 녀석은 마치 자기 집에 있는 것처럼 자연스럽고 여유 있는 모습으로 보였다. 준식은 그가 입고 있는, 약간 몸에 맞지 않아 달라붙은 듯 보이는 흰 러닝셔츠가 자기 옷일 거라고 생각했다.

아마도 녀석의 그 말은 순전히 악의 없는 농담에 불과할 것이었다. 그러나 준식은 뭔가 모욕이라도 당한 듯이 얼굴을 붉혔다.

"나이가 드니까 배가 나올 수밖에 없지. 운동 부족이니까."

아내를 의식해서 준식은 그렇게 변명을 했다. 그러나 그녀는 흘끗 경멸 어린 눈으로 그의 아래위를 훑어보았다.

"자기는 아마 원래 비만 체질일 거야."

"맞아요. 형은 어릴 때도 올챙이처럼 배가 나왔었잖아."

제길, 장단이 척척 맞는구나 싶었다. 준식은 억지로라도 얼굴에 웃음을 띠려고 노력했다.

"야, 그건 못 먹어서 헛배가 나왔던 거지."

"삼촌은 옷을 차려입고 있을 때보다 러닝 차림일 때가 더 멋있어."

아내가 민우를 보고 웃고 있었다. 문득 준식은 그녀의 시선에서 묘한 열기 같은 것을 느꼈다. 그러나 그는 자신의 그 느낌을 얼른 쫓아버리려고 애를 썼다. 아마도 자신이 너무 과민해져 있는 탓일 거라고 생각했다. 아내의 말처럼 러닝셔츠 바깥으로 드러난 민우의 몸은 제법 그럴듯한 육체미를 보여주고 있었다. 어릴 때는 형편없는 약골로만 알았는데, 지금 보니 의외로 뼈대가 탄탄하고, 군살 하나 없는 근육질을 과시하고 있었다.

"상미야, 삼촌하고 같이 노래할까?"

민우가 준식의 딸아이를 불렀다. 딸아이가 기다렸다는 듯이 그의 무릎 위에 올라갔다. 어느새 제 삼촌을 스스럼없이 따르게 된 모양이었다. 하긴 민우는 어른이든 아이든 금방 호감을 느끼게 하는 묘한 능력이 있었다.

퐁당퐁당 돌을 던져라. 누나 몰래 돌을 던져라……

아이와 민우가 목소리를 합쳐 노래를 부르기 시작했다. 그러자 아내도 따라 부르기 시작했다. 세 사람의 합창을 들으면서 준식은 어찌할 줄 모르고 앉아 있었다. 자기도 함께 부르는 것이 자연스럽겠지만, 그러나 그는 그럴 수가 없었다. 뭐랄까, 준식에게는 몹시 낯선 분위기, 그로서는 도저히 끼어들기 힘든 그들만의 분위기가 만들어져 있는 것 같았던 것이다. 준식은 다소곳이 무릎을 세운 채 민우와 딸아이와 함께 작은 소리로 노래를 부르고 있는 아내의 모습을 바라보았다. 놀랍게도, 그녀의 얼굴에는 저녁놀 빛 같은 홍조가 물들어 있었다.

"아빠, 아빠는 왜 안 불러? 아빠 이 노래 몰라?"

"왜 몰라? 하지만, 아빠는 피곤해서 자야겠다."

준식은 자리에서 일어나 방으로 들어오고 말았다. 불도 켜지 않고 어둠 속에 누워 있는데, 여전히 거실에서는 아내와 상미, 그리고 민우의 노랫소리가 들려오고 있었다. 퐁당퐁당 돌을 던져라. 누나 몰래 돌을 던져라. 냇물아 퍼져라, 멀리멀리 퍼져라……

그들의 노랫소리는 너무나 맑고 평화롭게 들려왔다. 하지만 준식은 거실로 나가 그들과 함께 어울릴 수가 없었다. 그 대신 그는 컴컴하고 무더운 방 안에서 혼자 괴로움에 몸을 뒤척이고 있는 것이었다. 그것은 질투라기보다는 차라리 자기 학대에 가까운 감정이었고, 마치 어린 시절에 혼자서 따돌림을 당한 채 식구들이 단란하게 밥상에 둘러앉아 있는 것을 등 뒤에서 보고 있는 것 같은 서러움과 쓰라린 배신감이었다.

왜 나는 저들과 그 자리에 같이 있지 못하는 것일까. 왜 이 어두컴컴한 방 안에서 혼자 이를 갈고 있는지 스스로 생각해도 알 수 없는 노릇이었다.

"삼촌, 내가 어릴 때 아주 좋아했던 노래 들어보실래요."

아내가 말하고 있었다. 준식은 차라리 잠을 청하려고 했지만, 그럴수록 신경은 점점 더 곤두세워져서 거실을 향해 귀를 기울이게 했다. 아내가 노래를 시작했다.

느티나무 가지 위에 초저녁 별 하나가 아름답게 반짝이면 옛 친구가 그리워……

여름밤의 어둠 속에서 그녀의 노랫소리가 잔잔하게 퍼져가고 있었다. 뭔가 꿈꾸는 듯하고, 알 수 없는 슬픔 같은 것이 여리게 배어 있는 목소리였다.

"아, 정말 아름다운 노랜데요. 처음 듣는 것 같은데……"

"난요, 어릴 때부터 이 노래만 부르면 눈물이 나곤 했어요. 참 이상하죠? 커서도 가슴이 답답하면 마음속으로 이 노래를 부르는 거예요. 그러면 노랫말처럼 얼굴도 모르고 이름도 모르는 옛 친구가 어딘가에서 날 기다리고 있을 거란 생각이 들고, 그럼 조금 위안이 되는 거예요."

그런 이야기를 준식은 들어본 적이 없었다. 아내는 지금까지 그에게는 한 번도 하지 않았던 이야기를 민우에게는 하고 있는 것이었다. 또한 아내의 그 꿈꾸고 있는 듯한 목소리도 그에게 한 번도 들려주지 않은 것이었다. 그 사실이 그를 참을 수 없도록 만들었다. 왜 그녀는 그런 이야기를 동생에게 하고 있는 것일까. 무엇이 아내를 전에 없던 감상에 젖도록 만드는 것일까.

함께 학교 서무실에서 근무할 때, 그녀는 준식에게 지극히 무관심했다. 얼굴이 제법 예쁘장해서 은근히 그녀에게 관심을 가지고 있었지만, 보아하니 다른 남자와 사귀고 있는 것 같았고 또 원체 그녀가 자신을 냉담하게 대했기 때문에 준식은 감히 말 한마디 제대로 붙여볼 엄두를 내지 못했다. 그러던 어느 날 퇴근 시간이 지나 서무실에 들어서던 그는 그녀가 혼자 앉아서 울고 있는 모습을 발견했다. 그는 당황해서 어찌할 바를 몰랐다. 그녀가 너무나 서럽게 울고 있어서 못 본 채 그냥 나올 수도 없었고, 무슨 일이냐고 물을 수도 없었다. 그런데 한참 동안 실컷 울고 난 뒤 그녀가 고개를 들고 이렇게 말하는 것이었다. 오늘 저한테 술 한잔 사주실래요? 그래서 그는 그날 저녁 그녀와 처음으로 함께 술을 마셨고, 두 달 뒤 결혼을 하게 되었다. 그러나 그때 그녀가 왜 그렇게 울고 있었는지는 지금까지 알지 못했다.

어쩌면 자신은 아내에 대해 너무도 모르고 있었는지 모른다고 준식은 생각했다. 결혼한 지 6년이 지났지만, 그녀의 닫힌 마음 안쪽으로는 단 한 발짝도 들어가보지 못했는지도 모른다. 그런데 그녀는 어째서 민우에게는 저토록 쉽게 그 닫혔던 빗장을 연단 말인가.

아내에 대한 분노가 이번에는 동생에게로 옮겨갔다. 도대체 저놈은 어떤 놈인가? 지금까지 어디서 무엇을 하다가 내 집에 나타났는가? 그러고 보니 민우에 대해서도 모르는 것이 너무나 많았다. 그는 지금까지 자신이 무슨 일을 하고 있었는지, 왜 준식의 집에서 신세를 지고 있어야 하는 건지에 대해서도 제대로 이야기해준 적이 없었다.

거실에서는 더 이상 노랫소리가 들려오지 않았다. 대신 두 사람의 이야기 소리만 들려오고 있었다. 그는 더 이상 참지 못하고 거실로 나갔다. 그리고 목이 마른 것처럼 냉장고를 열고 물을 꺼내 마시는 척했다. 그래도 그녀는 남편의 존재 같은 것은 전혀 안중에도 없는 듯 동생과 이야기에 열중하고 있었다. 준식은 민우가 기거하고 있는 작은방으로 들어갔다. 그리고 옷걸이에 걸린 그의 옷을 뒤졌다. 주머니에는 지갑 하나가 들어 있었다.

무슨 큰 죄나 저지르는 것처럼 지갑을 여는 손이 떨리고 가슴이 두근거렸다. 그러나 지갑 안에는 별다른 것이 없었다. 주민등록증과 다른 사람의 명함 몇 장, 그리고 만 원짜리 몇 장이 있을 뿐 그 밖에 녀석이 어디서 무엇을 하는 인간인가를 설명해줄 증거는 아무것도 없었다. 지갑을 다시 집어넣으려는데, 뭔가 빳빳한 것이 느껴졌다. 지갑 뒤쪽에 사진 한 장이 끼여 있었던 것이다. 어느 젊은 여자의 사진이었다. 스물두어 살쯤 되었을까, 그리 예쁘다고는 할 수 없었지만 그래도 귀염성 있는 얼굴이었다. 그리고 사진 뒷면에는 볼펜으로 쓴 글씨가 있었다.

민우 형이 가고자 하는 멀고 험한 길, 그 길을 언제나 형과 함께 가고 싶어. 미혜.

혹시 녀석이 들어올까 그는 서둘러 지갑을 주머니 속에 쑤셔 넣고 말았다. 안방으로 다시 들어와 어둠 속에 몸을 눕혔다. 잠이 든 딸아이를 안고 아내가 들어온 것은 그러고도 한참 지나서였다.

"무슨 이야기가 그렇게 재미있어?"

"어머, 자기 아직 자지 않았어? 나는 자는 줄 알았네."

아내가 무심하게 내뱉은 말이었다. 그것이 그가 어둠 속에서 혼자 이를 갈며 겪은 고통에 대한 유일한 보상이었다. 그는 맥이 빠지고 말았다.

"알고 보니 삼촌은 참 순수한 남자인 것 같아."

화장대에 돌아앉아서 그녀가 혼잣말처럼 말했다.

"순수?"

준식은 화장대 거울 속에 비친, 허연 로션 크림이 덕지덕지 묻어 있는 아내의 얼굴을 쳐다보았다.

"정말이야. 오랜만에 순수한 사람을 만나니까, 옛날 생각 나는 거 있지? 아무래도 우린 너무 때가 묻은 것 같아. 아아, 내게도 순수하던 시절이 있었는데."

그 말을 듣자, 준식은 울컥 울화가 치밀어 올랐다. 한마디로 순수함이 밥 먹여주냐는 생각이었다. 누구는 순수한 것이 좋은 줄 몰라서 이렇게 살아가는 줄 아는가. 그러나 준식은 그런 소리를 입 밖으로 내지는 못했다. 그가 할 수 있었던 것은 기껏 다음과 같은 빈정거림뿐이었다.

"순수하겠지. 순수한 사람이 아니고서야 우리 집에서 저런 식으로 무작정 신세를 지고 있지는 않을 거니까."

"자기, 그게 무슨 말이야? 삼촌은 자기 동생이잖아. 그리고 지금 삼촌은 우리가 잘 대해줘서 얼마나 고마워하고 있는데."

"내 말이 그 말이 아니냐구. 남이 잘 대해준다고 의심 없이 믿고 고마워할 수 있다는 게 바로 대책 없는 순수함 아니겠어?"

아내는 화장대에서 몸을 돌려 준식을 똑바로 바라보았다.

"참, 자기는 어쩌면 그렇게 밴댕이 속 같애?"

4

"홍 선생, 손님이 찾아왔던데 못 봤어?"

수업을 마치고 자리에 돌아오자, 옆자리에 앉은 양구만이 하는 말이었다.

"학부형 같지는 않고…… 내 보기에는 월부 책 장사 같던데. 아, 저기 오는구만."

교무실의 문으로 낯선 사내가 들어서고 있었다. 사십대 중반쯤 되어 보이고 줄무늬 있는 흰색 남방셔츠를 입었는데, 어깨가 한쪽으로 약간 기울어진 것 같은 자세로 준식의 자리로 곧장 걸어 들어왔다.

"홍준식 선생님입니까?"

아주 이상할 정도로 낮은 목소리였다. 준식이 그렇다고 하자, 사내는 더욱 낮고 은근한 목소리로 말하는 것이었다.

"잠깐 저하고 얘기 좀 할까요?"

"혹시 책을 파시려는 거면, 다음에 오시죠."

"책이요? 난 경찰서에서 왔습니다."

준식은 깜짝 놀라 사내의 얼굴을 쳐다보았다. 사내의 두 눈에는 수면 부족 때문인지 붉은 실핏줄이 어려 있었고, 검은 빛깔의 얼굴에는 땀구멍이 모조리 열려 있었다.

"어디 조용한 데서 이야기를 나누었으면 좋겠는데……"

그들은 함께 교무실에서 나왔다. 운동장에는 한낮의 햇살이 지글지글 끓고 있었다. 그 운동장을 지나 교문을 빠져나와서 그들은 학교 앞에 있는 지하 다방으로 내려갔다.

"어어, 덥다. 야, 여기 시원한 물수건 하나 갖다도고."

형사는 다방 종업원이 갖다준 물수건으로 얼굴을 쓱쓱 문질렀다. 여자는 준식에게도 물수건을 주었지만, 그는 그것을 탁자 위에 그냥 올려놓았다.

"그래, 무슨 일로 절 찾아오셨습니까?"

"홍 선생님, 동생 있지요?"

"동생이라니요?"

"다 알고 왔습니다. 배다른 동생 한 명 있잖아요. 강민우라고, 서울대학 다니다 퇴학당한 친구……"

민우가 대학에서 퇴학을 당했다는 것은 금시초문이었다. 형사는 준식의 반응을 살피듯이 쳐다보고 있었다. 형사의 얼굴색은 지나치게 검었다. 그것은 햇빛에 탄 것과 조금 다른 종류의, 이를테면 피부 안쪽에서부터 검은빛이 배어 나오고 있는 듯한 얼굴색이어서 혹시 간 기능에 이상이 있는 것은 아닐까 의심이 들 정도였다.

"동생을 언제 만났어요?"

"글쎄요, 만난 지가 너무 오래되어서 언제 만났는지도 기억이 잘 나지 않는데요. 우린 말이 형제지, 아시다시피 성姓도 다르고 어릴 때 한 몇 년 같이 지낸 것 외에는 지금까지 줄곧 서로 소식도 모르고 살아왔습니다."

준식은 자기가 지금 거짓말을 하고 있다는 것을 형사가 눈치채지 않았나 두려웠다. 그는 붉어진 얼굴을 감추기 위해 종업원이 놓고 간 물수건으로 얼굴을 문지르기 시작했다.

"그런데 동생의 이야기는 왜 묻는 겁니까?"

"그 친구, 지금 수배 중에 있어요. 홍 선생한테는 좀 미안한 얘기지만, 운동권 중에도 아주 악질이라고 소문나 있습니다. 가명만 해도 몇 가지를 쓰고 다니면서 대학생 애들과 노동자들을 배후 조종하고 있지요."

준식은 멍청하니 입을 벌리고 형사의 얼굴을 쳐다보고 있었다. 형사는 그에게 민우에 대해 이것저것을 물어보았지만, 사실상 준식이 해줄 수 있는 이야기란 아무것도 없었다.

"우리도 이런 친구들 때문에 아주 골치가 아파서 죽을 지경입니다. 위에서 수사 협조가 내려오면 없는 소리라도 만들어 보고를 해야 한단 말입니다. 그러니 너무 불쾌하게 생각하진 마십시오. 홍 선생은 학교에 계시니 우리 고충을 조금이나마 이해해주시리라 믿습니다."

 형사는 지치고 고달픈 표정을 지으며 하소연하듯 준식을 쳐다보았다. 그러고는 '경찰서 정보과 형사 곽순구'라고 적힌 명함을 내밀었다.

 "혹시 동생한테 연락이 온다거나 다른 문제가 있으면 제게 전화를 좀 주십시오."

 형사는 준식이 실제로 연락을 해주리라고 기대를 하고서 그런 말을 하는 것 같지는 않았다. 그저 말이라도 그렇게 해두어야 한다는 의무감 때문에 하는 소리 같았다. 다방을 나와 준식과 헤어진 뒤, 사내는 뜨거운 햇볕 속에 지친 걸음으로 걸어갔다. 한쪽 어깨가 기울어진 것 같은 그 걸음걸이가 너무나 지치고 힘겹게 보여서, 준식은 그가 힘을 낼 수 있을 만한 이야기를 해주고 싶은 충동을 느꼈을 정도였다.

 형사가 알려준 것은 확실히 준식에게는 충격적인 것이었다. 그러나 그는 놀라움보다는 먼저 배반감과 불쾌감을 느껴야 했다. 민우 녀석이 자신에게 그런 말을 일언반구도 하지 않았다는 사실 때문이었다.

 퇴근해서 집으로 돌아왔을 때, 민우는 집 앞 복도에 쭈그리고 앉아 일을 하고 있었다. 창문에 매달 방충망을 만들고 있는 모양으로, 알루미늄 틀에다 철망을 이어 붙이느라 땀을 뻘뻘 흘렸다. 아내가 자랑스러운 표정으로 준식에게 말했다.

 "이제 보니 삼촌이 손재주가 보통 좋은 게 아니야. 이걸 돈을 주고 시키면 몇만 원은 들 텐데⋯⋯"

 "조금이라도 밥값을 해야지요. 알고 보면 별로 어려운 일도 아니에요."

 민우가 땀에 젖은 얼굴을 쳐들고 웃어 보였다. 준식은 아내에게 방으로 따라 들어오라는 손짓을 보냈다.

 "사실은 말야, 쟤가 문제가 좀 있는 모양이야."

 "문제라니? 무슨 소리야?"

 준식은 낮에 형사에게 들었던 이야기를 그녀에게 전해주었다. 그러나 이야기를 다 듣고 난 아내의 반응은 준식은 예상했던 것과는 정반대였다.

 "어머, 삼촌이 그렇게 대단한 사람이야? 어쩐지 보기에 평범한 사람 같지 않더라니……"

 "뭐가 대단하다는 거야? 법을 어기고 도망 다니고 있는데……"

 "좋은 일 하려다가 그런 건데 뭐 어때? 보통 사람이 그런 일 할 수 있어?"

 아내의 말은 마치 당신 같으면 감히 그런 일 할 수 있겠느냐고 묻는 것 같았다. 준식은 어이가 없었다. 평소에 텔레비전 화면에서 대학생들이 데모하는 광경을 보면 철없는 짓을 한다고 곧잘 흥분하던 그녀가 아니던가.

 "얼마나 고생이 심했을까. 불안하기는 또 얼마나 불안하고…… 그런데 그렇게 쫓겨 다니는 생활을 하면서도 어쩜 그렇게 그늘진 구석 하나 없지?"

 준식은 비로소 아내가 팔이 어깨까지 드러난 원피스 차림을 하고 있다는 것을 깨달았다. 얼굴의 화장도 좀더 짙어진 것 같았다. 그런 아내의 모습은 전에 없이 육감적으로 보이는 것이었다. 하지만 준식은 그녀의 그 심상치 않은 변신이 누구를 위한 것인지 의심스러웠다.

"정말 고생하셨어요. 어쩜 기술자처럼 그렇게 감쪽같이 만들어놓죠?"

민우가 창문마다 방충망을 완전히 매달고 나자, 아내는 호들갑스러운 목소리로 감탄을 했다. 사실 그가 만들어놓은 방충망은 어떤 기술자가 만든 것과 비교해도 손색이 없을 만큼 튼튼하게 보였다.

"아유, 이 땀 좀 봐. 안 되겠네. 삼촌, 윗도리 벗으세요. 제가 물을 끼얹어드릴게."

"괜찮습니다. 그냥 세수나 하지요, 뭐."

"아니에요, 땀을 씻어야지. 어서 윗도리 벗으세요."

아내가 먼저 좁은 욕실 안엘 들어가 물바가지를 들고 재촉했다. 민우가 난감한 표정으로 준식을 쳐다보았다.

"뭐 어떠냐? 형수 앞에 옷을 벗기가 창피해서 그래?"

준식의 말에 하는 수 없다는 듯이 녀석은 셔츠를 벗고 욕실 안으로 들어갔다. 준식은 일부러 자리를 피해 방으로 들어갔다. 그러나 방에서도 물소리를 들을 수가 있었다. 민우가 물이 차다고 비명을 지르는 소리도 들렸고, 간간이 아내의 장난기 어린 웃음소리도 섞였다. 따지고 보면 형수가 시동생의 등을 씻겨주는 것을 굳이 나쁘게만 생각할 수 없는 일이었다. 보기에 따라서는 오히려 아름답고 정겨운 광경이라고 할 수도 있을 것이었다. 그렇게 생각하려고 애를 쓰면서도 준식의 가슴속에서는 알 수 없는 감정이 부글부글 끓었고, 눈앞에서는 아내의 하얀 손이 미끄러지듯 녀석의 등허리 위를 오르내리는 모습이 떠나지 않는 것이었다.
　그날 밤, 준식은 돌아누운 아내의 어깨에 팔을 둘렀다. 늘 그랬듯이 그녀는 매몰차게 그의 손을 뿌리쳤다.
　"아유, 왜 이래? 안 그래도 더워 죽겠는데."
　그러나 그는 물러나지 않았다. 그는 아내의 몸을 억지로 자신을 향해 돌려 눕히고 그 위로 기어 올라갔다. 그녀는 완강하게 그를 뿌리쳤다. 한참 동안 그들은 어둠 속에서 소리 죽여 씨름했고, 마침내 그녀는 하는 수 없다는 듯이 체념을 하고 말았다. 그런데 막상 그녀의 몸을 더듬기 시작하자, 놀라운 일이 일어났다. 그날따라 그녀는 아주 뜨겁게 달아오르는 것이었다. 그것은 근래에 없던 일이었다. 막바지에 이르자, 자신도 모르게 숨넘어가는 듯한 신음 소리를 내지르기까지 하는 것이었다. 그는 그 소리가 방 밖으로 새어 나가 동생의 귀에까지 들릴까 조바심이 나서 손으로 아내의 입을 틀어막지 않으면 안 되었다. 그러나 아내는 그것조차 의식하지 못하는 것 같았다. 광란의 물결이 썰물처럼 빠져나간 뒤, 마치 자신보다 더 큰 먹이를 삼키고 난 뱀처럼 나른한 표정으로 벌거벗은 몸을 내던지고 누워 있는 아내를 바라보며 준식은 그녀가 왜 전에 없이 그렇게 흥분을 했을까 하는 의심이 들었다. 혹시 낮에 민우의 벌거벗은 상체를 봤기 때문이 아닐까? 그의 빌어먹을 상상은 멈추지 않았다. 어쩌면 그녀는 방금 머릿속으로 민우와의 행위를 하고 있었던 것은 아닐까? 그렇게 생각하자, 그는 그런 식으로까지 상상을 발전시키고 있는 자기 자신에게 소름이 끼치고 말았다.

5

다음 날 준식이 학교에서 돌아왔을 때, 민우가 먼저 사과를 해왔다.

"미안해, 형. 미리 이야기를 못 해서."

준식이 형사를 만났다는 이야기를 아내가 동생에게 한 모양이었다. 준식은 솔직히 기분이 별로 좋지 않았다고 이야기했다. 네가 나한테 그 이야기를 하지 않았던 것은 결국 나를 믿지 못했다는 것이 아니겠는가. 그러나 민우는 그게 아니라고 했다. 괜히 부담을 주고 걱정을 끼치기 싫어서 그랬다는 것이었다.

"하지만 명색이 니 형인데, 그런 일이 있으면 당연히 내게 털어놓았어야 하잖아?"

"미안해. 난 그냥 아무 소리 않고 있다가 가는 게 형이나 형수님한테도 부담을 덜 주는 것이라 생각했어."

"그래, 앞으로 어떻게 할 셈이냐?"

"곧 여길 떠나야겠어. 생각해보니까 형한테 피해를 줄지도 모른다는 생각이 들고……"

"아이 무슨 말씀이세요, 삼촌? 피해는 무슨 피해요. 우린 괜찮으니까 얼마든지 계세요."

아내가 옆에서 끼어들었다.

"형은 교사 신분이니까 혹 나중에 잘못되면 문책이 있을지도 모르잖아요. 또 형사가 형한테 찾아왔다니까 여기도 그리 안전한 곳이 못 되는 것 같군요."

"그래도 우리 집에 계시다는 걸 알면 벌써 잡으러 왔었겠죠.

여긴 안전할 거예요. 그러니 좀더 계세요."

 민우를 쳐다보는 아내의 얼굴이 달아올라 있었다. 준식은 민우가 떠나게 될까 아내가 두려워하고 있는지도 모른다는 생각이 들었다. 아니 틀림없이 그런 것 같았다. 그의 목소리가 좀더 차가워졌다.

 "언제까지 그렇게 쫓기면서 살아갈 거냐? 니 나이도 이제 서른이 넘었고, 대학생이 아닌데 말야. 세상이 바뀔 때까지 도망 다닐 수도 없는 거고…… 넌 혹시 세상이 바뀌리라고 믿는 거냐?"

 "형, 세상이 바뀌든 바뀌지 않든 그게 중요한 게 아냐. 난 그냥 옳다고 생각하는 일을 할 뿐이야."

 "옳다고 생각하면 그걸 꼭 해야만 하냐?"

 "세상에는 옳은 것을 옳다고 이야기하는 사람이 누군가는 꼭 있어야 하잖아?"

 "옛날 우리 엄마가 너하고 날 데리고 버스를 타면서 우리 나이를 속였을 때처럼 말이냐?"

 그게 무슨 소리냐는 듯이 민우는 그의 얼굴을 쳐다보았다. 녀석은 벌써 그 사실을 까맣게 잊고 있는 것 같았다. 그러나 준식은 결코 그 일을 잊을 수 없었다.

 언젠가 준식의 어머니는 그들 형제를 데리고 버스를 탄 적이 있었다. 그때 준식이 국민학교 3학년, 그러니까 열 살의 나이였고 민우는 여덟 살이었다. 그런데 어머니는 버스비를 받으려는 차장에게 준식의 나이는 일곱 살, 민우는 여섯 살이라고 거짓말을 했다. 학교를 다닐 나이면 반표를 끊어야 했는데, 그 돈이 아까워서였다. 하지만 나이를 세 살이나 깎았으니, 차장이 믿을

리가 없었다.

"아지무이, 거짓말하지 말고 얼릉 차비 내요."

"거짓말이라이? 무슨 말을 그렇게 하능교? 야들이 몸집이 커서 그렇재, 나이는 일곱 살하고 여섯 살배끼 안 되었단 말이라요."

"이보소 아주무이, 거짓말도 정도껏 해야지. 이렇게 큰 녀석이 아직 일곱 살배끼 안 되었단 말을 누가 믿으라고 하능교? 옛날 같으면 장가도 가겠구마는."

준식은 그때 어머니의 뻔한 거짓말을 도와주려고 열심히 연기를 하고 있었다. 나이보다 덩치만 비정상적으로 큰, 이를테면 어딘가 모자라는 듯한 아이의 표정을 꾸미려고 혼신의 힘을 다하고 있었던 것이다. 그러나 판결은 의외로 엉뚱한 곳에서 간단히 내려지고 말았다. 그때까지 곁에서 말없이 지켜보고 있던 민우 녀석이 난데없이 불쑥 입을 열었던 것이다.

"나는 여섯 살이 아니라 여덟 살인데."

준식 모자는 물론이고 차장도 깜짝 놀라고 말았다. 특히 어머니의, 마치 한 대 맞아서 짓이겨진 듯한 표정은 지금도 준식의 눈앞에 생생했다. 차장이 허리를 굽혀 민우에게 물었다.

"니 방금 뭐라고 그랬노? 니 나이가 몇 살이라고 그랬재?"

민우는 준식 모자를 똑바로 올려보았다. 어머니는 온갖 복잡한 표정을 지어 보이면서 동생에게 말 없는, 그러나 필사적인 애원을 해 보이고 있었다.

"예, 나는 여덟 살입니다. 대구 명덕국민학교 1학년 3반입니다."

녀석은 모범 학생답게 책을 읽듯 또박또박 대답했다. 마치 제가 지금 라디오 어린이 프로인 〈누가 누가 잘하나〉 시간에 출연한 줄 아는 모양이었다.
"그래? 그러면 그렇재. 아가야, 니 참말로 착하대이."
차장은 동생의 머리를 쓰다듬어주고는 어머니에게 호통을 쳤다.
"아주무이, 아들한테 부끄럽지도 않능교?"
연극이 탄로 난 어머니는 결국 더 이상 아무 소리도 못 하고 차비를 내지 않을 수 없었다. 차비를 받아 가면서 차장은 마지막으로 어머니에게 한마디를 남겼다.
"그래도 아주무이, 아들 하나는 참말로 잘난 아들 뒀소."
하지만, 세상에 정말 옳고 그른 것의 기준은 있는 것일까. 설사 옳은 것이 있다 한들, 옳은 것을 옳다고 말하는 것이 꼭 옳은 일이라는 것을 누가 안단 말인가? 준식은 지금은 수배자가 된, 그때의 그 잘난 아들의 얼굴을 쳐다보며 생각했다.
"형 말처럼 언젠가는 들어가야겠지. 하지만 당분간은 잡혀선 안 돼. 나 혼자만의 문제가 아니라 다른 친구들도 보호를 해야 하니까."
"만약 잡히게 되면 얼마나 갇혀 있어야 돼요?"
아내가 민우에게 안타까운 어조로 묻는 말이었다.
"글쎄요, 몇 년은 썩어야겠죠."
그녀가 낮게 탄식했다. 금방 눈물이라도 흘릴 것 같은 얼굴이었다. 참을 수 없는 감정이 준식의 속에서 다시 부글거렸다.
"너도 어서 결혼을 하고 정착을 해야 할 텐데 큰일이다. 애인도 있다며?"

그 말을 하면서 준식은 아내의 반응을 슬쩍 살폈다. 그렇게 보아서 그런지 그 말이 그녀에게 조금 충격을 준 것 같았다. 아내는 일부러 굳은 표정으로 외면하고 있었지만, 순간적으로 발갛게 상기된 얼굴을 숨기지 못하고 있었던 것이다. 당황해하는 것은 민우도 마찬가지였다.

"형이 그런 걸 어떻게 알아?"

"형사한테 들었지. 이름이 미혜라고 하던가?"

물론 그것은 거짓말이었다. 언젠가 동생의 수첩에서 훔쳐보았던 여자를 말하고 있는 것이었다. 녀석은 얼굴을 벌겋게 물들이며 믿기지 않는다는 표정으로 준식을 쳐다보았다.

"놈들이 그런 것까지 알고 있어?"

준식은 아내가 소리 없이 일어나 방으로 문을 닫고 들어가는 것을 보았다. 한참 후 그가 들어갔을 때 그녀는 화장대 앞에서 고개를 푹 꺾고 앉아 있었다. 그는 아내가 어떤 생각에 골똘히 빠져 있는지, 아니면 울고 있는지 알 수가 없었다. 물론 울지는 않을 것이었다. 도대체 울 일이 어디 있단 말인가?

"무슨 생각을 그렇게 깊이 하고 있어?"

준식이 물었지만, 그녀는 여전히 고개를 들지 않았다. 얼마나 그러고 있었을까. 갑자기 그녀가 몸을 돌려 준식을 쳐다보았다.

"아무래도 우린 결혼을 잘못했나 봐."

6

 노란색 색종이를 접어놓은 것 같은 열대어가 재빠르게 헤엄을 치고 있었다. 기다란 해초 사이에는 그보다 몸집이 크고 푸른 점이 박힌 놈이 숨어서 긴 시느러미를 일렁이고 있었다. 쉼 없이 돌아가는 물레방아에서는 하얀 포말들이 뿜어져서 줄지어 수면 위로 솟아오르기도 했다.
 "수족관을 사실려구?"
 그 작은 바다 세계의 풍경 너머 머리가 벗겨진 늙은 남자의 얼굴이 불쑥 나타났다.
 "수족관을 직접 설치도 해줍니까?"
 "어디에다 놓으실라구? 집인가, 아니면 음식점 홀 같은 데 놓으실라나?"
 "가정집입니다. 상계동 아파트 단지요."
 "에이, 거기까진 못 가지. 얼마나 남는다구."
 "이건 이름이 뭡니까?"
 "그거? 산크러스라든가 뭐라든가…… 나도 잘 몰라요. 그냥 열대어라고 부르지, 뭐."
 "이런 것도 집에서 키울 수 있나요?"
 "못 키울 거야 없지만…… 아파트가 얼마나 큰데?"
 "23평짜리 조그만 아파튼데요."
 "그럼 이쪽으로 와서 금붕어나 고르시우. 큰 건 5백 원이고 작은 건 2백 원짜리도 있어요. 수족관은 3만 원에서 6만 원짜리가 있고. 어떤 걸 드릴까?"

준식은 3만 원짜리 수족관을 골랐다. 금붕어는 3백 원짜리 빨간 놈으로 세 마리, 2백 원짜리 검은 놈으로 두 마리를 샀다. 그러나 막상 그 네모난 유리 상자를 어깨에 메고 가게를 나서자, 집까지 들고 갈 일이 쉽지 않다는 걸 깨달아야 했다. 팥죽 같은 땀을 흘리며 길가에 서서 손을 흔들었지만, 좀체 택시를 잡을 수가 없었다. 어쩌다 빈 택시가 오다가도 어깨에 커다란 유리 상자를 메고 있는 준식을 보고는 곧장 내빼고 마는 것이었다. 결국 전철을 타고 가는 수밖에 없었다.

　언제나 그렇듯이 전철은 발 디딜 틈 없이 사람들로 들어차 있었다. 사람들은 그 복잡한 틈으로 유리 상자를 든 채 밀고 들어선 준식을 짜증스러운 눈길로 쏘아보았다. 거기다 그의 손에는 금붕어가 담긴 비닐 물주머니까지 있었다. 천장에 매달린 선풍기가 천천히 고갯짓하며 더운 공기를 휘젓고 있었고, 그때마다 사람들의 역겹고 뜨거운 체취가 콧속을 후비고 들었다. 창 쪽으로 비집고 들어가면 시렁 위에 이 무거운 유리 상자를 올려놓을 수도 있으련만, 사람들의 틈에 끼어 꼼짝달싹할 수가 없었다. 더구나 비닐 주머니가 터질까 봐 팔을 쳐들고 있지 않으면 안 되었다. 어깻죽지가 쇠뭉치에 짓눌린 듯했고, 팔꿈치가 욱신욱신 쑤셔왔다.

　아랫배가 꾸르륵 소리를 내었다. 과민성대장증후군이란 것이 또 시작하는지 몰랐다. 이런 고통을 견디고 있어야 한다면, 신체의 어느 한 군데도 성할 리가 없을 것이었다. 준식은 비닐 물주머니 속에 든 금붕어들을 보았다. 한 줌밖에 안 되는 물속에서 다섯 마리의 작은 물고기가 힘겹게 숨을 쉬고 있었다. 그 금붕어의 툭 튀어나온 눈이 준식을 보고 있었다. 준식은 이상하게도 자신을 보고 있는 그 금붕어의 눈에 연민의 감정이 담겨 있다는 느낌을 받았다. 물고기의 눈에서 연민을 느끼다니, 그는 실소하고 말았다.

도대체 무엇 때문에 이 고생을 하며 기어이 수족관을 집까지 가져가려 하는 것일까. 그는 스스로에게 반문해보았다. 아내조차도 이제 수족관에 대해선 더 이상 관심을 갖고 있는 것 같지 않은데 말이다. 도대체 이 수족관 하나로 해결할 수 있는 것이 무엇이 있을까.

"우린 결혼을 잘못했나 봐."

어젯밤 느닷없이 아내의 입에서 튀어나온 말이었다. 그 말을 들었을 때 준식은 순간적으로 가슴이 덜컥 내려앉는 것 같았지만, 겉으로는 가능한 한 내색을 하지 않으려고 애를 썼다.

"그게 대체 무슨 소리야?"

"이렇게 사는 걸 정말 산다고 말할 수 있어?"

"그럼 어떻게 살아야 돼?"

"여하튼 이렇게 사는 건 진짜로 사는 게 아니야. 진실한 삶이라고 말할 수 없어."

"진실한 삶? 사람이 살아가는 데 진실한 것이 따로 있는 건가? 사는 건 다 똑같은 거지. 인생이란 게, 소설책에 나오는 것과는 다른 거야. 그냥 현실에 만족하면서 대충 맞추어가면서 살 수밖에 없는 게 인생이 아니겠어?"

"하여튼 난 내 인생이 뭔가 길을 잘못 들어섰다는 느낌이야. 어쩌다가 단추를 잘못 끼운 거야."

"그러니 이제 어떻게 하겠다는 거야?"

"모르겠어. 좀더 생각을 해봐야겠어."

준식은 아내가 어째서 이렇게 변하고 말았는지 이해할 수가 없었다. 불과 며칠 전까지만 해도 아내의 관심사는 그동안 셋방을 전전하면서 다 망가지고 다리까지 톱질해야 했던 낡은 장롱을 새걸로 들여놓는 것과, 수족관을 놓고 비디오, 오디오 세트를 사서 어떻게 하면 아파트를 그럴싸하게 꾸미는가 하는 문제뿐인 것 같았다. 그런데 느닷없이 아내의 입에서 그런 소리가 나오다니.

"사람은 누구든지 자기 자신의 이야기를 하고 싶은 욕구가 있는 거야."

아내는 또 그런 말도 했었다.

"자기 자신의 이야기라니? 무슨 이야기 말이야?"

"무슨 이야기든지. 옛날 어릴 때의 이야기도 좋고 아무 이야기라도 좋아. 자기 이야기를 들어주고 이해해주는 사람이 있다는 게 중요한 거지. 그런데 자기하곤 한 번도 그런 이야기 해본 적이 없잖아? 자기가 들으려고 하지도 않았고……"

"나한테 이야기를 해보지도 않았잖아? 내가 언제 이야기를 하면 듣기 싫다고 한 적 있어?"

"자기한테 말을 해봤자 소용없으니까 안 했지."

준식은 그들 부부 관계, 지난 6년간 별탈 없이 유지해왔던 그의 가정이 근본적으로 흔들리기 시작했다는 것을 깨달았다. 이렇게 된 것이 대체 누구 때문인가?

마침내 전철은 녹천역에 도착했다. 문이 열리고 밖으로 떠밀려 나오자 준식은 서늘한 바깥 공기를 허파에 빨아들이려 했으나 후텁지근한 열기만 목을 지나갈 뿐이었다. 뱃속이 꾸르륵대면서 이번에는 불쾌한 통증까지 동반되고 있었다. 어깨에 메고 있는 수족관을 내려놓고 당장 화장실이라도 찾아야 할 것 같았시만, 이 근방에 화상실 같은 선 없다는 것을 순식은 잘 알고 었다. 그는 아랫배의 통증을 참으면서, 어깨에 유리 상자를 메고 한 손에는 비닐 주머니를 든 채 다시 걷기 시작했다. 이제 수족관은 지고 갈 수도, 포기할 수도 없는 짐이 된 것만 같았다.

공사장을 가로질러 먼지를 일으키며 청소차들이 줄지어 달려오고 있었다. 공사장 한쪽의 꺼진 땅을 쓰레기들로 메우고 있는 것이었다. 그러고 보니 이 일대는 들풀 한 포기 눈에 띄지 않는 죽은 땅이었다. 쓰레기 중에는 유독 비닐이 많았다. 비닐이라는 것은 아무리 세월이 지나도 썩을 수 없는 물질이니, 수천수만 년이 지나도록 그대로 땅속에 있을 것이었다. 그리고 모든 생물이 사라진 죽은 땅 위에 이제 철근과 시멘트로 된 구조물이 들어서게 될 것이었다. 이곳이 다른 지역보다 별나게 지대가 낮아서 쓰레기들을 트럭으로 날라 와 매립을 하게 되었는지는 정확히 알 수 없었지만, 여하튼 그 무진장한 쓰레기들을 보자 준식은 뭔가 치부를 들여다본 것 같았다. 화려하다고만 생각했던 연극의 무대장치가 사실은 너절한 광목과 나무로 만들어진 속임수에 불과하다는 것을 깨달았을 때처럼 김이 새버리고만 느낌이랄까. 이 어마어마하고 위풍이 당당한 고층 아파트들을 떠받치고 있는 지반이 실인즉 거대한 쓰레기의 퇴적층이라는 사실이 새삼스럽게 놀라웠던 것이다. 사람들은 이제 그 위에 나무를 심고 잔디를 가꾸면서 그럴듯하게 조경을 꾸며 살 것이다. 거실에 수족관을 놓고 실내 인테리어를 하고 베란다엔 제라늄 화분이라도 놓고 살아갈 것이다. 바로 그것을 위해 자신은 지금 이렇게 땀을 흘리며 이놈의 물건을 들고 가고 있지 않은가?

그런데 아내는 이렇게 사는 게 인생이 아니라고 말했다. 그래, 도대체 인생이란 무엇일까? 어깨에 유리 상자를 짊어지고, 아랫배의 통증을 필사적으로 참으며 준식은 스스로에게 반문해보았다. 앞으로 나는 어떤 모양으로 살다가 죽을 것인가? 전에도 그런 생각을 전혀 해보지 않은 것은 아니었지만, 오늘처럼 심각하게 빠져든 것은 처음이었다. 그리고 막상 곰곰이 생각해보니, 앞으로 자신이 살아갈 모습은 너무나 뻔했다. 아마도 그는 앞으로 20년 동안은 지금 있는 학교의 교사로 지내야 할 것이다. 변함없이 출근하고, 변함없이 수업에 들어가고, 똑같은 소리를 반班마다 열 번이나 반복하고, 교장의 똑같은 잔소리를 듣고, 아이들에게 똑같은 잔소리를 반복하면서 살아가야 할 것이다. 달라질 것은 아무것도 없었다. 어찌어찌 하다 보면 주임 교사가 될지도 모르고, 자가용을 몰거나 아파트 평수가 조금 넓은 데로 이사를 하게 될지도 모른다. 그러나, 그렇게 해서 도대체 달라지는 것이 무엇이란 말인가? 그렇게 살다가 결국 늙어버리고 죽음을 기다리게 되는 인생에 무슨 의미가 있다는 말인가?

사실 그는 전에는 그런 인생을 꿈꾸어왔던 셈이었다. 그처럼 안정된 생활, 잠잘 곳을 걱정하지 않고 일자리를 잃고 쫓겨나게 될까 두려워하지 않아도 되는 안온한 생활, 더도 덜도 말고 그가 바란 것은 바로 그런 생활이었다. 그러나 막상 그것이 이루어지고 나니까, 어처구니없게도 아내는 그렇게 살아서 무슨 의미가 있느냐고 말하고 있는 것이었다. 아내는 그것이 냄새나고 더러운 쓰레기 위에 세워진 거짓의 삶이라고 말하고 있는 셈이었다. 23평의 아파트, 따뜻한 물이 나오는 욕실, 거실에 놓인 금붕어를 키우는 수족관, 그런 것들이 한낱 쓰레기 위에 세워진 눈가림의 속임수라는 것이었다.

그럼 어떻게 하라는 것이냐? 이제 와서 나보고 어쩌란 것이냐? 그는 소리라도 치고 싶은 심정이었다.

다시 뱃속이 꾸르륵대기 시작했다. 아랫배에서는 누가 그곳을 바늘로 무작정 꿰매고 있는 듯한 통증이 전해져왔고, 금방이라도 밑이 줄줄 샐 것 같아서 참을 수가 없었다. 하지만 아직도 해가 지려면 멀었는데, 아무 곳에서나 실례를 할 수 없는 일이었다. 수족관은 점점 어깨를 내리누르기 시작했고, 준식은 그것을 당장 땅바닥에 집어 던지고 싶은 심정이었다. 그는 연신 근방에 화장실 같은 것이 있는가 둘러보고 있었다. 그러다가 공사장 한쪽에 베니어 합판으로 세워진 허술한 건물을 발견했는데, 문짝에 '화장실'이란 글씨가 보였고 그 위에는 다시 '사용 절대 금지'라는 글씨가 덧붙여져 있었다. 그러나 사정이 사정인지라 준식은 경고문을 무시하고 문을 열었다. 그리고 눈앞에 나타난 광경에 경악하고 말았다. 놀랍게도 화장실 바닥은 수많은 똥덩이들로 발 디딜 틈이 없을 정도였던 것이다. 애초부터 하수 처리 시설조차 되어 있지 않은지 변기는 물론이고 칸막이 된 공간을 가득 채우고도 모자라 바깥에까지 넘쳐 나와 있었다. 흡사 몇십 년 전부터 그곳에 있어왔던 것처럼 딱딱하게 화석이 되어버린 것에서부터 아직 온기가 채 가시지 않은 최신 생산품에 이르기까지 형형색색의 다양한 똥들로 가득 차 있는 광경은 참으로 놀라웠다. 준식은 안으로 들어가 최소한의 공간을 찾아 바지를 푼 뒤 엉덩이를 내놓고 앉았다. 처음에는 구역질을 참을 수가 없었지만, 이상하게도 그는 차츰 그것들이 아무렇지도 않았다. 오히려 그것들이 불쾌하고 더러운 오물이라기보다는 온갖 적나라하고 뻔뻔스러운 모습으로 자기주장을 외치고 있는 수많은 생명체인 것 같다는 착각을 느끼기까지 했다.

문득 그의 눈앞에 어머니의 얼굴이 떠올랐다. 그의 어린 시절에, 어머니는 식구들을 먹여 살리기 위해 닥치는 대로 일을 했다. 삯바느질도 했고, 시장에서 좌판을 놓고 장사도 했다. 어머니가 판 것은 김밥과 오뎅이었다. 시장에서 하루 종일 어머니는 손뼉을 두드리며, 그 걸걸한 목소리로 외쳐대는 것이었다.

"자, 맛나고 싱싱한 오뎅이나 김밥 사이소오. 싱싱한 오뎅이나 김밥 있십니더."

오후 나절이면 시장 바닥이 사람들로 발 디딜 틈 없이 붐비기 시작했다. 시장 사람들은 그것을 '장이 섰다'고 말하는데, 장이 서게 되면 어머니의 목소리는 더욱 걸걸해지고 더욱 신명이 나는 것 같았다.

"자아, 맛나고 싱싱한 오뎅이나 김밥! 맛나고 싱싱한 오뎅이나 김밥 사이소오!"

준식의 기억으로는 시장 안에서 그의 어머니보다 더 큰 목소리를 가진 장사치는 없었다. 어머니는 지나가는 사람이 있든 없든 하루 종일 손뼉을 치고 소리를 질러댔는데, 그러다 보면 밥을 굶거나 때로는 변소에도 못 가는 일이 많았다. 사실 그때 어머니가 상사를 하던 그 시장에는 변소 갈 일이 큰 문제였다. 시장 뒤쪽에서는 공중변소가 딱 하나 있었는데, 시장 사람들 모두가 그 변소 하나만을 이용해야 하는 것이었다. 그래서 공중변소 앞에는 늘 사람들이 줄을 서 있게 마련이었다.

준식의 어머니는 아무리 용변이 급해도 그 변소 앞에 태평스럽게 줄을 서고 있을 수가 없었다. 김밥 하나라도 더 팔아야 한다는 생각에 좀이 쑤셔 서 있을 수가 없는 것이다. 그러던 어느 날, 어머니는 그예 낭패를 보고 말았다. 그날도 어머니는 몇 번이나 용변이 급해 변소 앞으로 달려갔다가 사람들이 줄을 서 있는 걸 보고 다시 주르르 좌판으로 달려왔다가 다시 쫓아가길 몇 차례를 거듭하다가 마침내 더 이상 참지 못할 지경이 되고 말았다.

"아이고메, 우짜꼬, 우짜꼬."

여전히 공중변소 앞에 길게 줄을 서 있는 사람들 틈에 몸을 비비 꼬고 발을 굴렀지만, 소용없는 일이었다. 곁에서 지켜보고 있던 준식은 어머니만큼이나 초조하고 불안한 심정이었다. 그런데도 어머니는 더 기다리지 못하고 다시 좌판이 있는 곳으로 돌아왔다. 그러고는 무슨 생각인지 태연하게 좌판 앞에 쪼그리고 앉는 것과 함께, 준식은 슬며시 코를 자극해오는 수상스러운 냄새를 맡을 수 있었다. 준식은 직감적으로 어머니가 지금 무엇을 하고 있는가를 알아차렸다.

"아이고오, 이기 무슨 냄새고?"

그때 어머니의 오른쪽에 앉은 고등어 아줌마가 코를 싸쥐고 말했다.

"누가 방구 뀌었는가 베."

이번에는 어머니의 왼쪽에 앉은 콩나물 아줌마가 말을 받았다.

"방구 냄새가 이래 지독하겠나? 누가 똥을 싸고 있는 모양이구마."

"누가 시장 바닥에서 똥을 싼단 말이고?"

어머니를 사이에 두고 두 아줌마가 떠들어대고 있었지만, 어머니는 아무런 표정도 없이 시치미를 딱 떼고 있었다. 아주 결정적인 궁지에 몰리게 되면 도리어 태연해지고 배짱이 생기는 것이 어머니의 특기 중 하나였다. 이미 급한 고비는 넘겼는지, 어머니의 얼굴은 이제 느긋하고 여유 있는 표정을 회복하고 있었다. 고등어 아줌마가 아무래도 의심스럽다는 눈길로 어머니를 흘끔거렸지만, 어머니는 아랑곳하지 않았다. 그때의 그 뻔뻔스럽도록 태연했던 어머니의 얼굴을 준식은 지금도 결코 잊을 수가 없다.

화장실을 나와 준식은 다시 수족관을 어깨에 올렸다. 여기까지 들고 왔으니, 어쨌든 끝까지 끌고 가야 했다. 그의 어머니가 그랬듯이 준식에게 있어서도 인생이란 뭔가 화려한 것, 거창한 것, 고상한 것과는 거리가 멀었다. 오히려 인생이란 구질구질하고 더럽고 고달픈 것의 연속이었다. 끝없는 장애물경주처럼 결코 그것들을 회피할 수 없었다. 때때로 운이 좋으면 작은 휴식과 성취감을 맛볼 수도 있지만, 따지고 보면 그것도 끝없이 반복되는 물굽이 위에 떠올랐다가 꺼지고 마는 포말 같은 것이 아니겠는가.

마침내 집에 도착했으나, 막상 수족관을 받아 든 아내의 얼굴은 무표성에 가까웠다.

"그런데 죽은 금붕어는 왜 들고 왔어?"

아내가 하는 말이었다. 과연 금붕어는 죽어 있었다. 어느 사이엔가 비닐 주머니가 찢어지고, 물이 반 이상 빠져 있었던 것이다. 허옇게 배를 드러낸 금붕어는 그래도 눈을 멀거니 뜬 채 준식을 올려다보고 있었다. 여전히 그 연민의 눈으로.

7

"홍 선생, 내 차 타고 갑시다."

현관문을 나오는데, 양구만이 자기 차의 문을 열어놓고 준식에게 손짓했다. 운전석 옆자리에는 이미 1학년 주임이 타고 있었고, 뒷 창문에는 김동호 선생의 굵은 목덜미가 보였다. 준식이 김동호의 옆자리에 올라타자, 차가 출발했다.

"다른 선생들은 다 출발했는가?"

주임이 입을 열었다.

"그럼요, 다른 건 빠져도 회식에는 빠질 수가 없죠. 주임 선생님, 믿을 만한 소식통에 의하면 오늘 회식 자리에서 소정의 휴가비도 나누어 준다는 소문이 있던데 사실이겠죠?"

"선생들이 휴가비가 어디 있어요? 방학이라고 놀면서도 월급은 다 받는데……"

"에이, 또 오리발 내미시네. 그리고, 방학이라고 며칠이나 논다고 그래요? 더운데 나와서 뭐 빠지게 보충수업해야 하는데."

"집에서 놀면 뭐 하나? 나와서 아이들 한 자라도 더 가르쳐야지!"

아까부터 아무 말도 않고 앉아 있던 김동호가 불쑥 내뱉은 소리였다. 그러자 다들 킬킬거리고 웃었다. 교장이 늘 하는 소리였던 것이다.

"에 또, 이번에 여러 선생님들께서 협조해주신 덕분에 학생들 대부분이 여름방학 보충수업에 참가하게 되었습니다."

회식 장소인 일식집에서 식사를 마치고 나자, 주임이 입을 열었다. 1학년 담임 교사 열 명이 빠짐없이 둘러앉아 있었다.

"주임으로서 드리는 말씀이 아니라, 사실 전 보충수업을 강제로라도 시켜야 한다고 생각하는 입장입니다. 더운데 붙들어놓으면 무슨 공부가 되는가 하지만, 풀어놔보십시오. 못된 망아지 뿔 난다고 꼭 사고 치는 놈이 생기거든요. 나쁜 길로 솔솔 빠져드는 때가 바로 방학 중이잖아요. 그러면 담임이 얼마나 골치 아픕니까?"

김동호가 쩝 입맛을 다셨다. 주임의 말에 반론을 제기하고 싶지만, 참는다는 표정이었다. 어차피 다 끝난 일이니까. 주임은 그러나 금방 눈치를 채고,

"여하튼 이번 일은 여러 선생님들이 적극 협조해주셔서 고맙다는 말씀 외엔 더 긴 말 안 드리겠습니다. 그리고 이건……"

바지 주머니에서 빳빳한 종이를 꺼내더니, 그걸 한 사람씩 나누어 주었다. 10만 원권 수표였다.

"에 또, 이번 보충수업 때 교재 채택료로 제가 출판사 쪽하고 이야기를 해서 여러 선생님들 조금이나마 위로하는 뜻에서 만들어보았습니다. 봉투를 준비하지 못해 죄송합니디이."

주임이 말꼬리를 길게 늘이면서, 한 사람씩 손에다 수표를 쥐여주었다. 수표를 집어넣는 표정들이 각양각색이었다. 준식은 김동호가 그 수표를 어떻게 하는지가 궁금했다. 김동호는 약간 얼굴을 붉힌 채 그 수표를 손안에 들고 만지작거렸다. 한참 후 슬그머니 그 수표는 그의 몸 어딘가로 사라지고 없었다.

"홍 선생, 우리 2차 갑시다."

일식집에서 나오자, 양구만이 곁으로 다가와 은근한 목소리로 팔을 끌었다.

"주임하고 김동호도 같이 가기로 했어요. 이 근방에 내가 잘 아는 집이 있거든."

이미 일식집에서 마신 술이 취해오고 있었지만, 준식은 그들을 따라갔다. 어쩐지 술이라도 흠뻑 취해버렸으면 하는 기분이 들기도 했던 것이다. 초저녁인데도 화려하고 요란한 불빛들이 번쩍거리는 술집 거리를 그들은 걸어 올라갔다. 양구만이 줄지어 늘어선 술집들 중 '황금연못'이라는 간판이 붙은 지하 술집으로 내려갔다.

동굴처럼 어둡고 축축한 계단을 내려가자, 시끄러운 유행가 소리가 예닐곱 평 남짓 되는 좁은 홀 안을 가득 채우고 있었다. 양구만이 소리쳤다.

"이 집 장사 안 하나?"

"어머어머, 자기 왔구나."

주방 쪽에 난 작은 문이 달칵 열리더니 한 여자가 호들갑스럽게 반색하며 뛰어나와 양구만의 팔에 매달렸다. 뒤이어 이번에는 좀더 나이 들고 비대한 여자가 몸을 드러내며,

"옴머, 양 선생님, 정말 오랜만이시다."

체구와는 전혀 어울리지 않는 코맹맹이 소리를 내었다.

"그동안 왜 소식도 없었어? 나 자기 얼마나 보고 싶었다구. 자기 나 말고 또 딴 애인 생긴 거 아냐?"

칸막이 안에 자리를 잡자마자, 여자가 양구만에게 바싹 붙어서 말했다.

"이년아, 오늘은 점잖은 손님들 모셔왔으니까, 얌전하게 인사부터 드려라."

"처음 뵙겠어요. 미스 장이에요."

"마담, 여기 맥주 좀 가져와요. 아가씨도 한 명 더 보내주고."

잠시 후 미스 장보다 더 마르고 나이도 어려 보이는 여자가 술을 가지고 들어왔다. 그 여자는 주임과 준식의 사이에 앉았다. 주임이 술잔을 치켜들었다.

"자, 건배합시다."

준식은 단숨에 술잔을 비웠다. 술이 목구멍을 타고 넘어가 그전에 마신 술과 합쳐지면서 취기가 금방 올라왔다. 빈 잔을 여자가 냉큼 다시 채웠고, 준식은 그것마저 비워버렸다. 그런데도 갈증은 가시지 않았다.

"허, 오늘 우리 홍 선생 왜 그리 급하게 마시나."

녹천에는 똥이 많다

양구만의 손은 미스 장의 윗옷 속으로 들어가 있었다. 주임은 김동호에게 무언가 열심히 이야기하고 있었다. 젊은 기분만으로 교육이 되는 건 아니다, 교육이란 정열도 중요하지만 경험도 중요하다, 아이들이란…… 김동호는 고개를 반쯤 숙인 채 잠자코 듣고 있었다. 김동호의 짙은 눈썹을 바라보며 준식은 참을 수 없는 답답함이 치밀어 오르는 것을 느꼈다. 아내와 동생은 지금쯤 뭘 하고 있을까 하는 생각이 스쳐갔다.

"안주 더 시켜야지. 뭘로 시킬까?"

미스 장이란 여자가 양구만에게 말했다. 양의 손은 여전히 여자의 가슴팍으로 들어가서 꿈틀거리고 있었고, 여자는 캘캘거리며 몸을 비틀었다.

"난 조개 안주가 좋아."

"아유, 응큼한 건 알아줘야 해. 하긴, 나도 음식 중에 김밥이 제일 좋더라."

두 여자가 동시에 깔깔거렸다. 준식의 옆에 앉은 여자가 그를 쳐다보며 말했다.

"난 오뎅을 제일 좋아하는데."

취기가 준식의 의식을 시공時空을 초월한 세계로 몰고 가고 있었다. 어느 것이 현실이고 과거인지 잘 구별할 수가 없을 정도였다. 지금 그는 어머니와 함께 버스를 타고 가고 있는 중이었다. 버스는 어느 시장 앞을 지나고 있었다. 차창 밖으로 시장거리의 북적거리는 인파와 리어카들, 떠들썩하게 소리치는 장사치들이 지나가고 있었는데, 무심코 창밖을 내다보던 어머니가 깜짝 놀라 소리치는 것이었다.

"아이고, 우짜꼬! 하마 장 섰뿌렀네."

아마 어머니는 자신이 지금 시장 거리에 있는 걸로 잠깐 착각을 했던 게 틀림없었다. 어머니는 갑자기 자리에서 벌떡 일어나 손뼉을 치며 발을 구르기 시작하는 것이었다.

"자, 맛나고 싱싱한 오뎅이나 김밥 사이소오! 싱싱한 오뎅이나 김밥 있심니더!"

너무나 갑작스러운 일이라 준식이 미처 말릴 틈도 없었다. 놀란 사람은 준식뿐만 아니었다. 버스 안에 있던 사람들이 모두 무슨 일인가 어리둥절해서 쳐다보다가 곧 킬킬거리고 손가락질하며 수군대기 시작하는 것이었다.

"맛나고 싱싱한 오뎅이나 김밥 사이소오! 둘이 묵다가 하나 죽어도 모르는 오뎅이나 김밥……"

신명나게 손뼉을 치고 발을 구르던 어머니가 갑자기 입을 다물었다. 그제야 자신이 지금 시장 거리가 아니라 버스에 타고 있다는 걸 깨달았던 모양이었다. 어머니는 얼굴이 검붉게 물들더니, 입을 다물고 슬그머니 자리에 주저앉고 말았다.

"시상에, 겉보기로는 멀쩡하게 생깄구마는, 머리가 돌았는갑네."

준식의 뒷자리에서 두 여자가 주고받는 소리였다. 버스 안에 있는 사람들 대부분이 들을 수 있을 만큼 큰 소리였으니 틀림없이 어머니에게도 들렸을 것이지만, 미친 여자니까 들어도 상관이 없다고 생각한 모양이었다.

"암매 서방 때문에 미쳤는갑다."

"그걸 우째 아노?"

녹천에는 똥이 많다

"김밥이나 오뎅이 뭐같이 생깄노? 꼭 남자 그것맹쿠로 안 생깄나?"

"맞대이, 그런갑다. 서방이 딴 기집하고 바람을 피았기나 서방한테 소박을 맞아서 미쳐뿌렀능갑다."

"안 그라마, 멀쩡하게 생긴 여자가 와 버스 간에서 오뎅이나 김밥 타령을 하겠노?"

"아이고, 불쌍해라."

준식은 혼자서 술잔을 비웠다. 곁에 앉은 여자가 그의 옆구리로 얼굴을 디밀었다.

"아이, 우리 사장님은 왜 이렇게 우울하실까. 뭐 나쁜 일이라도 있으세요?"

"야, 난 사장 아니야."

"사장님이 아니면 그럼 부장님이세요?"

"야, 그분은 사장보다 더 높으신 분이야. 급장님이니까."

앞에 앉은 양구만이 하는 말이었다. '급장'이란 누가 언제부터 붙인 것인지 모르지만, 학생들과 교사 사이에 널리 퍼진 준식의 별명이었다. 급사에서 교장까지 해먹을 사람이라는 뜻이었다. 준식은 무슨 소리라도 목이 터져라 내지르지 않으면 숨이 막혀 죽을 것 같은 기분이었다. 그 답답함을 씻어버리기 위해서라도 연거푸 술을 들이켜야만 했다.

"홍 선생님, 홍 선생님은 무슨 재미로 사십니까?"

김동호가 벌겋게 취한 얼굴을 쳐들고 준식에게 물었다. 그러고는 준식의 대답을 듣지도 않고 스스로 대답했다.

"난 말이죠. 왠지 사는 재미가 없어졌어요. 아무리 생각해봐도 사는 재미가 없단 말씀예요."

"사는 재미가 없다고? 허어, 그거 보통 문제가 아닌데."

건너편 자리에 있던 양구만이 끼어들었다.

"젊은 나이에 벌써 사는 재미가 없어졌다면, 끝장난 거야. 알겠어? 종 치고 날 샌 거라구."

양구만을 바라보는 김동호의 두 눈에 일순 불꽃이 이는 것을 준식은 보았다. 그런 눈빛으로 김동호는 5, 6초 정도 말없이 양구만을 노려보고 있었다. 맥주잔을 움켜쥐고 있는 김동호의 손에 잔뜩 힘이 들어가 있는 것이, 마치 그것으로 양구만의 얼굴을 갈겨버리기라도 할 것 같았다. 갈겨라, 준식은 마음속으로 그렇게 말했다. 이 녀석아, 뭘 그렇게 뻔히 쳐다보고만 있냐? 갈겨라, 넌 배알도 없냐?

"왜 그래? 김 선생, 내가 뭐 틀린 말 했어?"

양구만의 입술이 한쪽으로 비틀리며 히죽 웃었다. 그러자 술잔을 움켜쥐고 있던 김동호의 손에서 갑자기 힘이 쑥 빠져버리고 말았다.

"아, 아닙니다. 맞는 말씀이죠. 사실은 저도 그렇게 생각하고 있는 중입니다."

그리고 김동호는 다시 준식에게 고개를 돌렸다.

"그래서 전 말이죠, 요사이 실내 낚시라는 것에 취미를 붙였답니다. 실내 낚시 아세요? 맑은 공기와 밝은 햇살 아래에서 하는 낚시가 아니라, 건물 밑 지하 낚시장에서 고기를 낚는 거죠. 나처럼 해를 마주 보기 싫어진 인간에겐 안성맞춤의 놀이라구요."

"해를 마주하기 싫어졌다고? 그것참 큰일이군, 큰일이야."

양구만의 목소리가 다시 끼어들었다. 그러나 김동호는 이번에는 아무 대꾸도 하지 않았다.

"그런 거라도 해야지 무슨 재미로 살겠습니까? 그래도요, 그거 생각보다 재미있다구요. 지느러미에 빨간 색칠이 된 놈을 낚으면 텔레비전도 한 대 준다구요. 그놈을 쫓다 보면 시간 가는 줄 몰라요. 언제 저하고 같이 한번 가보시지 않겠습니까?"

"야, 이거 신고식도 안 하고 술을 마시니 분위기가 안 살잖아. 누구부터 신고할래?"

"오늘은 그냥 넘어가요, 네? 꼭 신고식을 해야만 맛이우?"

미스 장이 양에게 바싹 몸을 기댄 채 말했다.

"야, 무슨 소리야. 신고식은 이 '황금연못'의 전통인데 누구 마음대로 안 하겠다는 거야? 미스 장, 너부터 시범을 뵈줘라."

"내 건 지겹도록 봤잖우? 무슨 재미로 또 볼려고 그래?"

"오늘은 여기 선생님들도 모시고 왔잖어. 정식으로 인사를 드려야지."

양구만은 지갑을 꺼내더니 만 원짜리 지폐 두 장을 탁자 위에 올려놓았다. 여자는 별로 망설이지도 않고 자리에서 몸을 일으켰다. 그러고는 신발을 벗고 의자 위에 올라갔다. 무표정한 얼굴로 서서 그녀는 곧 윗도리를 벗기 시작했다. 여자의 윗도리가 휴지쪽처럼 발치에 떨어졌다. 뒤이어 치마를 벗어 던졌다. 허리를 굽힐 때, 조그만 검정색 천 조각에 겨우 가려진, 커다란 살덩어리가 출렁이는 것을 준식은 보았다. 허물을 벗듯 옷을 하나씩 벗어 던지면서도 그녀는 마치 지겹고 따분한 노동을 하고 있는 것처럼 무표정한 얼굴을 하고 있었다. 자신의 동작 하나하나를 뚫어져라 올려다보는 여덟 개의 눈을 깨닫고는 피식 한번 웃어 보였을 뿐이었다. 김동호가 얼굴을 벌겋게 물들인 채 여자를 뚫어져라 바라보고 있었다. 주임은 약간 얼이 빠진 것 같은 얼굴이었다. 붉은 조명등 아래에서 여자의 살갗에 무수히 돋아난 소름까지도 숨김없이 다 보였다. 뼈대가 굵은 여자의 몸은 군살이 많았고, 아랫배도 처져 있었으며, 멋없이 크기만 한 젖가슴이 불균형하게 매달려 있었다. 커다랗게 융기한 그 두 개의 살덩어리에 하나씩 박힌 검은 유두가 준식의 눈에 뛰어들었다. 그것은 그녀의 표정만큼이나 태연하고 뻔뻔스러운 모양으로 자신을 드러내고 있었다. 마침내 그녀는 자신의 몸 위에 남아 있던 마지막 헝겊 조각을 제거해버렸다.

그 자세로 그녀는 노래를 하기 시작했다. 연분홍 치마가 봄바람에 휘날리더라…… 준식은 참을 수 없는 갈증에 쫓기듯 자신의 앞에 놓인 술잔을 들어 단숨에 들이켰다. 아까부터 자신을 짓누르고 있는, 누구에게로 향한 것인지 모를 분노와 모멸감을 이제 더 이상 참기 어려웠다. 그는 갑자기 벌떡 자리에서 일어났다.

"자아, 맛나고 싱싱한 오뎅이나 김밥 있어요! 맛나고 싱싱한 오뎅이나, 김밥!"

동료 선생들은 도대체 준식이 무슨 미친 짓을 하는가, 얼이 빠진 표정으로 쳐다보고 있었다. 사실 준식 자신도 무슨 짓을 하는지 제대로 깨닫지 못했다. 이제 그는 그 옛날 그의 어머니가 하던 것처럼 신나게 손뼉을 치고 발을 구르면서 박자를 맞추고 있었다.

"어머, 이분 미쳤나 봐."

벌거벗은 몸으로 의자 위에 올라서 있던 여자가 김이 샌다는 표정으로 준식을 내려다보았다. "어이, 홍 선생 왜 그래? 앉아!" 하고 소리치는 주임의 목소리도 들려왔다. 그러나 준식은 점점 더 신명이 오른 목소리를 내지르며 테이블 주위를 빙빙 돌았다.

"맛나고 싱싱한 오뎅이나, 김밥! 둘이 처묵다가 하나가 죽어도 모르는 오뎅이나 김밥! 오뎅이나……"

갑자기 누가 등 뒤에서 준식의 상체를 껴안았다. 김동호였다.

"홍 선생님, 기분 좋게 마시다가 왜 판을 깨고 그래요? 미친 사람같이……"

준식은 몸을 비틀어 김동호의 몸을 떠밀었다. 김동호가 중심을 잃고 넘어지면서 테이블 위에 놓였던 술병들이 떨어지며 요란하게 깨졌고, 여자들의 비명 소리가 들렸다.

"그래, 나는 미쳤다. 그럼 니놈들은 뭐냐? 이게 사는 거냐? 이렇게 살면서 산다고 말할 수 있냐? 에라, 이 한심한 종자들아!"

말을 마치자마자 그는 몸을 돌려 칸막이 밖으로 나오고 말았다. 그러나 그는 곧 다시 문을 열고 들어갔다.

"이건 너희들이나 나눠 가져."

아직도 영문을 모르겠다는 표정으로 쳐다보고 있는 동료 교사들의 눈앞에 수표 한 장이 낙엽처럼 떨어져 내렸다.

8

 술만 취하면 준식은 등을 약간 굽히고 걷는 버릇이 있었다. 그 자신은 의식하지 못했지만, 그것은 지금부터 약 6, 7년 전부터 생긴 버릇이었다. 6, 7년 전, 그러니까 낮에는 학교 서무실에서 일하고 밤에는 야간대학에 다니고 있을 무렵, 그는 어느 집 지하에 있는 단칸방에서 자취를 하고 있었다. 그런데 너무 천장이 낮은 그 방은 머리를 똑바로 쳐들면 부딪히게 되어 있어서 항상 머리를 숙이고 있지 않으면 안 되었다. 그 뒤부터 술만 취하면 그의 자아는 그때 그 계단 밑 방으로 돌아가는데, 지금도 그는 자신도 모르게 머리를 숙이고 걷고 있는 것이었다. 그러나 자신의 아파트에 도착하자 그는 갑자기 기세가 살아나서 주먹으로 문을 두드리며 고함을 질렀다.
 "야, 문 열어, 무운!"
 문이 열리고 아내의 놀란 얼굴이 나타났다.
 "이게 무슨 짓이야? 술이 취했으면 곱게 들어올 일이지……"
 술에 취한 눈에도 준식은 아내의 얼굴에 화장기가 있는 것을 발견했다. 아내의 그 화장한 얼굴을 보자, 준식은 갑자기 까닭을 알 수 없는 연민 같은 것을 느꼈다. 순간적으로 그는 아내의 화장이 아무 소용없는 허망한 노력 같다는 느낌을 받았던 것이다. 누구도 거들떠보지 않는 늙은 작부가 짙게 화장을 하고 있는 것처럼 불쌍하고 안쓰러운 느낌을 주고 있었다. 그러나 속으로는 그렇게 생각하면서도, 정작 준식의 입에서는 정반대의 말이 튀어나왔다.

"어이, 정미숙. 한 가지 물어보자구. 당신 요즘 왜 그렇게 집에서 화장을 하고 있어?"

"아니, 내가 무슨 화장을 했다고 그래? 겨우 입술에 루주 좀 바른 건데…… 아무리 집에 있는 여자라고 해도 얼굴에 엷은 화장 좀 하고 있는 것이 당연하잖아? 그게 뭐 어쨌다는 거야?"

"당연하지. 그런데 당신은 전에는 그 당연한 걸 한 번도 안 했었잖아. 그런데 요즘은 왜 매일 그렇게 얼굴을 꾸미고 있느냐 말야? 그 이유가 뭐야?"

그의 공격에 아내의 얼굴이 확 붉어졌다.

"아이 참, 도대체 그게 뭐 어쨌다는 거야? 남이야 화장을 하든 말든……"

"당신이 왜 화장을 하는지 내가 말해볼까? 민우 때문이지?"

"어머어머, 이 사람 말하는 거 좀 봐. 머리가 어떻게 됐나 봐."

아무리 술에 취해 있다 하더라도 준식은 자기가 지금 말도 안 되는 소리를 지껄이고 있다는 것쯤 잘 알고 있었다. 그런데도 왜 자신의 입은 다물어지지 못하고 계속해서 그따위 소리를 뱉어내고 있는지, 또 어쩌자고 목소리는 갈수록 빽빽 높아지고 있는지 알 수가 없었다.

"내 말이 틀렸어? 민우한테 이쁘게 보이려고 그러는 거 아니야?"

"형, 아무리 술이 취했다고 해도 너무 심한 거 아냐?"

민우가 중간에 끼어들었다. 그의 얼굴이 벌겋게 달아올라 있었다.

"야, 너는 좀 빠져라. 이건 우리 부부 사이의 문제니까."

"아무리 부부 사이의 문제라지만 내 이름이 들먹거려지니까 나도 가만있을 수 없잖아? 내 책임도 있으니까."

"삼촌, 형님이 이런 사람이에요. 내가 이런 남자하고 살고 있다구요. 아유, 정말 창피해 죽겠어."

"뭐, 창피? 나하고 사는 게 창피하다고?"

"그래, 창피해. 내 말이 뭐 잘못된 거라도 있어? 나도 이제 마음속에 있는 말을 좀 하고 살아야겠어."

그녀는 말을 다 끝내지 못했다. 준식이 그녀를 향해 달려들었던 것이다. 그러나 그는 곧 민우에게 팔을 잡혔고, 그 바람에 몸의 균형을 잃고 말았다. 방바닥에 자빠지면서 그의 다리가 하필이면 화장대를 걷어찼다. 동시에 요란한 소리가 들려왔다. 준식은 방 전체가, 그 속에 있는 아내며 민우 녀석까지 커다랗게 균열을 일으키는 것을 보았다. 거울이 깨졌다는 것을 안 것은 그다음 순간이었다.

내가 무슨 짓을 했던가. 준식은 누운 채 혼자 반문해보았다. 집 안은 이상할 정도로 조용했다. 방바닥에는 아직도 깨어진 거울 조각이 흩어져 있었다. 조용히 문이 열리며 아내가 들어왔다.

"홍준식 씨, 나 나가겠어요."

"나가다니, 어딜?"

준식은 벌떡 몸을 일으켰다. 아내는 잠든 상미를 깨워 옷까지 입혀서 데리고 서 있었고, 어느새 가방까지 준비하고 있었다.

"어딜 가든 상관하지 마세요."

우습게도 이제 아내는 그에게 꼬박꼬박 존대말을 썼다. 또 그에 대한 호칭도 지금까지처럼 '자기'가 아니라 깍듯이 '홍준식 씨'라고 불렀다.

"이 밤중에 당신은 이 집을 나가겠다는 건가?"

"그래요. 더 이상은 이 집에서 살 수가 없어요."

준식은 말문이 막히고 말았다. 분노를 느끼기보다 어이가 없을 지경이었다. 그는 간신히 다시 물었다.

"상미도 데리고 간단 말이야?"

"물론 내가 데리고 가야죠. 준식 씨 학교에 출근하면서 혼자 아이를 못 키울 게 뻔하잖아요?"

"당신, 도대체 왜 이러는 거야? 지금까지도 우린 그런대로 잘 살아왔잖아."

"잘 살아오긴요? 겉으로만 그냥 잘 사는 척했을 뿐이죠. 난 지금까지 너무 나 자신을 속이며 살아왔다는 것을 알았어요. 솔직히 말하자면요, 난 홍준식 씨하고 결혼해서 살면서 지금까지 한 번도 진정으로 행복해본 적이 없었어요."

"행복? 행복이 뭔데?"

그는 거의 울상이 되어 반문했다. 그가 그렇게 물었던 것은 진짜 그 말의 의미를 알 수 없었기 때문이었다.

"사람이 사람답게 사는 거죠."

"그럼, 이때까지 당신은 사람답게 살지 않았단 말야?"

"그럼요. 난요, 그쪽한텐 미안한 말이지만 지금까지 아무 보람도 즐거움도 없이 억지로 살아왔다구요. 이게 어디 사는 거예요?"

이게 어디 사는 거냐. 그 말은 불과 얼마 전에 술집에서 준식 자신의 입으로 했던 말이었다. 그것이 오늘 저녁의 주제가 된 셈이었다. 하지만 아무리 떠들고 싸워본들 그 물음의 해답을 어디서 얻는단 말인가. 준식은 그저 가슴이 답답하고 분통이 터져 머리가 돌아버릴 것 같았다.

"그럼 어떻게 살아야 해?"

"그걸 어떻게 말로 설명을 해줘요?"

더 이상 참지 못하고 준식은 문을 박차고 나갔다. 민우가 문 밖에 헬쑥해진 얼굴로 서 있었다. 그는 동생의 팔을 잡았다.

"너 인마, 이리 좀 와봐. 모든 게 너 때문이야. 니 녀석이 들어와서 집안을 이 지경으로 만들어놨어."

"치사하게 굴지 마요, 제발. 삼촌이 무슨 잘못이 있어요?"

"왜 잘못이 없어? 니놈이 도대체 뭐야? 이 여자를 이렇게 만든 건 바로 니놈이야."

"당신은 삼촌한테 부끄럽지도 않아요?"

아내가 그의 앞을 가로막고 나섰다.

"부끄러워? 내가 뭘?"

"삼촌은 옳은 일을 위해 자신을 희생하며 고생하고 계신 분이잖아요. 그런데 당신은 뭐예요? 그저 자기 자신만 알고, 평생 가야 큰소리 한번 못 질러보고. 당신이 꿈이 있어요, 이상이 있어요?"

뭐라고 할 말이 없었다. 완전한 벽이구나 하는 생각이 들었다. 6년간이나 살을 맞대고 살았는데 이처럼 손톱자국 하나 내지 못할 벽처럼 느껴지다니. 준식은 울고 싶은 심정이었다.

"형, 나 때문에 형수가 이러신다면 미안해. 하지만 이런 식으

녹천에는 똥이 많다

로 흥분한다고 해결될 문제가 아니잖아. 형수님을 이해하려고 노력해봐."

"이해? 그럼 너희들은 왜 날 이해하려고 하지 않냐? 그래, 난 인생이 뭔지도 모르고 살아가는 놈이야. 꿈도 이상도 없이 그저 벌레처럼 살아가는 놈이야. 타락하고 비굴하고 그렇게 살아갈 수밖에 없었어. 그런데 넌 어째서 그렇게 도덕적이어야 하냐? 왜 너만은 아직 도덕적이고 고상하게 살고 있냐?"

여전히 창백한 얼굴로 민우는 정신없이 퍼부어대는 준식의 말을 잠자코 듣고 있었다. 준식으로 말하자면, 자신의 입에서 빠져나오고 있는 말에 스스로도 놀라고 있었다. 학교 수업 시간을 제외하고는, 아니 학교 수업 시간에도 이처럼 열변을 토해본 경험이 지금까지 한 번도 없었다. 그런데 막상 토해놓고 보니 뭔가 후련하고 통쾌한 기분까지 드는 것이었다.

"난 처음부터 니놈이 기분 나빴어. 넌 무엇 때문에 그렇게 당당하냐? 넌 어째서 그 나이가 되도록 정의와 도덕을 위해서 싸우고 있냐? 너는 왜 나처럼 가족을 먹여 살리기 위해, 직장에서 쫓겨나지 않기 위해 요리조리 눈치를 보며 살지 않냐? 너는 무슨 자격으로 저 높은 곳에서 그 모든 것을 초월하여 있을 수 있단 말이냐?"

"미안해, 형."

마침내 민우가 낮은 소리로 말했다.

"형이 그렇게 사는 것이 형이 살아가는 방식이듯이, 내게는 이것이 내 삶의 방식이야."

"그래, 말 잘했다. 니는 니가 사는 방식이 있고, 나는 내가 사는 방식이 있어. 그러니 서로 이러니저러니 하지 말잔 말이야. 사람은 결국 지 꼴린 대로 사는 거야."

"형, 내가 형 집에 와 있는 게 이렇게 심각한 문제를 만들 줄 몰랐어. 미안해. 지금이라도 내가 나갈게. 그러니 형수님도 진정하시고 다시 한번 생각해보세요."

"안 돼요, 나도 나가겠어요. 이대로는 도저히 살 수가 없어요."

아내가 가방을 들면서 하는 말이었다. 그래, 나가라. 다 나가라. 나 혼자 있을 테다. 그러나 준식은 차마 그렇게 말하지 못했다. 아이가 영문도 모르고 울기 시작했다. 아내의 고집에 민우도 난감한 표정을 지었다.

"형, 내가 형수님과 이야기를 좀 해볼 테니까 좀 나가 있어봐."

준식은 민우에게 떠밀려서 현관문을 나섰다. 마치 자신의 집에서 쫓겨난 듯한 기분이었다. 아파트 주차장에 서서 혼자 담배를 피워 물었다. 가슴속에 깊숙이 파묻혀 있던 지난날의 회한들이 끓어올랐다. 옛날부터 동생이 선이라면, 그는 악이었다. 결코 그의 마음에 들진 않았지만, 그 배역은 한 번도 바뀌지 않았다. 지금도 마찬가지이고, 필경 앞으로도 그럴 것이었다.

그 옛날 준식의 가족이 살던 동네엔 빵 공장이 있었다. 공장이라고 해야 가정집 안에서 기계를 들여놓고 빵을 만드는 곳인데, 그곳에선 늘 속이 뒤집힐 것처럼 달콤하고 구수한 빵 굽는 냄새가 풍겨 나왔고, 동네 아이들은 그 집 가까이만 가도 코를 벌름거리며 허기진 뱃속에 냄새를 깊숙이 삼키곤 했었다. 준식의 어머니는 일요일 아침이면 그 집에 가서 일을 해주었다. 아마도 부엌일이나 밀린 빨래 같은 것을 해주고 몇 푼의 돈을 받곤 했던 것이었다. 그 집 식구들이 모두 잘 차려입고 성경책을 옆구리에 끼고 집을 나서고 나면, 준식은 그 집 뒷 담벼락으로 갔다. 그곳은 막다른 골목의 끝이어서 사람들이 잘 오지 않는 으슥하고 후미진 곳이었다.

한참 그곳에서 혼자 기다리고 있으면 판자 담을 두드리는 소리와 함께 "준식아, 준식아" 하는 낮은 목소리가 들렸다. 준식이 바싹 다가가면 판자 담 사이에 뚫린 틈새로 흰 봉지에 싸인 빵이 나오는 것이었다. 준식은 그것을 얼른 받아서 옷 속에다 집어넣고 집으로 달려갔다. 그렇게 해서 어머니는 한 번에 몇 개씩의 빵을 빼돌렸고, 그다음 날에는 그것을 시장에 내다팔았다.

이상한 것은 준식에게는 그때 그것이 그렇게 나쁜 짓이라는 생각이 들지 않았다는 사실이다. 필시 어머니도 그랬을 것이다. 어머니에게는 가족이 굶어 죽지 않고 살아남는 것보다 더 높은 가치의 도덕이란 없었던 것이다. 어쨌든 그는 어머니의 도둑질에 동조할 수밖에 없었다. 그것은 일종의 전투와 같아서(삶의 전장에서 살아남기 위한 전투 말이다) 명령이 떨어지면 무조건 군말 없이 복종해야 하는 것이었다. 그러나 그의 동생으로 말하면, 녀석은 아무리 위급한 상황이라도 명령의 부당성에 대해 의심하고 저항할 줄 아는 종류의 인간이었다. 동생과 같은 인간과 어떤 일을, 특히 도둑질 같은 일을 도모한다는 것은 대단히 위험하다. 결국 그들의 도둑질이 탄로가 나게 된 것도 바로 동생 때문이었던 것이다. 어쨌든 그 도둑질 덕분에 어머니의 다라이에는 오뎅과 김밥과 함께 새로운 품목이 더해졌고, 그것이 한동안 어머니의 그 기름때 밴 전대를 좀더 불룩하게 해주었다.

 어머니는 훔쳐 온 빵들을 시장에 내다 팔기 전에 부엌 천장에 걸린 바구니에다 보관했다. 어머니가, 아니 그들 모자가 함께 훔쳐 내온 빵은 종류도 다양해서 앙꼬빵, 크림빵, 잼빵, 곰보빵 등 별의별 빵이 다 있었다. 그것들은 보기만 해도 침이 목구멍으로 넘어갈 만큼 먹음직스럽게 생긴 것들이었지만, 어머니는 장물 관리에도 결코 소홀함이 없어서 준식은 그중에 단 하나도 축낼 수는 없었다. 그래서 그는 어머니 몰래 가끔씩 그것들을 꺼내 혀로 빵 껍질을 핥고는 했다. 물론 빵의 원형을 손상시키지 않도록 하는 기술이 필요했다. 아마 그때 시장에서 어머니한테 그 빵을 산 사람들 중에 그의 침이 섞이지 않은 빵을 먹어본 사람은 하나도 없을 것이었다. 그리고 그때 자신의 혓바닥이 느꼈던 감미甘味 이상의 맛을 준식은 그 후 지금까지 한 번도 경험하지 못했다.

 그런데 어느 날, 그날도 그 집 담 구멍으로 어머니한테 빵을 받아내게 되어 있었는데, 준식은 돌이킬 수 없는 잘못을 저지르고 말았다. 아이들과 노는 데 정신이 팔려 그 일을 동생에게 대신 맡겼던 것이다. 그것이 치명적인 실수였다. 그 집 담 구멍으로 빵을 받아내던 민우는 멍청하게도 그만 그 집 주인 여자에게 발각되었던 것이다. 주인 여자는 그러지 않아도 오래전부터 빵이 조금씩 없어지는 것에 의심을 해왔던 모양으로, 당장 동생의 멱살을 잡고 집으로 끌고 왔다. 서울에서 피란을 내려왔다는 그 젊은 주인 여자는 동생을 부엌 앞에 세워놓고 다그치기 시작했다.

"너, 도둑질하는 게 나쁘다는 거 학교에서 배웠지?"

동생이 창백한 얼굴로 말없이 고개를 끄덕였다.

"거짓말하는 것도 나쁜 짓이라는 거, 배웠지?"

다시 동생의 고개가 끄덕여졌다.

"그럼 어서 말을 해봐. 니 엄마가 빵을 어디다 숨겨놨는지 정직하게 말을 하란 말이야."

동생의 겁먹은 시선이 준식과 어머니를 번갈아 쳐다보았다.

"정직한 사람은 천당 가고, 거짓말하면 지옥 간다. 너 지옥 갈래?"

준식은 그 순간 눈을 감고 싶었다. 녀석의 손가락은 바로 그 부엌 천장에 매달린 바구니를 똑바로 가리키고 있었던 것이었다. 그것으로 모든 것은 한순간에 들통나고 말았다. 그 빵 공장 주인 여자는 나는 듯이 그 바구니를 낚아챘다. 그날따라 바구니에는 훔쳐내온 빵이 한 가득 담겨져 있었다.

"어마, 어마, 도둑질을 해도 많이도 해처먹었네. 알고 봤더니 여기가 아주 도둑놈 소굴이잖아?"

그 순간 엉뚱하게도 어머니는 바보처럼 히죽히죽 웃고만 있었다. 그 웃음이 여자의 화를 더 돋우었는지 모른다. 그녀는 대뜸 어머니에게 달려들어 머리채를 잡아 쥐었다.

"야, 이년아, 누굴 망쳐먹을라고 이런 짓을 해? 나잇살이나 먹어가지고 내 그동안 불쌍하게 여겼더니만 그래 뒷구멍으로 도둑질이나 해? 보기에는 어리숙하게 생겨가지고."

두 사람의 난투극을 그치게 한 것은 준식의 아버지였다. 백지장처럼 창백한 얼굴로 그 모든 소동을 지켜보고 있던 아버지는 별안간 "에에에이!" 괴성을 지르며 맨발로 부엌으로 달려 내려왔다. 그리고 부엌 바닥에 놓인 연탄집게를 손에 들고 무작정 어머니를 후려 패기 시작했다. 아버지의 서슬이 너무나 무서웠던지 그 빵 공장 여자도 기가 질린 얼굴로 물러서야만 했다. 어머니는 아버지에겐 아무런 저항도 하지 않았다. 그냥 온몸을 연탄집게에 고스란히 내맡기고만 있었다. 아버지의 얼굴은 꼭 미친 사람의 그것 같았다. 하긴, 그것도 무리는 아닐 것이었다. 평생을 명분과 체면을 위해서 살아온 양반이 그처럼 치욕적인 상황을 당했으니 어찌 자제력을 발휘할 수 있었겠는가. 그때 갑자기 동생이 울음을 터뜨렸다. 울면서 "아부지, 때리지 마이소. 때리지 마이소, 예?" 하며 아버지의 팔에 매달렸다. 하지만 준식은 그 순간 동생이 죽이고 싶도록 미웠다. 어쩌면 녀석이 오랫동안 그들 모자의 도둑질을 묵인해오면서 언젠가는 그 범행을 폭로하고 고발할 결정적인 순간을 노리고 있었던 것이 아닌가 하는 의심까지 들었을 정도였다.

그 사건은 그의 나이 열세 살 때의 일이었다. 열세 살이 스물세 살이 되고, 이제 서른다섯 살이 되었다. 스물두 해의 세월이 지나간 것이었다. 그러나 그 20여 년 동안 그가 얼마나 힘들게 세상을 살아왔던가를 누가 알 것인가. 교장이나 동료 선생들, 그리고 민우 녀석은 물론이고 그의 아내 역시 알 수가 없다. 아무도 그의 고통을, 그의 외로움과 슬픔을 이해할 수가 없을 것이다. 세상은 한 번도 그에게 제대로 출구를 열어주지 않았다. 설사 그가 비집고 들어갈 틈새가 조금 보였다 하더라도 언제나 개구멍을 지나는 것 같은 주눅 들림과 비굴함으로 그것을 통과 해야만 했을 뿐이다. 준식이 지금 누리고 있는 것이 있다면, 그 모든 고통의 대가일 뿐이다. 그런데 이제 와서 민우 녀석은 그 옛날 그들 모자의 도둑질을 폭로했듯이, 준식이 천신만고 끝에 구축한 가정家庭이란 그의 작은 성성城이 사실은 얼마나 알량한 자기만족과 허위 위에 지어진 초라한 모조품인가 하는 것을 폭로하고 있는 것이었다. 그는 그것만은 도저히 참을 수가 없었다. 녀석이 그것을 원했나 원하지 않았나 하는 것은 중요한 문제가 아니었다. 녀석이 나타남으로써 결과적으로 그렇게 되고 만 것이었다.

아파트 주차장 한쪽에는 공중전화 부스가 서 있었다. 어둠 속에서도 그곳에는 환히 불이 밝혀져 있었다. 그의 발걸음은 자신도 모르게 그곳으로 옮겨졌다. 가까이 갈수록 긴장과 두려움이 점점 심해져서 숨도 제대로 내쉬지 못할 정도였다. 마침내 공중전화 부스에 다다르자, 그는 걸음을 멈추고 잠시 멍청하게 전화기를 바라보고 서 있었다. 그러나 곧 그는 무슨 거역할 수 없는 힘에 이끌리듯 안으로 들어가 송수화기를 들고 동전을 집어넣었다. 숫자판을 돌리는 손이 덜덜 떨렸다. 수화기에서 이윽고 느릿한 목소리가 흘러나왔다.

"예에, 정보괍니다."

"곽 형사님 좀 부탁합니다."

"기다리시오."

기다리고 있는 동안 수화기에서는 누군가의 거친 숨소리가 들려오고 있었는데, 준식은 그게 바로 자신의 숨소리라는 사실을 깨달았다. 송수화기를 잡은 손이 너무나 무겁게 느껴졌다.

그만둬라, 홍준식. 마음속 한구석에서 들려온 목소리였다. 지금이라도 늦지 않았다. 당장 전화를 끊어버리면 그만이다.

"전화 바꿨습니다."

이윽고 귀에 익은 듯한 목소리가 들려왔을 때, 긴장이 지나쳐서인지 목구멍이 무엇으로 꽉 틀어막힌 듯 말이 잘 빠져나오지 않았다. 전화를 끊고 나서도 자신이 무슨 이야기를 어떻게 했는지조차 기억에 없을 정도였다.

"걱정하지 마. 형수님은 집에 계실 거야."

아파트 경비실 앞에 민우가 서서 그를 기다리고 있었다. 준식은 아무 말도 할 수가 없었다. 민우의 얼굴조차 쳐다보지 못했다. 그들은 잠시 아파트 앞의 넓은 도로를 굉음을 내며 달려가는 차량의 질주를 바라보고 있었다.

"나 지금 떠나려고 해."

그러고 보니 그의 손에는 처음 준식의 집에 올 때 가지고 왔던 작은 비닐 가방이 들려 있었다. 어디로 갈 거냐, 하는 질문을 준식은 입안으로 삼켜버렸다. 소용없는 질문일 것이었다.

"내가 녹천역까지 바래다줄게."

"아니, 그럴 필요 없어. 형은 형수님한테 들어가봐야지."

그러나 준식은 녹천역 쪽을 향해 앞장서 걷기 시작했다. 그러다가 몇 발짝 가다 말고 걸음을 멈추었다.

"어디까지 가는지 모르지만, 택시 타고 가는 게 어때?"

"아니야, 전철이 편해."

민우는 시계를 들여다보았다.

"아직 전철이 있을 시간이지?"

물론 전철이 다닐 시간이었다. 그러나 그곳으로 민우를 데리고 갈 순 없다. 지금이라도 택시를 잡아 태워 보내면 된다. 그러면 아무 일도 없었던 셈이 될 것이다. 그러나 준식은 그렇게 하지 못했다. 그들은 녹천역을 향해 걷기 시작했다. 며칠 전 준식이 처음 민우를 데리고 왔던 바로 그 길을 다시 걸었다.

"네 형수한테 무슨 이야기를 했냐?"

민우는 잠시 말이 없다가 이윽고 입을 열었다.

"사랑에 대해서."

"사랑?"

"형이 형수님을 얼마나 사랑하고 있는가 하는 이야기를 했지."

"내가 네 형수를 얼마나 사랑하는지, 그걸 네가 아냐?"

"물론 알지. 형의 그 불 같은 질투심을 보면."

민우는 어둠 속에서 하얗게 이를 드러내며 장난스럽게 웃었다. 준식은 말이 막혔다. 후텁지근한 바람에 실려 퀴퀴한 악취가 풍겨오는 것 같았다. 바야흐로 녹천역이 가까워지고 있는 것이었다.

"우리 언제 또 다시 만날 수 있을까?"

민우는 그 말에 대답이 없었다. 그러다가 갑자기 걸음을 멈추고 준식을 쳐다보았다.

"형, 미안해. 용서해줘."

"왜 니가 나한테 용서를 비냐?"

"그렇게 해야 될 것 같아서. 나 때문에 형이 어떤 식으로든 고통받은 게 있다면 제발 용서해줘."

준식은 아무 말도 못 했다. 그는 지금이라도 녹천역으로 가는 걸음을 멈추고 민우와 함께 뒤돌아가고 싶었다. 그러나 이미 너무 늦어버렸다. 어느새 녹천역은 눈앞에 있었다. 준식은 조심스럽게 눈을 돌려 역 주변을 살펴보았다. 가슴이 점점 거칠게 뛰기 시작했다.

멀리 역사 위 개찰구 앞에 두 명의 사내가 서 있는 것이 보였다. 체격이 건장한 사내들이었으나, 아파트 공사장의 노무자처럼 보이지는 않았다. 준식은 그들을 주의 깊게 살피며 천천히 계단을 올라갔다. 그 사내들도 그들을 보았으나 겉보기로는 전혀 이상한 낌새를 챌 수 없었고, 민우는 그들을 의식조차 하지 못하는 것 같았다. 그러나 준식은 다리가 후들후들 떨릴 정도로 긴장하고 있었다. 그 두 사람 중 한 사람은 먼발치에서도 한쪽으로 어깨를 구부정하게 내린 낯익은 모습이었던 것이다. 계단을 천천히 올라가면서 속으로 준식은 그들과의 거리를 면밀히 계산하고 있었다.

"잠깐만."

마침내 계단을 거의 다 올랐을 때, 그는 동생의 팔을 붙잡았다. 그의 목소리가 심상치 않다고 느꼈는지, 동생이 의아한 얼굴로 물었다.

"왜 그러지?"

"저 사람들 좀 이상하지 않아? 형사 같은데……"

"설마?"

말은 그렇게 했지만, 동생은 이미 온몸으로 긴장하고 있는 것 같았다. 그 사내들도 이쪽의 태도가 이상하다고 느꼈던지, 그들 쪽으로 천천히 다가오기 시작하는 것을 볼 수 있었다.

"뛰자!"

그는 동생의 손을 잡아채며 몸을 돌려 달리기 시작했다. 동생은 한순간 멈칫하더니 그를 따라 뛰었고, 동시에 요란한 발소리가 등 뒤에서 쫓아왔다.

그들은 계단을 내려와 캄캄한 어둠 속으로 방향도 없이 무작정 몸을 내던졌다. 등 뒤에서 들리는 발소리가 점점 가까워졌다. 그의 가쁜 숨소리가 동생의 숨소리와 함께 섞였다. 정신없이 달리다 보니 공사장의 자재 더미가 쌓여 있는 곳이었는데, 갑자기 뒤쪽에서 동생이 쓰러지는 소리가 들렸다. 어둠 속에서 뭔가에 발이 걸린 모양이었다. 그가 고개를 돌려 보았더니, 이미 사내들이 쓰러져 있는 동생에게 달려들고 있는 중이었다.

"형, 혀엉!"

동생이 그를 다급하게 부르고 있었다. 그러나 준식은 걸음을 멈추지 않고 계속 달아났다. 정신없이 달리면서도, 내가 왜 이렇게 뛰고 있는가, 내가 경찰을 피할 이유는 아무것도 없지 않은가, 수배자는 내가 아니라 동생이 아닌가, 하는 토막 난 생각들이 머리를 스쳐 지나갔지만, 그러나 도무지 걸음을 멈출 수가 없었다. 이윽고 그는 더 이상 발소리가 따라오지 않는다는 것을 알았다. 땅바닥에 놓인 시멘트 관 뒤에 몸을 숨기고 뒤를 돌아보았다. 어둠 속에서도 희끄무레하게 그들의 모습을 알아볼 수 있었다. 민우는 잠시 사내들에게 반항을 하는 것 같았지만, 그것도 잠깐뿐이고 곧 순순히 끌려갔다. 준식은 숨을 죽인 채 그 모든 광경을 지켜보고 있었다.

그들이 완전히 시야에서 사라진 뒤에도 그는 자리에서 일어나지 못했다. 어디선가 고약한 냄새가 풍겨왔다. 땅바닥에 손을 짚어보았더니, 무언가 뭉클한 것이 만져졌다. 그제야 그는 자신이 똥구덩이 위에 주저앉아 있었다는 것을 깨달았다. 그러나 그는 그 자리에서 얼른 몸을 일으키지 못했다. 이상하게도 온몸의 기운이 모조리 빠져버린 듯 꼼짝할 수가 없었다.

그 자리에 주저앉은 채, 그는 녹천역에서 그 사내들을 만났을 때 왜 갑자기 도망을 치기 시작했는지를 생각해보았다. 마지막 순간에 마음속의 한 가닥 양심이 작용한 것일까. 아니면, 자신이 경찰에 전화를 걸었다는 의심을 받지 않으려는 교활한 속셈 때문이었을까.

그는 고개를 쳐들어 하늘을 보았다. 비록 똥구덩이에서 쳐다보는 것이라 할지라도 밤하늘의 별은 참 예쁘게도 반짝이고 있었다. 문득 그의 눈에서 까닭 모르게 물기가 흘러내리기 시작했다. 솔직하게 말하자면 죄의식 같은 것은 들지 않았다. 지금이 아니더라도 어차피 동생이 언제든 치러야 할 일이니까. 그리고 아내의 말대로 녀석이 순수한 인간이라면, 녀석은 그저 자신의 순수함에 대한 대가를 치르는 것일 뿐이니까.

그런데, 그런데 말이다. 그는 스스로에게 반문하고 있었다. 나는 왜 이렇게 슬퍼지고, 내 눈에서는 왜 때아닌 눈물이 흘러내리는 것일까. 이 가슴이 뻥 뚫린 듯한 상실감, 나 자신이 한없이 비참해진 듯한 이 절망적인 기분은 도대체 무엇 때문일까.

그는 울기 시작했다. 그의 눈에서 끊임없이 눈물이 흘러내렸고, 그 눈물이 더욱 그를 서럽게 만들었다. 그가 우는 것은 후회 때문도 아니었고 자책감 때문도 아니었다. 그저 가슴이 찢어지도록 자기 자신이 비참하다는 느낌, 아무도 이해하지 못할, 아무에게도 설명하지 못할 그 자신만의 슬픔이 그를 울게 만들었다. 아주 오랜 시간 동안 그는 똥구덩이에 엉덩이를 깔고 앉은 채 일어날 생각도 않고 어린애처럼 소리 내어 울고 있었다. 가슴속에 있는 모든 슬픔의 덩어리가 한꺼번에 터져 나오는 듯이 얼굴을 일그러뜨리고 울었다. 너무나 오랜 세월 그의 몸 안에 뭉쳐져 있던 슬픔, 어찌할 수 없는 허망함에 완전히 자신을 내맡기고 울었다.

마침 좀 전에 전철이 도착했는지 준식이 있는 곳에서 몇 발짝 떨어진 곳으로 행인 몇 사람이 지나가고 있었다.

"저 사람 왜 저기서 울고 있지?"

"술에 취했나 봐."

"술 취했다고 저렇게 슬프게 울까? 무슨 사고라도 당한 게 아닐까?"

"그냥 가요. 미친 사람일지도 모르잖아."

사람들이 멀어져갔다. 다시 어둠 속에 준식 혼자 남았다. 한참 시간이 지난 뒤에 그는 천천히 몸을 일으켰다. 그리고 온몸에 더럽게 냄새나는 똥을 묻힌 채, 부상당해 만신창이가 된 늙은 병사처럼, 혹은 옆구리를 걷어차인 개 새끼 모양으로 절룩거리며 어둠 속을 걷기 시작했다. 아직도 그의 입에서는 그치지 못한 울음의 여운이 딸꾹질처럼 흘러나오고 있었다.

아내는 지금 무엇을 하고 있을까? 민우 녀석의 말대로 집을 나가겠다는 생각을 포기하고 나를 기다리고 있을 것인가? 앞으로는 날 어떻게 대할까? 모든 것을 없었던 것으로 하고 지금까지 살아왔던 것처럼 살아갈 것인가? 그리고 민우는 어떻게 될까?

물론 민우 녀석은 이제 오랫동안 이 사회와 격리될 것이다. 하지만 생을 압류당한 채 살아가야만 하는 것이 어찌 민우 녀석뿐이겠는가. 이 거대한 오욕의 세상, 이미 모든 순결함과 품위를 잃어버린 이곳에서 나 또한 살아야 하는 것이다. 가자, 하고 그는 어둠 속을 바라보며 자신을 설득했다. 이 어마어마한 쓰레기의 퇴적층 위, 온갖 오물과 증오와 버려진 꿈 들을 발아래에 두고 저 까마득한 허공에 아슬아슬하게 매달린 23평짜리 내 보금자리를 향해.

하늘 등燈

1

내가 여덟 살 나던 해, 쌓였던 눈이 질척거리며 녹기 시작한 어느 늦은 겨울날이었지요. 그날 난 모 사립 국민학교의 입학 시험장에서 시린 발을 구르며 차례를 기다리고 있었어요. 그 학교는 들어가기가 어렵기로 소문난, 그 도시에서 첫손 꼽히는 부자 학교였는데, 반들반들하게 초 칠이 된 복도 마룻바닥이 얼음처럼 차가웠던 것이 지금도 기억나는군요. 내가 그 학교에 지원하게 된 것은 순전히 엄마의 욕심 때문이었지요. 그때 우리가 세 들어 살던 집에서 바로 담 하나를 사이에 두고 국민학교가 있었는데도, 어머니는 걸어서 30분도 넘게 걸리는 그 학교에 날 끌고 갔던 거예요. 하지만 막상 그 학교에 들어섰을 때, 난 내가 와서는 안 될 곳에 왔다는 걸 금방 알아차리고 말았어요. 그곳에 모인 아이들이 첫눈에도 나와는 다른 종류의 아이들이라는 것을 눈치채고 말았던 것이죠. 무엇보다 학부모들 틈에 끼어 서 있는 엄마의 모습은 어린 내 눈에도 도무지 어울리지 않아 보였어요. 한마디로 그곳은 시장 바닥의 선술집에서 술을 파는 여자가 학부모가 될 수는 없는 학교였던 거예요.

마침내 차례가 되어서 엄마의 손에 잡혀 시험장인 교실 안에 들어섰어요. 어머니께선 거기 기다리고 계세요. 대여섯 명의 선생님이 창문을 등지고 앉아 있었는데, 그중 누군가가 엄마에게 말했어요. 엄마는 문 곁에 서 있고 나 혼자 선생님들 앞에 걸어 나갔죠. 먼저 이름, 나이를 묻더군요. 나는 몇 번이고 거듭 연습한 대로 힘을 다해 대답했죠.

아버지 성함이 뭐예요?

모두가 점잖은 양복 차림에 넥타이를 매고 있었고, 안경을 쓴 여자 선생님도 있었어요. 그렇게 많은 어른들이 날 쳐다보고 있는 것은 난생처음이었지요.

아버지 이름 말예요. 아버지 이름 몰라요?

그들이 다시 물었어도 난 여전히 대답할 수 없었어요. 난 그때까지 진짜로 아버지 이름을 몰랐거든요. 아무도 그런 걸 묻거나 가르쳐주지 않았으니까요.

야 아부지는 안 계십니더. 문 곁에 서 있던 엄마가 다급한 목소리로 나 대신 대답했어요. 돌아가신 건가요? 그기 아이라, 그러이까네…… 우리 모녀가 겪은 이야기를 우째 말로 다 하겠습니꺼마는……

됐어요. 어머니는 가만 계세요. 어느 나이 들고 점잖게 생긴 선생님이 엄마의 말을 가로막았어요. 그러고는 내게 묻더군요.

소금이 쓴맛인가요, 단맛인가요?

눈앞의 창문에서 들어오는 환한 햇살을 쳐다보며 난 당황하고 있었어요.

빨리 대답해보세요, 어린이. 소금이 쓴맛인가요, 단맛인가요?

여전히 부드럽고 점잖은 목소리가 대답을 재촉했습니다. 발이 저려왔고, 그들의 등 뒤에 있는 유리창에서 쏟아져 들어오는 눈부신 햇살로 눈이 멀 것 같았어요.

쓰, 쓴맛입니다.

한참 만에 겨우 그렇게 대답했는데, 그 말을 입 밖에 뱉어낸 순간, 난 틀린 대답을 했다는 것을 알았어요.

야, 이 가시나야, 소금이 우째 쓰노, 짜지!

문 옆에 서 있던 엄마가 소리를 질렀습니다.

얼릉 다시 말해라, 소금은 짜다고. 얼릉!

그러나 왠지 나는 입을 열 수가 없었어요. 엄마의 얼굴이 절망적으로 일그러졌지요.

뭐 하고 있노? 얼릉 말하란 말이다. 선생님, 소금은 쓰지 않고 짭니다. 이렇게 말하란 말이다.

됐어요. 끝났으니까 아이를 데리고 나가세요.

햇살 속에서 젊은 점잖은 목소리가 그렇게 말했어요. 그러나 엄마는 포기하지 않았습니다.

선새임들, 한 분만 더 물어보이소. 인자는 지대로 대답을 할 낍니더. 애비 없이 자라는 우리 불쌍한 딸내미한테 한 번만 더 기회를 줘보이소.

끝났어요, 아주머니. 그만 데리고 나가세요.

야, 이 바보 같은 년아. 얼릉 대답을 하란 말이다. 소금이 무슨 맛이고?

하지만 난 아무 말도 하지 못했습니다. 웬일인지 도무지 입을 열 수도 없었고, 온몸이 마치 돌멩이처럼 굳어버린 듯 꼼짝할 수가 없었지요. 눈부신 햇살 속의 낯선 얼굴들, 그 숨 막힐 것 같은 침묵, 그리고 어머니의 일그러진 얼굴. 그때 그 무서웠던 기억은 오랜 시간이 지난 뒤에도 화석처럼 굳어진 채 결코 지워지지 않고 있어요. 그리고 그때로부터 근 20년 가까운 시간이 지난 지금까지도 난 여전히 그 질문에서 벗어나지 못하고 있음을 깨닫고 있답니다. 지금도 난 결코 내가 대답할 수 없는 질문을 강요당하고 있는 거예요.

당신들은 지금 내게 묻고 있습니다. 넌 누구냐고. 불행히도 난 그 질문의 대답을 알지 못합니다. 하지만 분명한 것 한 가지는, 당신들은 지금 나를 내가 아닌 다른 무엇으로 강요하고 있다는 사실이에요.

"야, 왜 그래? 꿈꾸었어?"

갑자기 신혜는 소스라쳐 잠에서 깨어났다. 수염이 듬성듬성 돋은 늙수그레한 지서장의 얼굴이 바로 코앞에서 들여다보고 있었다. 비로소 신혜는 자신이 잠깐 동안 지서 한구석의 좁은 소파에 몸을 웅크린 채 잠이 들었다는 것을 깨달았다. 악몽과 현실의 불분명한 경계에서 그녀의 가슴은 아직도 심하게 방망이질치고 있었다. 그녀는 몸을 떨면서 맞은편 창문을 쳐다보았다. 지서 앞에 방금 자동차가 도착했는지 불빛이 창문을 눈부시게 밝히고 있었고, 털털거리는 엔진 소리가 들려오고 있었다.

"준비해. 서뿔에서 널 데리러 왔으니까."

지서장이 말했다. 벽에 걸린 시계를 보니, 어느새 새벽 6시였다. 얼음 같은 한기가 그녀를 감싸면서 이가 득득 부딪칠 만큼 온몸이 떨려왔다. 신혜는 자신이 또 다른 악몽 속에 갇혀 있다고 생각했다. 그것은 결코 깨어날 수 없는, 현실이라는 악몽이었다. 그것이 그녀를 절망하게 했다.

"내 미리 충고하겠는데, 본서에 가게 되면 순순히 다 털어놔야 돼. 그래야 너도 고생을 덜하게 된다구, 알았어?"

"내게 뭘 자꾸 털어놓으라는 거예요? 난 더 이상 아무것도 털어놓을 게 없다고 했잖아요?"

"너 자꾸 이런 식으로 나올 거야? 인마, 다 널 생각해서 하는 소리야."

지서장의 말이 채 끝나기도 전에 문이 왈칵 열리더니 찬바람을 앞세우며 회색 점퍼를 입은 삼십대 중반쯤 되어 보이는 사내가 들어섰다. 그는 먼저 지서장에게 건성으로 손을 올려 경례를 하고는 진저리치듯 몸을 떨면서 곧장 난로 곁으로 달려갔다.

"새벽부터 달려오느라고 수고가 많구먼. 오늘도 남 형사가 당직이야?"

"말도 마십시오. 다리 한번 뻗고 자본 지가 벌써 사흘쨉니다. 게다가 저놈의 고물 차는 또 히터가 고장이 나서 아예 냉동차가 돼버렸다구요. 어이구, 이놈의 생활 하루빨리 때려치워야지.

어디 가서 중 노릇이나 했으면 제일 편하겠는데……"

하다가 문득 그의 눈길이 신혜에게 멎었다.

"너야?"

그의 눈길이 신혜의 머리끝에서부터 발끝까지 재빨리 훑었다. 신혜는 얼떨결에 고개를 끄덕였다. 그러자 그는 그녀에게 손을 까딱거렸다. 가까이 오라는 뜻이었다. 그녀는 주춤거리며 그의 옆으로 다가갔다.

"몇 살이나 먹었냐?"

"……스물넷이요."

"보기보다 나이는 많이 먹었네. 어느 대학 출신이야?"

"아저씨, 전 아무 죄도 없어요. 전 여기 다방에 취직해서 차를 판 것 외에는 아무 짓도 하지 않았어요."

그의 얼굴빛은 조금 창백하달 정도로 허여멀쑥했다. 관자놀이에 푸른 핏줄이 돋은 것이 신경질적으로 보이는 인상이었고, 얼핏 보면 경찰관이라기보다는 시골 중학교 선생님처럼 느껴지는 얼굴이었다. 그는 잠시 동안 아무 말 없이 신혜의 얼굴을 뚫어져라 쳐다보기만 했다. 몸에 달라붙는 것처럼 끈적끈적한 그 눈빛 앞에서 신혜는 어찌할 바를 몰라 당황했다.

"너 용궁다방에 있었다고 했지? 나 본 기억 없어?"

"생각이 안 나는데요."

"난 널 본 기억이 나는데? 나는 여자 얼굴은 한 번 보면 잊어버리지 않는 사람이거든."

무슨 뜻에선지 그의 얼굴에 희미한 웃음이 얼핏 스치는 것 같았다.

"자, 시간이 없으니까 빨리 출발하자구."

"안 돼요. 전 못 가겠어요."

사내가 신혜의 팔을 잡아끌었을 때, 그녀는 소파의 손잡이를 붙들고 떨어지지 않으려 했다. 갑자기 어린애 같은 맹목적인 두려움이 그녀를 사로잡았다.

"난 아무 죄도 짓지 않았어요. 그런데 왜 경찰서까지 끌려가서 조사를 받아야 한다는 거예요? 난 가지 않겠어요."

사내의 얼굴에, 이것 봐라, 하는 듯한 표정이 떠오르더니 갑자기 장난이라도 치듯이 두 팔로 그녀를 번쩍 안았다. 그의 억센 팔 안에서 그녀는 필사적으로 발버둥 치면서 저항했다. 그럴수록 사내의 팔은 더욱 단단히 그녀의 허리를 조여왔고, 마침내 그녀는 자신의 허리를 감은 사내의 팔을 깨물어버렸다. 비명을 지르며 사내가 팔을 걷어 보였다. 선명한 잇자국이 드러났다. 그러나 사내는 화를 내는 대신 오히려 재미있다는 눈빛으로 그녀를 보았다.

"얘가 아주 귀엽게 구네."

그가 허리춤에서 뭔가 꺼내는가 싶더니, 뒤이어 날카로운 쇳소리와 함께 차가운 쇠붙이가 신혜의 가는 팔목에 채워졌다. 이상하게도 그 냉랭하고 섬뜩한 쇠붙이의 감촉이 손목에 전해지는 것과 동시에 그녀는 갑자기 저항할 힘을 잃고 말았다. 수갑이 팔목을 감을 때의 그 뼛속까지 스미는 듯한 무서운 냉기는 한 번도 예상하지 못했던 것이었다. 그것은 자신에게 닥친 이 믿을 수 없는 상황의, 보다 현실적이고 구체적인 감각이었다.

"놓으세요, 나 혼자 타겠어요."

지서의 문을 나서자, 신혜는 자신의 팔을 붙들고 있는 사내의 손을 뿌리쳤다. 지서 앞에는 차가운 새벽안개 속에서 흙먼지를 뒤집어쓴 지프가 대기하고 있었다. 그는 신혜를 운전석 옆자리에 밀어 넣은 뒤 운전석에 올라타고 곧장 시동을 걸었다.

"화났어? 진작에 말을 들었으면 수갑은 안 차도 됐잖아. 얌전하게 있으면 내 이따가 풀어주지."

그가 신혜를 보며 싱긋 웃었다. 차 안은 몹시 추웠고 창에는 허옇게 성에가 끼어 있었다. 지서장이 차 옆으로 다가왔다.

"남 형사, 난 이따가 들어갈게. 우선 눈 좀 붙여야겠어. 어젯밤 애 취조하느라고 꼬박 새웠거든."

"하여튼 이번에 지서장님 수고가 많았어요. 오래간만에 월척 하나 낚으신 거나 아닌지 모르겠네."

"월척인지 아닌지는 두고 봐야 알지."

지서장의 눈이 잠깐 신혜의 눈과 마주쳤다. 그는 신혜에게 무슨 말인가 하고 싶은 눈치였으나, 그 순간 차가 출발하고 말았다. 신혜는 수갑이 채워진 두 손을 무릎 사이에 끼운 채 차창 밖으로 기우뚱거리며 밀려가는 새벽 거리를 넋을 잃고 바라보았다.

차는 신혜가 일하는 다방 앞을 지나고 있었다. 거리는 아직 어두웠다. 전자 대리점, 신문 보급소, '고향목욕탕' '개미 미니슈퍼' 등의 간판들 틈에 '다방 용궁'이라는, 낯익은 아크릴 간판이 어둠 속에 드러났고, 다방 맞은편의 '만호장' 여관에는 지금 막 젊은 여자가 하나 조심스럽게 문을 나서고 있는 중이었다. 신혜는 혹시 아는 얼굴이 아닐까, 창문에 얼굴을 대고 보았다. 젊은 광부들과의 하룻밤 짧은 잠자리를 마치고 나서는 그 여자는 아마도 신혜처럼 다방 종업원이거나 술집 작부일 것이었다. 남 형사란 사내는 일부러 그녀를 스치듯 차를 몰면서 경적을 울렸다. 여자가 깜짝 놀라 고개를 돌리자 한순간 자동차의 불빛 속에서 화장이 지워진 부석부석한 여자의 지친 얼굴이 창백하게 떠올랐다 사라졌다. 은행 지점 건물의 담벼락 밑에는 술꾼들이 토악질해놓은 오물들이 질편하게 얼어붙어 있었다. 아직 술에서 깨어나지 못한 것 같은 어떤 사내가 길 가운데를 허깨비처럼 비치적거리며 가다가 걸음을 멈추고 느닷없이 이쪽을 향해 감자를 먹였다. "개새끼!" 남 형사는 혼자 욕설을 뱉고는 계속 차를 몰았다.

땡땡땡땡……

건널목에서 종소리가 울려왔고, 뒤이어 요란한 굉음과 함께 기차가 차창마다 불빛을 달고 지나가고 있었다. 그것이 서울로 가는 통일호라는 것을 깨닫자, 신혜는 가슴 깊숙이 전해오는 둔중한 아픔을 느꼈다. 그녀가 서울을 떠나 온 지는 한 달밖에 되지 않았지만, 그동안 너무나 먼 세월이 가로놓인 것 같은 느낌이었다. 갑자기 서울에 대한 그리움 때문에 가슴이 미어질 것 같았다.

한 달 전, 그녀는 옷가지 두어 벌과 책 두 권, 그리고 간단한 세면도구만 들어 있는 작은 비닐 가방을 들고 이곳에 첫발을 내디뎠다. 기차에서 내렸을 때는 아직 겨울 저녁의 스산한 잔광殘光이 남아 있는 시간이었지만, 그러나 협곡을 따라 길게 드러누운 낯선 탄광촌은 온통 먹지 같은 짙은 어둠 속에 갇혀 있는 것 같았다. 그것은 눈에 보이는 모든 것을 뒤덮고 있는 석탄가루의 빛깔 때문일 것이었다. 역 구내의 저탄장에 쌓인 탄 더미들, 탄가루와 녹아내린 잔설이 뒤섞여 질척거리는 검은 땅, 높고 척박한 산자락에 부스럼 딱지처럼 달라붙은 남루하고 작은 집들은 한결같이 흡사 검은 파스텔로 문질러놓은 것 같은 칙칙한 어둠의 빛깔 속에 가라앉아 있었는데, 어울리지 않게도 그 어둠의 바닥에서는 다방과 술집, 여관의 불빛과 네온사인들이 온갖 화려하고 요염한 모습으로 다투어 피어나는 중이었다.

그 모든 풍경들을 그녀는 역사에서 거리로 내려가는 비탈길의 녹슨 쇠 난간에 붙어선 채 오래도록 바라보았다. 기차에서 함께 내린 사람들이 바쁘게 그녀를 지나쳐서 그 어둠 속으로 흩어지고 있었다. 그러나 그녀는 그들을 따라 내려갈 용기가 차마 나지 않았다. 서울 청량리역에서 네 시간 가까이 기차를 타고 오면서 줄곧 그녀를 괴롭혔던 불안과 의심이 이제 그녀를 꼼짝달싹 못 하게 붙들어두고 있었다. 내가 왜 여기까지 왔는가. 이곳에서 과연 무엇을 할 수 있을까. 어쩌면 난 돌이킬 수 없는 실수를 저지르고 있는 게 아닐까……

그때 갑자기 등 뒤에서 요란한 경적 소리와 함께 역 쪽에서부터 트럭 한 대가 무서운 속도로 달려오고 있었다. 그녀가 막 고개를 들어 쳐다본 순간, 무엇인가 차가운 것이 얼굴에 날아왔다. 그리고 동시에 낄낄거리는 젊은 사내들의 웃음과 고함 소리를 남기고 트럭은 달아나고 있었다.

"야, 오늘 저녁에 갈게. 냄비 닦아놓고 기다리고 있어라이!"

신혜는 가방을 열고 기차 안에서 이동 판매원에게 샀던 휴대용 화장지를 꺼내 얼굴을 닦고 또 닦았다. 그러나 이상한 일이었다. 그 순간 그녀는 반드시 불쾌감만은 아닌, 어떤 전율에 사로잡혔던 것이다. 얼굴도 모르는 남자의 끈적한 타액을 뒤집어쓰고서 그녀는 갑자기 이 낯선 땅의 일원이 되어버린 듯한 느낌이 들었다. 그래, 한번 해보자. 몸을 떨면서 그녀는 자신에게 말했다. 이대로 물러서지 말자. 이 낯설고 험악한 땅이 가장 그다운 방법으로 나를 환영해주고 있지 않은가.

"얼마나 걸릴까요?"

신혜는 운전대를 잡고 있는 남 형사에게 물었다. 읍내 거리를 벗어나고부터는 비포장도로였는데, 녹지 않은 눈이 얼어붙어서 길은 미끄러웠고 자갈이 많았다.

"20킬로 정도밖에 안 되지만, 길이 나쁘니까 30분은 가야 할 거야."

"조사가 얼마나 걸리냐구요. 전 정말 여기 와서 문제가 될 만한 짓은 한 게 없으니까 금방 풀려날 수 있겠죠?"

대답이 없었다. 신혜는 손목시계를 들여다보았다. 시계는 죽어 있었다. 배터리가 다 된 건지 몇 번이고 흔들어보아도 바늘은 움직이지 않았다.

"내가 이곳에 온 건요, 정말 돈을 벌기 위해서였어요. 대학생이 이런 데 와서 다방 레지 한다고 수상하게 생각하시나 본데요, 딴 목적은 없었어요. 제겐 돈이 필요했는데, 다른 일자린 구할 수가 없었거든요."

여전히 반응이 없었다. 아직 날은 밝아지지 않았다. 어둠 속으로 하얗게 뚫린 길을 낡은 지프는 달구지처럼 덜컹거리며 달리고 있었다. 어둠에 잠긴 구불구불한 도로, 저지低地의 개울, 얼어붙은 길바닥 등이 전조등의 불빛을 받아 음산하게 번들거렸고, 산자락의 나무들이 불빛 속에서 소스라치게 나타났다가 다시 길게 몸을 뉘며 캄캄한 어둠 속으로 파묻히곤 했다. 그것은 마치 낡은 영사막에 순간적으로 비치는 흑백영화의 화면처럼 비현실적으로 느껴지는 풍경이었다.

"음악 좋아해?"

그가 카세트의 음악을 틀었다. 감미로운 팝송이 흘러나왔다. 더 새디스트 싱. 세상에서 제일 슬픈 것. 멜라니 사프카. 그녀가 여고 시절에 제법 좋아했던 노래였다. 그러나 그 노래를 이렇게 양 손목에 수갑을 찬 채 듣게 될 줄 상상이라도 했던가. 음악에 장단을 맞추듯 그의 입술이 달싹거리고 있었다. 이 사람은 어떤 사람일까, 하고 신혜는 속으로 생각했다. 아마도 이 사람 역시 다방에 찾아오는 다른 남자들, 그녀에게 음담패설 섞인 농담을 던지고 기회만 있으면 손목이나 잡아보려는 남자들과 별로 다를 게 없으리라고 생각했다. 그렇게 생각하자 왠지 조금 안심이 되는 것 같기도 했다.

"한 가지 물어봐도 돼요?"

그는 여전히 입술로 음악에 장단을 맞추며 힐끗 신혜를 돌아보았다. 이상하게 느껴질 만큼 붉게 번들거리는 입술이었다.

"제 신상에 대해서 어떻게 알았어요?"

"그건 왜 물어?"

"누군가 저에 대해 경찰에 신고한 거죠? 그게 누구예요?"

그는 대답하지 않았다. 하긴 질문 자체가 어리석은 것이라고 신혜는 생각했다. 그가 알고 있다 한들 알려줄 리가 없을 것이었다. 용궁다방에서 같이 일하는 설 양의 동탕한 얼굴이 떠올랐다. 그 애는 오늘 밤에도 외박을 나갔을까. 내가 경찰에 잡혔다는 것을 알고나 있을까.

설 양은 다방 경력만 3년이 넘었다면서도 나이는 신혜보다 세 살이나 어린, 갓 스무 살이었다. 하지만 그 애가 겪은 인생 역정을 들어보면 오히려 신혜에게는 인생의 대선배나 다름없었다. 전라남도 순천이 고향이고 원래의 이름이 김복순인데, 자기 스스로 '설영아'라는 새 이름을 지었다며 "내 성은 눈 설雪 자 설씨야"라고 깔깔거리던 아이였다.

"언니는 어쩌다가 여기까지 오게 됐어? 아무리 봐도 언닌 이런 데 올 사람이 아닌 거 같은데."

어느 날 밤인가, 설 양은 신혜에게 그렇게 물었다. 다방 일을 마치고 주방에 붙은 작은 골방에서 함께 끼어 자면서, 설 양은 신혜에게 자신이 겪어온 온갖 인생 역정을 다 이야기해주곤 했다.

"이런 데 올 사람이 따로 있나?"

"따로 있지. 내가 이래도 사람 하나 보는 눈은 있다구. 그런데 언닌 내 보기에 틀림없이 공부깨나 한 사람 같아. 말 한마디를 들어봐도 알 수 있단 말야."

신혜는 아픈 데를 찔린 것처럼 뜨끔했다. 언젠가 그녀와 함께 생활했던 공장 노동자들도 그런 이야기를 했었다. 신혜가 아무리 그들과 똑같아지려 해도 그들은 결코 그것을 인정하지 않았다. 그들과 같은 자취방에서 같은 옷을 입고 같이 라면을 끓여

먹으며 생활해도, 그들은 언제나 신혜를 자기들과는 다른 사람이라고 생각했었다.

"그러니까 언니가 그 뭣이냐, 운동권 대학생이란 말이지?"

신혜가 자신의 지난 이야기를 대충 들려주자, 설 양은 대뜸 흠모와 동경의 표정이 되었다.

"그럴 줄 알았어. 내 처음부터 언니가 어딘가 남다르게 보인다고 생각했어."

"난 운동권도 아니고 아무것도 아니야. 넌 너에 관한 이야기를 무엇이든 내게 숨김없이 다 하는데, 나 혼자서 입을 다물고 있기가 미안해서 나도 내 이야기를 했을 뿐이야. 하지만 난 네가 생각하는 그런 사람이 아니야."

"무슨 소린지 알아, 언니. 걱정 마. 누구한테도 이야기하지 않을 테니까. 나도 그쯤은 알고 있어. 지금이 얼마나 무서운 세상인데, 괜히 입 잘못 열었다간 큰일 난다는 거 나도 알아."

신혜는 설 양이 자기를 지서에 신고했으리라고는 결코 믿을 수가 없었다. 만약에 누군가 자신을 밀고했다면, 어쩌면 그건 '용궁다방'의 마담일지도 모른다는 의심이 신혜의 가슴을 파고들고 있었다. 사흘이 지나면 그녀가 마담과 계약한 한 달이 끝나게 되어 있었고, 한 달 동안의 월급 40만 원을 받을 수가 있었다. 그런데 그녀가 경찰에 잡혀간다면 마담은 그 돈을 주지 않아도 될 것이었다. 신혜는 그런 의심을 하고 있는 스스로를 자책하면서도 그 의심을 떨쳐버릴 수는 없었다.

마담은 늘 우아하고 화려한 한복 차림으로 다방 출입구 옆 카운터를 지키고 있었다. 진홍빛 루주가 칠해진 그녀의 도톰하고 윤기 있는 입술은 다방을 찾아오는 남자들이면 누구에게나 육감적인 미소와 비음이 잔뜩 섞인 교태 어린 목소리를 나눠 주었고, 또한 남자들은 그녀의 눈웃음과 콧소리 앞에 꼼짝하지 못했다. 그래서 신혜는 늘 그녀에게서 무수한 수컷이 꽃가루를 묻히고 모여드는 여왕벌을 연상하곤 했다. 실제로 마담은 돈과 남자에 대해 병적일 정도로 집착이 강한 여자였다. 설 양의 말에 의하면, 마담은 원래 어느 돈 많은 광산주의 세컨드 노릇을 하다가 그 대가로 지금의 이 다방을 물려받았다는 것인데, 지금도 읍내에서 행세깨나 하는 남자들 중 마담과 관계를 맺지 않은 남자는 하나도 없다는 것이었다.

지서에서 전화가 걸려 온 것은 어젯밤 12시가 다 되어서였다. 영업 시간이 지났으므로 다방 안에는 손님이 아무도 없었고, 신혜는 설 양과 함께 다방 안을 청소하던 중이었다. 그들 외에 종업원이 두 사람 더 있었지만, 차 배달을 나가서 아직 돌아오지 않고 있었다.

전화를 받은 사람은 마담이었다. 흔히 배달 전화가 오면 몇 마디 나눌 필요도 없이 끝나고 마는데, 그 전화는 어쩐지 좀 길다 싶었다. 저쪽에서 한참 이야기하고, 마담은 "네, 네" "알았어요" 하고 대답만 하는 식으로 통화는 길게 이어졌다.

"한 양아, 지금 차 배달 좀 나가야겠다. 지서에서 오늘 밤 야근한다고 차 석 잔만 갖다 달래."

마담이 송수화기를 놓으며 신혜에게 하는 말이었다. 이곳에서 일하는 다른 여자들과 마찬가지로 신혜 역시 성과 이름을 바꾸어 쓰고 있었다.

"지금 12시가 다 되었는데요? 밤 11시가 넘으면 티켓은 안 끊는다고 하셨잖아요?"

"얘, 그럼 어쩌니? 이 장사 계속 해먹으려면 그 사람들 비위 못 건드린다."

"언니, 내가 갔다 올까?"

바닥에 봉걸레질을 하고 있던 설 양이 어쩐지 불안하다는 얼굴로 신혜를 쳐다보았다.

"아니, 너 말고 한 양 오랜다."

"나요? 왜 하필 날 오라고 그래요?"

"내가 아니? 아마 널 예쁘게 본 사람이 있는 모양이지."

신혜는 그때 처음으로 약간 이상스럽다는 느낌을 받았다. 지서에는 그녀를 알 사람이라곤 아무도 없었다. 지서는 거리 저쪽 삼거리 모퉁이에 있었고, 특별한 일이 없는 한 지서 사람들은 이 다방으로 잘 오지 않는 편이었다. 지서에서 여기까지는 걸어서 5분도 걸리지 않는 짧은 거리지만, 그 사이에는 아마 다방이 열 개도 넘을 것이었다.

"옷을 그렇게 하고 갈 거니?"

보온병을 보자기에 싸서 다방 문을 나설 때, 팔짱을 끼고 지켜보고 있던 마담이 말했다. 신혜는 청바지에다 얇은 회색 스웨터 차림이었다. 바깥에 나가기엔 조금 추웠지만, 옷을 더 껴입기도 번거로우니까 대개 배달을 나갈 때는 다방 안에서 입던 차림으로 나가곤 했다.

"이 옷이 어때서요? 늘 이렇게 다녀왔잖아요?"

"아, 아니 됐어. 그냥 가봐."

왠지 마담의 얼굴이 약간 당황하는 것처럼 보였지만, 신혜는 별다른 의심을 하지 못한 채 한 손에 차 보자기를 들고 다방 문을 밀고 나왔다.

 지서에는 밤늦은 시간인데도 지서장을 포함해 세 명의 경찰관이 자리를 지키고 있었다. 차를 따르고 난 뒤 신혜는 선 채로 그들이 차를 마시기를 기다렸는데, 왠지 그들의 태도가 이상하다는 느낌이었다. 차는 들 생각을 않고 다들 몹시 굳어 있는 자세로 앉아 있었고, 때때로 그녀에게 힐끔힐끔 곁눈질을 던지기도 했다.

 "빨리 차 마시세요."

 "왜 그렇게 재촉해?"

 어깨에 이파리가 둘 붙은 경찰관이 말했다.

 "빨리 들어가야죠. 다방 문 닫아야 돼요."

 "너 오늘 안 들어가도 돼."

 "어머, 왜요?"

 "너 우리하고 얘기나 좀 하자구."

 "무슨 얘기를요?"

 "우린 너한테 관심이 많거든."

 "어머, 무서워라. 경찰 아저씨가 관심이 많다니까 죄지은 것 없어도 괜히 겁나네요."

 그들의 이야기를 흔히 배달 나가면 남자들이 걸어오는 수작으로 받아넘기면서도, 그러나 그녀는 이미 목소리가 떨리는 것을 숨기지 못했다.

 "죄지은 것 없다고? 야, 오리발 내밀어도 소용없어. 다 알고 있으니까."

"무얼…… 다 아신다는 거예요?"

"정신혜, 인제 쇼는 그만하시지."

그때까지 말없이 지켜보고만 있던 지서장이 처음으로 입을 열었다.

"왜 그렇게 놀란 척해? 정신혜가 니 이름이 아니라고 잡아뗄 작정이야?"

자신도 모르게 화끈거리는 볼을 손으로 감싸면서 신혜는 애써 태연함을 유지하려 애를 썼다.

"맞아요, 제 본명이 정신혜예요. 그런데 제가 무슨 잘못을 했다는 거죠? 다방에 나와 일하면서 자기 이름을 숨기는 것도 죄가 되나요?"

"너, 끝까지 연극하려고 그래? 정신혜, 너 대학에서 데모 주동하다가 쫓겨났는지 모를 줄 알아? 여긴 뭐 하러 왔어? 누구 지시로 이 광산촌에 들어와서 무슨 공작 하고 있었냔 말야."

신혜는 대꾸할 말을 잃어버리고 말았다. 이상하게도 그때 그녀를 사로잡은 것은, 마치 오랫동안 이 순간을 예상이라도 해왔던 것처럼 '올 것이 왔구나' 하는 체념과 무력감이었다.

갑자기 차가 멈추었다. "나 잠깐 볼일 좀 보고 올게" 하고 남형사는 차에서 내렸다. 잠시 후에 다시 올라탄 그의 머리와 어깨가 축축하게 젖어 있었다. 언제부터인가 눈이 내리기 시작했던 것이다.

차에 탄 뒤 그는 다시 출발할 생각은 않고, 담배를 피워 물었다. 그러나 몇 모금 빨기도 전에 몇 번 기침을 하더니 "젠장, 망할 놈의 감기 때문에 못 피우겠네" 하면서 비벼 꺼버리고 말았다. 카세트의 테이프가 다 돌아간 차 안에는 잠시 기묘한 정적이 감돌았다.

"왜 안 가세요?"

"좀 쉬다 가지. 눈도 오고…… 분위기도 좋잖아?"

신혜는 뭐라고 대답해야 할지 몰랐다. 그의 목소리가 갑자기 착 가라앉아 있었다.

"난 눈 오는 게 좋아. 눈이 오면 옛날에 서울에서 대학 다닐 때의 첫사랑 생각이 나거든."

"서울에서 대학을 다니셨어요?"

신혜가 그렇게 물었던 것은 그가 그렇게 물어주기를 바라는 것 같았기 때문이었다.

"공과대학 2학년까지 다니다가 군댈 갔는데, 휴가 나와 보니 여자가 고무신 거꾸로 신고 달아나버렸드만. 부잣집 외아들하고 결혼한 거야. 제대하고 나서 학교 그만두고 곧장 고시 공부를 시작했지. 고시에 일곱 번 떨어지고 경찰에 들어왔어."

남 형사는 낮게 깔린 목소리로 띄엄띄엄 말했다. 신혜는 그가 왜 자신에게 그런 이야기를 들려주는지 의아스러웠다. 잠시 말을 끊고 있던 사내가 몸을 돌려 슬며시 신혜의 손을 잡았다.

"왜 이러세요?"

흠칫 놀라는 신혜에게 그가 웃으며 말했다.

"놀랄 거 없어. 수갑을 풀어주려는 거니까. 얌전히 있으면 풀어준다고 했잖아."

수갑을 풀고 난 뒤 그는 자기의 점퍼를 벗었다.

"자, 이걸 입어."

"괜찮아요."

"입어, 떨고 있잖아. 이래 봬도 이거 오리털이라구. 입으면 금방 몸이 녹을 거야."

사내는 직접 점퍼를 그녀의 어깨에 걸쳐주었다. 신혜는 그의 호의를 어떻게 해석해야 좋을지 몰랐지만, 어쨌든 점퍼의 따뜻한 온기 때문에 차갑게 굳었던 몸이 조금 풀리는 것 같았다.

"이상해."

"뭐가요?"

"넌 아무리 봐도 운동권 애들처럼 보이지 않는데 말야."

"왜, 운동권이라면 머리에 뿔이라도 달린 줄 아셨어요?"

"그런 건 아니지만, 거 왜 있잖아, 남자처럼 당돌하고 되바라져서 밥맛 떨어지는 여자애들."

"그렇지 않아요. 그 애들도 다른 여학생과 똑같이 여리고 착한 애들이에요. 그리고 난 운동권이라고 할 수도 없어요. 진짜 운동권이라면 나같이 이런 짓을 하지 않아요."

남 형사는 말이 없었다. 어쩌면 그녀의 말을 전혀 듣고 있지 않는 것 같은 표정이었다. 신혜는 자신을 보고 있는 그의 눈빛에 묘한 열기가 어려 있음을 느꼈다. 한참 만에 그가 그녀의 얼굴에서 눈길을 떼지 않은 채로 말했다.

"너, 남자 경험 많지, 그렇지?"

너무나 낮게 가라앉은, 그러면서도 부드러운 목소리였다.

"난, 그런 거 몰라요……"

눈발이 차창에 부딪혔다가 흩어졌다. 윈도 와이퍼가 끊임없이 좌우로 움직이며 그 눈발을 밀어내고 있었다. 그러나 눈발은 밀려 나갔다가 금방 다시 달려들었다. 갑자기 사내가 손을 뻗어 그녀의 얼굴을 만졌다.

"내가 보기엔, 너 남자 좀 밝히게 생겼는데…… 내 눈은 못 속여."
"왜 이러세요? 빨리 가기나 하세요."

신혜는 그의 손을 뿌리쳤다.

"너 다방에 있으면서 남자들한테 몸도 몇 번 줬겠지? 네가 무엇 때문에 이런 데 들어와서 신분을 위장하고 있는지 이제 조사해봐야겠지만…… 앞으로는 고생 좀 하게 될 거야. 하지만 내가 널 잘 봐줄 수도 있어. 나도 그렇게 인정머리가 없는 사람이 아니라고. 우리가 다른 자리에서 만났더라면 좀더 아름답게 만날 수도 있잖아? 내 말이 무슨 말인지 알지? 네가 내 마음에 들어서 하는 소리야."

신혜는 그가 지금 무엇을 요구하고 있는지 알아차렸다. 얼음 같은 전율이 등허리를 줄달음쳤다. 그녀는 자신의 몸에 걸쳐진 사내의 점퍼를 벗었다.

"사람 잘못 보셨어요. 난 아무 잘못도 저지른 게 없으니까, 무슨 조사를 하든 상관없어요. 어서 날 경찰서로 데려가기나 하세요."

사내의 얼굴이 한순간 모욕이라도 받은 것처럼 굳어졌다.
"너 내가 싫어?"
"싫고 좋고가 어딨어요? 전 아저씨를 알지도 못하는데……"

그는 잠깐 동안 신혜의 얼굴을 말없이 쳐다보았다. 그때 앞쪽에서 경적 소리가 들려왔다. 트럭 한 대가 눈발을 헤치며 다가

오고 있었다.

"너 아주 잘났구나, 응? 이제 봤더니 아주 잘난 년이야."

신혜는 등골이 오싹했다. 자신을 노려보는 사내의 눈빛이 일순 무서운 적개심으로 이글거렸다. 갑자기 그는 왈칵 다시 차를 출발시켰다.

2

처음 대학에 입학했을 때는 문학 서클에 들었어요. 그러다가 다시 독서 서클로 옮기게 되었죠. 지하 서클이냐구요? 지하실에서 한 건 아니지만, 학교에 등록된 것도 아니었어요. 약수동에 있는 선배의 자취방에서 일주일에 한 번씩 만났어요. 그 선배의 이름은 차광희, 고향은 광주, 우리보다 4년 위였는데, 중간에 학교를 그만두고 집에서 쉬고 있었지요. 거짓말 아니에요. 그 선배에 대한 건 무엇이건 숨기지 않고 다 말할 수 있어요.

그때 읽었던 책은 『서양경제사』『분단시대의 역사인식』『로자 룩셈부르크』『페다고지』같은 것들이었어요. 『뺏다고지』가 아니고 『페다고지』요. 뭐 대단한 의식화 책들은 아니에요. 기초적인 책에 불과했지요. 하지만 내게는 찬물을 뒤집어쓴 것 같은 충격을 주었어요. 이제까지 늘 회색 안개가 낀 것처럼 애매모호하기만 했던 삶이란 것에 갑자기 어떤 분명한 질서가 있음을 깨닫게 되었다고나 할까요?

광희 형 ― 우린 그 선배를 '광희 형'이라고 불렀어요 ― 의

자취방에는 참으로 독특한 분위기가 있었어요. 다른 것보다 난 그 방의 분위기에 매료됐는지도 몰라요. 난 어렸을 때부터 엄마와 둘이서 늘 단칸 셋방에서만 살았기 때문에 내 방이라는 걸 한 번도 가져본 적이 없었거든요. 광희 형의 방에는 두꺼운 검정색 커튼, 말린 꽃묶음들과 하회탈이 있었고, 그리고 책상머리엔 두 장의 사진이 압정으로 꽂혀 있었어요. 하나는 갈비뼈를 하나하나 셀 수 있을 만큼 바짝 마르고 배가 불룩 튀어나온 아프리카 어린이의 사진이었고, 또 한 장은 테레사 수녀의 사진이었어요. 뭐랄까, 아름다움과 추악함, 안식과 고통이 극단적으로 뒤섞여 있는 것 같은 방이었죠. 형의 책상머리엔 '날자, 모든 것을 버리고 날아오르자'란 글이 붙어 있었어요. 난 그게 무슨 뜻이냐고 물었죠.

── 응, 거기 적혀 있는 그대로야. 난 새가 되고 싶거든.

광희 형은 알쏭달쏭한 미소를 지으며 대답하더군요. 어쨌든 난 광희 형이 좋았어요. 그 형이 가늘고 긴 손가락으로 담배를 피우는 모습에도 반해서, 나도 담배를 피우고 싶은 유혹을 느끼기도 했어요.

광희 형은 비가 오는 날이면 허리 신경통을 심하게 앓았어요. 어떤 날은 자리에서 일어나지 못할 정도로 심했죠. 우리 사이엔 누구 입에서 나온 소린지 모르지만, 광희 형이 1980년 사태 때 계엄군에게 고문을 당했다는 이야기가 돌고 있어요. 또 그 형이 사랑했던 남자가 1980년 5월 때 사망했다는 이야기도 있었구요. 하지만 광희 형은 그에 대해선 한 번도 입을 연 적이 없었어요. 언젠가 딱 한 번, 어쩌다가 그 비슷한 눈치를 내보인 것 외에는요.

형의 책상 한구석엔 항상 뒤집어 세워진 사진틀이 하나 있었는데, 한 번은 우연히 그 사진틀을 돌려보았더니 어떤 젊은 남자의 사진이 있더군요. 왜 사진을 돌려놓고 있느냐는 물음에, 그 얼굴을 보면 너무나 고통스럽기 때문이야, 하더군요. 얼굴은 웃고 있었지만, 눈에는 금세 눈물이 맺혔어요. 난 그 남자가 형의 애인이었으리라고 짐작했지요.

광희 형은 결코 투사가 아니었어요. 오히려 누구보다도 마음이 여리고 낭만적인 데가 있는 여자였어요. 때때로 우리에게 김수영이나 신동엽의 시를 낭송해주기도 했고, 어느 땐가는 한창 독서 토론을 하던 중에 갑자기 흥분한 목소리로 외치는 거예요.

—새는 알에서 빠져나오려고 노력한다. 그 알은 세계이다. 태어나려고 하는 자는 하나의 세계를 파괴하지 않으면 안 된다. 새는 신 곁으로 날아간다. 그 신의 이름은 아브락사스라고 한다!

그건 나도 좋아하는 구절이었어요. 헤르만 헤세의 『데미안』 중에 나오는 유명한 구절이잖아요. 그런데 그때 수임이란 아이가 정색하고 말했어요.

—형, 형은 아직도 그런 유치하고 감상적인 관념 세계에 빠져 있어?

광희 형은 허를 찔린 것처럼 얼굴을 붉히며 당황하더니, 그렇지? 내가 아직도 감상적이지? 바보같이 웃으며 반문했어요. 그러자 수임이는 표정도 바꾸지 않고 말하더군요.

―우리가 날아갈 곳은 아브락사스가 아니라 민중의 곁이잖아.

나는 그때 수임이가 정말 밉게 느껴졌어요.

그 형이 지금 어디 있느냐고요? 그다음 해 가을, 광희 형은 스스로 목숨을 끊고 말았어요. 왜 자살을 했는지 그 이유는 저도 몰라요. 광희 형을 알던 사람 중에 그가 왜 목숨을 끊어야 했는지 정확히 아는 사람은 아무도 없어요. 어쨌든 광희 형은 새가 되어 날아보지 못했고, 아브락사스에도 가지 못했고, 물론 민중의 곁에도 가지 못한 채 추락하고 만 것이죠.

경찰서는 군청 소재지의 초라한 거리 풍경에 비하면 제법 크고 번듯한 콘크리트 건물이었다. 지프에서 내린 뒤 남 형사는 그녀의 팔을 붙들고 곧장 2층으로 올라갔다. 계단을 오르자, 바로 '정보과'라는 검은색 팻말이 붙은 방이 있었다.

아침 이른 시간인데도 난롯가에는 네댓 명의 사람이 모여 서 있었다. 신혜가 남 형사를 따라 들어서자, 그들은 잔뜩 호기심 어린 눈으로 다가와 그녀를 이리저리 훑어보았다.

"어떻게 생긴 년인가 궁금했는데, 드디어 오셨구먼."

"보아하니 제법 얼굴값 하게 생겼는데그래?"

"이런 데까지 와서 광부들 꼬시려면 얼굴 하난 반반해야겠지."

신혜는 용기를 내야 한다고 스스로를 일깨웠다. 그들의 시선에 지지 않기 위해 입을 꾹 다물고 눈을 크게 뜨고 있었는데, 눈에 너무 힘을 주고 있어서인지 눈이 따갑고 눈물이 날 것 같았다.

"야, 너 여기가 어디라고 겁도 없이 기어들어왔어?"

가운데 책상에 앉은 남자가 그녀를 노려보며 버럭 소리쳤다. 정장 차림에 점잖게 안경을 쓴, 오십대 중반의 남자였다. 처음 방에 들어서면서 남 형사가 그에게 경례를 한 것으로 보아, 아마도 그 방 안에서 가장 계급이 높은 사람인 것 같았다.

"전 돈을 벌러 왔을 뿐이에요. 여기도 거주 이전의 자유가 있는 대한민국 땅이잖아요."

그녀는 그 남자를 똑바로 쳐다보며 반문했다. 처음부터 죄를 지은 것처럼 비굴하고 주눅 들린 모습을 보이는 것보다는 오히려 당당하게 할 말을 하는 것이 좋으리라는 판단에서였다. 그러나 그것은 전적으로 오산이었다.

"너, 일루 와봐."

책상에 등을 대고 서 있던 어떤 사내가 손가락을 까딱대며 그녀를 불렀다. 그런데 그의 시선이 기묘했다. 분명히 그녀에게 말하고 있는데, 시선은 다른 곳을 보고 있는 것이었다. 그녀가 주춤거리며 마악 그의 앞으로 다가가자, 느닷없이 사내의 손이 뺨을 후려갈겼다.

"앞으로는 그따위로 대답하면 안 돼, 알았어?"

아무 일도 없었던 것 같은 낮고 단조로운 어조였다. 뺨이 불붙는 것처럼 아팠지만, 그녀는 너무 졸지에 당한 일이라 비명을 지르지도 못했다.

"너 공산주의자야, 사회주의자야?"

그가 다시 물었다. 사내는 그녀의 얼굴에서 한 뼘쯤 비켜난 어느 지점을 도려낼 듯 노려보고 있었는데, 실은 바로 자신을 노려보고 있다는 것을 신혜는 깨달았다.

"무, 무슨 말씀이세요?"

"쌍년아, 묻는 말이나 대답해. 공산주의자야, 사회주의자야?"

뺨은 아직도 불에 덴 것처럼 화끈거렸고, 사내의 그 사시斜視의 눈초리가 그녀를 혼란시키고 있었다.

"야, 다 알고 묻는 거야. 솔직히 말해봐."

이번에는 책상에 앉은 아까의 정장 차림이 말했다. 앞 사내와는 대조적으로 타이르듯 은근한 목소리였다. 다 알고 있다면서 왜 묻는가, 하는 반문을 그러나 그녀는 입안으로 삼켰다. 언제 그들의 주먹이 다시 날아올지 두렵기도 했지만, 어쩌면 그들이 정말 뭔가를 알고 있을지도 모른다는 생각이 들었던 것이다. 신혜는 자신이 공산주의와 사회주의가 정확히 어떻게 다른지조차 모르고 있다는 것을 깨달았다. 그러나, 바로 그렇기 때문에, 자신이 그 둘 중 하나가 될 수도 있지 않을까 하는 터무니없는 의심이 들었다.

"전 사회주의자도, 공산주의자도 아닙니다."

한참 만에 그렇게 대답했으나, 신혜의 목소리엔 자신이 없었다.

"흥, 당연히 그렇게 말하겠지. 빨갱이치고 '나 빨갱이요' 하고 말하는 놈은 한 놈도 못 봤으니까."

사시인 사내가 코웃음을 쳤다.

"하지만 이제 니 입으로 금방 바른 소릴 하도록 해주지. 마음의 준빌 단단히 하고 있으라구."

그녀의 몸은 언제부터인가 오한에 걸린 것처럼 심하게 떨리고 있었다. 그녀는 자신이 얼마나 약한 존재인가를 깨닫지 않으면 안 되었다. 침착해야만 한다고 생각하면서도 자신의 육체는 두려움에 질려 있다는 것을 숨기지 못하고 있었다. 제발 이 떨림이 멈추어졌으면, 이 두려움을 이기고 용기를 얻을 수 있었으면, 하고 그녀는 간절히 바랐다.

"네가 여기서 어떤 대접을 받느냐 하는 건 네가 어떤 태도를 보이느냐에 달려 있어. 그러니까 순순히 우리한테 협조를 하란 말이야, 알았어?"

책상에 앉은 예의 그 정장 차림의 남자가 점잖은 어조로 말했다.

"우선 김 형사가 맡아서 조사를 해봐. 말 듣지 않으면, 혼 좀 내주라고."

삼십대 중반으로 보이는 키가 큰 사내가 일어나더니, 따라와, 하고 말했다. 인상이 그리 사납지 않은 사람이어서 그나마 조금 안심이 되었다.

김 형사란 사내는 그녀를 옆방으로 데리고 들어갔다. 두어 평의 그리 크지 않은 공간에 철제 책상 네댓 개와 녹슨 난로가 놓여 있었고, 다른 집기나 장식 같은 것은 눈에 띄지 않았다. '좌경용공 뿌리뽑아 민주질서 수호하자'는 표어가 벽에 붙어 있었고, 형광등이 휑뎅그레 불을 밝혔다. 김 형사는 쇠 의자를 하나 들어서 책상 앞에 놓고 그녀에게 앉으라고 말했다. 그리고 자신도 의자를 당겨 앉더니, 서랍을 열고 아직 뜯지 않은 솔 담뱃갑을 꺼냈다. 갑을 뜯어 한 대 피워 물고는 그녀에게도 불쑥 한 개비를 내밀었다.

"담배 못 피워요."

"괜히 내숭 떨지 말고 피우랄 때 피워, 괜찮으니까."

"정말 못 피워요."

"요새 서울 여대생들 담배 못 피우는 애들 없다며? 그리고 너, 여기까지 다방 레지로 위장해서 올 마음을 먹었으면 담배 정돈 배웠을 거 아냐."

"여대생이라고 다 담배 피우는 거 아니에요. 그리고 저 다방 레지로 위장한 것이 아니라 진짜 레지예요."

"진짜 레지?"

그가 코웃음을 치며 반문했다. 그리고 책상 서랍을 열고 종이와 볼펜을 꺼내 그녀의 앞으로 밀었다.

"우선 여기 신상명세서부터 숨기지 말고 자세히 써."

"어젯밤에 지서에서 벌써 다 썼는데요."

"말이 많아, 까라면 까지."

그녀는 이름부터 시작해서 가족 사항·학력·직업·친구 관계·동산·부동산·월수입·취미·특기 등을 차례로 써 내려갔다. 직업란에는 학생이라고 쓸까 하다가 다방 종업원이라고 적었다. 형사는 그녀가 쓴 것을 받아서 자세히 들여다보며 질문을 던졌다.

"부동산은 왜 없어?"

"집이 없으니까요."

"그럼 전세금이라도 있을 거 아냐?"

"전세금도 없어요. 월세 살고 있어요."

"아버지는 없고, 어머니는 직업이 상업이라고 했는데, 무슨 장사를 해?"

"생선 장사요. 가게를 갖고 하는 장사가 아니라, 시장에서 남의 가게 앞에 터를 얻어서 새벽에 수산시장에 나가 고기를 떼 와서 파는 노점상이에요."

"야, 니 엄마가 그렇게 고생하면서 너 대학까지 보냈는데, 넌 하라는 공부는 않고, 그래 이런 짓이나 하고 돌아다닌단 말이냐?"

할 말이 없었다. 어머니에 관한 이야기만 나오면 어떤 비난에도 변명할 말이 없었다.

"너 혹시 수배받고 있는데 뺑끼칠하는 거 아냐? 이따가 서울로 컴퓨터 조회해보면 다 나오니까 숨겨도 소용없어."

"그런 사실 없어요. 거기에도 썼듯이 전 학교에서 징계받은 것 외엔 깨끗해요."

"학교에서 무슨 이유로 처벌받았어?"

"……불법 집회를 주동했다고요."

"애들 선동해서 데모를 했다 이거지? 그게 정확히 언제야?"

"재작년 가을, 그러니까 1984년 10월이었어요. 우린 데모를 한 게 아니었어요. 그냥 아이들을 모아서 학내 문제에 대해 토론회를 열었던 것뿐이에요."

그해 가을, 학교 교정은 매년 되풀이되는 가을 축제 준비로 떠들썩했다. 황금색으로 물든 은행나무 사이로 현수막과 포스터 들이 내걸렸고, 학생들은 지하철 입구에서 전경들에게 가방 검사를 받으면서도 길 잘 든 국민학생들처럼 고분고분 수업에 들어가거나 축제에 데려갈 파트너를 구하느라고 분주했다. 겉보기론 모든 것이 아무런 이상도 없었다. 축제가 끝나면 학기 말시험이 있었고, 시험과 논문 제출이 끝나면 신혜는 졸업이었다. 몇 달 뒤엔 스물세 살이 될 것이었고, 국민학교 선생님으로 발령이 날 것이었다.

물론 누구보다도 그녀가 졸업하길 기다리는 사람은 그녀의 어머니였다. 어머닌 벌써부터 딸이 이미 반쯤 선생님이 된 것처럼 행동하고 있었다. 자신은 이제 시장 바닥에서 생선 토막이나 주무르고 있는 노점상이 아니라 어엿한 국민학교 선생님의 어머니가 되었다고 믿고 있는 것이었다. 어머니의 그런 태도도 무리는 아니었다. 평생을 딸 하나에만 희망을 걸고 온갖 고생을 견디며 기다려온 일이 이제 차츰 현실의 모습으로 눈앞에 다가오고 있었다.

신혜는 그러나 왠지 그 모든 것을 받아들이기가 싫었다. 자신이 뭔가 원하지 않는 곳을 향해 떠밀려 가고 있는 듯한 까닭 모를 조바심에 빠져 있었던 것이다. 아니, 어쩌면 그녀는 내심 어머니만큼이나, 오히려 어머니보다도 더 그걸 강렬히 원하고 있었는지도 몰랐다. 그런데 그게 막상 현실로 눈앞에 다가오니까 불안해진 것인지도, 너무나 불안한 나머지 그것으로부터 도망가고 싶었던 것인지도 모를 일이었다.

"이대로 대학 생활을 끝마친다는 게 너무 허무하지 않니? 애들은 이제 분노하는 법도 잊어버린 것 같아. 이런 상태로 학교를 마치고 교사 발령을 받아 현장으로 나가면 어떻게 되겠어? 제도 교육의 충실한 하수인 역할밖에 더 하겠니?"

처음 이야기를 꺼낸 사람은 수임이었다. 독서 서클에서 같이 공부를 하던 친구들이 모인 자리에서였다.

"맞아, 이대로 있을 순 없어. 아이들의 식은 가슴에 작은 불씨라도 던져주기 위해 누군가 나서야만 해. 아무도 나서지 않는다면 우리가 나서는 수밖에 없어."

"신혜가 갑자기 왜 이렇게 과격해졌나?"

수임이의 말에 친구들이 모두 웃었다. 사실 그녀는 지금까지 친구들 중에서도 늘 매사에 회의적이고 소극적이었었다. 누군가 조심스럽게 의문을 제기했다.

"그런데 우리가 대체 뭘 할 수 있을까?"

"왜 없어? 학내 민주화를 요구하는 집회라도 열어야지."

"하지만 기껏 학내 민주화를 위한 집회를 연다는 것이 지금 상황에서 무슨 의미가 있다고?"

"지금은 돌멩이라도 던지는 게 중요해. 그렇다고 지금 아이들한테 파쇼 체제에 대한 저항이니 민중의 생존권이니 하는 소릴 해봐야 먹혀들지도 않아. 우선 가장 피부에 닿는 것부터, 또 아이들이 할 수 있는 선에서 공간을 열어주는 것이 중요해. 지금 우리 학교 학생들이 가장 불만을 가지고 있는 게 뭐야? 학장의 비민주적 학교 운영이잖아? 아이들은 누구나 대학생이면서도 꼭 고등학생처럼 대접받고 있다고 불만이지. 그러니까 그 불만을 학내 민주화의 요구로 집결시키는 게 제일 효과적인 방법이야."

그들은 모두 수임의 말에 동의하지 않으면 안 되었다. 교내에서 집회를 열고 민주화를 요구한다는 것은 당시의 분위기로 봐서 상상할 수 없는 모험이었다. 그런데 아무도 하지 못했던 그 일을 이제 자신들이 한다고 생각하자, 신혜는 마치 혁명이라도 모의하는 것 같은 흥분으로 몸이 떨려왔다. 그 후 많은 시간이 지난 뒤에도 그녀는 그때 자신의 가슴속에서 솟구쳐오르던 까닭 모를 감동, 거의 자기 파괴적인 그 충동과 흥분을 이해할 수 없었다.

그들은 그 자리에서 곧장 집회를 열기 위한 방법을 토론하기 시작했다. 우선 학교 측으로부터 허락을 받아내는 일이 중요한 문제였다. 허락 없이 집회를 열었다간 시작도 못 해보고 깨질 게 뻔한 일이었다. 허락을 받는 일은 신혜가 맡기로 했다. 학생과장인 송 교수는 중견 시인이었고, 학보에 몇 번 시를 발표한 적이 있는 신혜에게 평소에도 남다른 호의와 관심을 가지고 있는 사람이었다.

신혜는 송 교수를 찾아가 집회를 허락해달라고 부탁했다. 가을 축제에 대해 학생들의 의사를 수렴할 필요가 있다고 핑계를 댔다.

"그걸 꼭 모여서 해야 돼?"

늘 납작한 검정색 빵모자를 비스듬히 쓰고 파이프 담배를 입에 물고 있는 멋쟁이 시인은 의혹이 담긴 눈으로 그녀를 쳐다보았다.

"아이들 의견이 분분해서요. 한 시간만 이야기할게요, 선생님."

시를 사랑하고 시인을 존경하는 문학소녀다운 미소를 띠면서도 그녀는 마음 한편에 죄책감을 느꼈다.

"좋아, 그럼 딱 한 시간이다. 그리고 절대로 의제 외 딴 이야기를 하면 안 돼. 알았지?"

집회는 일단 성공이었다. 학생회관 식당에 3백여 명이 넘는 학생들이 모였고, 열띤 토론이 벌어졌다. 학내의 비민주성 문제, 학장의 독단적 운영, 졸업 후 발령 문제 등, 지금까지 꽁꽁 묶여 있던 불만과 성토가 한꺼번에 봇물처럼 터져 나오자, 송 교수가 하얗게 질린 얼굴로 사회를 보고 있던 신혜에게로 달려왔다.

"얘, 네가 날 이런 식으로 속일 수가 있냐? 난 그래도 너만은 믿었는데……"

그러나 그는 곧 학생들의 야유에 얼굴을 벌겋게 물들인 채 물러날 수밖에 없었다. 학생들의 뒤쪽에서 안절부절못한 채 서성거리고 있던 그는 집회 시간이 세 시간이 가까워지고 급기야 학장 몰아내자는 주장이 나오자 울상이 되어서 단상 뒤로 달려왔다.

"신혜야, 제발 내 입장 좀 봐주라. 너 꼭 내가 사표 쓰고 나가는 꼴을 보아야 하겠니?"

안경을 고쳐 쓰는 그의 손이 덜덜 떨리고 있었다. 신혜는 한 인간이 그처럼 두려움에 질려 있는 모습을 처음 보았다. 오십 대 시인이자 교수의, 너무나 적나라한 그 두려움 때문에 그녀는 마음이 흔들리고 말았고, 몇 개의 요구 사항을 정리한 채 서둘러 토론을 마치고 말았다. 하지만 집회가 끝난 뒤 그녀는 수임에게 심한 질책을 들어야 했다.

"너 왜 그렇게 답답해? 교수의 입장을 살려주려고 기껏 얻은 기회를 망친단 말이니? 싸움에서 적에 대한 동정은 금물이야."

"송 교수님이 우리의 적은 아니잖아?"

"넌 아직 적도 제대로 규정을 못 하는구나. 그들은 다 똑같은 자들이야. 파쇼 체제의 한 끈에 묶인 꼭두각시들이라고. 그들에게 연민이니 인간적인 이해심이니 하는 것들을 품고서는 아무 일도 못 해."

집회는 끝이 났지만, 토론회에서의 요구 사항에 대해서는 아무런 반응이 없었다. 집회를 주동했던 다섯 명에게 무기정학 처분이 내려졌을 뿐이었다. 그중 한 명은 반성문을 쓰고 구제되었지만, 반성문 쓰기를 거부했던 나머지 네 명 모두가 징계를 받아야만 했다. 물론 그 속엔 신혜와 수임이 끼어 있었다.

"그런데 데모를 주동했으면 깨끗하게 잘라버리지, 왜 하필 무기정학이야?"

김 형사는 담배 연기를 신혜의 얼굴에 훅 끼얹었다.

"사실은 무기정학 처분도 부당한 것이었어요. 우린 정치적인 구호를 외친 것도 아니고, 미리 허락을 얻고 모여서 학내 문제를 토론했을 뿐이니까요."

"학교에서 잘린 게 2년 전인데, 그동안 뭐 했어?"

"그냥…… 집에서 혼자서 공부하면서 보냈어요."

"그동안 집에만 있었단 말이야?"

그의 눈빛이 날카로워지며 찌를 듯이 쏘아보았다. 그녀는 대답을 망설였다. 말 한마디라도 잘못했다간 언제 발목이 올가미에 걸려 매달리게 될지 모르는 일이었다. 그렇다고 무조건 숨기고 잡아뗄 수만은 없었다.

"한 1년 동안 집을 나가서 일을 하기도 했어요."

"어디서 무슨 일을 했어? 공장에 위장 취업했나?"

"취업은 안 했구요…… 야학을 했어요. 몇 달, 정확히 6개월 정도요."

"어디서?"

"처음엔 구로공단에 있다가 감시가 심해서 나중에 성남으로 옮겼어요."

갑자기 김 형사가 자리에서 일어났다. 문이 열리고 두 사람이 방으로 들어섰다. 한 사람은 아침에 신혜가 옆방에서 보았던 오십대 남자였고, 또 한 사람은 베이지색 작업 점퍼를 입은, 몸매가 마르고 희끗희끗한 머리를 가지런히 빗어 넘긴 남자였다. 김 형사는 그 작업 점퍼의 남자에게 황급히 경례를 올렸다.

"이름이 정신혜라고 했나?"

그 남자가 신혜에게 물었다. "예." 안경 너머로 깜박거리는 작은 눈이 이상하게도 위압감을 주고 있어서 신혜는 괜히 주눅이 든 목소리로 대답했다. 그 남자는 더 이상 신혜에게 아무것도 묻지 않았다. 그 대신 곁에 서 있는 양복 차림의 남자에게, "밥은 먹였나? 조사를 하더라도 먹일 건 먹이고 해야지" 하고는 다시 방을 나가버렸다.

"어때, 좀 건졌어?"

작업복 남자를 따라 나갔던 양복 차림의 남자가 금방 다시 들어와서 김 형사에게 말했다.

"쉽게 입을 열 것 같지 않은데요. 말로 해서 들을 년이 아닌 것 같아요."

"김 형사가 너무 점잖아서 그런 거 아냐? 여하튼 밥은 먹여야 하니까 데리고 나와."

자리에서 일어나다 말고 그녀는 잠깐 비틀거렸다. 몇 시간 동안 꼼짝도 못 하고 앉아 있던 탓에 무릎관절이 돌처럼 딱딱하게 굳어버린 것 같았다. 어쨌든 오전의 취조는 생각했던 것보다 수월하게 끝난 셈이었다. 그녀는 자신도 모르게 한숨을 내쉬었다. 그러나 앞으로의 조사도 이런 식으로 진행되리라는 아무런 보장도 없었다. 더구나 도대체 얼마나 더 조사를 받아야 할지, 과연 무사히 풀려날 수 있을지 지금으로서는 짐작도 할 수 없는 일이었다.

그녀가 옆방으로 들어가자, 김 형사가 송수화기를 들고, "야, 너 뭘 먹을래?" 하고 물었다. 경찰에 잡힌 뒤로 그녀는 아무것도 먹지 못했는데도 배고픔 같은 것은 전혀 느끼지 못했다.

"전 별로 생각 없어요."

"잔소리 말고 먹어, 인마. 곰탕 시킬까, 된장찌개 시켜줄까?"

그녀는 곰탕을 택했다. 그리고 그 자리에서 멍청하게 서 있는데, 누군가 그녀의 어깨를 툭 쳤다. 그녀를 지서에서 이곳까지 데려온 남 형사란 사내였다.

"마셔봐, 속이 풀릴 테니."

종이컵에 든 커피를 내밀며 그가 말했다.

"남 형사는 역시 여자한테 친절하단 말이야."

김 형사가 이쪽을 바라보며 말했다. 사무실 한 귀퉁이에 있는 의자에 앉아 커피를 마시는데, 신혜의 손은 종이컵 하나의 무게도 감당하지 못할 것처럼 덜덜 떨리고 있었다. 그녀는 아까부터 남 형사의 시선이 자신을 지켜보고 있다는 것을 알았다. 고개를 돌려 그를 쳐다보자, 그가 이를 드러내며 소리 없이 웃었다. 흠칫, 그녀의 손이 떨리면서 막 입에 대려던 커피를 옷에 쏟고 말았다.

3

——이 팔자 망칠 년아!

학교에서 쫓겨났을 때, 어머니가 내게 부르짖은 말이었어요. 어머니의 그 절망적인 얼굴을 대하고서, 난 비로소 내가 어머니에게 얼마나 치명적인 타격을 입혔나 깨닫지 않으면 안 되었지요.

난 어머니에게 내가 한 행동을 결코 이해시킬 수 없었어요. 아니 정직하게 말하면, 나 스스로도 내가 저지른 행동을 이해할 수 없었어요. 내게 정말 그런 일에 앞장설 만한 신념이 있었던가, 설사 신념이 있다 하더라도 한평생을 매달려온 어머니의 소망과 꿈을 무참히 꺾어버릴 만큼 그것이 가치 있는 일이었던가.

이상한 것은, 내가 한 일에 대해 나는 털끝만 한 자부심도 느끼지 못했고, 그렇다고 후회도 하지 않았다는 거예요. 하긴, 후회를 해봤자 아무 소용도 없는 일이었지요. 이미 엎질러진 물이었으니까요.

하지만 어머니는 엎질러진 물이라도 주워 담아야 한다고 생각했어요. 언젠가는 내가 복학이 되리라는 것, 언젠가는 내가 학교를 무사히 졸업하고 어엿하게 국민학교 선생님이 되리라는 것, 그건 하늘이 두 쪽이 나도 포기할 수 없는 어머니의 꿈이었던 거죠.

어느 날 어머니는 내 손을 강제로 끌다시피 해서 학교로 데려갔어요. 학교에 가서 교수님들께 잘못했다고 빌면 용서를 해줄 것이라는 것이었지요. 나는 아무 소용이 없는 일이라고 말했지만, 어머니의 고집을 꺾을 수가 없더군요.

학교에서 쫓겨난 뒤 처음으로, 몇 달 만에 어머니의 손에 끌려 교정에 들어선 내 꼴을 한번 상상해보세요. 애들이 날 알아볼까 고개를 아래로 처박은 채 어머니가 이끄는 대로 따라갈 수밖에 없었어요. 금방이라도 도망가버릴까 봐 내 손을 꼭 틀어쥐고 어머니가 찾아간 곳은 학생과장인 송 교수님의 방이었어요.

—들어가거라. 들어가서, 니 입으로 잘못했다고 죽을죄를 지었으이 용서해달라꼬 빌어라.

어머니가 내게 목소리를 낮춰, 그러면서도 차마 거역할 수 없는 표정으로 말했어요.

—엄마, 제발……

—얼릉 니 손으로 문 두드리라. 내 손으로 두드리까?

나는 결국 문을 두드리고 연구실 안으로 들어갔지요. 송 교수님의 머리엔 여전히 베레모가 있었고, 그의 손에 들린 파이프 담배에선 엷은 자색 연기가 피어 오르고 있었어요.

—나는 널 다시는 보지 않았으면 좋겠다는 생각을 했는데……

교수님은 내게 앉으라는 말도 하지 않더군요.

—그 일이 있은 뒤에 나는 불면증이 생겼어. 밤중에도 그 생각만 떠오르면 잠이 오지 않아. 시인으로서, 교육자로서 지금까지 헛살았다는 생각만 들고.

나는 뭐라 할 말이 없었어요.

―내가 지금까지 50 평생을 살아오면서, 한 가지 변함없이 간직해오던 게 있었다. 그것은 이 세상 무엇보다도 중요한 건 인간에 대한 신뢰다, 그것만은 버려서는 안 된다, 하는 것이었지. 그런데 그 일이 있고 난 뒤에 그게 무너지고 말았어.

―죄송합니다, 선생님. 용서해주세요.

―너 정말 복학하고 싶나?

―네.

―그렇다면 두 가지 조건이 있어. 그 두 가지를 네가 받아들인다면, 학교에서 다시 널 받아줄 수도 있을 거야.

―그게 뭔데요?

―하나는 네가 운동권 친구들, 우리 학교에 그런 애들이 누구누구며 그 애들이 어떤 일을 하고 있는지 우리한테 알려주는 거야. 뭐 다른 뜻은 없어. 이번 일과 같은 불행을 미리 막자는 거뿐이니까. 그리고 다른 하나는……

나는 말없이 교수님의 얼굴을 쳐다보고 있었습니다.

―네가 분명히 전향한다는 사실을 밝히는 글을 써서 학보에 발표하는 거야. 넌 원래 글솜씨가 좋지 않니? 내 생각에는 학장님에 대한 편지 형식으로 쓰는 게 더 설득력이 있고 학생들이나 선생님한테 감동도 줄 것 같아.

그는 또 이렇게 덧붙였어요.

―학교에서 이런 조건을 전제로 복학을 허락한 것도 사실은 네 어머니를 봐서야. 네 어머님이 나는 물론이고 학장님한테, 심지어 학장님 집에까지 찾아가서 딸을 살려달라고 애원하며 매달린 덕분이라고. 넌 진짜 어머니의 은혜를 잊어서는 안 돼.

교수님의 방을 나서자, 복도의 모퉁이에 숨어 있던 어머니가 얼른 달려와서 내 손을 잡았어요.

―어떻게 됐노? 용서해준다고 그러재? 다음 학기에는 복학이 된다고 그러재?

난 어머니한테 우선 화장실부터 가야겠다고 말했지요. 화장실의 창밖으로는 눈부시게 핀 샛노란 개나리들이 보였습니다. 형언할 수 없는 분노와 슬픔이 솟구치더군요. 저만큼 건물 한 모퉁이에서 내가 나오기를 기다리며 하염없이 서 있는 어머니의 모습이 눈에 띄었지요. 그 순간 어서 이 자리에서 도망가야 한다는, 어머니 곁을 떠나야 한다는 결심이 들더군요. 그리고 그길로 난 화장실의 다른 문으로 나가 혼자서 학교를 빠져나가고 말았지요. 난생처음으로 어머니 곁을 떠나 가출을 한 것이었습니다.

가출해서 어디로 갔냐고요? 막상 길거리에 나서니까 마땅히 갈 데가 없더군요. 워낙 준비 없이 나선 길이라 주머니에는 돈 한 푼 없었고요. 생각다 못해 찾아간 것이 수임이었어요. 수임이는 이미 현장에 들어가 일을 하고 있었습니다. 난 수임이와 같이 공장에 들어가고 싶었지만, 위장 취업자에 대한 감시가 심해지고 있어서 쉽지 않았어요. 수임인 내게 꼭 현장에서 일을 해야 하는 건 아니라며, 야학을 해보라고 권유하더군요.

처음엔 구로공단에 있는 어느 야학 교실로 들어갔는데 경찰의 단속 때문에 문을 닫는 바람에 성남으로 옮겨서, 어느 변두리 교회의 지하실에서 공장 노동자들을 상대로 야학을 시작했어요.

수임이는 내게 말했죠. 그들처럼 생각하고 그들처럼 느끼도록 노력해야 한다고. 우리가 그들을 가르치는 것이 아니라, 우리가 그들에게서 배워야 한다고. 아니, 배워서 닮는 것이 아니라 그들과 한 몸이 되어서 다시 태어나야 한다고.

나는 수임이의 말대로 하려고 했지요.

문제는 그렇게 생활하면서도 내 속에 끊임없이 일어나는 의심과 갈등이었어요. 나는 그들의 고통, 그들의 생각과 분노를 내 것으로 하려고 무진 애를 써봤지요. 그러나 아무리 노력해도 나는 나, 결코 그들이 될 수 없었어요. 아니 그들과 닮아지려고 노력하면 노력할수록 나는 내가 정직하지 못하다는 것, 내가 아닌 다른 그 무엇으로, 마치 연극 속의 어릿광대처럼 어색한 연기를 하고 있다는 느낌이었어요. 나는 그들이 될 수 없다, 이건 있는 그대로의 내 모습이 아니다, 아무리 부인하려고 해도 그것을 부인할 수는 없었어요. 그것 때문에 나는 죄의식에서 벗어날 수가 없었죠.

사실은 자라난 출신 환경을 따진다면 나 역시 그들에게 하나도 밑질 것 없을 거예요. 과거에도 그랬고 현재도 그래요. 다른 것이 있다면 난 그들보다 더 배웠고, 볼펜만 만져온 내 손이 그들보다 더 희고 연약하다는 것뿐이었어요. 그런데도 난 왜 그들처럼 될 수 없고, 그들처럼 생각하고 느낄 수 없는 것일까? 내 머리가 이미 구제받을 수 없을 정도로 이기적이고 썩어빠진 소부르주아적인 의식과 감상으로 온통 오염되어 있기 때문일까?

그들 속에서 아무런 갈등도 없이 흔들리지 않는 신념으로 홀

륭히 일을 해나가고 있는 수임이 같은 친구가 나는 진정으로 부러웠어요. 나는 그 애를 움직이는 것이 위선이나 영웅 심리 같은 것은 결코 아니라는 것을 잘 알고 있었어요. 하지만 그들의 신념이 진실이라면, 내 의심과 갈등도 부인할 수 없는 진실이라는 사실이 끊임없이 나를 괴롭히는 거예요.

나는 지금까지 내가 살아왔던 대로, 내가 하고 싶은 대로 생활하고 싶었어요. 때때로 영화도 보고, 음악도 듣고, 한 번쯤 맛있는 것도 사 먹으며. 그러나 그들과 함께 있으면 그렇게 할 수가 없었어요. 내가 하고 싶은 것은 언제나 부도덕한 것이고, 죄책감의 씨앗이 되는 거였어요.

나는 내가 옳은 일을 한다고 믿으려 애를 썼죠. 내가 하고 있는 것은 누구나 할 만한 가치가 있는 일이다, 내가 이 일을 함으로써 이 땅 민중의 삶이 조금이라도 나아진다면 그것만으로 충분하다.

하지만 그런 믿음만으로 버텨내기엔 내 정신과 의지는 너무나 허약했어요. 아니 나란 인간의 속에는 도무지 그런 것을 못 견뎌 하고 언제나 도망치려고 하는 또 하나의 내가 들어 있던 겁니다.

그런데 어느 날, 그러니까 내가 집을 떠난 지 여섯 달이 되어 올 무렵이었을 거예요. 뜻밖에도 수임이가 내 자취방에 찾아왔어요. 공장에서 파업을 주동한 뒤 경찰의 수배를 받았는데, 은신처를 구할 동안 당분간 내 방에서 신세를 지게 되었던 거예요.

공교롭게도 그날 또 야학에 나오는 아이들 몇 명이 놀러 왔어요. 수임이와 아이들 사이에는 노동 현실에 대한 토론이 벌어졌죠. 그런데 웬일인지 나는 그 토론에 섞여 들어갈 수가 없었어요. 조직, 노동자 계급, 계급 모순, 노동 해방…… 그들이 쓰는 말은 물론 나 자신도 가끔 쓰는 말들이었지만, 웬일인지 그날따라 그 말들은 마치 외국어처럼 생경하고 거북하게 느껴지더군요. 그리고 어쩌면 지금 내가 와 있어서는 안 될 자리에, 나 자신과는 전혀 어울리지 않는 곳에 와 있는 것이 아닌가 하는 생각에 사로잡혀야만 했어요.

그들의 등 뒤에서 아무 관계도 없는 국외자처럼 혼자 앉아 있을 때, 느닷없이 피자가 먹고 싶다는 생각이 들더군요. 나 스스로도 어이가 없었지요. 최소한의 사람다운 생활에도 미치지 못하는 열악한 노동 현실에 대한 피나는 이야기를 나누고 있는 틈에서 피자 생각이라니? 그러나 막상 피자 생각이 한번 떠오르자, 견딜 수 없을 것만 같았죠. 지금 생각해봐도 그때 내 머리가, 아니면 내 뱃속의 위장이 어떻게 돼버린 것만 같아요.

나는 그들 몰래 방을 빠져나갔어요. 큰길로 나가 피자 가게를 찾아서 걷기 시작했어요. 그러나 그곳이 공단 주변이어서인지 아무리 걸어도 피자 가게는 나타나지 않았습니다. 시간이 지날수록 피자 생각은 더욱더, 마치 견딜 수 없는 갈증처럼 내 목을 조이는 것 같더군요. 따끈따끈한 빵을 덮고 있는 피자치즈, 그 위에 얹힌 양파와 햄 조각 같은 것들이 눈앞에 잡힐 듯이 생생하게 보이는 듯했습니다.

아무리 걸어도 피자 가게가 보이지 않자, 나는 마침내 서울로 들어가는 버스에 올라탔습니다. 그날따라 차가 밀려 거의 한 시간이나 지난 뒤에야 종로의 어느 피자 가게에 들어갈 수 있었지요. 마침내 혼자서 피자 하나를 시켜 먹고 가게 문을 나섰을 때, 내가 무엇을 느낄 수 있었겠어요? 그건 먹고 싶은 것을 뱃속에 가득 채운 포만감이 아니라 자신에 대한 절망적인 모멸감과 죄의식이었어요.

그 형벌은 너무나 즉각적으로 찾아왔습니다. 자취방에 돌아왔을 때, 나는 금방 무슨 일이 있었다는 걸 알았어요. 방 안은 형편없이 어질러져 있었고, 한방을 쓰는 순옥이란 아이 혼자 넋이 빠진 채 앉아 있었어요.

——수임이 언니가 잡혀갔어. 30분 전에 갑자기 경찰이 들이닥쳐서…… 미처 도망갈 틈도 없었어.

순옥이가 몸을 후들후들 떨며 말했어요. 벼락이라도 맞은 듯이 나는 한참 동안 그 자리에 꼼짝도 않고 서 있었지요. 내가 피자를 먹고 있을 때, 그런 일이 벌어지고 있었다는 생각밖에 다른 아무것도 떠오르지 않았어요. 그런 내게 순옥이 물었습니다.

——언닌 도대체 어디 있었던 거야?

난 대답할 수가 없었죠. 내가 사람을 죽이고 왔다고 하더라도, 아니 수임이를 경찰에 밀고하고 왔더라도 차라리 그보다는 죄의식을 덜 느끼고 대답하기가 쉬웠을지 몰라요. 나 혼자 몰래 피자를 먹고 왔다는 말을, 설사 입이 찢어지는 한이 있더라도 어떻게 말할 수 있겠어요?

다음 날 나는 어머니에게 전화를 했고, 야학으로 찾아온 어머니의 손에 끌려 집으로 돌아오고 말았습니다.

문이 열릴 때마다 신혜는 고개를 돌려 보았다. 이상한 일이었다. 아까부터 그녀는 금방이라도 자신을 아는 누군가가 그 문으로 들어서서 이곳에서 자신을 데리고 나가줄 것 같은 느낌에 사로잡혀 있었다. 그것이 어리석고 허망한 바람이라는 사실을 잘 알고 있으면서도 그녀는 왠지 문에서 눈길을 떼지 못했다.

식당에서 배달 온 곰탕 한 그릇을 반 나마 남기며 겨우 점심을 때운 뒤에도, 무슨 이유에선지 조사는 얼른 시작되지 않았다. 김 형사는 줄곧 자리를 비웠고, 그래서 신혜는 사무실 안의 한쪽 구석에서 혼자 오랫동안 기다리지 않으면 안 되었다.

"아유, 이놈의 직업 더러워서 못 해먹겠네."

오후 늦은 시간이 되어서야 김 형사는 무엇 때문인지 몹시 화가 나서 벌겋게 상기된 얼굴로 나타났다. 그는 검은 표지로 된 두꺼운 서류철을 책상 위로 내던지며 신혜를 쏘아보았다.

"너, 여기 누구하고 같이 왔어?"

"누구하고 오다뇨?"

"야, 니가 아무리 간땡이가 부은 년이라 해도 너 혼자 이 강원도 탄광촌까지 오진 않았을 것 아냐? 너하고 온 동료들이 누군지 빨리 대."

"아니에요, 정말 사람 잘못 보신 거예요. 전 그냥 다른 여자들처럼 돈 벌러 온 거예요."

"돈 벌러 왔다구? 이년이 지금 누굴 호구로 아나?"

그가 서류철을 들어 신혜의 머리를 내리쳤다. 그 바람에 재떨이에 담긴 담뱃재와 꽁초가 흩어졌다. 그것이 자기 책임이기라도 되는 듯 신혜는 허둥지둥 그것들을 다시 주워 담았다.

"정말이에요. 전 목돈이 필요했어요. 다음 학기 등록금을 준비해야 했거든요."

"등록금? 학교에서 무기정학을 당했다면서 무슨 등록금이야?"

"정학을 당하긴 했지만 등록은 계속해야만 했어요. 학칙에, 등록하지 않으면 자동 제적이 된다고 되어 있거든요."

정학이 된 뒤에도 신혜는 등록을 포기하지 않았다. 어쩌면 그것은 몹시 어리석은 일일 수 있었다. 함께 정학을 받았던 친구들 중에 수임이는 곧장 등록을 포기하고 스스로 제적이 되는 길을 택해버렸고, 나머지 친구들도 어쩌면 복학이 될지도 모르는 한 가닥 희망으로 한두 학기 더 등록을 하다가 결국 그만두고 말았다.

"무기정학은 사실상 제적을 시킨 거나 마찬가지야. 그러니 그들이 복학을 허락할지도 모른다는 생각은 바보 같은 생각이야. 이 파쇼 정권이 전면적으로 항복하지 않는 한, 아니면 우리가 그들 앞에 무릎 꿇고 그들의 개가 되겠다고 맹세하지 않는 한 복학은 없을 거야. 그런데 무엇 때문에 그놈들에게 피 같은 돈 꼬박꼬박 갖다 바치니?"

"하지만 등록을 포기해서 자동 제적이 되는 게 바로 학교 측이 노리는 거잖아? 그들이 파놓은 함정에 스스로 걸어 들어가지 않으려면, 또 우리가 처벌받은 것이 부당하다는 것을 주장하기 위해서라도 끝까지 등록을 해야 하는 게 옳지 않을까?"

"얘, 그건 말장난에 불과해. 우리의 정당성은 그들이 복학을 시켜주고 말고에 달린 게 아냐."

신혜도 수임의 말이 옳다는 것을 잘 알고 있었다. 그러나 그녀는 등록을 포기할 수가 없었다. 복학에 대한 부질없는 희망을 버리기 싫어서가 아니라 어머니 때문이었다. 어머니는 언젠가 그녀가 복학이 되리라는 희망을 단 한 번도 버리지 않고 있었던 것이다. 자신을 위해 평생을 희생한 어머니의 꿈을 저버릴 권리가 그녀에게는 없었다.

"니 말대로 등록금이 필요했다 치자. 그런데 왜 하필이면 탄광촌에 다방 레지로 왔느냐 말이야."

"그건…… 한 달 만에 쉽게 목돈을 벌 수 있다고 들었기 때문이었고요. 또……"

"또 뭐야?"

"탄광촌이라는 곳에 대한 흥미가 조금 있었던 것은 사실이에요. 하지만 그건 그냥 호기심이었을 뿐이에요."

"뭐, 호기심? 호기심으로 여기까지 왔다고? 너 지금 나한테 코미디 하는 거야?"

금방이라도 주먹을 날릴 듯이 무섭게 노려보는 형사의 약간 충혈된 두 눈을 보면서, 그녀가 자기가 잠깐 동안이나마 착각에 빠졌었다는 것을 깨달았다. 비록 이런 일을 맡고 있는 형사들일지라도 그들 역시 남의 이야기를 들어주고 이해할 줄 아는 평범한 인간일 것이라는 착각이었다.

"뭘 봐, 이년아. 건방지게시리. 눈깔을 확 빼버릴라."

형사는 손가락을 구부려 갈고리 같은 모양을 만들어서 신혜의 눈에 들이대었다.

"죄송해요. 하지만 제가 여기 온 것은 정말 순수한 동기였어요."

말을 하고 보니, 그건 그녀가 생각해도 조금 우스꽝스럽게 들렸다.

"순수? 이년이 정말 웃겨 죽이네. 그래, 니 말대로 순수한 년이 어디 할 짓이 없어서 탄광촌까지 씹 팔러 온단 말이냐?"

"아까 말씀드렸잖아요? 등록금을 벌기 위해 왔다고. 그리고 전 지금 말씀하신 그런 짓 한 적 없어요. 그건 용궁다방의 마담 언니나 딴 애들한테 물어보시면 알 거예요."

"너 지금 누굴 바지저고리로 알아? 너같이 철저히 의식화된 운동권이 등록금이나 벌자고 이런 델 다방 레지로 왔다는 거짓말을 믿으라는 거야?"

"저도 사실 나 자신에 대해 회의를 많이 했어요. 과연 이런 방법밖엔 없나 하고요. 저보구 철저한 운동권이라 그러셨는데, 아마 오히려 철저하지 못해서 그랬겠죠."

형사는 도대체 무슨 말인지 모르겠다는 표정으로 멀거니 그녀를 보더니, 갑자기 피우던 담배를 신경질적으로 비벼 껐다.

"이제 봤더니 너 아주 보통이 아니구만. 요리조리 말을 돌리며 적당히 빠져나가겠다, 이거지? 내가 이런 촌구석 형사라고 우습게 보는 거야? 안 되겠어. 손 좀 봐줘야 정신을 차리지. 야, 일어나!"

김 형사가 먼저 자리에서 일어나 신혜에게 가까이 다가왔다. 신혜는 자신도 모르게 다리가 후들후들 떨리기 시작했다.

"전 아저씨들이 제게 왜 이러시는지 알 수가 없어요. 전 정말 아무 일도 하지 않았어요……"

사내의 손에는 어느새 손때 묻은 몽둥이가 들려 있었다. 저걸로 날 치려는 건가. 신혜는 애원하는 표정으로 사내를 쳐다보았다.

"어이 김 형사, 그만둬."

그때 아침에 만난 정장 차림의 사내가 방에 들어서며 말했다.

"대공과로 올려보내. 이제부터 거기서 맡기로 했으니깐."

신혜는 속으로 한숨을 삼켰다. 우선 당장의 몽둥이를 피할 수 있게 된 것이 다행스러웠던 것이다. 그러면서도 무엇 때문에 날 대공과로 보내는가 하는 의심이 머리를 스쳤다.

"젠장, 뭘 좀 해보려고 하면 꼭 자르고 든단 말야. 아침부터 괜히 헛심만 썼잖아."

김 형사는 계속 투덜거리면서도 신혜를 데리고 문을 나섰다. 대공과는 3층에 있었다. 그들이 들어갔을 때, 그리 넓지 않은 사무실의 가운데 책상에 한 남자가 앉아 있었고 그 옆에 번들거리는 검은 가죽 점퍼를 입은, 체격이 건장한 사내가 서 있다가 그들을 돌아보았다. 신혜는 가슴이 다시 두근거리기 시작했다. 이곳에선 새로운 얼굴을 만날 때마다 새로운 불안과 두려움을 느껴야만 했다.

"이리 앉아."

책상에 앉아 있던 형사가 신혜에게 자기 옆의 의자를 가리켰다. 생각보다 자신을 대하는 태도가 부드럽다는 느낌이었다. 신혜는 책상 위에 놓인, 대공과장 신 아무개라고 자개로 박힌 커다란 명패를 보았다.

"고생이 많지?"

"아뇨."

신혜는 고개를 숙였다. 그의 목소리가 너무 부드러워서인가, 목구멍 안쪽이 뜨거워지면서 자칫 눈물이 솟구칠 것 같았다.

"너 혹시 여기 들어와서도 계속 버티면 된다고 생각할지 모르겠는데, 그건 잘못 생각한 거야. 시간을 끌면 너만 손해란 말이야."

신혜는 다시 고개를 들었다. 과장이라는 사람은 여전히 부드러운 목소리와 표정으로 말을 이었다.

"요즘 운동권 애들이 탄광 근로자들을 의식화시키기 위해 이 지역에 침투했다는 정보가 있어서 그동안 계속 내사해왔어. 지금까지 우린 그게 남자일 거라고만 생각했지. 너처럼 다방 레지로 들어온 여자애가 있을 줄은 생각을 못 했단 말이야. 여하튼 이제 들통이 났으니까 다 털어놓는 게 니 신상에 좋아."

신혜는 그의 말이 어디까지 거짓이고 참말인지 알 수가 없었다. 실제로 그런 일이 있는 건지, 아니면 그가 말하는 모든 것이 그저 유도심문에 불과한 것인지 구분할 수가 없었다.

"그게 사실이라 하더라도 전 아니에요. 전 정말 아무것도 모르는 일이에요."

짜증스러워하는 기미가 얼핏 스쳐갔다. 과장은 잠시 말없이 그녀의 얼굴을 지켜보고만 있었다. 화를 낼까 말까 망설이는 것 같은 얼굴이었다. 그러나 곧 너그럽게 용서해주겠다는 표정으로 돌아가서 곁에 서 있는 사내를 가리켰다.

"이제부터 이분이 널 조사할 거야. 다른 건 다 좋은데 성질이 좀 급한 사람이야. 그러니 수사에 잘 협조를 하라구. 알았지?"

그녀는 엉겁결에 "네" 하고 대답했다. 과장은 꼭 학교 선생님처럼 그녀의 머리를 쓰다듬어주고는 자리에서 일어났다.
"천 형사, 이년 보기보다 아주 독한 년이니까 먼저 손 좀 봐주고 취조하는 게 좋을 거야. 보통 악바리가 아냐."
김 형사가 방에서 나가기 전에 남긴 말이었다. 그러나 천 형사란 사내는 아무 대꾸도 하지 않았다. 방 안에 둘만 남게 되자, 천 형사는 우선 담배부터 피워 물었다.
몇 시나 되었을까. 그녀는 버릇처럼 손목시계에 눈이 갔다. 여전히 시곗바늘은 정확히 언젠지도 모를 어느 날 어느 시간에 죽어 있었다. 맞은편 벽에 걸린 둥근 검정 테두리의 시계를 보았다. 5시 반이었다. 경찰서에 들어온 지 만 열 시간이 가까워 오고 있는 것이었다.
불현듯 눈앞에 어머니의 얼굴이 떠올랐다. 내가 강원도의 낯선 탄광촌에 와서, 더구나 지금 경찰에 잡혀 있다는 사실을 알면 어머니는 어떤 심정일까. 그렇게 생각하자, 그녀는 가슴 안쪽에서 칼로 베는 듯한 날카로운 통증을 느꼈다.
야학을 하다 어머니와 함께 집으로 돌아온 뒤 몇 달 동안을 그녀는 성북동 언덕배기에 있는 좁은 집 안에서 꼼짝없이 갇혀 지내야 했다.
집에 갇혀서 보내야 했던 그 몇 달 동안은 참으로 견디기 힘든 시간이었다. 단칸 셋방의 벽을 타고 흐르는 눅진눅진한 습기, 언제나 골머리를 아프게 하던 독한 연탄가스 냄새, 그리고 창문 밖으로 내다보이던 숨 막히도록 무수히 엎드린 납작한 집들과 노상 자신의 주위를 맴돌거나 때로 일시에 한 덩어리가 되어 덮쳐오는 것 같던 그 숱한 소음들, 그것들 속에서 그녀는 아무 하는 일도 없이 하루하루를 보내고 있었다. 철저한 무위無爲의 시간이었고, 사고 기능조차 정지된 듯 책 한 줄을 제대로 읽을 수가 없었다. 아마도 하루 종일 그녀가 할 수 있었던 가장 생산적인 일은 하루 두 번씩 연탄불을 가는 정도일 것이었다.

하루 종일 말 한마디도 하지 않고 지내는 때가 많았다. 이야기할 상대가 없기도 했지만, 스스로도 말하기가 두려워진 것이었다. 어느 때는 자신이 정말 실어증에 걸린 것이 아닌가 두려워져서 혼자서 소리 내어 말해보기도 했다.

―정신혜, 넌 지금 무엇을 하고 있니? 난 지금 아무것도 하지 않고 있어. 그럼 앞으로 무얼 할 작정이니? 그건 나도 몰라. 내가 할 수 있는 게 뭐가 있지?

그녀가 집으로 돌아온 뒤 어머니는 또다시 도망갈까 두려운지 늘 그녀의 눈치만 보고 있었지만, 그것조차 그녀에게는 견디기 어려운 일이었다. 언제부터인가 그녀는 차츰 다시 집을 떠나야 한다고 생각하고 있었다. 그 상태의 생활을 계속하는 것은 너무나 숨이 막히는 노릇이었고, 어머니의 얼굴을 대하는 것조차 커다란 괴로움이었던 것이었다. 장사를 끝내고 매일 저녁 쓰러질 듯 지쳐서 들어서는 어머니를 보면 견딜 수 없이 죄스러웠다.

밤마다 무릎과 어깨관절의 신경통으로 끙끙 소리 내어 앓고, 그러면서도 새벽이면 수산시장에 고기를 떼러 가기 위해 어김없이 자리에서 일어나야만 하는 어머니의 그 기약 없는 삶의 고달픔을 지켜보면서도 오직 집을 떠날 궁리만 하고 있는 나는 최소한의 양심도 동정심도 없는 몹쓸 년이 아닐까. 그녀는 스스로를 질책하기도 했다. 하지만 어머니의 고통을 확인하면 할수록 자신이 현실적으로 아무것도 도와줄 수 없다는 무력감을 느끼는 것 또한 참을 수 없이 괴로운 일이었다.

무슨 일이든 해보자, 그녀는 그렇게 결심을 했다. 다시 한번 어머니를 배신하는 게 되더라도 하는 수 없는 일이라고 생각했다. 굳이 변명을 찾자면, 그녀가 집을 떠나 돈을 벌어야 할 현실적인 한 가지 이유가 있었다. 학교의 등록금을 납부해야 할 때가 두 달 앞으로 다가오고 있었던 것이다. 전에도 그랬듯이 이번에도 어머니는 어찌어찌 빚이라도 내어 마련할지 모르지만, 언제까지나 어머니에게만 짐을 지우고 있을 수는 없다는 것이 그녀가 기댈 수 있는 핑계였다. 크리스마스를 며칠 앞둔 어느 날, 마침내 그녀는 시내로 나갔고, 종로의 어느 길가에 걸려 있는 직업소개소의 간판을 보고 무작정 들어갔다. 그리고 그곳에서 아가씨를 구하러 온 용궁다방의 마담을 만나게 되었던 것이다.

"자, 이쪽으로 와."

이윽고 천 형사가 입을 열었다. 그녀는 시키는 대로 그의 책상 앞에 앉았다.

회칠이 된 맞은편 벽에는 유리 액자 속에 든 태극기와 대통령 사진이 나란히 걸려 있었고, '정의 사회 구현'이라든가 '선진 조국 창조' '민주 복지 사회 건설' 등의 구호도 보였다. 그것들은 신혜의 눈에 무슨 역설적인 잔인한 농담처럼 느껴졌다.

"야, 나 성질 급한 놈이니까 내 성질 돋우지 마. 너 때문에 퇴근도 못 하고 있잖아."

천 형사란 사내는 약간 검고 거칠어 보이는 얼굴에 입술은 두툼했고 두 눈은 약간 앞으로 튀어나온 듯이 보였다. 한마디로 그의 얼굴은 단순하고 투박한 인상이어서 만약에 다른 곳에서 만났다면 그저 고집 센 농사꾼처럼 보일 얼굴이었다. 그는 책상 서랍을 열고 조서 용지를 꺼냈다.

"지금부터 네가 속한 조직에 대해서 이야기해봐."

"조직이요? 그런 거 없어요. 전 조직 같은 건 아무것도 몰라요. 그런 데 한 번도 들어가본 일도 없구요."

"그럼 너 여기 누구 지시받고 들어왔어?"

"지시 같은 거 받은 적이 없어요. 누가 저한테 지시를 한단 말예요?"

"그으래?"

그의 얼굴에 얼핏 알 수 없는 웃음 같은 것이 스쳐가는 듯했다. 마치 모든 것을 다 알고 있지만, 뭐 서두를 필요가 없다는 것 같은 여유 있는 표정이었다.

"그럼 같이 의논한 사람은 있겠지? 탄광촌에 들어가서 생활해보는 게 어떻겠느냐, 하는 식으로 같이 이야기해본 친구들은 있을 거 아냐?"

"전 여기 돈 벌러 왔어요. 돈 때문에 다방 레지가 된 것만 해도 창피한데 그걸 누구한테 이야기하겠어요?"

"야, 미리 충고하는데, 좋게 말할 때 인간적으로 말을 들어. 아까 과장님 말씀 들었지? 나 성질 대단히 급한 사람이야."

천 형사는 두 눈이 약간 튀어나온 것 같은 인상을 하고 있었다. 그녀에게 윽박지르기 위해 눈을 크게 뜰 때면 더욱 그랬다.

문득 신혜는 그의 얼굴에 딱 맞는 별명을 생각해냈고, 입안에서 그 별명을 불러보기까지 했다. 아주 잠깐 동안, 그녀는 그 사내에게 복수를 한 것 같은 쾌감을 맛보았다.

"왜 그래? 내 말이 같잖다 이건가?"

붕어눈이 더욱 눈알을 부라렸다. 신혜는 갑자기 이 모든 것이 장난인 것만 같은 생각이 들었다. 형사나 그녀 자신이나, 자기 자신과는 전혀 무관한, 무의미하고 쓸데없는 짓을 하고 있는 것만 같았다. 그런데도 까닭 모르게 흥분해서 꼭 사람을 잡아먹을 듯이 무서운 표정으로 다그치고 있는 사내가 우스꽝스럽게 느껴지기까지 했다.

"이년이 이거, 사람 놀리고 있잖아?"

그녀의 얼굴에 어쩌면 진짜로 웃음기가 스쳤는지 몰랐다. 그가 눈을 더욱 크게 부릅뜨며 몸을 일으켰다. 그의 넓은 얼굴은 심하게 모욕을 당한 것처럼 마구 떨리고 있었다. 커다란 손바닥이 얼굴로 날아왔다. 그리고 숨 돌릴 틈 없이 그녀의 머리통을 철제 책상에다 박기 시작했다. 머리가 빙빙 도는 것 같았고, 눈앞에서 불티들이 어지러이 튀어 올랐다. 살려달라고 애원하고 싶었으나, 그럴 여유조차 없었다.

그는 다시 신혜의 얼굴을 쳐들고 뺨을 정확하게 가격했다.

"아야, 엄마!"

그녀는 바닥에 쓰러지며 소리 질렀다. 귓속이 윙 울렸고, 그것은 그녀의 몸이 다시 일으켜 세워졌을 때 더욱 높은 진폭이 되어 흐느낌조차 들을 수 없었다. 그는 이번에는 손을 칼처럼 세워서 그녀의 목 뒤를 내리쳤다. 귓속의 소리가 점점 커져서 흡사 귀가 소리 내어 울리는 종이 된 것 같았다. 온몸이 마치 걸레처럼 늘어져서 그가 끄는 대로 질질 끌리는 수밖에 없었다. 한 대를 맞을 때마다 고통보다는 다음 맞을 것에 대한 공포가 덮쳐왔고, 그때마다 그녀는 정신없이 소리를 질러댔다. 종소리가 점점 커졌고, 이번에는 그녀의 머리 전체가 하나의 커다란 종이 되었는데 누군가 쉴 새 없이 두들겨대고 있는 것 같았다. 종이 울릴 때마다 그녀의 몸은 그 소리에 떠밀려 엄청난 힘으로 진동을 하는 것이었다.

그러다가 갑자기 조용해졌다. 마치 종의 줄이 끊어져 이 모든 소동이 끝난 것 같았다. 신혜는 자신도 모르게 엉금엉금 무릎으로 기어서 몸을 책상 밑으로 구겨 넣었다. 겁에 질린 짐승처럼 배에 두 다리를 갖다 대고 두 손으로 머리를 가리고 온몸의 근육을 조여 붙였다. 종소리의 마지막 여음이 길게 꼬리를 끌며 귓속을 맴돌고 있었다. 아직 정신은 있었다. 그녀는 불쌍해 보이고 동정심이 들도록 아주 참혹한 표정으로 흐느끼고 있었다.

"이리 나와."

사내가 몸을 굽히고 손짓을 했다. 신혜는 다시 명령대로 책상 밖으로 기어 나왔다. 천 형사는 훨씬 흥분이 가라앉은 목소리로 다시 책상에 앉으라고 말했다. 다리가 후들거렸고, 관자놀이가 망치질하듯 급하게 뛰었다.

그는 천천히 담배에 불을 붙인 뒤, 연기를 후 내뿜고 나서 다시 입을 열었다.

"너, 김광배란 놈 알지?"

4

 국민학교 5학년 때 난 이미 가슴이 부풀기 시작했어요. 아마도 다른 아이들보다 성장이 빠른 편이었던 모양이에요. 하지만 난 그때 가슴의 변화를 무시무시한 죄악으로만 생각했었지요. 체육 시간이면 러닝셔츠 바깥으로 표가 나게 가슴이 볼록하게 튀어나왔었는데, 그것이 너무나 부끄럽고 창피해서 체육이 있는 날이면 학교에 가기가 싫었고, 꾀병을 부려서 혼자 교실을 지키기도 했었어요.

 내 몸의 변화가 그처럼 두려웠던 건 필경 어머니의 영향이었을 거예요. 어머니는 여자가 쓸데없이 젖가슴만 커 보이면 남자들이 싸구려 화냥년처럼 생각한다고 믿었지요. 그래서 어머니는 내게 가슴이 도드라져 보이는 티셔츠 같은 옷은 절대 입지 못하게 했고, 그 때문에 난 여름에도 목까지 단추를 채우는 옷, 그것도 칙칙한 무채색의 옷밖에 입을 수 없었답니다. 남의 눈을 끌 만큼 예쁘다는 것, 남자아이들과 함께 논다는 것, 여자답게 모양을 꾸민다는 것, 그런 것들은 모두 죄악인 줄로만 알았어요. 앉은 자세가 조금이라도 흐트러져서 무릎 위 허벅지가 드러나기라도 하면 어머니는 증오와 두려움에 가득 찬 얼굴로 소리치곤 했어요.

 ─이 팔자 망칠 년아.

 그것은 내게 화가 나기만 하면 퍼붓던 어머니의 입버릇이었죠. 젊은 시절에 술집 작부였고, 그래서 아버지 없는 사생아를 낳아 키울 수밖에 없었던 당신의 운명을 내가 다시 되풀이하게 될까 병적인 두려움을 가지고 있었던 겁니다.

 이곳 탄광촌에 내려와 다방 종업원으로 일하면서 나는 때때로 어머니의 그 말을 떠올렸지요. 그리고 나는 어쩌면 어머니가 그처럼 두려워했던 그 길, 그 저주받은 운명의 길을 나 스스로 찾아 나서고 있는 게 아닐까 반문했어요.

 처음에 이곳에 오기로 결심했을 땐, 다방 종업원이란 것을 손님들에게 적당히 웃음과 교태를 파는 직업으로 생각했는데, 그건 순진한 생각이었어요. 탄광촌에서의 다방 종업원이라는 것은 술집 작부의 역할과 창부의 역할까지 함께해야 하는 직업이란 걸 이곳에 오고서야 뒤늦게 깨달았던 겁니다.

 이곳에선 흔히들 치안 유지를 위해선 경찰 열 명보다 여자 한 명이 더 효과적이라고 하더군요. 고된 노동의 피로와 억압된 욕망으로 가득 차 있는 광부들에게는 여자들만이 유일한 출구니까요. 읍 전체에 다방이 20개가 있었고, 다방 하나에 다섯 명의 여자를 고용하고 있다면 다방 여자만 백 명이 있는 셈이었어요. 그리고 술집이나 여관 같은 데 있는 여자가 백 명쯤 되니까, 도합 2백 명 정도의 여자가 이곳 남자들의 욕구 불만을 해소시켜주고 있다는 이야기였고, 나를 포함해서 우리 용궁다방의 다섯 아가씨가 모두 그 일을 위해 이곳에 와 있는 것이었어요.

 '티켓'이란 말 들어보셨나요? 이곳에서는 다방 안에서 손님에게 차를 나르는 것보다, 주로 바깥으로 배달을 나가는 경우가 많지요. 사무실은 물론이고 음식점이건 술집이건, 심지어는 여관방이라도 전화 주문만 오면 차 배달을 나가야 했어요. 그릴 땐 커피만 갖다주는 것이 아니라 손님들 곁에서 함께 시간을 보내주어야 했는데, 그것을 흔히 '티켓 끊는다'고 했어요. '티켓'에는 30분 단위로 5천 원이라는 정가가 매겨져 있죠. 말하자면 사람들은 '티켓'을 끊은 만큼 커피뿐만 아니라 다방 여자의 시간도 함께 사는 셈이었어요. 그 시간 동안 우린 남자들 곁에서 시시한 농담을 받아주거나, 때로는 술자리에서 젓가락 장단을 맞추고 노래까지 불러야 할 때도 있었습니다.

하지만 '티켓'은 시간을 파는 것이지, 몸을 파는 것은 아니었어요. 몸을 파는 것은 따로, 영업이 끝난 뒤에 이루어졌어요. 낮 동안에 '티켓'을 끊고 배달을 나갔다가 흥정이 이루어지면, 밤중에 약속한 여관으로 나가는 것이었어요. 용궁다방의 다른 종업원들은 거의 매일 외박을 나가곤 했어요. 그들이 이곳에 온 목적은 오직 돈을 벌기 위해서였고 철저히 그 목적을 위해 노동을 하고 있는 셈이었지요. 또 그것이 이 탄광촌으로부터 자신들에게 맡겨진 역할에 충실하는 일이기도 했고요. 매춘이란 것이 인간의 몸을 상품화하는 자본주의의 가장 타락한 모습이니 어쩌니 하는 소릴 그들 앞에서 한다면, 아마 그들은, 그래서 어쨌다는 거냐 하고 콧방귀나 뀔 거예요.

하지만 난 그들처럼 외박을 나갈 수가 없었어요. 낮에 배달을 나가면 물론 남자들 중에서 내게 그런 걸 요구해오는 사람이 많았어요. 어떤 남자들은 은근하게 유혹했고, 어떤 남자들은 물건을 사듯이 노골적으로 흥정하기도 했지만, 난 기슬껏 나 자신을 지키려고 애를 쓰고 있었죠. 그 이유는 무엇이었을까요? 내게 순결이란 것이 그만큼 중요했을까요? 아니면 난 아직도 몸을 팔 만큼 돈이 궁하지 않았던 걸까요?

나는 언젠가 설 양에게, 남자하고 자고 나올 때 어떤 기분을 느끼는가 물어본 적이 있었어요.

—기분? 기분은 무슨 기분.

그 애는 약간 자조적으로 반문하더니 잠깐 무슨 생각을 하는 듯이 멍청한 표정을 하고 있다가, 처음 얼마 동안은 이렇게 살아야 되는가 비참한 생각도 들고 울기도 했는데 지금은 만성이 되었는지 아무렇지도 않다고 하더군요. 그애는 또 이렇게 덧붙이기까지 했어요.

—어떤 때 가끔 괜찮은 남자를 만나면 진짜 기분 좋게 즐길 때가 있어. 그런 걸 보면 난 정말 팔자로 타고났나 봐.

난 그 애의 말에 충격을 받았어요. 전 그때까지 몸을 파는 여자들이란 어쩔 수 없이 그런 짓을 하리라고 생각했었거든요. 여자가 자기 육체를 몇 푼의 돈에 팔면서 그런 행위를 즐길 수도 있다는 사실은 전혀 생각지 못했어요.

언닌 그런 적 없어? 하고 묻는 설 양에게 나는 지금까지 한 번도 남자와 자본 적이 없노라고 대답했어요. 그러자 설 양은 믿을 수 없다는 표정으로 입을 딱 벌리더군요.

—그 나이가 되도록 아직 처녀로 있단 말이야?

내가 처녀라는 그 한 가지 사실만으로도, 마치 자신과는 다른 별종을 보는 듯한 눈이었어요.

하지만 난 그 애 앞에서 내가 처녀라는 사실이 하나도 자랑스럽지 않았어요. 오히려 내가 육체적으로 남자 경험이 없다는 것, 그리고 여기까지 와서도 그것을 고집스럽게 지키려 한다는 사실이 부끄럽게 느껴지기까지 했어요. 다른 종업원 아가씨들은 그런 나를 거북스럽게 생각했고, 때때로 내게 들으란 듯이 떠들곤 했어요.

　―이놈의 탄광촌에 어디 금테 두른 년 있어? 있으면 나와 보라구 그래, 구경이나 좀 하게.

　말하자면 내게, 몸 팔아 돈 벌려고 온 건 마찬가진데 넌 뭐가 잘났다고 외박을 안 하겠다는 거냐는 이야기였지요. 넌 무슨 권리로 네 순결을 지키고 있느냐?

　할 말이 없었죠. 지난날 야학을 할 때처럼 이곳에서도 나는 그들과 구별되고 있는 것이었어요. 순결이라는 것이 무엇일까. 만질 수도 없고 보이지도 않는 그것이 그들과 나를 분명히 갈라놓고 있었어요. 그것을 지키고 있다는 것, 그것을 지켜야 하리라고 믿는다는 것. 그것은 어쩌면 헛된 자존심에 불과한 것이 아닐까. 마치 학교 등록을 포기하지 않는 것처럼, 그것 또한 나를 얽어매고 있는 굴레가 아닐까. 나는 점점 그런 의심에 시달려야만 했어요.

　신혜의 시선은 맞은편 벽에 걸린 천연색 얼굴 사진에 닿아 있었다. 그 사진 액자에 들어 있는 얼굴은 오싹할 만큼 차갑게 그녀를 응시하고 있었다. 머리가 벗겨지고 입술 끝이 약간 아래로 처진, 그래서 언제나 뭔가 불만에 가득 차 있는 듯한 그 얼굴을 보면서 신혜는 사람들이 흔히 그의 신체적 특징을 빗대어 부르는 별명을 생각했다. 그것은 경멸과 희화의 의미가 담긴 별명이었다. 하지만 지금 그녀가 바라보는 그 액자 속의 얼굴은 눈곱만큼도 우스꽝스럽거나 희화적인 것이 아니었다. 그것은 총구처럼 싸늘하고 무시무시한 권위를 상징하고 있었다. 그녀는 비로소 그가 얼마나 두려운 존재인가를 실감했다.

"김광…… 누구라구요?"

그의 말을 못 알아들은 것이 아니었다. 오히려 그 반대였다. 신혜는 자신이 느낀 놀라움을 사내가 눈치채지 못하기를 바랐다.

"김광배 말이야. 알아, 몰라?"

"네, 아는데요."

"김광배하고 너하고 어떤 사이야?"

"어떤 사이라뇨. 그냥 우리 다방에 오는 손님일 뿐인데요."

"이년이, 아직 정신을 못 차렸나. 대답하는 태도가 삐딱해. 너 좀더 맞고 계속할래?"

사내가 금방 칠 듯이 고개를 쳐들고 으르렁거렸다. 그의 치켜뜬 두 눈을 보자 그녀는 금방 항복을 할 수밖에 없었다.

"죄송합니다, 잘못했습니다."

"좋아, 김광배가 어떤 놈인지 너 알고 있지? 지금부터 그놈에 대해서 니가 아는 대로 말해봐."

그녀는 다시 거칠게 뛰기 시작한 가슴의 고동을 느꼈다. 사내가 갑자기 김광배 이야기를 꺼낸 것은 틀림없이 어떤 의도가 숨겨져 있을 것이었다.

"고향에 있는 어느 작은 탄광에서 선산부로 일하는 사람이구요."

"또?"

사내는 여전히 그녀의 얼굴에 시선을 박은 채 대답을 재촉했다.

"그리고…… 그 사람이 1980년 광산 폭동 사건 때 주동자 중 한 사람이었다는 이야기도 들은 것 같아요."

"그 이야길 누구한테 들었어?"

"그건 누구나 알고 있는 사실이던데요. 정확히 누구한테 들었는지는 기억이 안 나요."

김광배를 처음 만난 것은 신혜가 그 다방에서 일을 시작한 지 일주일쯤 지나서였다. 그날 저녁 무렵 누군가 다방 문을 밀고 들어와서 그녀는 습관적으로 "어서 오세요" 하다 말고 소스라쳐 놀라고 말았다. 머리끝에서 발끝까지 온통 시커먼 사람이 불쑥 들어섰던 것이다. 다시 정신을 차려 자세히 보고 나서야 그녀는 그것이 탄가루를 뒤집어쓴 광부의 모습이라는 것을 알았다. 다방에 드나드는 젊은 남자들 거의 대부분이 광부였고 또 그들이 땅 밑에서 일할 때면 누구나 그런 모습을 하고 있을 것이지만, 신혜로서는 난생처음 보는 모습이었다. 그것은 다방 안의 화려한 조명등 불빛과는 너무나 어울리지 않는 것이었고, 흡사 방금 저주받은 땅 밑의 세계에서 지상으로 솟구쳐 나온 것처럼 끔찍스러운 모습이었다.

"이게 무슨 짓이야? 이런 꼴로 어딜 들어오려고 그래?"

"왜 그래요? 뭐 잘못된 거 있나? 나 이 앞을 지나는 길에 우리 형제들 만나러 들어왔어. 우리 광산 형제들하고 한잔 같이 할까 하고 말야."

앞을 가로막는 마담에게 그가 히죽거렸다. 온몸이 새까맣게 석탄가루로 덮여 있는데 두 눈만 기묘하게 번들번들 빛나고 있었고, 또한 몹시 술에 취해서 제대로 서 있지도 못할 정도로 비틀거리고 있었다.

"차를 마시려면 옷이나 갈아입고 와야지, 그게 뭐야?"

"이거 말요? 이거 상복이요, 상복. 오늘도 우리 탄광 형제 한 사람이 저세상으로 갔는데 상복을 입지 않을 수 있냐 말요. 우리 광부들한텐 이게 상복이오."

그제야 신혜는 그날 낮에 들었던 어느 광업소의 사고 소식을 떠올렸다. 막장에서 쏟아진 낙반에 깔려 한 명이 그 자리에서 죽고 두 명이 병원으로 실려 갔다는 소식을 다방 손님들을 통해 들었던 것이다. 그러나 그런 사고가 있었다고 달라진 것은 아무것도 없었다. 작업을 마친 광부들은 여느 때와 다름없이 술집을 기웃거리거나 다방을 찾아와서 텔레비전 연속극을 보며 아가씨들과 실없는 농담이나 주고받으면서 낄낄거리고 있었다.

"어이, 형제들! 여기서 뭘 하나? 오늘 같은 날 커피나 마시고 앉아 있어서 되겠어? 축하주를 해야지. 우리 탄광 형제가 하느님의 은총을 받아 지옥에서 천당으로 갔는데, 축하주를 안 할 수가 있나 말이야. 내 술 한잔 사지. 어이 마담, 여기 우리 형제들한테 위스키 한 잔씩 돌려!"

"형제 좋아하네."

술에 취해 혀 꼬부라진 소리로 떠들어대는 그에게 누군가 씹어뱉듯이 말했다. 텔레비전 앞에 모여 앉아 있던 젊은 광부들 중 한 명이었다.

"야, 김광배! 병신 육갑 떨지 말고 술 취했으면 곱게 들어가서 자빠져 잠이나 자시지."

김광배의 검은 얼굴이 일그러진 채 굳어졌다. 그것은 화가 났다기보다는 마치 아픈 상처를 쿡 건드린 것 같은 표정이었다. 신혜는 이제 김광배라는 사람과 그 젊은 광부 사이에 곧장 한바탕 싸움이 벌어지리라 생각했다. 그런데 이상하게도 다음 순간 그는 허연 이를 드러내며 히죽 웃었다. "그러지 말고 우리 술 한 잔씩 하자구. 내가 산다니까……" 어쩌구 하면서 그가 사람들에게 다가갔다. 그러나 그는 곧 그 젊은 사내에게 떠밀렸다.

"우리가 술 못 얻어먹어 환장한 줄 아나? 일 없으니까 빨리 여기서 꺼지기나 하라구."

다방 문간까지 떠밀리면서도 김광배는 계속 히죽거리며 웃고 있었다. 자기보다 훨씬 나이 어린 사내가 밀면 미는 대로 몸을 내맡긴 채, "어이 형제들, 우리 같이 술 한 잔만 하자구, 응? 인간 김광배가 한잔 사겠다는데 왜 그래……" 마치 애원이라도 하듯 소리를 지를 뿐이었다. 신혜는 그의 비굴함이 무엇 때문인지 이해할 수 없었다. 흡사 남들에게 경멸당하고 있는 것을 잘 알면서도 우스꽝스러운 짓을 계속하는 어리석은 광대 같은 꼴이었다.

"저 사람 가끔 저래. 아주 이상한 사람이야."

그가 마침내 다방 밖으로 쫓겨난 뒤에 설 양이 신혜에게 이야기했다. 그녀는 누군가 엿들을세라 목소리를 잔뜩 낮추어 말했다.

"언니, 몇 년 전에 이 지방에서 광부들 폭동이 일어난 거 알아? 나도 여기 와서 들은 이야긴데, 아주 대단했대."

1980년 봄, 이 지역에서 일어났던 대규모 광부 폭동 사건을 신혜도 알고 있었다. 노동자들의 가족인 부녀자들까지도 합세하여 어용 노조위원장의 집을 부수고 그 부인을 붙들어 집단 폭행을 가했다던가, 경찰과 투석전을 벌이면서 읍 전체가 무정부 상태가 되었다던가 하는 신문 기사를 읽은 적이 있었던 것이다. 그러나 엄청난 폭발력과 과격함으로 세상 사람들을 놀라게 한 그 사건은 발생 사흘 만에 진압이 되었고, 수많은 노동자가 구속되면서 끝나고 말았었다.

"그런데 김광배란 그 사람이 바로 그 사건 주동자 중의 한 사람이었대."

"설마……?"

"정말이야. 이 동네에선 모르는 사람이 없어."

설 양의 이야기를 듣고 난 뒤에도 신혜의 의심은 풀리지 않았다. 우선 그처럼 엄청난 사건의 주동자가 아직도 이곳에서 광부로 일하고 있다는 사실이 믿기지 않는 일이었다. 그리고 조금 전에 그가 보인 이상스러운 행동은 그런 일을 한 사람과는 아무래도 어울리지 않는다는 느낌이었다. 더구나 동료 광부들이 보여준 그 노골적인 경멸과 그의 비굴함은 무엇 때문이었을까.

어쨌든 그 일이 있은 후, 신혜는 그 김광배라는 사람에게 흥미를 느끼게 되었다. 그에 대해서 좀더 알고 싶었고, 가능하면 그와 이야기를 나누고 싶었다.

"그러니까, 넌 김광배의 경력을 알고 나서 일부러 접근한 거지?"

천 형사가 말했다.

"접근이라기보다요, 그냥 그 사람한테 호기심을 가졌을 뿐이에요."

말을 마치기도 전에 그녀의 입에서 윽, 비명 소리가 튀어나왔다. 그가 머리칼을 손에 움켜쥐었던 것이다. 머리칼이 모조리 뽑힐 것 같은 고통으로 신혜는 입을 다물 수가 없었다.

"야, 이 시펄년아, 너 지금 사람 놀리는 거야? 내가 누누이 얘기하지 않았어? 좋게 말할 때 피차 얼굴 찡그리지 말고 끝내자구. 인간 대접 받으려면 인간적으로 말할 때 들어야 될 거 아냐. 다시 한번 말하지만, 한 가지를 물으면 두 가지를 대답할 만큼 성실성을 보여, 알았어? 여성 동무라고 봐주는 줄로 생각했다간 너만 손해야."

그리고 그는 의미심장하게 한마디 덧붙였다.

"난 여자한테 더 잔인해."

"무엇을 어떻게 대답하란 말씀인가요?"

"그러니까, 묻는 말에 정직하게 대답하란 말야. 괜히 열 받치게 하지 말고. 니가 특별히 김광배와 가까워지려고 했던 건, 그놈이 1980년 사태 주동자가 아니었으면 아무 관심도 없었을 거란 이야기지?"

"네."

"그러니까 김광배가 그런 인물인 걸 알고 일부러 접근했다는 이야기 아냐?"

신혜는 보이지 않는 덫이 점점 가까이 다가오고 있음을 느꼈다. 그러나 불행히도 어떻게 해야 그 덫을 피할 수 있을지 알 수가 없었다. 정신을 차려야 한다고 스스로를 일깨웠지만, 갈수록 머릿속이 몽롱해지는 것 같았다. 사내에게 두들겨 맞은 육신이 이미 지칠 대로 지치고 만 탓일까. 엉뚱하게도 잠이 쏟아지고 있었다.

"내 말이 틀려?"

"······맞아요."

"그런데 왜 요리조리 말꼬리를 돌려서 점잖은 사람 열받게 하느냐 말야. 자, 지금부터 김광배에게 언제 어떻게 접근했는가를 하나도 빼지 말고 읊어봐."

그가 다시 다방에 찾아온 것은 며칠이 지난 뒤였다. 한 남자가 다방에 들어서자 설 양이 신혜의 옆구리를 찌르며 말했다. "저 남자야, 지난번에 소동을 피웠던."

신혜는 그를 얼른 알아보지 못했다. 시커멓게 탄가루를 뒤집어썼던 지난번과 달리 말쑥한 모습으로 나타난 그는 전혀 다른 사람처럼 보였다. 그는 구석 자리에 혼자 앉아서 맞은편 벽에 걸린 대형 패널 사진에 망연히 눈길을 보내고 있었다. 어느 금발의 외국 여자가 해변 모래밭에서 반쯤 벌거벗은 채 앉아 있는 사진이었다. 그 여자는 언제나 거기 그 자리에서 가늘게 뜬 눈과 입술 사이로 혀를 반쯤 내민 육감적인 미소와 함께 햇빛에 황금색으로 탄 굴곡이 좋은 벌거벗은 몸을 다방에 찾아오는 젊은 광부들에게 공짜로 보여주고 있었다. 신혜는 엽차 잔을 갖다 놓고 그의 앞에 앉았다.

"바깥이 무척 춥죠?"

"불알이 다 얼었어."

그것이 그와 나눈 첫 대화였다. 그리고 그는 약간 삐딱하게 치켜올리는 듯한 시선으로 그녀를 쳐다보았다.

"넌 처음 보는 앤데?"

"난 아저씨 지난번에 봤어요. 상복 입고 오신 날."

그가 눈살을 찌푸리며 "상복?" 하다가 픽 소리 없이 웃었다. 마치 자기 자신을 비웃는 듯한, 아니 웃음이라기보다는 입술이 잠깐 경련을 일으키는 듯한 기묘한 표정이었다.

"제가 차 한잔 사 드릴까요?"

신혜의 말에 그가 어리둥절하다는 표정을 지었다.

"차를 사 주겠다고? 이것 참, 해가 서쪽에서 뜨겠네. 난 지금까지 차 한잔 사 달라는 소린 많이 들어봤지만 차 사 주겠다는 아가씬 머리털 나고 첨이다. 너 나한테 마음 있니? 연애하고 싶어?"

"연애하죠, 뭐. 못 할 거 있나요."

문득 그녀는 연애라는 말이 이곳에서는 다방 아가씨들에게 특별한 의미를 갖는다는 사실을 떠올렸다. 다방 아가씨들이 밤중에 여관에 나가서 남자와 외박하는 것을 흔히 '연애한다'고 표현했다. 물론 그 '연애'의 대가로 돈을 받는 수가 많았지만, 그러나 아무리 돈을 준다 해도 마음에 들지 않는 남자와는 연애를 하지 않았다. 설 양의 말에 의하면 그것이 이 세계에서 생활하는 여자로서의 최소한의 자존심이고 지조라는 것이었다.

"언제 할래, 오늘 할까?"

"그런 연애 말고 진짜 연애 말예요."

"진짜 연애?"

그는 마치 그게 무슨 뜻인지 모르는 사람 같은 눈으로 쳐다보다가, 갑자기 얼굴을 붉혔다. 그렇게 어색하게 붉어진 얼굴로 잠깐 말없이 그녀를 바라보았다. 여자가 자신을 놀리고 있지나 않은가 하는 의심과 불안한 기대감이 뒤섞인 눈빛이었다.

"너 혹시 간첩 아니냐?"

그녀는 풋, 하고 웃음을 터뜨리고 말았다.

"야, 눈 떠!"

사내의 소리에 신혜는 눈을 떴다. 4, 5초도 안 되는 짧은 시간에 깜박 잠이 든 모양이었다. 자신이 어디까지 이야기했었는지조차 알 수가 없었다. 새벽에 지서의 소파에서 한 시간 정도 눈을 붙인 것 외에는 지금까지 한잠도 자지 못하긴 했지만, 이런 상황에서도 잠이 들 수 있다는 것이 스스로도 믿기지 않았다.

"김광배한테 연애하자고 꼬셨다는 이야기구먼. 그래 김광배가 걸려들던가?"

김광배가 걸려들던가, 하는 형사의 물음을 그녀는 마치 칠판에 글씨를 쓰듯 머릿속에 떠올렸다. 그런데도 그 말의 뜻을 얼른 이해할 수 없었다. 왜 내게 그렇게 묻는 걸까? 잠이 그림자처럼 소리 없이 그녀의 머리 위로 다가와 있었다.

"무슨 말씀인지 모르겠어요."

"김광배란 놈한테 연애하자고 꼬시니까 그놈 반응이 어떻더냐는 이야기야."

정신 차려라, 머릿속 어디선가 희미한 경고음이 들렸다. 그녀는 눈을 크게 뜨려고 애를 썼다.

"전 그 사람 꼬신 적 없어요."

"이년이 아직도 정신 못 차렸네. 니 입으로 방금 그놈한테 연애하잔 소릴 했다고 그랬잖아."

"그건 꼬신 게 아니고요.. 그 사람한테 제 관심을 그렇게 표현한 것뿐이에요."

"그게 그 소리지 뭐야, 이년아. 너 단 한마디라도 거짓말하면 용서하지 않아. 김광배한테 물어보면 다 알 수 있으니까."

혹시 이 사람들이 벌써 김광배를 잡아 온 것이 아닐까, 하는 생각이 문득 들었다. 그러나 말하는 투로 봐서 그렇지는 않은 것 같았다. 적어도 지금까지는. 그런 생각을 하는 동안에도 다시 잠이 쏟아지고 있었다. 눈꺼풀이 견딜 수 없이 무거웠다. 그녀는 눈을 뜨려고 애를 썼다. 조서 용지에 뭔가 열심히 쓰기 위해 고개를 숙이고 있는 사내의 이마에 문득 빨갛게 독이 오른 작은 뾰루지가 보였다. 아마 몹시 성가시고 아프리라. 신혜는 이런 상황에서도 자신이 그런 데까지 관심을 가질 수 있다는 것이 스스로 놀랍기도 했고, 위안이 되기도 했다.

"자고 싶어?"

천 형사가 약간 놀리는 듯한 미소를 띠고 신혜를 쳐다보았다. 신혜는 자신도 모르게 고개를 끄덕였다.

"묻는 말에 순순히 대답만 하면 재워주지. 김광배란 놈을 그 뒤에 자주 만났겠지? 만나서 무슨 이야길 했어?"

"자주 만나기는 했어요. 그 사람이 우리 다방에 자주 놀러 왔으니까요. 하지만……"

다음 날 김광배는 다시 다방에 나타났다. 그는 양복에 넥타이를 매고 있었고, 방금 이발까지 한 것 같았다. 신혜는 그의 앞에 앉았다.

"웬일이세요? 지난번에 상복을 입으셨더니, 오늘은 꼭 결혼식 예복을 입은 것 같네요."

그의 얼굴이 붉어졌다. 그는 몹시 어색하고 긴장된 모습으로 한참 동안 말없이 앉아 있었다. 그의 시선은 신혜를 보고 있는 것이 아니라, 그녀의 등 뒤에 걸린 패널 속의 외국 여자를 보고 있었다.

"이름이 뭐냐?"

"여기서 한 양이라고 부르는데요, 원래 이름은 정신혜예요."

잠깐 말을 끊었다가, 다시 그가 입을 열었다.

"내 이름을 왜 묻지 않냐?"

"아저씨 이름은 벌써 알고 있어요. 사실 전 아저씨에 대해 얘기 많이 들었어요."

"무슨 얘기?"

"여러 가지요. 1980년에 고생하셨다는 이야기도 들었구요……"

말을 채 끝맺기도 전에 그녀는 그 이야기를 꺼낸 것이 실수였다는 걸 깨달았다. 갑자기 그의 얼굴이 눈에 띄게 굳어져버렸던 것이다. 목이 잠긴 것 같은 소리로 그가 물었다.

"너 도대체 내게서 뭘 원하는 거냐?"

"원하는 거 없어요. 그냥 아저씨에 대해 알고 싶고, 이야기도 나누고 싶을 뿐이에요."

신혜는 되도록 얼굴에 웃음을 띠려고 했다. 그러나 그럴수록 그의 얼굴은 더욱 굳어지는 것 같았다. 갑자기 그가 자리에서 일어섰다.

"네가 무슨 이야길 듣고 싶어 하는지 모르지만, 난 아무것도 할 말이 없어. 그러니 딴 데 가서 알아봐."

문득 신혜는 소스라치게 놀라 정신을 차렸다. 천 형사의 약간 튀어나온 듯한 눈이 그녀를 똑바로 바라보고 있었다.

"죄송하지만, 뭐라고 하셨는지 못 들었어요."

"김광배한테 몸도 대줬냐고."

"그런 일은 없었어요."

"정말이야? 나중에 김광배한테 확인해보고 한마디라도 거짓말 있으면 각오해야 돼."

"거짓말 아니에요."

천 형사는 뭔가 종이에 열심히 쓰고 있었다. 마치 글씨 연습을 하는 아이처럼 가끔 마음에 들지 않는다는 듯이 머리를 갸웃하며 자기가 쓴 것을 들여다보다가 구겨서 내버리고 다시 쓰기도 했다. 신혜는 그가 지금 무슨 내용의 조서를 꾸미고 있는지 알 수가 없었다. 내가 대체 무슨 이야기를 했던가. 혹시 해서는 안 될 소리를 지껄이지나 않았던가. 초조하게 머릿속을 헤집어보았지만, 분명하게 잡히는 것이 없었다. 그러나 어쨌든 그가 열심히 볼펜을 놀리고 있는 짧은 시간 동안에 잠깐 쉴 수 있다는 것이 다행이었다. 졸음이 다시 소리 없이 다가오고 있었다. 그 졸음의 유혹에 빠지면서 신혜는 완벽에 가까운 행복감을 느꼈다. 이대로 제발 가만 내버려두었으면. 잠깐 동안의 침묵이 주는 안락감을 더없이 소중하게 느끼면서 신혜는 그렇게 원했다. 그 상태로 조금만 내버려두면 잠이 들 것 같았다. 방해받지 않고 잠자고 싶은 욕망이 너무 강렬해서, 그녀는 만약 이 상태로 잠들 수만 있다면 설령 간첩 죄를 뒤집어쓰고 종신형을 당하는 한이 있더라도 아무런 이의가 없을 것 같았다.

"자, 읽어봐. 지금까지 니가 진술한 내용이야."

사내의 목소리에 신혜는 눈을 떴다. 눈앞에 몇 장의 종이가 내밀어져 있었다.

"읽어보고 손도장 찍어. 그럼 넌 내려가서 잠잘 수 있어."

그의 글씨 솜씨는 형편없어서 무슨 글씬지 알아보기 힘들 정도였다. 그러나 알아보기 힘든 것은 꼭 글씨 때문만은 아니었다. 반쯤 잠에 취한 것 같은 그녀의 머리로는 조서 용지 두어 장에 빈틈없이 씌어진 그 글이 정확히 무슨 내용인지 알아보기 힘들었다. 아니, 정확하게 따져보기조차 귀찮다는 느낌이었다. 그녀가 원한 것은 오로지 어디서든 잠이라도 들었으면 하는 것뿐이었다. 그녀는 엄지손가락에 벌건 인주를 묻혀 그가 짚어 보이는 자리에 눌렀다.

"밤새도록 잠을 안 재울 수도 있지만, 특별히 널 생각해서 이만하는 거야. 알았어?"

그가 자리에서 일어서며 입을 쩍 벌리고 하품을 했다. 그 순간 그의 얼굴은 지금까지와는 전혀 다른, 그저 피로에 지친 선량한 보통 사람의 표정이 되었다. 그러나 하품이 끝나고 입을 다물자 금세 종전의 딱딱하고 무감각한 표정으로 돌아갔다. 맞은편 벽에 걸린 시계는 어느새 밤 12시가 넘은 시간을 가리키고 있었다.

"날 따라와."

자리에서 일어서며 신혜는 잠깐 비틀거렸다. 맞은 어깨와 다리가 바늘에 찔린 듯이 쑤셔왔다. 그가 신혜를 데려간 곳은 1층에 있는 형사계 사무실이었다. 형사계는 다른 방보다 훨씬 넓은 데다 사람도 많고 시끄러웠는데, 한쪽 구석에 쇠창살이 쳐진 보호실이 있었다. 보호실은 남자용과 여자용으로 나뉘어 있었다. 남자용 보호실을 지날 때 아무렇게나 웅크리고 앉은 사람들이 고개를 쳐들고 그녀를 아래위로 훑어보았다. 하나같이 며칠씩 세수를 못 해서 눈곱과 허연 기름때가 낀 더러운 얼굴이었는데, 두 눈만은 번들거리며 빛을 내고 있었다. 천 형사는 여자용 보호실의 쇠창살 문을 열고 신혜를 밀어 넣었다.

머리가 헝클어진 삼십대쯤 되어 보이는 여자가 방금 잠에서 깨어난 듯 꿈지럭거리며 고개를 들고 신혜를 보았다.

"여기가 어디야, 아가씨?"

여자의 입에서는 역한 술 냄새가 풍기고 있었다. 눈꺼풀이 축 처진 흐리멍덩하게 초점 없는 눈을 보니 아직 술이 채 깨지 못한 것 같았다.

"여긴 경찰서예요."

"경찰서? 내가 왜 경찰서에 와 있어?"

신혜는 대답하지 않았다. 그녀는 어떻게든 잠시나마 방해받지 않고 눈을 좀 붙이고 싶었다.

"그 새끼들이 날 여기 처넣었구만. 나쁜 새끼들, 비겁한 새끼들. 내 이 새끼들 가만두나 봐라."

여자는 끝없이 욕설을 퍼부어대고 있었다. 바닥이 차가워서 몸이 덜덜 떨려왔다. 따뜻한 물에 몸을 푹 담그고 목욕을 할 수만 있다면, 하는 참으로 사치스러운 욕망을 느꼈다.

"아가씬 여기 왜 들어왔어?"

그 여자가 물었다. 신혜는 그 여자가 몹시 성가셨지만, 억지로 대답했다.

"나도 몰라요, 내가 왜 들어왔는지."

"몰라? 나하고 똑같은 사람 여기 또 있네."

여자가 낄낄거리고 웃었다.

"아가씨는 어디서 일해? 술집이야, 다방이야?"

"내가 술집이나 다방 아가씨처럼 보여요?"

"그럼, 내가 이 바닥에서 굴러먹은 게 몇 년인데. 딱 보면 알아."

때 묻은 담요가 하나 눈에 띄어서 신혜는 그걸로 몸을 감쌌다. 담요에서는 심한 악취가 났지만, 몸을 떨고 있는 것보다는 나을 것 같아서 참기로 했다. 조사를 받고 있을 때는 그토록 참을 수 없이 잠이 쏟아졌는데, 이상하게도 막상 자리에 눕자 잠은 쉽게 들지 않았다. 곁에서 여자가 중얼거리는 소리가 들려왔다. 신혜는 자신을 보고 대뜸 다방 아가씨라고 단정 짓던 여자의 말을 생각했다. 그런데도 자신은 지금 가짜 다방 레지, 위장한 운동권으로 의심받고 있는 것이었다. 진짜 내 모습은 무엇일까. 다음 순간 그녀는 차가운 전율이 온몸을 휩싸는 것을 느꼈다. 김광배에 대해 형사에게 진술하고 손도장까지 찍었던 것이 생각났기 때문이었다. 왜 정확한 내용을 확인도 하지 않은 채 손도장을 찍어주었던가. 나란 인간은 대체 어떻게 돼먹은 걸까. 지금까지도 나 자신이 누군지도 모르고 살아오다가 이제 와서 그들이 멋대로 만들고 꿰어 맞추는 대로 도장을 찍어준단 말인가. 그녀는 두 눈을 꼭 감고 마룻바닥에 머리를 박은 채 신음했다. 참을 수 없는 부끄러움이 목을 조였다.

5

다방을 찾아오는 광부들에게 난 아무런 호의도 느낄 수가 없었어요. 우리 사회의 가장 밑바닥에서 일하는 사람들에 대한 최소한의 관심과 연민도 없었죠. 아마 수임이 같은 친구라면 달랐겠죠. 그들이 어떻게 잠재된 세력으로부터 역사 참여에의 가능성을 획득하게 되는가. 그들의 집단적인 기쁨과 슬픔, 분노와 저항은 어떻게 형성하고, 그것을 이끌어내기 위해선 어떻게 해야 하는가. 수임이라면 그런 문제에 매달렸을지 모르지만, 난 아무래도 그런 인간이 못 되었어요. 그들은 그저 내가 이 직업의 일을 하는 동안 상대해야 하는 남자들이었을 뿐이었지요. 다방 레지로서 만나는 그들은 누구나 비슷했어요. 천박하고, 속물이고, 뻔뻔스러울 만큼 비열하기도 했고요. 다방을 찾아와서 농담이나 걸고, 어떻게 밤에 여관으로 불러낼까만 생각하는 그런 사람들.

그들을 대할 때마다 난 무의식적으로 처음 이곳에 오던 날 내 얼굴에 날아왔던 가래침을 떠올렸어요. 섬뜩하게 차갑고 불쾌하던 그때 그 느낌을 시간이 지난 뒤에도 떨쳐버릴 수 없던 거에요. 내가 대하는 다방 손님들이란 그때 내게 침을 뱉었던 바로 그 사람이거나, 또는 언제나 그런 짓을 할 수 있는 불특정 다수에 불과했어요. 그런데 그 사람들 틈에서 갑자기 한 남자, 김광배란 사람이 불쑥 한 걸음 튀어나와 내 앞으로 다가선 거예요.

김광배 그 사람은 그 뒤 거의 하루도 빠짐없이 다방에 나타났어요. 낮에 작업하는 갑반일 경우에는 저녁에 나타났고, 야간작업인 을반이나 병반에 속했을 때는 낮에 나와서 하루 종일 하는 일 없이 다방에 죽치고 앉아 있었지요. 하지만 그는 다방에 나올 때마다 애써 내게는 알은척하지 않더군요. 내가 가까이 가서 이야기를 걸려고 해도 냉담한 얼굴로 피하기만 하는 거예요.

오히려 그가 자주 상대한 쪽은 설 양이었어요. 내게 보란 듯이 일부러 설 양에게 더 다정하게 대하는가 하면 자주 차를 사주며 함께 낄낄거리는 모습을 곧잘 보여주었지요. 하지만 그러면서도 그가 언제나 날 의식하고 있다는 것을 난 잘 알고 있었어요. 내게 애써 무관심한 척하면서도, 또 막상 내가 자기를 모른 척하면 불안해하고 화를 내고 있는 것이 얼굴에 씌어져 있는 거예요. 그의 그런 어린애 같은 유치한 태도가 딱하기도 하면서도 왠지 재미있다는 생각도 들더군요. 어쨌든 난 어쩌면 그와의 그 미묘한 줄다리기를 은근히 즐기고 있었는지도 모르겠군요.

문제는 설 양이었어요. 언제부터인가 그 애는 차츰 그에게 마음이 기울어지기 시작했던 거예요.

─그래도 그 남자 생각했던 것보다는 괜찮은 남자 같아, 부드럽고 자상한 면도 있는 것 같고…… 사람은 역시 겉만 봐서는 모르는가 봐.

나는 설 양이 이미 그 사람에게 호감 이상의 감정을 갖기 시작했다는 것을 느꼈죠. 어린 나이 때부터 이곳저곳을 전전하며 몸뚱이 하나로 온갖 험한 일을 다 겪고 살아왔다고 해도, 어쩔 수 없이 그 앤 조그만 관심과 애정에도 쉽게 허물어질 수밖에 없는 외롭고 지친 철부지 계집아이였을 뿐이었던 거죠. 난 그 애에게 그 사람을 조심하라고, 그가 보이는 애정과 친절이 진심이 아니라고 경고해주고 싶었지만, 차마 그럴 수가 없었어요.

그러던 어느 날이었어요. 길 맞은편 만호장 여관에 차 배달을 나가게 되었는데, 차를 주문했던 방으로 들어갔더니 놀랍게도 김광배 그 사람이 혼자 앉아 있더군요. 난 놀라움을 애써 감추고 다른 손님들한테 하듯이 커피를 타서 그의 앞에 내려놓았죠. 그러나 그 사람은 커피잔 대신 내 손목을 꽉 움켜쥐는 것이었어요.

―너 오늘 나하고 연애하자.

그의 목소리는 너무나 심하게 떨리고 있어서, 무슨 알아듣지 못할 외마디 비명처럼 들렸어요. 왜 이래요, 이거 놓으세요. 나 역시 엉겁결에 소리치며 손목을 잡아 뺐지요.

―너 전에 나하고 연애하고 싶다고 말했잖아.

―내가 말한 건 그런 뜻이 아니었어요.

―그럼 무슨 뜻이야? 너 날 놀리는 거야? 난 이런 연애밖에는 모르는 사람이야. 티켓 끊었으니 떡값만 더 주면 될 거 아니야?

―사람 잘못 보셨어요. 나도 아저씰 잘못 본 거 같네요. 가겠어요.

난 재빨리 자리에서 일어섰어요. 그가 날 강제로 붙들까 불안했지만, 의외로 그는 내가 그 여관방을 나올 때까지 머리를 숙인 채 꼼짝도 않고 앉아 있더군요. 다방으로 돌아오면서 난 스스로를 힐책했죠. 모든 것은 내 잘못이다. 왜 처음부터 그 사람에게 그런 태도를 보였나? 그 사람이 노동운동을 하다가 실패한 사람이라는 이유 때문에? 그것이 나하고 대체 무슨 관계가 있단 말인가?

─언니, 어젯밤 나 누구하고 외박했는지 알아?

다음 날 새벽, 바깥에서 자고 들어온 설 양이 내게 그렇게 말했어요.

─김광배 그 사람이다.

─그랬어?

난 나도 모르게 붉게 달아오른 얼굴을 눈치채이지 않기 위해 보고 있던 주간지에서 눈길을 떼지 않았어요. 가능한 한 무심한 어조로 말했지만, 이미 내 목소리는 여리게 떨리고 있었지요. 그 이야기가 왜 얼굴을 달아오르게 하고 목소리를 떨리게 하는지 정말 모를 일이었어요.

─그런데, 그 남자 나보고 뭐랬는지 알아? 자기하고 같이 살림 차릴 생각 없나 그러잖아. 나 참 별 싱거운 남자도 다 있더라.

─그래서 뭐라고 그랬어?

─사람 우습게 보지 말라고 그랬지, 뭐.

알 수 없는 일이었어요. 뭔가 들뜬 듯이 재잘거리는 설 양의 음성 한마디 한마디가 내게는 가슴속을 찔러오는 듯 날카롭게 느껴지더군요. 그것이 김광배 그 사람에 대한 배신감이거나 질투의 감정이었는지, 아니면 아무것도 모르는 설 양에 대한 안타까움 때문이었는지는 지금도 알 수가 없군요.

그날 이후 설 양은 외박이 잦아졌는데, 언제나 상대는 김광배였어요. 처음에는 여관방을 이용하는 것 같았지만, 나중에는 아예 김광배의 집으로 가는 모양이더군요. 날이 갈수록 그 애는 그 남자에게 점점 깊이 빠져 들어가는 것처럼 보였어요. 까닭 없이 얼굴에 수심이 끼거나 초조해하는 것 같다가도 또 어느 때는 몹시 기분이 좋아서 까불어대기도 했어요. 나는 그런 설 양이 걱정스러웠어요. 그 애가 붙들고 있는 것은 곧 깨어질 환상, 쓰라린 실망과 고통만 남길 껍데기일 뿐이리라고 믿었던 거죠. 그리고 그런 내 생각은 틀리지 않았어요. 며칠 전, 그러니까 내가 경찰에 잡혀 온 바로 그 전날 저녁이군요. 그날 김광배 그 사람을 다시 만나게 되었어요. 그가 다방으로 찾아온 것이 아니라, 배달을 나가서 만난 거죠. 전화를 받고 배달을 나간 곳은 어느 식당이었어요. 식당에 도착하자 안에서 젓가락 장단에 섞인 여자의 노랫소리가 들려오더군요. 식당 뒤쪽 구석진 곳으로 들어가자 조그만 골방이 있었는데, 한 남자가 작부를 데리고 앉아 있는 모습이 눈에 들어왔어요. 나는 막 방 안으로 들어가려다 말고 멈칫하고 말았어요. 김광배 그 사람이었던 거에요.

 방 안에는 돼지고기 굽는 냄새와 담배 연기가 뒤섞여 자욱했고, 한복 차림의 술집 작부처럼 보이는 여자가 그의 곁에 찰싹 달라붙어 앉아 있었어요. 짙은 화장을 했지만, 두꺼운 분칠이 적어도 서른은 넘었을 성싶은 나이는 지우지 못한 것 같더군요.

—어, 왔구만. 자자, 들어오라구.

그의 얼굴은 이미 벌겋게 술기운이 올라 있었고, 눈동자도 풀어진 것 같았어요. 나는 그가 일부러 날 불렀다는 사실을 알아차렸지요. 그러나 그가 티켓 두 장을 끊은 이상, 어쩔 수 없이 난 방 안으로 들어가 그들의 맞은편에 앉아서 보온병을 싼 보자기를 풀고 커피를 타기 시작했지요. 그동안에도 두 사람은 계속 부둥켜안은 채 장난을 치고 있었어요. 그의 손이 여자의 가슴팍 속으로 들어가 있었고, 손이 움직일 때마다 여자는 몸을 꼬며 깔깔거렸어요. 난 그 모습을 보지 않으려고 애를 썼지만, 그 소리까지 막을 수는 없었어요.

―야, 너도 이리 내 옆으로 와. 내 둘 다 상대해주지.

초점을 잃은 눈을 쳐들고 그가 말했어요. 그리고 보란 듯이 여자의 얼굴을 붙들고 입술을 비볐고, 여자가 깔깔거렸어요. 난 말없이 보자기를 다시 싸기 시작했어요. 그리고 자리에서 일어나 그에게 말했죠.

―김광배 씨, 당신은 생각보다 훨씬 치사하고 못난 사람이군요. 한 가지 충고하는데요, 다시는 설 양을 건드리지 마세요. 당신은 그럴 자격이 없는 사람이에요.

그리고 난 그 방을 뛰쳐나오고 말았어요. 그러나 일은 거기서 끝나지 않았어요. 얼마 지나지 않아 그가 형편없이 취한 몰골로 다방에 나타난 거예요.

―야, 너 나보고 뭐라고 그랬어? 치사하고 못난 놈이라고?

처음 내 앞에 나타났던 그날처럼 그는 술에 취해 몸을 비틀대며 고래고래 소리를 질러대더군요.

―그래, 난 치사하고 못난 놈이다. 버러지만도 못한 인간 쓰레기다. 넌 서울에서 대학생이고 운동권이었다며? 그런데 나

같은 놈한테 무슨 볼일이 있어 꼬리를 흔들었냐? 뭐, 연애하자고? 진짜 연애하자고? 너 누굴 놀리는 거야? 니 눈에는 이 김광배가 놀림감으로 보인다 이거야? 니가 잘나면 얼마나 잘났냐?

난 아무 대꾸도 할 수가 없었어요. 모두 내 얼굴만 쳐다보고 있는 사람들의 시선 앞에서 어찌할 바를 모르고 있었을 뿐이에요. 그중에서도 경악과 절망으로 굳어진 설 양의 얼굴이 내 눈에 띄었어요. 나하고 시선이 마주치자, 갑자기 그 애는 다방 문을 밀고 뛰어나가버리더군요. 난 그 애를 따라가고 싶었지만, 웬일인지 그 자리에서 화석처럼 꼼짝할 수가 없었어요.

"어젯밤엔 잠 좀 잤어?"
천 형사가 책상에 앉아서 뭔가 부지런히 적고 있다가, 고개를 쳐들고 그녀에게 말했다.
"네."
"보호실 불편하지?"
"견딜 만했어요."
"거기 잠깐 앉아서 기다리고 있어."
마치 신혜가 누굴 만나러 온 사람이기라도 하듯 무심한 말투였다. 신혜는 의자에 앉아서 뿌옇게 때가 낀 유리창을 망연히 올려다보았다. 유리창의 반 높이까지 연두색 차양이 늘어뜨려져 있는데, 그 차양 위에도 먼지가 뿌옇게 앉아 있었다. 바깥은 잘 보이지 않았다. 이따금 차 소리와 그 밖에 여러 가지 소음이 들려오고 있을 뿐이었다. 불과 유리창 하나를 사이에 두었는데도, 바깥세상과 이곳은 너무나 멀리 느껴졌다.

"니가 어젯밤 진술한 조서를 다시 읽어봤는데 말야."

마침내 천 형사가 신혜를 향해 몸을 돌려 앉았다. 신혜는 그의 손에 들려 있는 것이 어젯밤 자신이 붉은 인주를 찍어준 조서라는 것을 알았다.

"이것만 가지고는 부족해. 김광배란 놈에게 접근해가지고 광부들을 의식화시키기 위한 거점을 삼으려고 했다는 것까지는 나와 있는데, 구체적인 것은 다 빠져 있단 말이야."

"거기에 그렇게 되어 있나요?"

신혜의 물음에 천 형사는 잠깐 의아한 표정을 지었다.

"이거 어젯밤에 니 입으로 진술하고 서명 날인한 거야."

"전 그런 말 한 적 없어요. 전 광부들 의식화시키려고 김광배란 사람한테 접근한 적도 없구요. 그런 일을 하려고 꿈도 꿔본 적이 없어요. 아마 어젯밤 잠을 못 자서 내용도 모르고 서명을 했던 모양이에요."

말을 하는 동안 가슴의 고동이 점점 심해지고 있었다. 천 형사는 아무 말 없이 그녀의 얼굴을 노려보기만 했다. 처음에는 어이가 없는 듯한 얼굴이었다가, 차츰 모욕이라도 당한 것처럼 창백해졌다.

"너 이제 봤더니, 보통 년이 아니구나."

갑자기 그는 진술서를 거칠게 찢어버렸다. 그리고 그것을 신혜의 눈앞에 흔들었다.

"이런 건 아무것도 아니야. 너 같은 년은 우선 버릇부터 가르쳐줘야겠어."

하늘 등

그의 곤두선 눈빛을 보자, 신혜는 온몸에서 일시에 소름이 돋아나는 것 같았다.

"따라와."

그가 짤막하게 말하고 일어섰다. 그의 뒤를 따라 옆방으로 들어갔다. 작은 창문 하나만 뚫려 있는 아주 작은 방이었고, 방 안에는 아무것도 없이 쇠 의자만 몇 개 놓여 있었다. 문이 열리더니, 다른 형사 한 명이 들어섰다.

"야, 이년아. 김광배가 벌써 다 불었어. 그런데도 니 혼자 잡아뗄 끼가?"

새로 온 사내가 투박한 경상도 사투리로 말했다.

"그럼 김광배 씨를 만나게 해주세요. 그 사람과 대질시켜보면 알 거 아니에요?"

"이년이 아직도 기운이 남았구만. 니 오늘 송장 돼가꼬 나가고 싶나?"

신혜는 그들의 사악함이나 흉포스러움이 자신에게 겁을 주기 위해서 일부러 꾸민 것이 아니라는 것을 깨달았다. 그들이 자신에게 실제로 죽이고 싶을 만큼 증오심을 느끼고 있다는 것을 그들의 눈초리와 목소리에서 똑똑히 느낄 수 있었다. 그러나 생각해보면 이 사람들이 왜 그토록 자신에게 증오심을 품고 있는지 이해할 수 없는 일이었다. 신혜 자신에게는 이 사람들의 미움을 살 만한 아무런 건덕지도 없었다.

"앉아."

천 형사의 명령대로 그녀가 의자에 막 앉으려 하자, 경상도 사투리의 사내가 느닷없이 주먹으로 그녀의 머리를 때렸다.

"누가 거기 앉으라고 하더노? 꿇어앉으란 말이다."

그녀는 다시 의자에서 내려와 바닥에 무릎을 꿇었다. 다리가 후들후들 떨렸다.

"난 너 같은 년들 많이 보았어."

천 형사의 구둣발이 그녀의 코앞에서 까딱거렸다.

"이마에 쇠똥도 안 벗겨진 것들이 세상 다 아는 것같이 잘난 척하는 놈들. 입만 살아서 떠들어대는 순 빨갱이 같은 놈들. 빨갱이를 왜 빨갱이라고 부르는지 알아? 니 같은 것들처럼 입만 열면 새빨간 거짓말만 한다고 빨갱이라고 부르는 거야."

"난 빨갱이가 아니에요."

"그래, 네 말대로 넌 어쩌면 빨갱이가 아닌지도 몰라. 하지만."

사내가 몸을 숙여 한 손으로 그녀의 턱을 들어 올렸다.

"너 여기서 나가면 뭐가 되는지 알아? 앞으로 진짜 빨갱이가 되는 거야. 틀림없어. 내기해도 좋아."

그의 말은 아마 사실일지도 모른다고 신혜는 생각했다. 그녀가 아는 사람들 중에도 그런 사람이 있었다. 잡혀서 교도소 생활을 하고 나온 뒤에 훨씬 단단하게 강철처럼 사상 무장을 하게 되는 사람을 많이 보았다. 하지만 수임이 말대로 나처럼 구제할 길 없는 회의주의자도 그렇게 될 수 있을까.

"자 이제 마지막 기회야. 순순히 털어놓을 거야, 어쩔 거야?"

"자꾸 뭘 털어놓으라는 건지…… 저도 정말 답답해요."

"끝까지 버텨보겠다 이거지, 좋아."

그들은 그녀를 다시 바닥에서 일으켜 의자에 앉도록 했다. 그리고 그녀의 두 팔을 뒤로 돌려 손목에 수갑을 채운 다음, 고개를 뒤로 젖히라고 명령했다. 경상도 사내가 뒤쪽으로 다가와서 고개가 더 젖혀지도록 손으로 그녀의 머리를 아래로 눌렀다. 낡은 형광등의 침침한 불빛이 눈에 들어왔다가, 곧 가려졌다. 신혜의 얼굴 위에 손수건 한 장이 덮였던 것이다. 그때까지 신혜는 그들이 자신에게 무슨 짓을 하려는 건지 알지 못했다. 얼굴을 덮은 것은 얇은 천 조각 하나였지만, 온 세상으로부터 격리되는 것 같았다. 마치 시체가 되는 듯한 두려움이 엄습했다.

이 두려움과 고통을 견디며 내가 지금 무엇을 지키려고 하는가. 그녀는 스스로에게 물어보았다. 그런데 불행히도 자신은 아무것도 지킬 것이 없었다. 그저 영문도 모르는 함정에 빠져 있을 뿐이었다. 만약에 그들이 의심하고 있는 것처럼 자신이 이곳에 무슨 목적이 있어서 왔고, 또 그 일을 했었다면 오히려 견디기가 쉬울지도 모른다고 그녀는 생각했다. 아아, 내게도 목숨을 던져서 지켜야 할 것이 있다면.

갑자기 차가운 것이 얼굴로 쏟아졌다. 그들이 무엇을 하고 있는가를 깨닫는 순간엔 이미 질식할 것 같은 고통이 달려들고 있었다. 그들은 한 손으로 신혜의 머리카락을 휘어잡고 또 한 손으로는 턱을 쥐고 좌우로 흔들어댔다. 그럴 때마다 콧속으로 물이 흘러 들어갔다. 숨을 쉴 수도 없었다. 천 형사의 목소리가 가물가물 들려왔다.

"여기가 어딘 줄 알지? 휴전선이 코밑이다. 이년아, 너 같은 거 여기서 죽어도 휴전선에 싣고 가서 끌어 묻어버리면 그만이야."

"휴전선까지 갈 거 뭐 있노. 폐광이 천진데, 막장에다 쑤셔 넣고 덮어뿌리면 천지가 개벽해도 아무도 모를 낀데."

경상도 사투리가 거들었다. 다시 콧구멍 속으로 물이 흘러들었다. 마치 파도치는 것 같았다. 한 번의 파도가 물러갔다 싶으면 새로운 파도가 덮쳐오는 것이었다.

"엄마."

몸이 아래로 끝없이 추락해가는 듯했다. 그러나 아무리 내려가도 밑바닥이 없었다. 그녀는 멀미할 때와 같은 심한 어지럼증을 느꼈다. 가물거리던 정신이 조금 돌아온 것은 갑자기 아랫도리가 축축해져왔을 때였다. 경상도 사투리의 쨍쨍한 목소리가 귀청을 때렸다.

"이기 뭐고? 이 쌍년이 오줌을 쌌잖아?"

그녀의 몸이 바닥으로 떨어졌다. 차가운 시멘트 바닥이 그녀의 얼굴에 닿았다. 아랫도리가 흥건하게 젖어 있었다. 그러나 그녀는 창피함이나 수치감조차 느끼지 못했다. 그저 고문이 중단된 것만으로 고마울 지경이었다.

그때 문이 열리고 누군가 방 안으로 들어서고 있었다. 구둣발이 바닥에 늘어져 있는 신혜의 눈앞에까지 다가왔다.

"야, 무슨 일을 이따위로 해?"

처음 대공과에 올라왔을 때 만났던 과장이라는 사람이었다. 과장은 몹시 화가 난 것처럼 두 사람을 나무라기 시작했다.

"뭘 하고 있나? 옷이나 갈아입혀야지. 이대로 내버려둘 거야?"

경상도 사투리가 뭐라고 불만스러운 듯 투덜거리며 방을 나갔다. 신혜는 그 자리에 주저앉은 채 움직이지 않았다. 몸을 일으킬 힘이 없기도 했지만, 옷을 버렸으므로 일어날 수도 없었다. 숨 쉬는 것조차 고통스러웠다. 한참 만에 경상도 사투리가 헐렁한 남자 바지 한 벌과 방금 가게에서 산 듯 포장도 뜯지 않은 속옷 하나를 가지고 왔다. 바지는 입다가 벗어놓은 것처럼 허리띠까지 꿰여 있었지만, 누구 것인지 따질 형편이 못 되었다. 과장이 그녀에게 비어 있는 옆방 문을 열어주며 들어가서 옷을 갈아입고 나오라고 했다. 그녀는 비틀거리며 일어나 그 옷을 받아 들었다. 아직도 스스로의 힘으로 걸을 수 있다는 것이 신기하게 느껴질 정도였다. 바지는 몸에 맞지 않아 허리띠를 졸라매어도 부대자루를 입은 듯이 우스꽝스러운 모양이었다. 옷을 갈아입고 나오자, 과장이 자기 책상에 앉아 기다리고 있었다. 두 사람의 형사는 어디로 갔는지 보이지 않았다.

"나도 너만 한 딸이 있어. 지금 춘천에서 대학에 다니는 딸이 있다구. 부모 마음은 다 똑같은 거야. 니가 지금 이런 꼴로 고생하고 있다는 걸 네 엄마가 안다면 얼마나 마음이 아프겠냐?"

인간미가 느껴지는 목소리였다. 신혜는 어쩌면 그것이 보다 지능적인 취조 방법일지도 모른다고 생각했으나, 아무래도 좋았다. 그것이 한낱 위선이고 교활한 술책이라 하더라도 어쨌든 자신을 인간으로 취급해주는 것이 너무나 고마웠다. 콧등이 시큰하더니 울컥 눈물이 솟구쳤다. 한번 눈물이 솟구치자 걷잡을 수 없이 마음이 약해지고 설움이 북받쳐 올라 계속 흐느꼈다.

"그래, 울어."

과장이 말했다.

"실컷 울어. 그러면 마음이 개운해질 거야."

한참 울고 나자, 과장은 두루마리 휴지를 뜯어서 건네주었다.

그녀는 그것으로 눈물을 닦고 코를 풀었다.

"너도 괴롭겠지만, 우리도 괴로워. 누가 이 일을 좋아서 하는 줄 아니? 그러니까."

그는 종이 한 장을 꺼내 신혜에게 내밀었다.

"우리 피차 괴로운 일은 이제 그만하는 게 좋잖아? 쉬운 일을 괜히 어렵게 하지 말고 빨리 끝내도록 하자구."

신혜는 아직도 어린애처럼 훌쩍거리며 그가 내민 종이에 타이프된 글씨를 읽어 내려갔다. 하지만 몇 줄을 읽기도 전에 갑자기 현기증을 느끼기 시작했다. 타자로 된 그 글씨들 중 몇 개가 가물거리기 시작하더니, 뒤이어 제각기 벌레처럼 꿈틀거리다가 빙글빙글 춤을 추며 돌아가는 것이었다.—상기 본인은 서울 ××대학 4학년 재학 중 불법 집회 주동으로 무기정학 중인 자로서…… 현 정권을 타도하기 위해서는 노동자들과 연대하고…… 광산 노동자들을 의식화시키기 위한 목적으로…… 광부 김광배에게 접근하여……

"거기에다 니 이름 석 자 쓰고 지장만 찍으면 모든 것이 끝나는 거야. 넌 그럼 당장이라도 여기서 나갈 수 있어. 아주 쉬운 일이라구."

"제가 하지도 않은 사실을 어떻게 시인하란 말씀이에요?"

"벌써 위에까지 보고되었기 때문에 그냥 나갈 수는 없어. 우리도 체면이 있으니까. 그러니 네가 이 정도만 시인을 한다면 훈방 정도로 처리하고 사건을 정리할 수도 있다는 이야기야. 무슨 말인지 알겠지?"

"하지만, 이건 사실이 아니에요."

"얘, 너 내 말을 아직 못 알아듣는구나. 사실이다 아니다, 또 따지기 시작하면, 처음부터 다시 해야 돼. 그건 너한테도 도움이 되지 않고 우리도 피곤해."

"죄송해요, 아무래도 전 못 하겠어요."

"이건 아무것도 아니란 말야. 널 내보내기 위한 요식 행위라니까 왜 말을 못 알아들어?"

신혜가 더 이상 입을 열지 않자, 한순간 그의 표정이 험악해졌다. 그러나 그는 곧 감정을 애써 억제하는 듯한 표정으로 말했다.

"듣던 대로 보통 고집이 아니구만. 하지만 지금 당장 결정하지 않아도 좋아. 마지막으로 기회를 줄 테니까 보호실에 내려가서 잘 생각해, 알았어?"

그녀는 다시 보호실로 옮겨졌다. 보호실의 차갑고 더러운 마룻바닥이 그때처럼 편안하게 느껴진 적이 없었다. 그녀는 곧장 마룻바닥에 쓰러지고 말았다.

그러나 막상 자리에 누운 뒤에도 웬일인지 좀체 잠을 이루지 못했다. 규칙적인 간격을 두고 오한이 덮쳐왔고, 온몸이 쑤셔왔다. 몸 전체가 한 군데도 빈틈이 없이 쓰라린 염증을 일으키고 있는 듯한 느낌이었다. 그럼에도 불구하고 신혜는 모든 것을 잊고 어서 잠을 자야 한다는 고통스러운 강박관념에 사로잡혀 있었다. 잠깐 얕은 잠에 빠져들어 꿈을 꾸면서도 어서 잠이 들어야 한다고 쉴 새 없이 되뇌는 식이었다. 그녀가 알고 있는 여러 얼굴들이 현실인지 꿈인지 구분할 수 없는 흐릿한 의식의 거울 위에 떠올라 그녀의 얼굴을 들여다보거나 말을 걸기도 했다.

"신혜야, 그들에게 굴복해선 안 돼. 우린 지금 역사의 터널 속에 있을 뿐이야."
라고 말하는 수임이 얼굴도 보였다. 하지만, 터널 저쪽은 도대체 뭐가 있는 거지? 신혜는 그렇게 반문했다. 우리가 언제 역사의 터널 속에 있지 않은 적이 있었던가? 내 삶도 늘 어둡고 고통스러운 터널 속에 있었어. 멀리 희미한 빛을 바라보며 걷는, 결코 끝나지 않는 기나긴 터널. 그 빛이 실재하는 것인지, 아니면 한낱 환상에 불과한 것인지도 모르면서. 그런가 하면 어머니의 얼굴이나 성남의 야학에서 만났던 공장 친구들의 얼굴들도 보였고, 그 밖에 그녀가 알고 있는 많은 사람의 얼굴, 그녀가 까맣게 잊고 있었던 사람들의 얼굴이 나타나기도 했다. 그러다가 그녀는 차츰 잠 속으로 빠져 들어갔다.

6

―날자, 모든 것을 버리고 날아오르자.

약수동 언덕배기에 있던 광희 형의 자취방 벽에 붙은 글귀를 난 아직도 기억하고 있답니다. 광희 형이 죽고, 그러고도 많은 시간이 지나서야 나는 그 말이 무엇을 뜻하는가를 깨달을 수 있었지요.

그 형의 죽음은 우리 모두에게 너무 큰 충격이었어요. 함께 공부하고 우리에게 그토록 큰 영향을 주었던 선배가 그런 식으로 허무하게 목숨을 끊자, 우린 깊은 배반감을 느끼지 않을 수 없었죠. 그러나 무엇보다도 지금까지 함께 배우고 믿었던 세상의 질서가 갑자기 무너지고 삶이라는 것이 온통 알 수 없는 혼란으로 느껴져서 우린 당황한 거예요. 수임이는 바로 그것 때문에 광희 형을 용서할 수 없다고 말했죠.

광희 형이 왜 목숨을 끊었는가는 내게 영원한 미스터리로 남겠지만, 그러나 그녀가 남긴 그 말만은 시간이 지날수록 내게 깊이 새겨지는 것이었어요. 아마도 광희 형이 진정으로 원했던 것은 자유가 아니었을까요? 새가 되고 싶다는 형의 말, 그것은 자신을 얽어매고 있던 모든 것을 떨쳐버리고 진정으로 자유롭고 싶다는 말에 다름 아니었을 거예요. 하지만, 과연 인간은 진정으로 자유로울 수 있을까? 또한 현실의 모든 굴레를 벗어나서 자유로워진다는 것이 대체 무슨 의미가 있는 걸까?

광희 형처럼 나 역시 오랫동안 자유, 바로 그걸 꿈꾸고 있었는지 몰라요. 너무나 많은 굴레가 내 약하고 여린 발목을 움켜쥐고 있었으니까요. 하지만 나를 얽어매고 있는 그 굴레를 걷어찰 수 있는 능력이 내게는 없었어요. 학교에 계속 다닐 수도, 포기할 수도 없이 다만 어머니의 애물단지로 전락해버리고 만 처지, 역사의 발전이라는 신념에 적극적으로 몸을 던지지도 못하고 갈등과 회의만 거듭하고 있는 올데갈데없는 상황을 내 힘으론 이미 어찌해볼 수가 없었던 거예요. 그리고 설사 그러한 상황을 극복할 능력이 있다 하더라도 여전히 문제는 남아 있었죠.

도대체 내가 무엇을 원하고 있느냐는 것이죠. 욕망이 없는 자유가 어디 있을까요? 그런데 불행하게도 난 내가 무엇을 진정으로 원하고 있는지 그것을 모르고 있었던 겁니다. 무엇을 하고 싶은지도 알지 못하면서 끝없이 자유를 갈망하는 그런 우스꽝스러운 자기모순 속에 빠져 있었던 것이죠. 나는 무엇이 되기를 원하는가. 아니 현재의 나는 무엇인가. 누구인가.

사람들은 모두 나를 '나' 이외의 다른 '나'로 있기를 강요해왔어요. 어머니도, 수임이 같은 친구들도, 학교의 교수들도. 하지만 난 그들이 원하고 강요하는 '나'를 받아들일 수가 없었어요. 어쩌면 내가 이 낯선 탄광촌까지 온 것은 그 모든 것들로부터 도망을 치기 위해선지도 몰라요. 그런데 지금 당신들마저 내게 내가 아닌 또 다른 나를 강요하고 있군요. 지금 당신들은 내가 현실에서 한 번도 되지 못했던 투사로 만들려고 하고 있는 거예요. 이건 얼마나 우스운 노릇인가요?

"정신혜, 잠들었어?"

신혜는 눈을 뜨려고 애를 썼다. 불빛을 등지고 있는 어떤 남자의 얼굴 윤곽이 어렴풋하게 눈에 들어왔다. 그가 바로 남 형사라는 것을 깨닫고 난 뒤에도 정신을 차리는 데는 조금 시간이 필요했다.

"깨워서 미안한데, 일어나서 날 좀 따라와야겠어."

시계를 들여다보니 새벽 2시가 막 지난 시간이었다. 그가 앞장서 걸었다. 계단을 오르고 썰렁한 복도를 거친 뒤에 다시 '대공과'라는 팻말이 붙은 방으로 들어섰다.

방에는 과장이 혼자 책상을 지키고 앉아 라면을 먹고 있었다. 신혜는 선 채로 식사가 끝나기를 기다렸다. 염치없게도 배에서 꼬르륵 소리가 들렸다. 남 형사는 말없이 난로를 끼고 앉아 있었는데, 가만히 앉아 있는데도 거친 숨소리를 내고 있는 것이 아마도 술에 취해 있는 듯했다.

"정신혜, 생각 좀 해봤어?"

과장이 번들거리는 입술을 닦으며 물었다.

"너 때문에 집에도 못 가고 있잖아. 니가 조금만 협조하면 우리 모두가 편해질 텐데, 왜 그렇게 고집을 부려?"

그는 얼굴의 기름기를 닦고 코까지 푼 휴지를 라면 그릇에 집어넣은 뒤에 비로소 만족한 표정으로 신혜를 쳐다보았다.

"자, 그만큼 고집을 부렸으면 너도 니 체면은 세운 거야. 이제 이쯤 하자구. 너만 괴롭냐, 우리도 괴롭긴 마찬가지야. 서로가 서로를 빤히 알고 있는데, 시간을 끌어서 좋을 일이 뭐가 있어? 여기 서명해."

과장이 아까의 그 진술서를 다시 내밀었다.

"죄송해요. 하지만 전 제가 하지도 않은 일을 했다고 할 수는 없어요."

과장은 한참 동안 말없이 그녀를 노려보더니, 갑자기 "씨발년" 하며 욕설을 내뱉었다.

"정말 할 수 없는 년이구만. 너같이 앞뒤가 꽉 막힌 독종은 처음 봤어. 내 나중에 후회하지 말라고 경고했었지? 어이, 남 형사, 이년 데리고 나가. 오늘 밤 안으로 결판을 내라구. 어디가 좋을까? 305호실이 조용하지?"

그녀는 떨리는 다리로 순순히 일어섰다. 공포도 이미 타성이 된 것 같았다. 남 형사란 사내를 따라 다시 한 층을 더 올라갔다. 창문 하나 없는 어둡고 좁다란 복도를 지나 맨 구석진 방 앞에서 걸음을 멈추었다. 새벽 시간이어서 그런지 3층 어느 곳에도 인기척 같은 것은 전혀 없었고, 주위는 괴괴하리만큼 조용했다.

"너하고 나하고 이렇게 만난 것이 불행이고 비극이야. 처음 만났을 때 내가 말했지? 다른 곳에서 우리가 만났더라면 좀더 아름답게 만날 수도 있었을 거라구."

방에 들어서자, 남 형사는 엷은 웃음을 띠며 신혜를 쳐다보았다. 그의 입에서 술 냄새가 희미하게 풍겼다. 그러나 얼굴은 오히려 창백하게 보일 정도였다.

"난 다른 사람하고는 달라. 오늘 밤에 너하고 나하고 여기서 끝장을 내는 거야. 알았어?"

사내는 신혜를 세워둔 채 그 자신은 의자를 하나 가져다놓고 앉았다.

"내가 왜 이 시골 구석에까지 튕겼는지 알아?"

사내는 신혜의 얼굴에서 시선을 떼지 않고 스스로 대답했다.

"서울에서 고문하다가 사람을 죽였어. 재수가 없었지."

신혜는 사내가 지금 거짓말을 하고 있는 거라고 생각했다. 그러나 또 어쩌면 거짓말이 아닐 수도 있다는 생각도 들었다.

"나, 너한테 이런 말 하긴 싫지만 말야. 너 하나 죽여도 나 옷 벗으면 그만이야."

"절 죽이실 생각인가요?"

"왜, 죽고 싶어?"

"아뇨, 살고 싶어요."

하늘 등

그가 희미한 웃음을 지었다.

"사람 죽이고 싶은 사람 어디 있겠냐? 하지만 일을 하다 보면 사고란 것도 있을 수 있는 거야. 사람의 인연이란 게 좋은 것도 있지만, 아주 나쁜 것도 있거든. 난 너하고 내가 이렇게 만난 것도 인연이라고 생각하는데 서로 나쁜 인연을 만들지 않았으면 좋겠어. 자, 다시 한번 이야기하겠어. 분명히 말해두지만 이게 마지막이야. 자술서에 서명을 할 거야, 안 할 거야?"

"죄송하지만, 제가 하지도 않은 짓을 했다고 할 순 없어요."

"그래?"

사내의 눈이 기묘한 빛을 띠었다.

"좋아, 니가 얼마나 잘난 년인지는 모르지만, 나한테는 좀 어려울 거야."

그는 일어서서 갑자기 신혜의 바지 혁대를 풀기 시작했다. 임시로 빌려 입은, 몸에 맞지도 않는 바지였으므로, 혁대가 풀리자 금방 흘러내릴 것만 같았다. 신혜는 그가 무슨 짓을 하려는가 싶어 당황할 수밖에 없었다. 순간적으로 사내가 허리띠를 가지고 자신을 후려치려는 줄 알았다. 그러나 사내는 그 가죽 허리띠를 들고 벽 쪽으로 걸어가더니 못에다 걸어두는 것이었다.

"내가 왜 이걸 여기다 걸어두는지 알아?"

그 자리에 선 채 사내가 신혜를 똑바로 바라보았다.

"이따가 혹시 너한테 이게 필요할 일이 있을지 몰라서 걸어두는 거야. 나중에 도저히 참지 못하게 되면 이걸로 목매달고 죽고 싶을 때가 있을 거야."

축 늘어져 걸려 있는 그 허리띠는 아닌 게 아니라 꼭 영화 같은 데서 본 교수대의 오랏줄을 연상시켰다. 사내의 말이 다만 겁을 주려는 엄포에 불과할 것이라고 믿으면서도, 그녀는 온몸을 줄달음치는 무서운 전율을 느꼈다.

"너 여기 와서 몸 몇 번 팔았어?"

그가 다시 그녀의 앞에 의자를 당겨 앉았다.

"몸 판 적 없어요."

"정말이야?"

"정말이에요."

"그럼 돈 안 받고 그냥 잔 적은 있겠지? 광부들 꼬셔서 의식화시킬려면 몸도 대주었을 거 아냐?"

"그런 적 없어요."

"김광배하고도 한 번 안 잤단 말이냐?"

"전 지금까지 누구하고도 그런 짓 한 적 없어요."

"아다라시 처녀다 이거야? 정말이야?"

신혜는 입술을 깨물고 더 이상 대꾸를 하지 않았다.

"좋아, 그럼 내가 어디 한번 확인을 해봐야겠어. 윗도리 올려봐."

그의 말이 무슨 뜻인지 신혜가 얼른 알아듣지 못하자, 사내가 목소리를 높였다.

"쌍년아, 내 말 안 들려? 윗도리 올려보란 말이야."

무어라고 항의를 하고 싶었으나, 이상하게도 입을 열 수가 없었다. 두려움으로 마치 몸이 화석처럼 굳어버린 것 같았다. 그것은 지금까지 경험한 것과는 전혀 다른 새로운 공포였다.

"너, 말 안 들으면 진짜로 끔찍한 꼴을 당할 거야. 지금은 새벽 2시가 넘었고, 아무도 이 방에 들어오지 않아. 여기서 무슨 지랄을 해도 눈 하나 깜짝할 사람 없단 말야. 내 말 알아들어? 그러니까 무서운 꼴 당하기 싫으면 시키는 대로 말을 들어."

신혜는 마치 무슨 거역할 수 없는 힘에 붙들린 듯이 떨리는 손으로 셔츠를 들어 올리고 맨살이 드러나게 내의까지 올렸다. 그러면서도 혁대가 풀려서 헐겁게 허리에 걸린 바지마저 내려질까 봐 한 손으로는 바지 허리춤을 붙들고 있었다. 사내가 일어서서 그녀의 등 뒤로 돌았다. 그리고 그의 손이 등 허리께를 스친다 싶은 순간, 눈 깜짝할 사이에 브래지어가 풀어져서 발아래에 떨어졌다.

"꼼짝 말고 들고 있어."

그는 의자에 앉은 채로 그녀의 몸을 주시했다. 마치 외과의사와 같은 노골적인 눈초리였다. 첫 순간이 지나면서 이상하게도 수치감 같은 것은 사라진 듯했다. 느낄 수 있는 것은 오로지 바닥 모를 공포감뿐이었다.

"너 유방 하난 기차게 빠졌구나."

그가 탄식하듯 말했다. 복숭아씨 같은 그의 목울대가 아래위로 급히 오르내리며 꼴깍 침 삼키는 소리가 들려왔다. 그는 벽에 붙은 철제 캐비닛 쪽으로 걸어갔다. 캐비닛 위에 작은 트랜지스터 라디오가 놓여 있었는데, 잠시 라디오의 다이얼을 이리저리 조정하자 이윽고 이 세상의 것이 아닌 듯한 감미롭고 부드러운 팝송이 들려오기 시작했다.

"넌 말야. 옛날 내 첫사랑 애인하고 너무 닮았어. 널 처음 딱 보는 순간 깜짝 놀랐지."

셔츠를 걷어 들고 있는 신혜의 손이 자꾸만 떨렸다. 사내의 두 눈이 열기를 훅훅 내쏘고 있었고, 그러면서도 라디오에서 흘러나온 음악에 맞춰 입술을 달싹거리며 바밤, 밤밤 장단을 맞추고 있었다.

"정말 왜 이러세요?"

갑자기 사내의 손이 그녀의 젖가슴에 닿았다. 그러나 입으로만 겨우 애원하는 소리가 흘러나왔을 뿐, 그녀의 몸은 흡사 마비라도 된 것처럼 꼼짝할 수가 없었다. 천천히 손을 움직이면서 사내의 눈은 무슨 환상이라도 꾸고 있는 것처럼 더욱 게슴츠레해졌다.

추억이란 것이 있기에 지난 시간은 보석처럼 아름다울 수도 있습니다. 오늘 이 밤의 추억을 위해 당신께 추억의 팝송 언체인드 멜로디를 전해드립니다……

"그만해요, 제발……"

"조용히 해."

그가 그녀의 귀에다 대고 목쉰 소리로 말했다. 그는 이제 짐승처럼 거칠게 숨을 씨근대고 있었다.

"기분 좋으면서도 괜히 그러는 거지, 그렇지?"

그녀는 어쩌면 이 모든 것들이 현실이 아닐지도 모른다고 생각했다. 마치 어린 날 악몽을 꾸고 있을 때처럼. 이건 꿈이다, 이건 꿈이다, 하고 간절히 되뇌면 정말 꿈이 깨고 엄마의 그 익숙한 체취가 자신을 포근히 감싸 안아주곤 했었다. 그렇게 믿어버리고 싶은 마음이 너무나 절실해서 신혜는 문득 자신이 미쳐버리는 것이 아닌가, 겁이 날 지경이었다.

"너, 아무래도 처녀란 말 거짓말 같은데?"

사내가 바싹 얼굴을 붙이고 속삭였다.

"가슴을 보면 알아. 난 여자에 대해선 도사란 말이야. 너 남자 경험 많지, 그렇지?"

그녀는 마음속에서 사내에 대한 증오심을 키우려고 애를 썼다. 그것이 지금의 고통을 이겨내는 데 조금이라도 도움이 될지 모른다는 생각에서였다. 그러나 사내는 증오심을 품기에는 너무 무서운 존재였다. 이 숨이 막힐 듯한 가차 없는 두려움은 증오심마저 허용하지 않았던 것이다. 턱밑으로 다가온 그의 두 눈은 그물 모양의 붉은 실핏줄로 덮여 있었다.

"바지 벗어봐."

낮고 거친 목소리로 그가 명령했다.

"소리 질러봤자 아무 소용이 없어. 더 무서운 꼴 당하기 전에 시키는 대로 하는 것이 신상에 좋을 거야."

이자는 어쩌면 지금 자기 자신을 학대하고 있는지도 모른다고 그녀는 생각했다. 아마도 자신이 도저히 구제받을 수 없는 죄를 짓고 있다는 사실을 분명히 인식하고 있을지도 모른다. 아니, 오히려 자신이 죄를 짓고 있다는 죄의식에 쫓겨 더욱 잔인해지는 것은 아닐까.

"내 손으로 벗길까?"

그의 손이 그녀의 바지 허리춤을 잡았다. 그녀는 그 자리에 주저앉았지만, 다음 순간 머리채를 잡혀 끌어 올려지고 말았다.

"내 손으로 벗길까, 니가 벗을래?"

신혜는 제 손으로 바지를 내렸다. 그러나 바지가 흘러 내려진 뒤에도 사내는 말없이 손가락을 까딱거렸다. 팬티도 벗으라는 뜻이었다. 라디오에선 여전히 어떤 젊은 남자의 감미로운 목소리가 흘러나오고 있었다. ……내가 당신의 얼굴을 처음 보았을 때, 난 태양은 바로 당신의 눈동자에서 떠오르는 거라고 생각했죠. 달과 별은 당신이 주는 선물일 거라고 생각했구요. 여러분도 그런 감정 느껴본 적 있으세요? 사랑은 위대한 것이지만, 또한 세상 어느 것보다 무서운 것이 될 수도 있다는 것을 보여주는 영화「어둠 속에 벨이 울릴 때」의 주제곡「더 퍼스트 타임 에버 아이 소 유어 페이스」를 들려드리겠습니다.

냉기가 그녀의 벗은 몸을 감싸면서, 온몸에 바늘 끝만 한 빈틈도 없이 소름이 돋아났다. 그녀는 그가 무엇을 요구하든, 가장 무서운 것만은 피하고 싶었다. 자신이 무엇을 가장 무서워하고 있는지 그것조차 알지 못하면서도 그녀가 소원한 것은 오직 그것뿐이었다.

"이 위로 올라가."

사내가 책상을 가리켰다. 이상하게도 막상 옷이 벗겨지고 나자, 그녀는 더 이상 아무것에도 저항할 수가 없었다. 명령에 따라 움직이는 길든 짐승처럼 그녀는 책상 위로 기어올랐다. 다리가 후들후들 떨렸다. 책상 위에 올라선 그녀의 눈에 붉은 십자가가 하나 뛰어들었다. 창문 밖은 희뿌연 어둠이었는데, 그 어둠 속에 빨갛게 불이 켜진 십자가 하나가 돋을새김한 판화처럼 선명하게 떠올라 있었던 것이다.

저 십자가가 갑자기 내 눈앞에 나타난 이유가 무엇일까. 지금 이 순간 저 십자가엔 도대체 무슨 의미가 있을까. 저것이 내 고통의 만분지 일이라도 덜어줄 수 있다는 말인가. 저건 그저 불이 켜진 나무나 쇠로 된 형상일 뿐, 저기에 무슨 구원이 있고 섭리가 있단 말인가.

그렇게 생각하자, 그녀는 소름이 끼치고 말았다. 지금 이 순간에도 단 한마디의 기도조차 생각해내지 못하고 오직 차갑게 의심만 하고 있는 자기 자신에게 더할 나위 없는 두려움과 절망을 느껴야 했던 것이다.

이 구제받을 길 없는 자의식 과잉. 나를 둘러싼 이 철갑처럼 무겁고 두터운 껍데기. 신이 지금 내게 형벌을 내리고 있다면 바로 그것 때문인지도 모른다고 그녀는 생각했다. 아무것도 믿지 못하고, 무엇인가를 가슴 태우며 욕망하지도 못하고, 나 아닌 다른 사람을 진정으로 사랑해보지도 못하고……

주여, 저를 용서해주소서. 그 십자가를 보며 신혜는 속으로 기도했다. 이 모든 것이 지금까지 제가 저지른 죄의 대가라면, 제발 저를 용서하소서, 그리고 이 시련을 그치게 하소서.

"앉아."

사내는 의자에 앉은 채 신혜를 올려다보며 명령했다. 시키는 대로 쪼그려 앉으면서 그녀는 두 손으로 최대한 자신의 벗은 몸을 가리려고 애를 썼다. 그러나 사내는 그것마저 허용해주지 않았다.

"두 손을 머리 위에 올려."

신혜의 몸 구석구석을 훑고 있는 그의 두 눈이 열기를 띠고 번들거렸다. 나는 저 얼굴을, 저 표정의 작은 움직임까지도 도저히 잊지 못할 것이다, 하고 그녀는 생각했다. 수치감과 비참함으로 숨이 멎는 것 같았지만, 그러나 그녀가 할 수 있는 것이라곤 겨우 눈을 감는 것밖에 없었다.

"다리 벌려."

여전히 메마르고 단조로운 목소리로 그가 명령했다.

"더 벌려."

주여, 저를 용서해주소서. 용서해주소서. 그 말이 자신을 이 모든 고통에서 벗어나게 할 무슨 기적의 주문이라도 되는 것처럼 그녀는 그 짧은 기도에 매달렸다.

"너 내가 변태라고 생각하지? 말해봐, 그렇지?"

"아니에요……"

"괜찮아, 솔직하게 이야기해도. 나는 진짜 변태거든."

사내의 손이 아랫도리로 파고들어왔고, 그녀는 몸을 구부리며 비명을 질렀다. 그러자, 소리 내지 마, 하고 사내가 거친 음성으로 명령했다.

"소리 내면 밑구녕으로 손을 집어넣어 자궁을 확 훑어버릴 거다. 그러면 넌 앞으로 시집도 못 가고 애도 못 낳아."

신혜에게는 그의 그 말이 단순한 협박으로만 느껴지지 않았다. 지금 그녀의 눈에는 그가 무슨 짓이든 다 할 수 있는 인간처럼 느껴졌던 것이다. 그리고 진짜로 무서운 것은 사내가 앞으로 무슨 짓을 할지 알 수 없다는 사실이었다. 그녀는 입술을 깨물며 입안으로 비명을 삼켰다. 사내의 손은 소름이 돋아난 그녀의 다리를 더듬고 하복부에서부터 위로 조금씩 거슬러 올라왔다. 그녀는 자신의 몸에서 감각을 느낄 수 있는 모든 세포들이 다 마비되었으면 싶었다.

"너 정말 처녀야?"

번들번들한 입술이 가까이 다가왔다. 그의 입에서 풍기는 역한 냄새 때문에 참을 수 없는 메스꺼움을 느꼈다. 어느 순간, 그의 손이 신혜의 다리 사이로 쑥 들어왔다. 그녀는 자신도 모르게 비명을 지르며 허리를 굽혔다.

"가만있어, 처녀지 아닌지 검사하는 거야."

손가락이 다리 사이로 꼼지락거리는 동안 그녀는 눈을 감고 있었다. 입술 사이로 전혀 자신의 것 같지 않은, 무슨 짐승의 신음 소리 같은 것이 새어 나오고 있었다. 하느님, 용서해주세요. 용서해주세요…… 신혜는 그 말이 이 모든 고통에서 벗어날 수 있는 무슨 기적이라도 일으킬 수 있는 것처럼 오직 그 말만 마음속에서 되풀이했다.

"야, 내가 좋은 구경 시켜줄까?"

사내는 눈을 이상스럽게 빛내며 일어서더니, 바지의 혁대를 끄르기 시작했다. 그녀는 힘껏 고개를 돌렸다.

"이걸 봐."

그가 목쉰 소리로 말했다. 깊은 동굴 속에서 빠져나오는 듯한 목소리였다. 신혜가 고개를 돌린 채 두 눈을 아프도록 꼭 감고 있자 사내는 손으로 그녀의 턱을 쥐고 자기 쪽으로 돌렸다.

"눈 떠. 안 뜰래?"

그의 억센 손가락이 턱밑을 파고들면서 목줄기가 끊어질 것 같은 아픔이 찔러왔고, 자신도 모르게 눈이 뜨이고 말았다.

"어때?"

번들거리는 눈빛, 그리고 허연 이가 그녀의 눈에 들어왔다. 그것은 영락없이 짐승의 얼굴이었다. 사내는 신혜의 눈이 자기 바지 앞을 향하도록 강제로 머리를 꺾었다. 필사적으로 보지 않으려고 했지만 그것은 이미 그녀의 시야에 뛰어들고 말았다. 그녀는 눈을 감았다. 그러나 방금 그녀가 본 것은 지울 수 없는 칼자국처럼 망막 위에 생생하게 새겨져버렸다. 아마도 죽을 때까지 잊어버릴 수 없으리라.

"기분이 어때? 처음 봤어? 자, 잘 보라구."

사내의 손가락은 여전히 그녀의 턱밑을 짓누르고 있었다. 그는 이제 이 짓을 스스로 즐기고 있음이 분명했다. 그는 한 손으로 그녀의 턱을 쥔 채 또 한 손으로 머리를 아래로 눌렀다. 열린 바지춤 바깥으로 튀어나와 있는 그것이 거의 눈앞에까지 다가왔다. 무슨 가축의 냄새 같은 들척한 냄새가 콧구멍 속으로 파고들었고, 마침내 그녀는 웩 소리 내어 구역질을 하고 말았다.

"이런 재수 없는 년이!"

그가 그녀의 머리통을 뒤로 밀쳐내며 소리쳤다. 그러나 사내의 손아귀에서 풀려난 뒤에도 그녀는 거듭 목구멍 안에서 치밀어 오르는 헛구역질을 참을 수가 없었다.

"시키는 대로 다 할게요. 진술서 쓰겠어요. 그러니 제발 그만하세요……"

"진작에 그렇게 나올 일이지. 하지만 이젠 늦었어."

"제발요, 내 말 좀 들어보세요. 난 그런 사람 아니에요. 아저씨들이 상상하는 그런 애가 아니에요. 이건 뭐가 잘못돼도 한참 잘못된 거예요. 난 투사도 아니고 진짜 운동권도 아니란 말예요. 정말 내게도 그런 신념과 의지가 있다면 얼마나 좋겠어요. 그러나 난 그처럼 강한 인간이 못 돼요. 오히려 난 너무나 나약하고 겁 많고, 의심 많고……"

그녀는 정신없이 지껄이기 시작했다. 오직 숨이 멎을 것 같은 고통과 공포로부터 도망치기 위해 자신이 지금 무슨 말을 하는지도 모르고 마구 지껄여대고 있을 뿐이었다.

"난 무식해서 니가 지금 무슨 소리를 하고 있는지 모르겠어."

사내의 눈이 무섭게 이글거렸다. 마치 그의 내부에서 까닭 모를 증오심이 폭발한 것 같은 얼굴이었다.

"이년아, 넌 대체 뭐가 그리 고민이 많냐? 만사를 뭘 그렇게 어렵게 생각하고 복잡하게 만드는 거야? 난 너 같은 연놈들이 싫어. 세상 고민 혼자 다 떠맡은 것같이 인상 쓰고, 괜히 쉬운 것도 어렵게 만들고, 불평하고, 가만히 있는 사람도 불편하게 만들고…… 너희 같은 것들이 싸그리 없어져야 세상이 조용하고, 살기가 편해질 거다. 알겠냐? 내 오늘 너한테 세상 사는 게 어떤 건지 인생이란 게 어떤 건지 가르쳐주지."

사내는 그녀의 몸을 거칠게 책상 위에 눕혔다. 그녀는 누운 채로 사내가 바지를 내리는 것을 보았다. 공포와 분노에 짓눌려 이제 애원을 할 수도 없었다. 무슨 말인가 하고 싶었지만, 목구멍이 무언가로 틀어막힌 것처럼 아무 소리도 나오지 않는 것이었다. 그의 육중한 체중이 그녀의 몸을 짓눌렀다. 필사적으로 저항하긴 했지만, 차츰 그것이 거의 불가능에 가깝다는 것을 깨닫지 않으면 안 되었다. 이 팔자 망칠 년아. 어머니의 얼굴이 눈앞에 떠올랐다. 그녀는 자신이 알고 있는 모든 얼굴들을 떠올리려고 애를 썼고 마음속으로 그들의 이름을 하나씩 필사적으로 호명했다. 그러나 그녀는 그들로부터, 세상 모두로부터 너무 멀리 떨어져 있었다.

그녀의 손에 뭔가 만져졌다. 그것은 커다란 유리 재떨이였다. 그녀는 한 손으로 그것을 들어 올려 혼신의 힘을 다해 사내의 머리통을 내리쳤다.

"윽!"

비명 소리와 함께 사내가 머리를 감싸 쥐며 벌떡 일어났다. 그녀는 다시 한번 그의 머리를 후려갈겼다. 그러고는 재빨리 몸을 일으켜 책상을 뛰어내려 문 쪽으로 달려갔다. 이마에 붉은 피가 흘러내리고 있는데도, 사내는 욕설을 퍼부으며 그녀를 붙잡으려고 했다. 하지만 바지를 끌어 올리느라 조금 시간이 걸리는 것 같았고, 그 틈에 그녀는 간신히 손잡이를 비틀고 문을 열 수 있었다. 형광등 불빛만이 썰렁하게 비치고 있는 텅 빈 복도가 눈에 들어왔다. 그 싸늘하고 적적한 공간을 향해 살려달라는 고함을 내질렀는데, 그러나 실제로 그녀의 입에서 빠져나온 것은 무슨 짐승의 울부짖음 같은 알아듣지 못할 외마디 소리였을 뿐이었다. 그녀는 정신없이 복도를 달려가기 시작했다. 뒤에서 사내가 따라오고 있었다. 계단을 구르듯 내려와 모퉁이를 마악 돌 즈음에 그녀는 차가운 시멘트 바닥에 나동그라지고 말았다. 누군가와 부딪치고 만 것이었다. 푸른색 제복을 입은 젊은 경찰관 한 명이 경악의 표정으로 그녀를 내려다보고 있었다. 그리고 그녀는 의식을 잃고 말았다.

7

내게 아무 죄가 없다는 건 거짓말이었어요. 지금에 와서야 난 겨우 내 죄를 깨달았어요. 이제 내가 저지른 죄를 자백하겠어요.

우선 내게 죄가 없다고 생각했던 것부터 잘못이었어요. 어디에서부터 문제가 있었는지조차 모르는 무감각함, 그 어리석음이 잘못이었어요. 문제는 바로 나 자신에게 있었어요.

난 지금까지 한 번도 나 자신을 버리지 못했어요. 노동자를 위해 야학을 한다고 하면서도 실제는 이 땅의 민중, 버림받고 핍박받는 이들, 내 이웃과 형제에 대한 진정한 아픔과 사랑이 없었어요. 그들의 아픔을 나의 아픔으로, 그들의 분노를 나의 분노로 느낄 줄 몰랐죠. 이 사회의 모순과 악을 알고 있었지만, 그것에 대항하여 몸을 던져 싸우지도 못했어요. 난 어떤 것에도 나 자신을 내던질 만한 정열을 느끼지 못했어요.

어머니에게조차 난 진정으로 사랑을 가지지 못했어요. 어릴 때부터 나를 지배하고 있던 것은 어머니에게 착한 딸이 되어야 한다는 것과, 열심히 공부해서 어머니의 고통과 희생을 보상해 드려야 한다는 생각이었어요. 그러면서도 또 한편으로는 끊임없이 어머니한테서 달아나려고만 했죠. 나는 아주 작은 것, 길가에 핀 꽃 하나에도 내 마음을 여는 데 인색했어요.

난 언제나 일인칭 단수로만 존재하고 생각하고 느꼈을 뿐이에요. 그것은 나의 친구, 이웃, 사회, 심지어 단 하나뿐인 어머니로부터도 너무나 멀리 떨어진 섬이었고, 감옥이었던 거예요. 난 바깥을 향해 끝없이 나를 구해달라고 소리치면서도 단 한 번도 나 스스로 바깥을 향해 헤엄쳐 나갈 생각을 하지 못했어요.

난 이제 겨우 내 잘못을, 구제받을 수 없는 죄를 깨닫습니다. 나 자신을 버리지 못한 죄, 한 번도 스스로 희망을 찾아보려고 노력해보지 않은 죄, 나를 위해서가 아니라 남을 위해서 단 한 번도 눈물을 흘려보지 못한 죄.

내 죄를 용서해주세요.

경찰서를 나섰을 때, 맨 먼저 신혜의 눈에 띈 것은 하얗게 쌓인 눈이었다. 그녀가 바깥과 차단되어 있던 나흘 동안 내내 폭설이 쏟아져서 온 세상이 하얗게 눈으로 덮여 있었던 것이다. 잠깐 동안 그녀는 제대로 눈을 뜰 수도 없었다. 길 건너편 우체국과 농협 건물의 지붕에 무겁게 쌓인 눈이 겨울 햇살 아래에서 투명하게 빛나고 있었고, 경찰서 마당 한구석에는 누가 만들어놓았는지 모를 커다란 눈사람이 희극적인 표정을 짓고 있었다. 그것은 한국 땅 어디서나 볼 수 있는, 사람 사는 마을의 겨울 풍경이었고, 또한 맥이 풀려버릴 만큼 평화로운 풍경이기도 했다.

그녀는 얼어붙은 눈길을 조심스럽게 걷기 시작했다. 발이 땅에 닿는 느낌이 몹시 낯설었다. 신혜는 금방 꺾이려는 무릎에 힘을 주며 천천히 한 걸음씩 걸어나갔다.

"만에 하나라도 밖에 나가서 쓸데없는 이야기는 하지 않는 게 좋아. 물론 네가 그렇게 어리석은 애도 아니겠지만 말야. 어젯밤에 있었던 일을 깨끗이 잊어버리라구, 알았지? 아무 일도 없었던 거야."

그녀를 풀어주기 전에 과장이란 사람이 그렇게 말했다. 아무 일도 없었다. 신혜는 속으로 그 말을 되뇌어보았다. 그러고 보니 정말 아무 일도 없었던 것 같았다. 겨울 하늘은 눈이 시리도록 맑았고, 눈 덮인 길 위에서 아이들이 소리 지르며 눈싸움을 하고 있었다. 자전거 뒷자리에 올라타고 가던 나이 든 아낙네가 어딘가를 향해 이를 드러내며 웃고 있었다. 신혜가 그동안 무슨 일을 겪었든, 거짓말처럼 바깥세상은 손톱자국만큼도 달라진 것 없이 멀쩡했다.

"그 친구, 원래 여자들한테 버릇이 좀 좋지 않은 친구야. 마누라가 춤바람 나서 도망간 뒤로 성질이 이상하게 꼬여버렸어. 그러니 그 일은 잊어버리라구."

오늘 새벽에 그녀는 어느 사무실 구석에 있는 소파 위에서 정신이 들었었다. 과장과 또 다른 낯선 사람들의 얼굴이 자신을 들여다보고 있었다. 벌거벗겨졌던 몸에는 누가 입혔는지 그녀의 옷이 아무렇게나 걸쳐져 있었다.

"아무튼 고생이 많았어. 너도 이번 일을 계기로 배운 게 많았을 거야. 앞으로 이런 일로 다시 만나지 말아야지, 안 그래? 몸 건강 조심하고 언제 나중에 다시 만날 때 서로 웃으며 만나자구."

그녀를 내보내주기 전에 마지막으로 과장은 그렇게 말하며 손을 내밀었다. 그의 손에서 전해져오던 뜨뜻한 체온이 지금도 남아 있는 것 같았다. 할 말이 아무것도 생각나지 않았고, 그녀가 느낀 것은 오로지 정말 풀려나는구나, 하는 안도감뿐이었다.

"혼자 갈 수 있겠어? 우리가 고향까지 데려다줄까?"

"아니에요, 그럴 필요 없어요."

신혜는 아직도 왜 그들이 자신을 이처럼 쉽게 풀어주었는지 이해하지 못하고 있었다. 오늘 새벽 이후 그들은 더 이상 진술서도 강요하지 않았던 것이다. 연극이 막을 내려버리듯, 모든 것은 갑자기 끝나버렸다. 시작이 어처구니없었듯 끝나는 것도 거짓말 같았다. 결과적으로 그들은 사흘 밤낮 동안 자신을 붙들어둔 채 온갖 폭력과 협박을 사용하고서도 아무런 소득도 얻어내지 못했고, 그녀 자신은 그 모든 것에 끝까지 저항한 셈이었다. 그러나 그러한 사실은 그녀에게 눈곱만큼의 자부심이나 위안도 주지 못했다.

  사거리에 서서, 신혜는 어디로 가야 할지 몰라 잠시 걸음을 멈추고 서 있었다. 사람들은 그녀에게 아무 신경도 쓰지 않았다. 신혜는 적어도 자신의 겉모습은 길거리를 오가는 사람들과 조금도 다름이 없다는 것을 깨달았다. 그것이 한편으로는 안심이 되기도 하고, 또 참을 수 없도록 서럽고 억울하게 느껴지기도 했다.

  어디가 아픈지도 모르게 온몸이 쑤셔오는 것 같았다. 그러나 망가진 것은 육체보다도 정신일 것이었다. 그런데 그녀는 지금 자신이 왜 이렇게 멀쩡한지 어리둥절했다. 자신은 지금 미치거나 넋이 빠져 울고 있거나 발작을 일으켜야만 했다. 그런데도 아무렇지도 않을 뿐 아니라, 오히려 참을 수 없이 배가 고파오기까지 했다. 그러고 보니 하루 동안 거의 아무것도 먹지 못했다. 그녀는 이제 자신에겐 아무것도 남아 있지 않다고 생각하고 있었다. 꿈꾸어야 할 것도, 지켜야 할 것도. 남은 것은 껍데기 같은, 구역질 나는 육신뿐이었다. 그런데도 그 육신은 맹렬하게 허기를 느끼고 있으니, 참으로 어이없는 일이었다. 그녀는 거의 무의식적으로 길가의 음식점을 찾아 들어갔다.

음식점 의자에 앉아 곰탕 한 그릇을 시켰다. 그러나 뜨뜻한 국물이 한 숟가락 입안으로 흘러들어가는 순간, 갑자기 그녀는 토하기 시작했다. 한사코 토악질을 참으려고 노력했지만, 도저히 억제할 수가 없었다. 그녀의 인생 전체가 목구멍 밖으로 밀려 나오려는 것 같았다. 더는 토할 것이 없어지자, 이번에는 울음이 솟구쳤다. 신혜는 팔에 얼굴을 묻고 소리 내어 울기 시작했다. 한번 터져 나오기 시작한 울음은 걷잡을 수 없이 계속되었다. 등 뒤에서 사람들이 수군대는 소리가 들려왔다.

"아이구, 아까운 음식을 다 버리고 말았구만……"

"아가씬지 색신지 모르지만 무슨 사연이 있어서 저리 통곡을 하노?"

"어디 몸이 아파서 그러나, 아니면……"

신혜는 울다 말고 갑자기 몸을 돌렸다. 그리고 마구 소리치기 시작했다.

"당신들이 도대체 뭐예요? 뭐 하는 사람들이에요? 당신들이 나에 대해 뭘 알아요? 남들한테 눈곱만큼도 관심이 없으면서, 뭘 이러쿵저러쿵 떠들고 그래요? 왜들 이래요?"

사람들은 미친 듯이 악을 써대는 신혜를 놀란 표정으로 쳐다보기만 했다. 그녀는 곧장 음식점을 나오고 말았다. 실컷 울고 또 소리를 지르고 났기 때문일까. 갑자기 속이 텅 빈 것처럼 허탈하고 피곤했다.

그녀는 고향읍으로 가는 시외버스에 올랐다. 어쨌든 다시 그곳으로 돌아가야 했다. 버스는 다시 경찰서 앞을 지나고 있었다. 차가 잠깐 멈춰 선 사이에 그녀는 차창을 통해 길 건너편의 경찰서 건물을 바라보았다. 전경 한 명이 약간 어깨를 움츠린 채 경찰서 건물을 지키고 있었고, 그 옆에서 회색 점퍼를 입은 사십대 남자가 농사꾼처럼 보이는 늙은 주민과 웃으며 이야기를 하고 있었다. 두 사람의 입에서 나온 하얀 입김이 차가운 공기 속으로 섞이는 것을 망연히 바라보고 있다가, 문득 신혜는 그 회색 점퍼의 사내가 누구인지를 깨달았다. 그리고 온몸이 얼어붙고 말았다. 천 형사였다. 그녀가 경악한 것은 새삼스럽게 그에게 당했던 끔찍한 고통이 떠올라서가 아니었다. 지금 그녀의 눈앞에 보이는 그가 너무나 사람 좋고 순박해 보인다는 사실 때문이었다. 얼굴에 굵은 주름을 잡은 채 뒷머리를 긁적이며 웃는 그 선량하고 꾸밈없는 웃음, 그녀는 그것을 도저히 믿을 수도, 이해할 수도 없었다. 주여. 자신도 모르게 그녀의 입에서 비명 같은 소리가 튀어나오고 말았다.

 고향읍에 도착한 것은 날이 완전히 어두워진 뒤였다. 거리는 조금도 달라진 것이 없었다. 고기 내장같이 좁고 구불구불한 거리는 여전히 악취가 났고, 지저분하고 떠들썩했다. 검은 개천이 소리 없이 흐르는 다리를 지나서, 저녁을 맞아 늙은 창부처럼 화려하게 몸치장을 시작한 술집과 다방 골목으로 들어섰다. 술에 취한 사내들이 웃통을 벗어 들고 싸우고 있었고, 털끝이 흙탕물에 꼿꼿하게 젖어 있는 개 한 마리가 쓰레기통을 뒤지고 있었고, 어느 전파상에서는 윤수일의 「아파트」란 노래가 흘러 나오고 있었다. 용궁다방의 금이 간 아크릴 간판, 좁고 경사진

나무 계단, 그리고 퀴퀴한 냄새 역시 조금도 변함이 없었다. 문을 밀고 다방 안으로 들어섰을 때 들려온 귀에 익은 콧소리까지도.

"어서 오세요, 어머!"

카운터에 앉아 있던 마담의 얼굴이 입을 벌린 채로 굳어져버렸다. 신혜는 되도록 감정이 없는 목소리로 말했다.

"안녕하세요?"

"어, 어쩐 일이야? 경찰이…… 내보내줬어?"

"어쩐 일은요. 언니는 꼭 제가 나오지 못하길 바랐던 것같이 말하는군요."

"얘는, 무슨 말을 그렇게 하니? 내가 니 걱정을 얼마나 했는데…… 여하튼 무사히 나왔으니 다행이다. 이리 따뜻한 데로 앉아."

자리에 앉아 그녀는 마치 손님처럼 다방 안을 둘러보았다. 설양은 보이지 않았고, 다른 두 명의 낯선 종업원이 따분한 얼굴로 서서 텔레비전을 쳐다보고 있었다. 그 외에는 달라진 것이 없었다. 맞은편 벽에 걸린 판넬 속의 벌거벗은 외국 여자가 여전히 혀를 반쯤 내민 채 가늘게 뜬 눈으로 신혜를 바라보고 있었다. 기묘하게도 신혜는 그 여자에게 일종의 친밀감 같은 것을 느꼈다.

"고생이 많았지, 한 양? 그래도 이렇게 나올 수 있으니 정말 다행이야."

마담이 한복의 치마꼬리를 우아하게 걷어 올리며 맞은편 자리에 앉았다.

"난 한 양이 아니에요. 제 이름은 정신혜예요. 아시잖아요?"

"내가 너에 대해서 무얼 안다고 그러니. 너 혹시 뭔가 오해하고 있을지 모르겠는데, 난 아무것도 아는 게 없다."

"그건 뭐 아무래도 좋아요. 난 지금 돈을 받으러 왔을 뿐이니까요. 내가 그동안 일한 보수를 주세요."

"왜 그렇게 급해? 돈 문제는 아무 걱정도 마. 그것보다, 뭐 따뜻한 거 안 마실래?"

"생각 없어요. 어서 돈을 주세요. 난 지금 곧 떠날 거니까요."

"어디로? 서울로?"

마담은 잠시 말없이 그녀를 쳐다보며 대답을 기다리다가 몸을 일으켜 카운터 쪽으로 걸어갔다. 그리고 잠시 후 돌아온 그녀의 손엔 흰 봉투 하나가 들려 있었다.

"니가 경찰에 잡혀가는 바람에 한 달에서 사흘이 빠지지만, 한 달치를 넣었어."

마담이 선심 쓰듯 말했다. 봉투 안에는 십만 원권 수표가 넉장 들어 있었다. 그 돈이 그녀를 이 낯선 탄광촌으로 오게 했고, 그녀의 제적을 한 학기 더 유예시킬 수 있는 등록금이었고, 이곳에서 겪었던 모든 것의 유일한 보상이었다. 그러나 이상하게도 아무런 감정도 일지 않았다. 회한도 없고, 서러움과 허탈감도 없었다. 봉투를 반으로 접어 바지 주머니에 집어넣고 신혜는 자리에서 일어섰다.

"됐어요, 전 가겠어요."

"방에는 들어갈 필요 없다. 니 가방은 여기 있으니까."

마담이 계산대 아래에서 낯익은 갈색 비닐 가방을 꺼내놓았다. 가방 속은 누군가 뒤져서 함부로 다시 쑤셔 넣은 듯이 흐트러져 있었다. 어쩌면 경찰이 뒤져보았는지도 몰랐다. 그러나 이제 와서 그런 것은 아무래도 상관없는 일이었다. 신혜가 가방을 열고 확인하는 동안, 마담은 아주 딱딱하고 냉담한 얼굴로 돌아가 팔짱을 끼고 지켜보고 있었다.

"그럼 돈 많이 버세요."

신혜는 가방을 들고 문간으로 걸어갔다.

"언니, 정말 미안해."

다방을 나오자, 뜻밖에도 문밖에서 설 양이 기다리고 있었다. 추위 때문인지 코끝이 빨갛게 얼어 있었다.

"모든 게 나 때문이야, 언니. 김광배 그 사람한테 속았다 싶어서…… 그 사람도 밉고 언니도 미웠어. 그래도 내가 왜 그런 짓을 했는지 모르겠어. 내가 죽일 년이야."

"니가 경찰에 날 신고했다는 말이니?"

신혜는 그녀의 말이 믿기지 않았다. 그러나 설 양은 일그러져서 굳은 얼굴로 고개를 끄덕였다. 설 양의 눈에 눈물이 고이더니 촛농처럼 흉하게 흘러내리기 시작했다.

"언닌 날 절대로 용서 안 해줄 거지, 그렇지?"

"나 지금 김광배 씰 만나러 가려고 하는데, 괜찮겠니?"

의혹과 두려움을 담은 채 설 양의 두 눈은 사시처럼 신혜의 얼굴에 매달렸다.

"걱정하지 마. 다른 얘기는 안 할 테니까. 그 사람 집이 어딘지 가르쳐줄 수 있지?"

"혼자 찾기는 어려워. 내가 데려다줄게."

설 양이 앞장서 걸었다. 좁고 구불구불한 골목을 걸어가는 동안 두 사람은 아무 말도 하지 않았다. 개천을 건너자 작고 허술한 집들이 모여 있는 산자락이 나타났다. 거기가 광원 사택인 모양이었다. 어둠 속에서 똑같은 모양의 성냥갑 같은 집들이 다닥다닥 주저앉아 있는 광경을 신혜는 한참 올려다보았다.

"저기야?"

설 양이 고개를 끄덕였다.

"저어기 외등 보이지? 그다음 집이야, 209호. 난 여기서 그만 돌아갈게."

그러면서도 설 양은 그 자리에서 움직이지 않았다. 신혜는 사택으로 오르는 가파른 비탈길을 걸어 올라가기 시작했다. 몇 걸음 가다가 뒤를 돌아보았더니, 설 양이 여전히 그 자리에 서서 쳐다보고 있었다. 갑자기 설 양이 큰 소리로 말했다.

"언니, 나 그 사람하고 살기로 했어. 이번 구정 때 그 사람 고향집에 같이 찾아갈 거야."

신혜는 말없이 희미하게 웃으며 고개를 끄덕였다. 그제야 설 양은 안심한 듯이 어린애같이 웃어 보였다.

쌓인 눈이 얼어붙어 있어서 발밑이 몹시 미끄러웠다. 대문도 담도 없는, 한결같이 초라하고 남루한 집들을 지나 외눈박이 보안등의 불빛이 내리비추는 곳까지 도착했다. 합판 조각이 덕지덕지 덧붙여진 문에 검정색 페인트로 쓴 '209'란 숫자가 눈에 들어왔다.

문틈으로 한 줄기 빛이 새어 나오고 있었다. 신혜는 그 앞에 한참 서 있었다. 어째서 여기까지 오게 되었는지 자신도 잘 알 수 없는 일이었다. 그러나 분명한 것은 무언가 자신의 내부에서 억제할 수 없는 힘으로 재촉하고 있다는 사실이었다.

마침내 그 허술한 판자 문을 흔들었지만, 응답이 없었다. 다시 세차게 문을 두드렸다. 알지 못할 걱정이 가슴속에서 솟구쳐올라 걷잡을 수 없는 흥분으로 몸이 덜덜 떨릴 지경이었다. 내가 도대체 무엇 때문에 여기까지 온 건가, 하고 신혜는 스스로에게 물었다. 이유야 어쨌든 중요한 것은 김광배 그를 어서 만나야 한다는 사실이었다. 그것이 용궁다방을 나오면서부터, 아니 경찰서에서 풀려나면서부터 줄곧 그녀를 사로잡아온 생각이었다. 그녀는 문고리를 잡아당겼다. 잠겨 있는 줄 알았던 문은 뜻밖에 떨어져나갈 듯이 활짝 열렸다.

우선 눈앞에 드러난 것은 부엌이었다. 부뚜막에는 말라붙은 라면 가닥을 드러낸 찌그러진 냄비가 놓여 있고, 반쯤 주저앉은 찬장 하나, 그 밖에 먼지를 뒤집어쓴 반찬 그릇들이 눈에 띄었다. "계세요?" 신혜는 부엌 옆에 붙은, 구멍이 숭숭 뚫어진 창호지로 겨우 가려진 방문을 열었다. 불은 켜져 있으나 방은 비어 있었다. 유리가 깨어졌는지 누더기처럼 낡고 퇴색한 군용 담요가 창문을 가리고 있었고, 벽에 주렁주렁 걸린 옷가지들이 목매달린 것처럼 늘어져 있는 것을 볼 수 있었다.

신혜는 잠시 그 자리에 못 박힌 듯 망연히 서 있었다. 이제 어떻게 해야 좋을지 알 수가 없었다. 지금까지 자신을 이곳으로 내몬 충동이 너무 격렬했던 만큼 허탈감 역시 컸던 것이다. 불을 켜놓은 채 집이 비어 있으니까 멀리 가지는 않았을 것이라는 생각이 들었지만, 언제 돌아올지 알 수 없는 일이었다. 문득 저만치 동네의 끄트머리쯤 어둠 속에서 발갛게 드러난 불빛이 눈에 들어왔다. 조등弔燈이었다. 어느 집에서 누군가 세상을 떠난 모양이었다. 광원 사택 중 하나니까 어쩌면 동료 광부라도 죽은 것일까. 비로소 신혜는 그가 틀림없이 그 집에 가 있으리라는 생각이 들었다. 그녀는 그 불빛을 향해 언덕길을 올라가기 시작했다. 마침 조문객인 듯싶은 두 남자가 몸을 잔뜩 웅크린 채 그 집에서 걸어 나오고 있었다.

"잠깐만요……"

그들은 의아한 눈길로 그녀를 아래위로 훑어보았다.

"지금 저 상갓집에서 나오시는 길이죠?"

"그런데…… 왜 그러슈?"

"혹시 김광배라는 분 저 집에 계세요?"

"아가씬 김광배하고 어떻게 되는 사인데?"

다행히 그들은 그를 아는 사람들인 것 같았다. 한 사람이 히죽 웃었다.

"애인인가?"

"죄송하지만, 좀 불러주시겠어요?"

"잠깐 기다려보슈."

그가 다시 집으로 들어간 뒤, 김광배의 모습이 나타난 것은 한참이 지난 뒤였다. 김광배는 믿을 수 없다는 표정으로 천천히 다가왔다.

"여기까지…… 웬일이야?"

"오늘 저 좀 재워주시겠어요?"

그의 얼굴이 놀라움으로 굳어졌다. 그는 그녀의 얼굴을 말없이 응시하고 있다가, 이윽고 걸음을 옮기기 시작했다.

"광산에서 평생을 보낸 늙은 광부인데, 어젯밤에 죽었어. 아이들만 셋을 남기고…… 마누란 몇 해 전에 남의 빚을 내서 장사하다가 사기를 당하고 도망가버렸고, 홀아비 생활 하면서 혼자서 아이들을 키웠지. 진폐증 진단을 받고서도 계속 막장 일을 하면서 노상 자기는 절대로 죽지 않는다고 큰소리쳤는데, 어젯밤에 술에 취해서 철로를 따라 걸어오다가 기차에 부딪히고 말았다는구만. 보상금 한 푼 못 받는 진짜 개죽음을 하고 만 것이지."

앞에서 걸어가는 그의 등허리에서 웅얼웅얼 목소리가 건너오고 있었다. 냉랭한 밤공기가 살갗을 파고들었다. 검푸른 하늘에는 군데군데 별들이 흩어져 있었고, 바람이 구름을 거칠게 찢고 있었다.

"그래, 웬일로 여기까지 왔어?"

방 안의 촉수 낮은 불빛에 드러난 그의 얼굴은 전에 보았을 때보다 더 나이 들고 지쳐 보였다. 방 안에는 땀 냄새와 고리타분한 남자의 냄새가 코를 찔렀다. 그러나 때 낀 이불 속으로 발을 밀어 넣어보았더니, 방바닥은 따뜻했다. 어쨌든 이곳은 석탄만큼은 흔한 곳이니까.

"아까 말했잖아요. 오늘 밤 절 좀 재워달라고."

그는 벽에 기댄 채 의혹이 가득 담긴 눈으로 그녀를 쳐다보다가 눈이 마주치자 시선을 떨어뜨렸다. 마치 남의 집에 온 것처럼 어색한 태도였다.

"난 다신 널 못 보는 줄 알았는데……"

그의 얼굴에 비틀린 웃음이 떠올랐다. 예의 그 자기 자신을 비웃는 듯한, 경련에 가까운 웃음이었다.

"그래서 이렇게 찾아왔잖아요."

신혜는 그를 쳐다보며 마주 웃었다. 까칠하게 말라붙은 입술이 댕겨서 아팠다.

"그동안 내게 무슨 일이 있었는지 들으셨어요?"

"알아, 경찰에 잡혀갔던 거."

그는 손가락으로 자꾸만 양말 끝을 잡아당기고 있었다. 양말 끝이 떨어져 작은 구멍이 나 있었는데, 그것이 창피해서가 아니라 그저 무의식적인 버릇처럼 그 짓을 되풀이하고 있는 것 같았다.

"경찰서에서 무슨 일이 있었는지 한마디도 묻지 않는군요. 하다못해 얼마나 고생이 많았느냐는 소리라도 할 수 있잖아요? 난 나 때문에 광배 씨도 같이 잡혀서 고생하게 될까, 걱정했는데."

그가 고개를 들었다.

"그 사람들이 왜 날 잡아넣어? 넌 아직도 뭘 모르나 본데, 난 그럴 위인이 못 돼. 내가 그럴 위인이 못 된다는 건 누구보다 그 사람들이 더 잘 알아."

그의 얼굴에 다시 그 비틀린 웃음 같은 것이 희미하게 떠올랐다.

"넌 처음부터 날 오해했어. 넌 내가 노조운동을 했다가 탄압을 받은 희생자쯤으로, 아니면 지금도 언젠가 다시 시작할 싸움을 위해 기다리고 있는 그런 인간으로 생각했는지 모르지만, 난 그런 놈이 아냐. 사실은 그 반대지. 몇 해 전 여기서 폭동이 일어났을 때, 난 동료들을 팔아먹었어. 경찰에 잡혀가서 그들이 요구

하는 대로 동료들을 다 팔아먹은 치사하고 더러운 인간이고, 그 뒤에도 경찰의 프락치 노릇이나 하고 살아온 놈이 바로 나야."

그는 괴로운 한숨을 내쉬었다. 양말을 잡아당기는 그의 엄지손가락 손톱이 거멓게 죽어 있는 것을 신혜는 보았다.

"사실은 나도 경찰서에 갔었어."

그가 다시 말을 이었다.

"어제 아침에 형사들이 날 데리러 왔더군. 경찰서에 들어가서 사정을 대충 짐작했지. 처음에 뭔가 있을 줄 알고 널 족쳤는데, 아무것도 나오지 않으니까 그냥 내보내긴 아깝고 억지로 그림을 꿰어 맞추려고 했던 거야. 날 보고, 니가 날 포섭하려고 했다는 진술서를 쓰라고 하더군."

"그래서요?"

"난 못 하겠다고 그랬어. 내가 사람들한테 경찰 프락치 짓이나 한다는 소리 듣는 놈이지만, 그런 짓은 절대로 못 한다고 그랬지. 죽일 테면 죽이고 맘대로 하라고 그랬지."

갑자기 몸이 따뜻해진 것 때문일까, 신혜는 이상하게도 몸 안에서부터 차오르는 참을 수 없는 슬픔으로 온몸에 힘이 빠지는 것 같았다. 그가 신혜를 쳐다보며, 변명하듯 말했다.

"내가 프락치라고 했지만, 진짜 프락치 짓 제대로 한 건 하나도 없어. 정말이야."

"제게 가까이 오세요."

신혜가 말했다. 그의 얼굴이 의심과 불안으로 뒤섞여 일그러지더니, 이윽고 아주 어색한 동작으로 신혜의 곁에 몸을 당겨 앉았다. 그의 손가락이 조심스럽게, 마치 난생처음 보는 물건을 만지는 어린아이와 같은 동작으로 그녀의 머리칼을 만지고 다시 얼굴을 어루만졌다. 그의 손은 거칠었고 딱딱했지만, 그러나 녹아들 듯 부드럽기도 했다.

"이건 왜 이랬어요?"

신혜는 거멓게 손톱이 죽은 그의 엄지손가락을 만지작거리며 물었다.

"별거 아냐. 그냥…… 작업하다가 동발에 찧었지."

그녀는 말없이 그의 손가락 하나하나에 입을 맞추었다. 가슴속에 형언할 수 없는 아픔이 전해져왔다.

"당신은 왜 이곳을 떠나지 않으세요?"

"내가 왜 이곳을 떠나지 않느냐고?"

그가 혼잣말처럼 반문했다. 그러곤 잠시 침묵을 지키고 있었다.

"글쎄…… 무엇 때문일까? 나도 모르겠어. 어쩌면 자존심 때문인지도 모르지."

한참 만에 그는 아주 느리고 힘들게 말을 이었다.

"나 같은 놈이 자존심을 찾는다고 하면 사람들이 웃겠지. 이곳에선 누구나 이 김광배란 인간을 병신 취급하고 있으니까. 동료 광부들은 날 비겁하고 더러운 변절자라고 생각하고, 또 날 이용해먹은 경찰이나 업주 들도 똥개만도 못한 놈으로 취급하고 있지. 뭐 별로 틀린 것도 아니니까 누가 어떻게 생각하든 하는 수 없지. 1980년 사태 때 경찰에 잡혀갔을 때, 난 너무나 무섭고 겁이 났어. 그들은 날 한 마리 벌레만큼의 가치도 없는 놈으로 만들었고, 진짜로 난 내가 벌레만도 못한 놈이라고 생각했지. 그래서 그들이 시키는 대로 말을 들을 수밖에 없었어."

 그의 목소리는 차츰 떨리고 있었다. 그의 어깨에 얼굴을 기대고 있었으므로, 그 떨림은 그녀의 몸 전체로 전해지는 것 같았다. 그리고 그것은 또 그녀의 가슴속에서부터 참을 수 없는 둔중한 아픔을 불러내고 있었다.

 "하지만 아무리 사람들이 내게 침을 뱉고 멸시하더라도 난 이곳을 떠나지 않을 거야. 아니 떠날 수가 없어. 쥐새끼같이 낙인찍힌 이대로 여길 떠날 수는 없어. 언젠가 내가 그런 인간이 아니라는 걸 사람들한테 보여줄 때까지는. 그게 인간 김광배의 마지막 자존심이고 오기야. 내 말을 이해하지 못하겠지?"

 "아뇨, 이해할 수 있어요."

 신혜는 천천히 몸을 일으켰다. 그리고 그의 눈앞에서 윗옷의 단추를 하나하나 끄르기 시작했다. 바위처럼 굳어진 자세로 그는 그녀의 동작을 지켜보고 있었다.

 "날 가지세요."

 입안이 바싹 말라 있어서 타는 듯한 목소리로 신혜가 말했다.

 "어서요. 내 말이 무슨 말인지 모르세요?"

 일그러져서 굳은 얼굴로 그가 느리게 다가왔다. 그녀의 몸이 자신의 눈앞에서 한순간 사라져버리지나 않을까 두려워하는 것처럼. 그녀는 그의 머리를 싸안았다. 그의 머리에 밴 비릿한 기름때 냄새가 콧속으로 파고들었다. 견딜 수 없는 고통과 슬픔이 엄습해왔고, 그 무서운 고통에 휩쓸려가지 않으려고 그녀는 그의 목을 힘주어 안았다.

 어둠을 뒤흔들며 기차가 지나가는 소리가 들려왔다. 어둠 속에서 눈을 뜬 채 신혜는 가슴 위를 끝없이 밟고 지나가는 그 소리를 듣고 있었다. 얼마나 시간이 지났을까. 마침내 그녀는 조심스럽게 몸을 일으켰다. 담요가 걸쳐진 창문 틈으로 어슴푸레한 빛이 새어 들어와 낮게 코를 골며 잠들어 있는 그의 얼굴을 희미하게 드러내고 있었다. 신혜는 그가 잠에서 깨어날세라 어둠 속을 더듬어 소리 내지 않고 옷을 주워 입은 뒤, 가방을 들고 그의 집을 빠져나왔다. 비탈길을 걸어 내려오면서 한 번도 뒤를 돌아보지 않았다.

새벽이었다. 마침내 어둠이 한 꺼풀씩 벗겨지고 저 멀리 하늘 한쪽이 물고기의 등처럼 푸르게 밝아오고 있었다. 그녀는 문득 걸음을 멈추고 머리 위의 하늘 한가운데서 반짝이고 있는 별 하나를 보았다. 그 별은 이제 곧 날이 밝으면 스러질 운명에도 아랑곳하지 않고 제자리를 지키며 말긋말긋 빛나고 있었다.

누가 저 높은 곳에 꺼지지 않는 등불 하나를 켜두고 있는 것일까.

고개를 뒤로 젖힌 채 그녀는 오랫동안 그 별을 올려다보았다. 별을 이렇게 가까이 느껴본 것은 그녀의 생애에 단 한 번도 없었다. 자신이 경찰서에서 그 끔찍한 일을 당하고 있던 때에도, 김광배와 함께 있던 시간에도, 그리고 바로 지금 이 순간에도 지구는 변함없이 자기 궤도를 돌고 있고, 우주 속의 저 별은 외롭게 자기 자리를 지키며 반짝이고 있는 것이었다.

다음 순간 신혜는 얼음을 뒤집어쓴 것 같은 오한과 함께 자신의 내부에서 뭔가가 혼돈을 뚫고 깨어나는 것을 느꼈다. 하늘에는 저 별이 있고 나는 여기 이렇게 서 있다. 아무도, 그 무엇으로도 저 별의 자리를 빼앗지는 못하리라. 그리고 내 가슴 속에도 세상의 어떤 힘으로도 빼앗지 못할 별 하나 있으리라. 그래, 난 이렇게 살아 있다. 그리고 살고 싶다는 감정이 벅차도록 가슴에 파고들었다. 문득 그 별이 그녀의 눈앞에까지 날아와 부서졌다. 어느샌가 까닭을 알 수 없는 눈물이 흐르고 있었던 것이다.

초상집 앞에는 여전히 조등이 걸려 있었고, 모닥불이 피워져 있었다. 자신도 모르게 그 따스한 불빛에 이끌리듯 그녀는 그 집을 향해 걸어갔다. 대여섯 명 정도의 사람이 모닥불 곁에 둘러서서 불을 쬐고 있다가, 그녀가 가까이 다가가자 말없이 자리를 내주었다. 그녀는 그들과 똑같이 침묵 속에 서서 타오르는 모닥불을 지켜보았다. 탁탁 소리 내어 타오르는 모닥불이 그들의 얼굴을 벌겋게 물들이고 있었다. 불빛은 한 사람 한 사람마다의 얼굴에 갖가지의 표정과 색깔로 이글거렸다. 무수한 불티가 솟구쳐 겨울 하늘로 떠오르다가 스러지곤 했다. 갑자기 그녀는 가방을 뒤져 어젯밤 마담에게 받았던 봉투를 꺼냈다. 그녀 자신도 전혀 예상하지 못했던 행동이었다.

"아저씨, 이거 상가에 좀 전해주세요."

그녀는 그중 나이가 제일 많은 듯한 사람에게 봉투를 내밀었다.

"이게 뭐요, 아가씨?"

"그냥 조의금이에요."

그는 봉투를 받아 미심쩍다는 듯이 앞뒤를 살펴보더니 그녀를 쳐다보았다.

"이름도 없잖아. 아가씬 누구요? 최 씨를 아는 사람인가?"

"저요, 누가 보내서 온 사람이에요. 그럼……"

말을 마치기도 전에 그녀는 몸을 돌려 재빨리 그 자리를 떠났다. 뒤에서 누군가 부르는 소리가 들려오는 것도 같았지만, 뒤를 돌아보지 않았다.

어둠 속에서 기차의 목쉰 기적 소리가 들려왔다. 새벽 3시 5분에 있는 서울행 통일호 열차일 것이고, 서둘러 가면 그 기차를 탈 수 있을 거라고 그녀는 생각했다. 그녀는 이곳에 처음 도착했을 때와 똑같이 비닐 가방 하나만을 손에 들고 역을 향해 뛰어갔다.

초판 해설

진정한 가치를 향한 소설적 탐구

성민엽
(문학평론가)

사회주의가 몰락하고 자본주의가 세계적으로 승리해가는 듯이 보이면서부터일 것이다. 긍정적인 진정한 가치의 존재 자체에 대한 회의가 널리 유포되기 시작했다. 근대 이후의 중심 담론인 이성·과학·주체 등에 허위성과 억압성이 담겨 있다는 정당한 비판이 급격히 속화되면서 일종의 허무주의로 함몰되고, 아예 진정한 가치의 추구 자체를 난센스로 치부하는, 절망과 자기 파괴에의 탐닉이 만연하고 있는 것이다. 진정한 가치의 추구가 타락한 가치라는 매개를 통하지 않을 수 없었던 근대적 상황보다 현금의 상황이 더욱 열악한 것이라는 점은 분명하지만, 그렇다고 그 추구 자체를 난센스로 취급하는 것은 패배주의 바로 그것이라 할 수밖에 없다.

이창동의 두번째 소설집은 진정한 가치를 향한 탐구의 간고한 모습을 감동적으로 보여준다. 첫 소설집 『소지燒紙』(1987)가 흔히 미체험 세대의 분단 소설의 한 전형으로 평가받고 그 샤머니즘 수용에 대한 논란을 야기하기도 하였지만 기실 그 소설집의 주제는 진정한 가치의 탐색이었다. 그것을 올바르게 파악한 진형준은 거기에 "전통적 삶을 싸안는 성숙한 인식"이라는 이름을 붙여주었거니와, 이창동의 탐색은 사회주의적 전망과 관련되거나 전통/현대라는 이분법과 관련되는 인간 이해의 여러 도식들과 싸우며 그 도식들을 넘어서서 삶의 진실을 포착하는 데 초점을 맞추고 있었다. 그 탐색을 중단 없이 계속하면서 과작의 이창동은 그의 두번째 소설집에서 그 도식 넘어서기를 한층 적극화하고 있다.

도식 넘어서기의 적극화는 삶의 진실의 착잡한 복합성을 구현하는 인물에 대한 섬세한 조명으로, 우선, 나타난다. 가령 「하늘 등」의 신혜는 이른바 운동권 대학생이지만 자기 정체성에 대한 혼란을 겪고 있다. 그녀는 운동에 대해 확고한 신념을 가지지 못하고 의심과 갈등에 빠져 있는데, 그것은 그녀가 노동자 혹은 민중과의 일체감을 이루지 못하는 데서 비롯된다. "나는 그들의 고통, 그들의 생각과 분노를 내 것으로 하려고 무진 애를 써봤지요. 그러나 아무리 노력해도 나는 나, 결코 그들이 될 수 없었어요. 아니 그들과 닮아지려고 노력하면 노력할수록 나는 내가 정직하지 못하다는 것, 내가 아닌 다른 그 무엇으로, 마치 연극 속의 어릿광대처럼 어색한 연기를 하고 있다는 느낌이었어요."(p. 270). 이런 의심과 갈등은 1980년대 이후의 우리 소설에서 자주 나타나는 것이어서 별로 새삼스러울 바가 없는 것이지만, 신혜의 경우 특이한 것은 그녀가 홀어머니 슬하에서 아주 가난하게 자랐고 지금도 그 혹심한 가난으로부터 벗어나지 못하고 있다는 점이다. 대학생이 되었다는 것뿐, 그 밖의 삶의 조건은 '그들'과 동일하거나 심지어 더욱 열악하다. 지금 그녀는 등록금을 벌기 위해 광산촌의 다방 레지 일을 하고 있다. 그런 신혜에게 이 세계는 도식을 강요한다. 어머니는 장래의 국민학교 선생님을, 운동권의 동료들은 신념에 찬 투사를, 경찰은 광산촌에 잠입한 선동가를 그녀에게 강요하는 것이다. "당신들은 지금 나를 내가 아닌 다른 무엇으로 강요하고 있다"(p.232)는 항변 속에 그녀의 진실이 담겨 있다.

이창동의 인물들 중에도 거짓 없고 회의 없는 신념에 찬 인물이 없는 것은 아니다. 「하늘 등」의 수임, 「녹천에는 똥이 많다」의 민우, 「진짜 사나이」의 장병만 씨 등이 그렇다. 그러나 이창동의 조명은 그들에게 맞추어지지 않는다. 「하늘 등」은 신혜의 회술 속에서만 단편적으로 수임을 등장시킨다. 「녹천에는 똥이 많다」는 민우가 아니라 민우와의 만남에서 정체성의 혼란을 겪는 이복형 준식의 갈등에 초점을 맞추고 있다. 예외적으로 「진짜 사나이」는 장병만 씨를 조명하는 데 초점을 맞추고 있지만 그러나 그 조명 역시 직접적인 것이 아니고 일인칭 화자로 등장하는 소설가의 관찰을 통해서 이루어진다.

되풀이하자면, 이러한 구조적 특징은 도식을 넘어서서 삶의 진실의 복합성을 포착하려는 의도에서 비롯된 것이다. 그 복합성 속에서 이창동은 진정한 가치의 방향과 가능성을 탐색한다. 다시 「하늘 등」으로 돌아가보면, 신혜는 혹독한 고문을 받는 가운데 끊임없이 자신을 되돌아보고 마침내 다음과 같은 깨달음에 도달한다.

난 이제 겨우 내 잘못을, 구제받을 수 없는 죄를 깨닫습니다. 나 자신을 버리지 못한 죄, 한 번도 스스로 희망을 찾아보려고 노력해보지 않은 죄, 나를 위해서가 아니라 남을 위해서 단 한 번도 눈물을 흘려보지 못한 죄.

내 죄를 용서해주세요. (p. 339)

그 깨달음은 그녀로 하여금 김광배에게 몸을 허락하게 하고 자신의 한 달 수입을 낙반 사고로 죽은 광부의 상가에 조의금으로 내게 한다. 그것은 "그녀 자신도 전혀 예상하지 못했던 행동이었다"(p. 356). 그 행동의 의미는 이타성·사랑 같은 것이라 해석될 수 있겠는데, 중요한 것은 그것이 삶의 진실의 착잡한 복합성 속에서 피어오르는 것이라는 점이다.

외관은 판이하지만 「운명에 관하여」 역시 동일한 맥락에서 읽힐 수 있다. 이 작품은 삶의 진실의 복합성을 허위와 진실의 착종으로 구조화하고 있다. 홍남은 유산을 노리고 김 영감의 아들 광일을 사칭한다. 그러나 광일은 김 영감이 잃은 아들의 호적상의 본명일 뿐이고 실제로 불리던 이름은 홍남이었다. 지나친 우연이기는 하지만, 홍남이 바로 김 영감의 잃어버린 아들이었던 것이다. 홍남이 자신의 진짜 이름을 버리고 광일이고자 할 때 그는 가짜이지만, 자신의 진짜 이름으로 되돌아갈 때 그는 진짜 아들이 된다. 이것이 진실이다. 그러나 김 영감이 아무 말도 남기지 못하고 급서하자 광일만이 김 영감의 아들이 되고 김홍남은 아들을 사칭하는 것이 되어버린다. 진실과 허위가 두 번에 걸쳐 뒤바뀌는 것이다. 그 착종이 홍남을 미치게 한다.

미친 홍남의 치유는 진실의 확인에 의해 가능해진다. 그 진실은 김 영감이 남긴 고물 시계로 표상된다. 애당초 홍남이 노렸던 수십억 재산은 남의 손에 들어가버렸지만 정말 귀중한 진실의 증거인 고물 시계는 홍남에게 되돌아온다. 그 되돌아옴에 대해 홍남은 다음과 같이 묻는다.

> 그런데 난 아무래도 그것만으로는 뭔가 미흡하고 허전하다는 생각이 듭니다. 만약에 운명의 신이란 것이 없다면 아버지가 남긴 이 유일한 유산이 내 손에 들어오게 된 것을 어떻게 설명할 수가 있겠습니까? 이 고물 시계가 내 손에 들어온 것이 어쩌면 피할 수 없는 운명이 아니었을까요? 그리고 이게 하느님의 뜻이라면, 과연 그 뜻이 무엇인가를 나는 곰곰이 생각하고 있답니다. 선생은 어떻게 생각하십니까? (p. 136)

이 작품의 플롯은 전체적으로 지나치게 작위적이라는 지적을 받아야 한다. 그러나 그 지적과는 별도로, 그 작위 자체에 작가의 의도가 강하게 배어 있다는 점이 숙고되지 않으면 안 된다. 고물 시계의 되돌아옴은 이 작가의 인간에 대한 근원적 신뢰에서 비롯되는 설정이다. 그 신뢰가 아름답게 표현되고 있는 곳이 중편 「하늘 등」의 제목을 낳게 한 다음과 같은 대목이다.

> 누가 저 높은 곳에 꺼지지 않는 등불 하나를 켜두고 있는 것일까.

고개를 뒤로 젖힌 채 그녀는 오랫동안 그 별을 올려다보았다. 별을 이렇게 가까이 느껴본 것은 그녀의 생애에 단 한 번도 없었다. 자신이 경찰서에서 그 끔찍한 일을 당하고 있던 때에도, 김광배와 함께 있던 시간에도, 그리고 바로 지금 이 순간에도 지구는 변함없이 자기 궤도를 돌고 있고, 우주 속의 저 별은 외롭게 자기 자리를 지키며 반짝이고 있는 것이었다.

다음 순간 신혜는 얼음을 뒤집어쓴 것 같은 오한과 함께 자신의 내부에서 뭔가가 혼돈을 뚫고 깨어나는 것을 느꼈다. 하늘에는 저 별이 있고 나는 여기 이렇게 서 있다. 아무도, 그 무엇으로도 저 별의 자리를 빼앗지는 못하리라. 그리고 내 가슴속에도 세상의 어떤 힘으로도 빼앗지 못할 별 하나 있으리라. 그래, 난 이렇게 살아 있다. 그리고 살고 싶다는 감정이 벅차도록 가슴에 파고들었다. 문득 그 별이 그녀의 눈앞에까지 날아와 부서졌다. 어느샌가 까닭을 알 수 없는 눈물이 흐르고 있었던 것이다. (pp. 335~56)

아마도 우리 소설에서 손꼽힐 만큼 아름답고 감동적인 묘사일 것이다. 이 '하늘 등'과 「운명에 관하여」의 '고물 시계'는 인간에 대한 근원적 신뢰의 표상이다. 그것들은 혼돈에 빠져 있던 신혜와 광증을 앓고 있던 홍남을 치유케 한다.

이 인간에 대한 근원적 신뢰는 아름답고 감동적이지만 그러나 냉혹한 현실주의에 입각해서 보자면 다소간 낭만주의적이라는 지적으로부터 자유롭지 못할 것이다. 이창동의 소설이 갖는 힘은 그 신뢰의 낭만적 표출 자체에 있는 것이 아니라 그 신뢰를 원동력으로 하여 우리 삶의, 때로는 비극적이고도 착잡한 복합성에 천착하여 진정한 가치의 방향과 가능성에 대해 고통스러운 질문을 던지는 데서 우러나온다. 그 고통스러운 질문은, 인간에 대한 신뢰라는 것도 그 자체에의 관념적 집착 내지 맹목적 신앙에 그칠 때 그 역시 하나의 도식으로 추락해버릴 수 있는 것이 아닌가 하는 반성을 불러일으킨다.

「용천뱅이」는 짧은 단편이지만, 많은 이야기를 담고 있다. 젊은 시절 남로당원으로 공산주의 운동을 했고 그 때문에 육이오 전후 형무소 생활을 하다 나온 김학규는 평생을 폐인으로, 하나의 용천뱅이로 살아왔다. 아들의 이름을 마르크스를 본떠 막수라고 지을 만큼 자신의 이념을 지키려 애쓰지만 그는 그 이념을 위한 실천으로는 한 발자국도 나아가지 못하며 평생을 보냈다. 대신 그는 남한의 자본주의 사회에의 편입을 완강히 거부해왔다. 그 거부는 최소한의 생존을 위한 돈벌이 일마저 거부하게 하고 그를 술 속에 빠뜨렸다. 그런 그가 갑자기 간첩죄를 자청하는 것이다. 그 자청 속에는 자신의 인간을 지키고자 하는 눈물겨운 몸부림이 담겨 있다. 그는 아들에게 용천뱅이의 비유를 들어 이렇게 말한다.

"내가 인제 살면 얼매나 더 살겠노. 너거한테는 못할 짓이지만…… 나는 결심을 했다. 죽을 때까지 용천뱅이 신세로 살지는 말자꼬. 내 할 말은 이것뿐이다……" (p. 74)

그런 아버지에 대해 아들은 신랄하게 비판한다. 아들에게 아버지는 평생을 가족들에게 고통만 안겨주었고 자기를 대신해서 자기 아내를 '돈벌레'로 만들었던 비겁한 인간이었던 것이다. 그 아버지의 간첩 놀음은 아들이 보기에는 또 다른 용천뱅이 짓에 지나지 않는다.

그런다고 지금까지 살아온 아버지의 삶이 바뀌어집니까. 그것이야말로 아버지의 삶을 철저히 속이고자 하는 바보짓이 아니고 무엇이냔 말입니다. 그건 제가 생각하기엔 미친 짓에 불과합니다. 또 다른 용천뱅이가 되는 것이란 말입니다.(p. 74)

허위를 통해 진실을 되찾고자 하는 아버지와 그것을 또 다른 용천뱅이 짓이라고 비판하는 아들 사이의 건널 수 없는 심연은 우리에게 고통스러운 질문으로 다가든다. 그 심연은 우리의 실존과 우리의 역사 모두에 걸쳐 진정한 가치의 추구를 왜곡시키는 억압으로 이루어져 있다. 이창동은 아버지라는 현실로부터 멀리 도망쳐 살아가는 아들에게 갑작스러운 포용의 자세를 부여하고 그럼으로써 그 심연을 메우는 결말을 거부한다. 이창동이 그리는 아들은 "꽉 잠긴 목구멍으로 한 덩어리의 설움 같은 것이 비집고 나오려"(p. 74) 하는 상태로, 암담한 절망감에 가득 찬 채, "무덤 같은 정적 속에 빠져 있"는 구치소의 "거대한 건물"(p. 75)을 되돌아볼 뿐이다. 그 심연 앞의 절망감은 우리 삶에 가해지는 총체적 억압에 대한 고통스러운 질문의 표정이다.

고통스러운 질문이라는 점에서 이 소설집 중 가장 주목되어야 할 작품은 「녹천에는 똥이 많다」이다. 이 작품에는 이복형제 준식과 민우가 등장한다. 민우는 학생운동 출신의 사회운동가이다. 첫머리에서 묘사되는 모습(전철에 끼어 앉아 졸면서 악몽을 꾸는 모습)으로 보아 그에게도 고뇌가 있으리라 짐작되지만 이 작품은 민우의 내면에는 전혀 접근하지 않는다. 민우는 다만 준식에 의해 관찰되는 정도로만 그려진다. 이 작품은 민우와는 달리 전형적인 소시민의 삶을 살아가는 준식의 내면을 그리는 데 바쳐지고 있다. 말하자면 「하늘 등」과는 시각을 반대로 하고 있는 것이다.

  준식은 국민학교 사환을 하면서 야간대학을 나와 마침내 정교사가 되었고 악전고투 끝에 드디어 제 힘으로 조그만 아파트를 장만해낸 소시민적 성공의 입지전적 인물이다. 그러나 그는 여전히 타인의 멸시로부터 해방되지 못했다. 직장에서 그럴 뿐만 아니라 집에서도 그렇다. 그의 아내는 같은 학교 서무과 직원 출신으로 그와 충동적인 결혼을 했고 그들의 결혼 생활은 최소한의 상호 이해나 연대감조차 없는 그러한 것이었다. 그 공간에 이복동생 민우가 끼어들면서 변화가 생겨난다. 준식의 아내는 민우에게서 준식에게 없는 면을 보며 준식과의 결혼 생활에 본격적으로 회의를 느끼기 시작한다. 준식의 아내는 노골적으로 준식을 경멸하고 은근히 민우에게 마음이 끌린다. 그리하여 민우와 관련하여 어려서부터 쌓여온 준식의 피해의식이 첨예화되고, 마침내 준식은 민우의 소재를 경찰에 알리고 만다.

  이 세 인물에게는 저마다 나름대로의 진실이 있다. 준식은 민우의 일의 의미를 이해하지 못하며 사람답게 산다는 것에 대한 실존적 성찰을 전혀 결하고 있다. 그러나 끔찍하게 가난했던 과거로부터 자유롭지 못한 그가 무거운 수족관을 메고 귀가 하며 독백하는 장면에는 처절한 진실이 담겨 있다. 준식의 아내에게는 다소 허영기가 엿보이며 준식과의 결혼 생활을 의미 있게 바꾸려는 진지한 노력이 전적으로 결여되어 있다. 그러나 자신의 소시민적 삶에 대한 회의와 진실한 삶에 대한 막연한 대로의 열망에는 역시 진실이 담겨 있다. 민우에게는 약간의 철없음이 엿보인다. 그러나 그 철없음은 그의 순수함의 표현이기도 하며 그의 순수함은 그의 실천적 삶의 바탕이 되고 있다.

민우의 출현은 준식 가정의 삶이 "냄새나고 더러운 쓰레기 위에 세워진 거짓의 삶"(p. 192)이라는 것을 드러나게 하는 계기가 된다. 그 드러남 속에서 세 인물의 진실이 서로 얽히며 갈등하는 것이다. 그 갈등에서 이창동이 준식을 시점으로 선택했다는 것은 중시되어야 한다. 민우가 시점이라면 그 갈등은 계몽주의적으로 해석되기 쉽겠고, 준식의 아내가 시점이라면 소시민적 일상에 대한 환멸이라는 낭만주의적 해석으로 이끌리기 쉬울 것이다. 그러나 준식을 시점으로 함으로 해서 그 갈등에 내재되어 있는, 아니 그 갈등의 조건이 되고 있는 사회적 보편성과 그것이 빚어내는 심연을 이 작품은 치열하게 그려낼 수 있었다. 과연 이러한 삶의 조건 속에서 인간답게 산다는 것은 무엇인가, 그것은 어떻게 가능한가. 이창동은 이 질문을 한층 무겁고 한층 아프게 제기하고 있는 것이다. 민우가 잡혀간 뒤 똥구덩이에 주저앉은 채 우는 준식의 모습은 가슴을 저민다.

그는 울기 시작했다. 그의 눈에서 끊임없이 눈물이 흘러내렸고, 그 눈물이 더욱 그를 서럽게 만들었다. 그가 우는 것은 후회 때문도 아니었고 자책감 때문도 아니었다. 그저 가슴이 찢어지도록 자기 자신이 비참하다는 느낌, 아무도 이해하지 못할, 아무에게도 설명하지 못할 그 자신만의 슬픔이 그를 울게 만들었다. 아주 오랜 시간 동안 그는 똥구덩이에 엉덩이를 깔고 앉은 채 일어날 생각도 않고 어린애처럼 소리 내어 울고 있었다. 가슴속에 있는 모든 슬픔의 덩어리가 한꺼번에 터져 나오는 듯이 얼굴을 일그러뜨리고 울었다. 너무나 오랜 세월 그의 몸 안에 뭉쳐져 있던 슬픔, 어찌할 수 없는 허망함에 완전히 자신을 내맡기고 울었다.
(pp. 223~24)

준식의 울음은 고통스럽기 짝이 없는 질문이 되어 우리를 고문한다. 나는 이 고문 속에서 진정한 가치를 향한 이창동의 소설적 탐구의 가장 치열한 양상을 본다. 그것은 음험하거나 억압적인 모든 도식을 넘어서서 우리를 착잡한 진실과 대면케 한다. 그 착잡한 진실 속에서만 말의 참뜻에서의 진정한 가치가 솟아날 수 있는 것이 아닌가.

개정판 해설

벌거벗은 생명의 생태학

김영찬
(문학평론가)

1. 시대에서 떨어져

　영화감독으로 데뷔해「초록물고기」(1997)와「박하사탕」(1999) 등 문제작을 연이어 발표하며 이름을 높이기 전에, 이창동이 주목받는 소설가였음은 모두가 아는 사실이다. 소설가로서 이창동은 두 권의 소설집 『소지燒紙』와 『녹천에는 똥이 많다』를 남겼다. 이 소설들에서 그는 분단 문학의 전통을 계승하며 분단이 남긴 비극적 상처를 탐구하는 한편, 하층 민중을 포위한 참혹한 세계의 진상을 소시민의 눈으로 날카롭게 파헤쳤다. 전통적 소설 문법을 크게 벗어나지 않으면서도 민중 삶의 실상과 소시민의 복잡 미묘한 내면을 포착하는 그의 필치는 윤리적 긴장과 열정으로 가득 차 있었다.
　그런 이창동의 문학 세계에 대한 당대의 평가는 "삶의 진실을 향한 총체적 시각"(오생근)과 "진정한 가치를 향한 소설적 탐구"(성민엽)로 간결히 요약된다. 이런 평가는 이창동 소설의 핵심이 '진실'과 '진정성'에 대한 추구에 있었음을 적절하게 드러낸다. 그럼에도 불구하고 일각에서 그의 소설에 대한 비평적 평가는 다분히 단편적인 데 머물렀던 것 같다. 그 점은 리얼리즘을 강조하는 민중·민족 문학 계열의 평론가들에게서 특히 두드러진다. 예컨대 조정환은 『소지』를 평하며 그의 소설이 민중 생활에 대한 관심과 애정에도 불구하고 민중적 삶의 구체성을 천착하기보다 관념적이고 추상적인 인간주의의 한계를 벗어나지 못했다고 지적했다.[1] 두번째 소설집인 『녹천에는 똥이 많다』에서 소설 속 인물들의 인간적 결함과 작가의 자기 분열을 지적하는 평가도 같은 맥락이다.[2]

간략히 정리하면 이창동의 소설이 분단 현실과 민중의 삶을 그리면서도 리얼리즘의 기준에 미치지 못했다는 얘기다. 하지만 지금 와 돌아보면 그의 소설에 관한 한 그런 평가는 어딘지 모르게 공허하다. 그것은 단지 그런 식의 리얼리즘 기준이 지금은 이미 낡은 규범이 되어버렸기 때문만은 아니다. 요점은 다른 데 있다. 이를테면, 나에게 그런 평가들은 오히려 이창동 소설의 독창적 가치가 어디에 있는지를 역설적으로 보여주는 증상처럼 읽힌다. 그것은 이창동의 소설이 그의 시대를 지배한 문학적 규범이나 도식과 어울리지 못하고 얼마간 떨어져 있었음을 보여주는 방증이다. 다시 말해 그의 소설은 자기만의 방

---

1 조정환, 「분단현실과 민중의 운명」, 『창작과비평』 1988년 봄호.
2 염무웅·현기영·김향숙·임홍배·권성우 좌담, 「90년대 소설의 흐름과 리얼리즘」, 『창작과비평』 1993년 여름호. 염무웅과 임홍배의 발언.

식으로 그 시대의 규범을 벗어나고 조금씩 거기서 비껴 서 있었다. 그리고 바로 그것이야말로 오랜 시간이 흘러서야 비로소 보이게 된 이창동 소설의 가치다.『녹천에는 똥이 많다』를 새롭게 다시 읽어야 할 이유다.

2. 벌레들

등장인물들은 대부분 '벌레'다. 물론 비유적 의미지만, 실제로 소설의 인물들은 스스로를 벌레로 멸칭한다. 「녹천에는 똥이 많다」(이하 「녹천」)의 주인공 준식은 자기가 "꿈도 이상도 없이 그저 벌레처럼 살아가는 놈"(p. 212)이라 자조하며, 「용천뱅이」의 시골 교사 '나'는 생활의 고통에 무관심한 아버지 덕분에 어머니와 자신이 "삶의 참혹한 밑바닥에 빠진 또 다른 돈벌레"(p. 64)로 살 수밖에 없었음을 고백한다. 이들은 "고통과 궁핍과 생존의 위협"(p. 66) 때문에 일찍이 생활 전선에 내던져졌다. 이들의 삶은 "하루하루의 목숨을 유예하는 것 같은 아슬아슬한 날의 연속이었"(「용천뱅이」, p. 64)고, 그 자체가 "전장에서 살아남기 위한 전투"(「녹천」, p. 214)와 다름없었다. 그렇게 힘겹게 살아남아 여전히 꿈도 이상도 없이 하루하루 생계만을 위해 버둥거리는 자기의 모습을 이들은 '벌레'라는 한마디로 요약한다.

이때 '벌레'란 무엇을 의미하는가? 아리스토텔레스의 구분에 따르면 그것은 선을 추구하는 '좋은 삶'으로서 '정치적인 삶'과거리가 먼, '단순하게 살아 있는 삶'이다. 즉 벌레란 세상에 의해 버려지고 내던져져 생존만이 유일한 지상명령이 되는 동물적 삶의 표상이다. 그런 맥락에서 이창동의 '벌레들'은 아감벤의 말을 빌리면 정치적 삶('비오스bios')의 영역에서 배제되는 동시에 포함되는 동물적 삶('조에zoe')이다. 달리 말하면 그것은 '벌거벗은 생명'이다.[3]

첫 소설집인 『소지』에서도 그랬듯이, 이창동의 소설에서 벌거벗은 생명의 기원에는 많은 측면 한국 현대사의 격동과 비극이 중요한 맥락으로 자리한다.[4] 전쟁고아의 기막힌 운명을 그린 「운명에 관하여」도 그렇지만, 「용천뱅이」는 이를 보다 뚜렷하게 보여주는 사례다. 이 소설에서 벌거벗은 생명은 '용천뱅이'라는 이름으로 등장한다. 소설에 따르면 미친 사람이나 천형의 문둥병자를 뜻하기도 하는 용천뱅이는 "성한 사람이나 보통 사람들과는 어울리지 못하는, 세상으로부터 버림받은 존재들"(pp. 72~73)이다. 즉 용천뱅이는 세상으로부터 버려지고 배제된, '단순하게 살아 있는 삶'의 다른 이름이다.

소설의 화자는 가족의 생계에 철저히 무관심한 아버지 때문에 극심한 궁핍의 고통을 겪으며 자라 가까스로 대학을 졸업하고 교편을 잡은 시골 중학교 선생이다. 한때 좌익 운동가였던 아버지는 전쟁 후 혁명의 실패와 좌절을 겪고 모든 것을 포기

---

[3] 조르조 아감벤, 『호모 사케르: 주권 권력과 벌거벗은 생명』, 박진우 옮김, 새물결, pp. 43~45.

[4] 이 글과 논점은 다르지만 이창동 소설을 '벌거벗은 생명'이라는 키워드로 분석한 글로는 다음을 참고할 수 있다. 이수형, 「이창동 소설에 나타난 정치의 (불)가능성과 '벌거벗은 생명'」, 『어문학』 163, 한국어문학회, 2024.

하고 내팽개친 금치산자로 살았다. '나'는 아버지 때문에 겪은 지난날의 고통에 아직도 갇혀 있고, 아버지의 존재는 까닭 모를 불안과 두려움으로 의식을 짓누른다. 그리고 마지막으로 보았던 아버지는 더러운 방에서 부패한 악취와 함께 "늙은 짐승처럼" "썩어가"(p. 54)고 있었다. 그런데 어느 날 '나'는 아버지가 잡혀 들어갔다는 소식을 듣는다. 아버지는 남로당과 빨치산 잔존 세력으로 구성된 간첩단 사건의 참고인 조사를 받다가 느닷없이 자기도 간첩질을 했으니 잡아 가두라고 했다는 것이다. 하지도 않은 간첩질을 했다고 주장하는 아버지의 이상한 자기 확신과 당당한 행태에 당황하고 분노하는 '나'에게, 아버지가 말한다. 혁명을 위해 새로운 싸움을 준비하지도, 가정의 안락을 지키지도 못한 자신은 스스로 용천뱅이의 삶을 선택할 수밖에 없었다고. 그리고 이제는 "죽을 때까지 용천뱅이 신세로 살지는 말자"(p. 74)고 결심했다고.

소설은 '단순하게 살아 있음'의 단계에서 어떻게든 벗어나고자 하는 아버지의 절망적인 시도를 아들인 '나'의 눈으로 포착한다. 스스로 간첩죄를 뒤집어쓰려는 아버지의 무모한 "당당함과 자신만만함"(p. 70)은 '나'에게 "너무나 어리석고 우스꽝스러운 모습"(p. 71)으로 비친다. 게다가 그것은 남겨진 가족에게 또 다른 고통과 피해를 안겨주는 무책임한 짓이며, 스스로 또 다른 용천뱅이가 되기를 자처하는 "미친 짓"이다. '나'는 말한다.

"그래서, 그래서 말입니다. 이제 용천뱅이가 그만 되겠다는 말입니까. 용천뱅이의 삶을 벗어나겠다는 것이 그래 고작 간첩죄를 뒤집어쓰는 것이란 말입니까. 그것이 아버지의 지나간 삶을 구제할 단 한 가지의 길이라는 겁니까. 그렇지만 그게 과연 무슨 의미가 있습니까. 그런다고 지금까지 살아온 아버지의 삶이 바뀌어집니까. 그것이야말로 아버지의 삶을 철저히 속이고자 하는 바보짓이 아니고 무엇이냔 말입니다. 그건 제가 생각하기엔 미친 짓에 불과합니다. 또 다른 용천뱅이가 되는 것이란 말입니다." (p. 74)

작가는 '단순하게 살아 있음'에 엉뚱한 방식으로 저항하는 아버지와 그를 도무지 이해할 수 없는 '나'의 현실 논리를 맞세운다. 스스로 간첩죄를 뒤집어쓴 아버지의 행동은 용천뱅이의 삶에 대한 나름의 소극적 저항이다. 그럼에도 삶의 의미를 찾고자 하는 아버지의 저항은 우발적 충동과 자기기만으로 뒤덮여 있고, 이를 비난하는 '나'의 현실 논리 뒤편에는 생존의 압박에 짓눌린 피해의식과 자기방어가 숨어 있다. 어떤 의미에선 아들인 '나' 또한 과거의 고통에 짓눌려 '단순히 살아 있음'의 단계를 벗어나지 못한 벌거벗은 생명에 지나지 않는다. 소설의 마지막에 '나'는 "소리 없이 눈물이 번져가"는 "아버지의 주름지고 초췌한 얼굴"을 보고 더 이상 입을 못 열고 "한 덩어리의 설움"(p. 74)을 삼킨다. 아버지의 눈물과 그것을 보고 비집고 올라오는 아들의 설움이 모든 것을 말한다. 이를 통해 작가는 역사와 사회질서가 강제한 벌거벗은 생명의 벗어날 수 없는 질곡을 암시한다. 높은 담장과 감시탑을 배경으로 아들에게 들려오는 환청은 이를 드러내는 음향적 증상이다. "중얼거림, 또는 잇새로 새어 나오는 신음 소리, 무엇인가 목구멍이 터져라 외쳐대는 고함 소리 같은 온갖 종류의 음향들이 뒤섞여 마치 노호하는 파도 소리처럼 밀려왔던 것이다"(p. 75).

3. 과잉과 숭고

「용천뱅이」는 삶의 의미와 가치를 찾으려는 안타까운 의지가 어떻게 왜곡, 굴절되고 결국은 또 다른 감옥 속에 갇히는 것으로 귀결되는지를 극적으로 형상화한다. 이 소설에서 작가는 '단순히 살아 있음'과 '정치적 삶'의 구분을 바탕에 깔면서도 이분법적으로 재단할 수 없는 삶의 복합성과 미묘한 심리의 분열을 날카롭게 포착한다. 그리고 「용천뱅이」에서 벌거벗은 생명의 차원을 벗어나 삶의 의미와 가치를 찾으려는 의지를 아이러니 속에서 포착했던 것처럼, 이창동은 「진짜 사나이」에서도 그렇게 한다.

「진짜 사나이」의 화자는 소설가다. 1987년 6월항쟁 시위의 와중에 경찰에 연행된 '나'는, 풀려나오는 길에 그와 함께 잡혔다가 훈방돼 나온 사내 장병만을 만난다. 그는 "이것저것 안 해본 일이 없을 정도로 여러 가지 직업을 전전하면서 살아온, 명실상부한 밑바닥 계층이었다"(p. 19). '나'는 장병만과 설렁탕을 먹으며 이런저런 얘기를 나누는데, 그는 말한다. "민주화네 뭐네 해쌓지만, [……] 우리네야 그저 세상이 조용하고 데모도 덜 하고 해야 그래도 주워 먹을 부스러기라도 얻어걸릴 것이 아니겠나 하는 겁니다"(pp. 19~20). 말하자면 그는 정치적으로 무지

한 벌거벗은 생명이다. 이후 '나'는 장병만이 6월항쟁 시위에 적극 뛰어들어 명동성당과 세브란스 영안실, 대선 직후 구로구청 시위에 가담하면서 놀랍도록 빠르게, 치열하게 싸우는 각성한 정치적 주체로 변신했음을 알게 된다. 그러나 '나'는 자기 손으로 세상을 바꾸겠다는 허황된 일념으로 앞뒤 재지 않고 싸움에 뛰어드는 장병만의 지나치게 과격한 변신에 다소간의 두려움과 불편함을 갖는다. 장병만이 생계를 팽개치면서까지 무모한 싸움에 지나치게 몰두한다고 생각한 '나'는, 그에게 충고한다.

"장 형 형편이 내가 보기에 딱하니까 그러지요. 하루 벌어 하루 먹고살기에도 힘든 양반이 그렇게 가족들 생계 문제는 내팽개치고 밖으로만 나돌아다녀서야 되겠습니까. 민주주의도 좋고 운동도 좋지만 식구들이 오늘 당장 먹을 것이 없어서 굶고 있는 판국이니 장 형 자신부터 살고 봐야지요. 아까 장 형이 한 말마따나 가진 것 없고 배운 것 없는, 한낱 막벌이꾼에 불과한 장 형 같은 양반이 민주주의 외치다 감방에 들어갔다 나왔다고 누구 하나 알아주는 사람 있는 줄 아세요? 알아주기는커녕 아마 다들 미쳤다고 그럴 겁니다." (pp. 36~37)

돌아오는 대답은 짐작대로다. "보자보자 하니까, 이 쓰발놈이!"(p. 27) 그의 욕설은 '나'를 주먹으로 가격하고 마시던 맥주를 끼얹으며 계속된다. "인마, 니놈들이나 남들 눈치 요리조리 살피면서 마르고 닳도록 잘 먹고 잘 살아라. 이 독재정권의 똘마니, 양키의 졸개 같은 놈아!"(p. 38)

장병만의 변신은 '단순히 살아 있음'의 단계에서 '정치적 삶'의 영역으로의 비약이다. 그러나 지나치게 빠르고 다혈질적으로 폭발하는 그의 비약은 과도한 무모함과 폭력적인 과잉의 형태로 나타난다. 장병만에게 건네는 '나'의 충고는 이를 우려한 이성적 현실 논리를 반영한다. 그러나 '나'의 충고에는 "턱없는 우월감"(p. 36)뿐만 아니라 또 다른 심리가 숨어 있다. 그것은 바로 (스스로는 의식하지 못하지만) "역사의 주체로 일어서는 민중"(p. 25) 운운하는 지식인의 관념적인 민중상을 초과하는 실재적 민중의 폭력적 과잉 에너지에 대한 경계와 심정적 거부감이다. 소설은 그렇게 관념과 논리의 경계를 초과하는 민중의 실재에 대한 지식인적 시선의 자기모순과 배제의 논리를 예리하게 포착한다.

그리고 나서 2년 후, '나'는 명동 거리에서 장병만을 우연히 목격한다. 장병만은 철거 반대 시위 현장에서 "쇠사슬로 자신의 몸을 친친 동여매고"(pp. 40~41) 리어카에 묶인 기괴한 모습으로 출현한다.

"어머나, 끔찍해라. 사람이 어쩌면 저럴 수가 있나!"

어느 젊은 여자가 혀를 차며 탄식했다. 정말이지 그것은 인간의 모습이라곤 할 수 없었다. 땅바닥에 드러누운 채 질질 끌려가는 그의 모습은 마치 땅을 기면서 리어카를 끌고 있는 한 마리 짐승의 모습을 연상시켜주었다. 이상한 것은 다른 노점상과 달리 그는 한마디도 입을 열지 않고 있다는 사실이었다. 그는 단지 눈을 부릅뜬 채 마치 무서운 고통을 감수하고 있는 수도자처럼 아무런 저항도 없이 끌려가고 있을 뿐이었다. 나는 온몸으로 흐르는 전율을 느꼈다. 그는 지금 끌려가고 있는 것이 아니었다. 오히려 그는 스스로 끌어가고 있었다. 온몸을 맨바닥에 던져 이 세상의 무게를 혼자 힘으로 떠밀어 가고 있는 것이었다. 나는 그가 어디로 가고 있는지 알 수 있을 것 같았다. (p. 41)

'나'에게 "명동 거리는 이미 열정이 사라져버린 거리, 그 빛나던 신화가 퇴색한 거리에 불과했다"(p. 40). 그러나 그 거리 한가운데서 장병만은 노점상 철거에 맞서 짐승 같은 몰골과 무서운 침묵으로 항거한다. 이를 통해 그는 1980년대의 열정과 신화에 대한 '나'의 환멸이 얼마나 가볍고 보잘것없는 지식인적 관념에 불과한 것인지를, 그리고 '나'의 민주주의가 어떻게 그 같은 벌거벗은 생명의 배제에 기반했던 것인지를 온몸으로 폭로한다. 그런 측면에서 온 세상의 무게를 짊어진 듯 무서운 고통을 감내하는 비인간의 끔찍한 몰골은, 상식적인 상징질서와 지식인적 규범 및 관념을 폭력적으로 찢으며 출현하는 숭고의 이미지다. '나'가 "온몸으로 흐르는 전율"을 느끼는 것은 이런 연유다. 이창동은 긴 말을 덧붙이지 않는다. 소설의 화자는 물론 독자까지도 압도하는 저 강렬한 이미지가, 말로는 할 수 없는 모든 것을 말한다.

4. 동물, 눈물

이창동 소설에 따르면, 벌거벗은 생명은 도처에 있다. 아니, 사실은 모두가 벌거벗은 생명이다. 이창동이 그리는 소시민도 그렇다. 부와 성공에 대한 맹목적 지향, '정치적 삶'에 대한 무사고無思考, 탈이상과 탈도덕, 이를 떠받치는 생존 이데올로기가 그들을 지배한다. 이들은 '비오스'의 영역에 포함돼 있지만 '조에'의 영역에, '단순히 살아 있음'에 머물러 있다. 이를 대표하는 인물이 바로 「녹천」의 주인공 준식이다. 그는 자기의 삶이 '단순히 살아 있음'에 불과하다는 사실을 누구보다 잘 알고 있다. 그래서 그는 자기가 "꿈도 이상도 없이 그저 벌레처럼 살아가는 놈"이라고 말한다. 그럼에도 그는 그 상태를 벗어날 생각이 없다. 그리고 체념적으로 안주한다. 그런 측면에서 준식은 1997년 IMF 외환 위기 이후 전면적으로 등장해 자기를 주장하는 속물-동물의 선구자다.

「녹천」에서 작가는 이 자의식적인 동물의 서글픈 내면 풍경을 꼼꼼하게 그려놓는다. 그에게 삶은 "살아남기 위한 전투"(p. 214)였다. 생계를 팽개친 아버지 때문에 도둑질도 서슴없이 하면서 자식을 먹여 살려야 했던 그의 어머니가 그랬듯이, 먹고살기 위해서는 도덕이나 체면은 그에게 거추장스러운 것이었다. 학교의 급사에서 시작해 서무과 직원으로 일하며 야간대학을 마친 뒤 정식 교사가 될 때까지 20여 년을 그는 비굴하게 삶의 전쟁터를 헤쳐왔다. 그런데 천신만고 끝에 장만한 도시 변두리의 23평 아파트로 이사하면서 이제는 안정된 생활을 하게 됐다고 자위하던 어느 날, 그의 서글픈 자기만족을 균열시키는 인물이 나타난다. 운동권으로 경찰에 수배돼 쫓기는 이복동생 민우가 바로 그다. "옳은 일을 위해 자신을 희생하며 고생하"(p. 211)는 민우는 꿈도 이상도 없이 그저 먹고살기 위한 몸부림으로만 버텨왔던 준식을 더욱 초라해 보이게 만드는 존재다. 그래선지 아내는 정도 이상으로 그에게 관심을 보이고 준식에겐 더욱 냉랭해지면서 안정된 가정이라는 허구가 뿌리째 흔들리기 시작한다.

갑자기 자기 삶에 끼어든 이복동생 민우가 어떤 존재인가는 준식 스스로가 너무도 잘 알고 있다. 그에 따르면 민우는 "준식이 천신만고 끝에 구축한 가정家庭이란 그의 작은 성城이 사실은 얼마나 알량한 자기만족과 허위 위에 지어진 초라한 모조품인가 하는 것을 폭로하"(p. 218)는 존재다. 그는 결국 참을 수 없는 분노에 들려 민우의 존재를 형사에게 밀고한다. 그 뒤는 아는 대로다. 후회한 준식이 들이닥치는 형사를 발견하고 민우와 함께 도주하다 민우는 잡혀가고, 그는 넘어져 똥구덩이에 주저앉는다. 이창동은 그렇게 끝나는 소설의 마지막에, 하늘의 빛나는 별과 똥구덩이를 선명하게 대비시키며 준식의 눈물과 서글픈 고백을 펼쳐놓는다. 길지만 인용해본다.

그는 고개를 쳐들어 하늘을 보았다. 비록 똥구덩이에서 쳐다보는 것이라 할지라도 밤하늘의 별은 참 예쁘게도 반짝이고 있었다. 문득 그의 눈에서 까닭 모르게 물기가 흘러내리기 시작했다. [……]

그런데, 그런데 말이다. 그는 스스로에게 반문하고 있었다. 나는 왜 이렇게 슬퍼지고, 내 눈에서는 왜 때아닌 눈물이 흘러내리는 것일까. 이 가슴이 뻥 뚫린 듯한 상실감, 나 자신이 한없이 비참해진 듯한 이 절망적인 기분은 도대체 무엇 때문일까.

그는 울기 시작했다. 그의 눈에서 끊임없이 눈물이 흘러내렸고, 그 눈물이 더욱 그를 서럽게 만들었다. 그가 우는 것은 후회 때문도 아니었고 자책감 때문도 아니었다. 그저 가슴이 찢어지도록 자기 자신이 비참하다는 느낌, 아무도 이해하지 못할, 아무에게도 설명하지 못할 그 자신만의 슬픔이 그를 울게 만들었다. 아주 오랜 시간 동안 그는 똥구덩이에 엉덩이를 깔고 앉은 채 일어날 생각도 않고 어린애처럼 소리 내어 울고 있었다. 가슴속에 있는 모든 슬픔의 덩어리가 한꺼번에 터져 나오는 듯이 얼굴을 일그러뜨리고 울었다. 너무나 오랜 세월 그의 몸 안에 뭉쳐져 있던 슬픔, 어찌할 수 없는 허망함에 완전히 자신을 내맡기고 울었다.

(pp. 223~24)

그는 하염없이 울고 있다. 가슴이 뻥 뚫린 듯한 상실감과 절망, 슬픔과 허망함이 밀려왔기 때문이다. 한없는 비참함에 사로잡힌 그의 슬픔은 "아무도 이해하지 못할, 아무에게도 설명하지 못할 그 자신만의 슬픔"이다. 우리는 이 슬픔의 원인이 어디에 있는지를 알고 있다. 지독한 가난 가운데 살아남기 위해 아등바등 비굴하게 버티며 간절히 꿈꿨던 "안온한 생활"(p. 192)은 한갓 쓰레기 더미 위에 지어진 모조품이자 허약한 허구에 불과했다. 하지만 아무 의미 없는 가짜로 판명된 그 균열된 허구라도 어떻게든 지키자고 그는 비겁하게 동생을 밀고하고 그 자신은 똥구덩이에 처박혔다. 그렇다면 비참한 그는 이제 어디로 갈 것인가?

물론 민우 녀석은 이제 오랫동안 이 사회와 격리될 것이다. 하지만 생을 압류당한 채 살아가야만 하는 것이 어찌 민우 녀석뿐이겠는가. 이 거대한 오욕의 세상, 이미 모든 순결함과 품위를 잃어버린 이곳에서 나 또한 살아야 하는 것이다. 가자, 하고 그는 어둠 속을 바라보며 자신을 설득했다. 이 어마어마한 쓰레기의 퇴적층 위, 온갖 오물과 증오와 버려진 꿈들을 발아래에 두고 저 까마득한 허공에 아슬아슬하게 매달린 23평짜리 내 보금자리를 향해. (p. 225)

이창동의 소설은 희망적인 결론과 손쉬운 도식을 멀리한다. 어차피 벗어날 수 없는 오욕의 세상, 그는 비참함과 허망함을 견디며 또 그렇게 뻔한 삶을 살아갈 것이다. 내다 버린 의미와 꿈을 되찾는 대신 기꺼이 자발적인 종속을 선택하는 이 시대 모든 벌거벗은 생명의 체념적 자의식이 그렇게 자신을 전시한다. 이처럼 작가는 당대를 살아가는 소시민의 허위의식과 생존 이데올로기의 균열을 일방적으로 냉소하거나 비판하는 대신 '먹고사니즘'의 어쩔 수 없는 속사정과 속수무책을 곡절하게 파헤친다. 그런 측면에서, 적어도 이창동에 관한 한, (그를 비판하는 논리였던) '인간주의'는 그의 '한계'가 아니라 어느 하나로 간단히 환원될 수 없는 삶의 내말한 복합성을 깊이 보듬고 헤아리고 진단하는 성찰의 도구다.

5. 동시대인

이창동이 1990년대 중반 소설 쓰기를 접고 만들기 시작한 영화에도 벌거벗은 생명이 등장한다. 결국 죽음으로 치달아가는 「초록물고기」의 '막동'과 「박하사탕」의 '영호'가 바로 그들이다. 영화에서 파국으로 치달아가던 그들의 죽음을 감싸는 쓸쓸한 멜랑콜리는 이창동이 벌거벗은 생명의 운명에 오래도록 애정을 품고 있었음을 보여주는 작은 증거다.『녹천에는 똥이 많다』의 등장인물들은 어떤 측면에서 그들의 문학적 원형이다. 물론 그들을 포위하고 있는 것은 그들을 죽이거나 살리고 포함하고 배제하는 주권 권력이다. 하지만 이창동의 소설이 보다 집중하는 것은 눈에 보이는 정치가 아니라 벌거벗은 생명의 기억과 정신에 내면화되고 육체화된, 보이지 않는 정치의 작용이다. 그럼에도 1990년대의 문학적 정세는 이런 이창동 문학의 독특함을 온전히 설명할 수 있는 언어를 갖지 못했고, 그 성과는 오래도록 비가시적인 것으로 남아 있었다.

앞에서 나는 이창동의 소설이 자기만의 방식으로 시대의 규범을 벗어나고 조금씩 거기서 비껴 서 있었다고 했는데, 그 점도 이와 무관치 않다.『녹천에는 똥이 많다』가 출간된 1992년은 동구 사회주의권의 몰락과 소비에트연방의 해체를 목도했던 시기였으며, 투신의 열정과 윤리적 진정성의 가치가 퇴색하고 환멸의 정서와 개인주의적 욕망, 향락의 감각이 우세해져가던 시기였다. 이창동의 소설은 이런 시대적 분위기를 타고 급격히 과거의 청산과 포스트모던으로 치달아가던 문학적 대세와 발을 맞추지 않았다. 왜냐하면 그는 "우리가 고민했던 가치들이 유효기간이 지난 것도 아니고 한국 사회가 그런 문제를 해결한 것도 아니"[5]라고 생각했기 때문이다. 그런 의미에서 이창동의 문학은 반反시대적이었다. 그의 문학은 바로 그 시대착오를 통해 시대를 살았다. 동시에 이창동의 소설은 리얼리즘의 외양을 따르는 듯하면서도 여전히 시대를 지배한 리얼리즘의 낯익은 문학적 규범과 도식에 순응하지 않았다. 이창동의 소설은 그 점에도 반시대적이었다. "동시대인이란 반시대적인 자이다"라는 니체적 의미에서,[6] 이창동은 탁월한 '동시대인'이었다.

---

5 조선희, 독점인터뷰(5) 이창동 감독을 작가로 만든 힘, 『씨네21』 2004년 12월 14일 자(http://m.cine21.com/).
6 조르조 아감벤, 「동시대인이란 무엇인가?」, 『장치란 무엇인가?』, 양창렬 옮김, 난장, 2010, p. 70.

작가의 말

오랜만에 책 한 권을 꾸리게 되었다. 그런데 나 스스로도 이상하게 생각될 만큼 별다른 감회가 없다.

그동안 많은 사람에게, '왜 책을 내지 않느냐? 왜 열심히 글을 쓰지 않느냐?'는 걱정 어린 질책을 많이 들었다. 나 역시 그런 질문들 앞에서 매번 대답이 궁해서 난처했는데, 이번에 책을 내기 위해 그동안의 원고들을 훑어보며 그 까닭을 조금은 알 것 같다는 느낌이 들었다. 내가 쓴 글들이 뭔가 서툴고 엉성하다는 느낌, 내 글 속에 과연 얼마나 가치 있는 의미들이 들어 있을까 하는 의심, 내가 쓰는 작품들이 그저 구태의연한 복제품에 불과할지도 모른다는 참담한 부끄러움을 새삼 확인하지 않으면 안 되었다. 한마디로, 나는 내가 쓰는 글들에 대해 조금도 애정을 가지지 못하고 있는 것이었다. 어쩌면 나는 천성적으로 자기 비하의 감정이 너무 강한 인간인지도 모르겠다.

나는 이제 새로 태어나고 싶다. 이제까지 써온 것과는 다른 글을 쓰고 싶고, 지금까지 살아온 것과 다른 모습으로 살고 싶다는 욕망을 느낀다. 헌 옷을 벗어 던지듯, 또 다른 모습으로 변신하고 싶다. 그 욕망은 지금까지 매번 실패를 가져오긴 했지만, 그러나 나 자신을 지금까진 지탱해올 수 있도록 하는 힘이 되기도 했다.

이 책이 새로운 출발을 위한 계기가 될 수 있으리란 희망을 가져본다. 어딘가에 내 글을 읽고 마음이 움직일, 얼굴 모르는 독자들이 있으리란 믿음을 버리지 말아야 하리라. 문학에 대해 성실하지 못하다는 것은 내 삶에 대한 불성실함일 수도 있다는 사실을 받아들여야 하리라.

다시 책을 낼 수 있도록 오래 기다리고 도와주신 문학과지성사의 여러분, 그리고 해설을 써주신 성민엽 씨에게 감사드린다.

1992년 11월

이창동

근 30여 년 만에 감사하게도 개정판을 내게 되었다. 교정을 위해 다시 읽으면서 그사이 나를 거쳐 간 그 긴 시간의 의미를 다시금 생각하게 되었고, 정말이지 내가 쓴 소설들이 과연 시간의 무게를 이겨왔는지 궁금했다. 그리고 이 글을 쓸 때 내가 작가로서 얼마나 정직했는지, 그리고 내가 쓴 언어가 얼마나 정확했는지 스스로 질문할 수밖에 없었다.

카메라 렌즈를 통해 보여주고 싶은 것을 보여주는 영화와 달리, 소설은 언어를 통해 독자가 상상하도록 만든다. 그러니까 소설의 세계는 그 자체로 완성되어 있는 것이 아니라, 독자가 각자의 상상력으로 완성하는 것이다. 바로 그렇기 때문에 오히려 소설의 언어는 정직해야 하고 정확해야 한다. 여기에 실린 내 소설에 그런 정확성과 정직함이 조금이라도 있다면, 그 시대의 이야기가 오늘을 사는 독자들에게도 살아 있는 이야기로 다가갈 수 있게 될 것이다. 아무쪼록 그렇게 되기를 소망해

본다.

 개정판을 출간해주신 문학과지성사, 정성과 노고를 다해 책을 만들어주신 편집부 여러분, 그리고 해설을 써주신 김영찬 선생께 감사드린다. 내 글들을 오래도록 기억해주신 분들은 물론, 처음으로 이 책을 펼치는 새로운 독자들에게 진정으로 감사의 마음을 전하고 싶다.

2025년 6월
이창동